Demi-frère

DE LA MÊME AUTRICE CHEZ ADDICTIVES

Dominant Boss. Apprends-moi
Extreme Lover
Immoral (aussi en poche sous le titre *Demi-frère*)
The Virgin's Price
Wild Love. Bad Boy & Secret Girl
Your Game, My Rules

CHLOE WILKOX

Demi-frère

addictives
POCHE

Pour Alex et Barbara, mon équipe préférée.

« Clear eyes, full hearts, can't lose ! »
Citation de la série *Friday Night Lights*

1

Felt, Texas

Izzie

– Alors, ça y est, tu as ton emploi du temps ?

Je sursaute. Je ne m'attendais pas à ce que Steff soit là au moment où je sortirais du bureau de la vie scolaire. Et puis avec l'insomnie carabinée qui m'est tombée dessus cette nuit, je n'ai vraiment pas les yeux en face des trous ! Ma seule amie à Felt High – rectificatif, ma seule amie dans toute la ville – m'arrache mon emploi du temps des mains.

– Trop bien ! On a sciences nat' ensemble avec Mme Boyd. Tu vas voir, elle est géniale.

– Et Whitford, le prof de littérature ? Il donne quoi ?

– Soporifique, grimace Steff. Je te plains. Moi, j'ai Riggins, et il est génial.

– Mince… C'est ma matière fétiche !

– Demande à changer de classe. Ça sert à quoi d'être la fille de la conseillère d'éducation si tu ne peux pas obtenir un traitement de faveur ?

– Chuuut ! lui intimé-je. Moins fort ! Tu veux que je sois étiquetée « fayote » dès le premier jour ?

– Izzie Pearson, déclare solennellement Steff, je ne sais pas ce que tu penses, mais sache que dans une petite ville comme la nôtre, tout le monde va rapidement faire le lien entre toi et la nouvelle conseillère d'éducation Karen Pearson. Bon, c'est lequel, ton casier ?

– Le 335.

– OK, suis-moi, on va le trouver.

Alors qu'on navigue dans les couloirs, bras dessus, bras dessous, je me demande si, avec mon chemisier sans manches à col Claudine, ma jupe trapèze et mes derbies à talons, je ne suis pas restée trop bloquée sur le look « pensionnaire ». Toutes les nanas que l'on croise portent des mini-shorts frangés, des sandales et des petits hauts. Et me regardent comme si je débarquais de la planète Mars.

Ou d'un épisode de Gossip Girl.

C'est d'ailleurs presque le cas. Jusqu'à cette rentrée scolaire, j'étais dans un internat très sélect dans le Vermont. Une école privée de filles, payée par mon frère, le fameux magnat de la high-tech Jarden Pearson. L'homme qui s'étale en couverture des magazines qu'on peut trouver chez les dentistes huppés de l'Upper East Side – *Forbes*, *GQ*, *Times*… Pour en revenir à mon ex-pensionnat, vous voyez, ces séries adolescentes qui parlent de la progéniture des riches et puissants de ce monde ? Qui montrent des images de gamines en uniformes stricts exhibant des sacs griffés Hermès ou Chanel en guise de cartables ? C'est dans cet univers que j'évoluais depuis quatre ans. Alors forcément, malgré tous mes efforts pour être dans le ton en cette rentrée, je me sens en complet décalage. Les sacs à dos colorés, les tenues sexy, les piercings apparents et les chewing-gums mâchés de façon ostentatoire, c'est complètement nouveau pour moi !

Sans parler de l'autre sexe.

La Putney School avait beau être jumelée avec un internat de garçons, le seul cours que nous partagions avec ces derniers était l'assemblée matinale, qui avait lieu dans la chapelle de leurs bâtiments. Autant dire que niveau mecs, je suis une arriérée ! Et l'inconnu, ça fait toujours un peu peur… Aussi, alors qu'une meute de « petits » de première année passe en courant à côté de Steff et moi en manquant de nous bousculer, je me ratatine contre les casiers.

– Putain, mais quelle bande de gamins… Pourquoi est-ce que les mecs sont tellement immatures ? grommelle Steff.

Elle se retourne et son visage s'illumine.

– Le voilà ! lance-t-elle, triomphale. Le fameux casier 335 ! Là où tu pourras planquer en toute sécurité ta contrebande lycéenne : marijuana, packs de bières, magazines pornos…

– … comprimés d'ecstasy, fausse carte d'identité… poursuis-je en composant mon code, un sourire ironique aux lèvres.

– Sans oublier l'indispensable pour tout Texan qui se respecte : le Smith & Wesson calibre 357…

– Et mes tampons de secours ! Je crois qu'avec ça, je serai parée pour l'année, lancé-je en riant.

– Pas tout à fait, me lance Steff d'un air énigmatique. Il te manque encore quelque chose…

Mon amie sort de son Eastpak un paquet-cadeau qu'elle me tend. Je m'en empare, incrédule.

– C'est pour moi ? demandé-je en clignant des yeux.

– Juste une babiole, s'excuse presque mon adorable copine alors que je déchire le papier fleuri. Un petit miroir pour tes raccords de maquillage à la pause. L'accessoire indispensable à toute lycéenne « normale »…

Touchée, je contemple la « babiole » de Steff, avant de m'empresser de coller le miroir sur le revers de ma porte grâce à l'adhésif double face. Je prends ensuite mon amie dans mes bras.

– Merci, c'est parfait, lâché-je dans un souffle, émue.

Il faut dire que rien n'aurait pu me faire plus plaisir. Notamment parce que c'est une sorte de *private joke* entre nous. En effet, une des premières choses que j'ai racontées à Steff, c'est qu'à la Putney School, on n'avait pas le droit de se maquiller. Quand elle a appris ça, elle a halluciné ! Ma *geekette*, elle, a le don d'exprimer sa créativité à travers ses looks audacieux. En cette rentrée, elle a par exemple opté pour une robe chasuble jaune poussin qui laisse entrevoir son tee-shirt Superman, de hautes chaussettes en résilles qui lui montent aux genoux, des baskets branchées… Le tout agrémenté d'un maquillage digne d'une poupée 2.0 : petite bouche rouge sombre, joues roses, cils interminables…

Steff est une originale et, dans une ville comme Felt, elle détonne. Le Texas est un état assez traditionnel. Or, il n'y a rien de « tradi » chez ce sosie destroy de Hermione Granger. J'ai d'ailleurs remarqué Steff dès la première fois que je suis entrée dans l'unique librairie de Felt, où elle faisait un stage d'été. Mais Steff n'est pas seulement excentrique. Elle est également brillante ! À la librairie, elle avait beau s'occuper principalement du rayon BD, elle m'a été d'excellent conseil. Au bout d'une demi-heure de discussion à bâtons rompus, je suis repartie avec un roman de Joan Didion sous le bras et son numéro de téléphone sur un marque-page.

Notre amitié a été rapidement scellée. Deux outsiders, perdues dans la ville désertée pour les vacances, errant en centre-ville sous un soleil de plomb… Steff est la seule à qui j'ai parlé en détail de ce qui m'a amenée, moi, la New-Yorkaise d'origine, à Felt, six mille habitants au dernier recensement. L'envie de retrouver une vie normale. D'être comme n'importe quelle ado, ne serait-ce que pendant un an.

Oui, je lui ai parlé de tout. De mon surdoué de frère, le milliardaire médiatique. De la façon dont il a pris en charge mon éducation il y a quatre ans, quand notre père est décédé brusquement d'une crise cardiaque et que notre mère a sombré dans une dépression gravissime. Je lui ai parlé de ma vie d'avant, dans le Bronx, là où j'ai vu le jour il y a dix-huit ans. Jarden, qui a onze ans de plus que moi, avait déjà quitté la maison depuis longtemps. Nous étions donc trois dans notre petit appartement, où nous menions une vie ordinaire avec des rires, des engueulades, des fins de mois difficiles, des parties de Monopoly, des soirées télé. Mon père était jardinier pour la ville et ma mère, enseignante. Après l'enterrement de papa, elle n'a plus été que l'ombre d'elle-même. Elle a dû passer une année internée, avant d'aller s'installer chez sa sœur à Houston. « Zombifiée » par les médicaments et la tristesse, elle n'était plus capable de s'occuper d'elle-même. Alors de moi, n'en parlons pas…

Et puis, elle a rebondi.

Alors que personne n'y croyait plus, elle a testé une nouvelle forme de thérapie, l'EMDR ; une méthode proche de l'hypnose. Peu à peu, elle a repris le contrôle de sa vie. Elle a recommencé à sortir. Elle a rencontré quelqu'un. Elle est venue vivre avec cet homme, à Felt. Elle y a trouvé un travail de secrétaire au lycée. Et puis, au mois de juin, elle a obtenu une promotion : conseillère d'éducation. Dans la foulée, son compagnon, Baxter, l'a demandée en mariage. Lorsqu'elle m'a présenté son fiancé cet été, ils m'ont tous les deux proposé de venir effectuer ma dernière année de lycée à Felt High, dans leur nouveau foyer. J'ai sauté sur l'occasion. C'était notre dernière chance, avant que j'aille à la fac, de réapprendre à nous connaître, ma mère et moi. De ressouder notre lien distendu par tant d'années d'éloignement avant de tenter d'accomplir mon plus grand rêve : intégrer la New York University, et plus précisément son département de *creative writing*, dans l'espoir de devenir un jour écrivaine.

– Tu as quoi, en première période, déjà ? me demande Steff en s'admirant dans mon miroir flambant neuf.

– Histoire, en salle 202.

– OK, viens avec moi, je te dépose.

Nous repartons bras dessus, bras dessous, juste avant que la cloche sonne.

– Rendez-vous à ton casier à l'heure de la pause ! me lance Steff une fois sa mission de guide menée à bien.

– Ça roule ! lui réponds-je, les mains en porte-voix, avant d'entrer dans la salle 202.

***

Pendant la récréation, Steff continue de me faire découvrir les dessous de Felt High. Le solarium, où traînent les fumeurs de joints. Les gradins du stade, où s'amassent les sportifs et leurs groupies. Les toilettes des filles, où les réputations se font et se défont.

– Là, c'est la chaufferie. L'endroit où les couples vont se planquer pour… Tu sais…

– Réviser les maths ? plaisanté-je en jouant les idiotes.

– Ne sois pas si prude, me rétorque Steff avec espièglerie. Je ne te donne pas une semaine avant d'aller explorer ce coin merveilleusement romantique avec *ton* petit ami…

– On parle de moi ? demande pile à ce moment une voix qui suffit à me donner le sourire.

Je me retourne au moment où Erik m'enlace. Le *fameux* petit ami.

Mon tout premier petit ami.

Avec qui, soyons clairs, je suis encore LOIN de visiter les chaufferies. Ou même les drive-in, les chambres porte fermée et la banquette arrière de sa voiture. On en est plutôt à l'étape « bisou sous le porche », lui et moi.

– Comment ça va, ma puce ? fait-il en tentant pourtant de m'embrasser.

– Bas les pattes ! gloussé-je, choquée, en me dérobant. Pas au lycée ! Si ma mère nous voyait ?

– Je suis prêt à risquer les foudres de l'administration pour un baiser de ma belle, rétorque-t-il.

– En ce cas…

Je lui effleure rapidement les lèvres, un peu mal à l'aise, et me dégage de son étreinte. Ça fait trois semaines qu'Erik et moi avons commencé à sortir ensemble, mais c'est la première fois que nous nous montrons en public. Pour tout dire, je n'étais même pas certaine qu'entre nous, ce soit officiel. Après tout, il ne m'a pas encore présenté ses amis…

Et j'avoue ne pas lui avoir proposé de traîner avec Steff et moi. J'avais peur que le courant passe mal entre la *geekette* de service et le *quarterback* du lycée. Steff est une intello pure et dure, et Erik… Eh bien, disons qu'il s'intéresse plus aux résultats sportifs qu'aux pages culturelles du *Houston Chronicles*.

– Tu connais Steff ? lancé-je pour détourner l'attention.

– Steffany Sheldon, embraye cette dernière, tout affolée de parler avec l'une des stars du bahut. On était ensemble l'année dernière en physique-chimie.

– Ah oui, bien sûr… répond distraitement Erik tout en relâchant son étreinte pour ouvrir la porte de la chaufferie. Eh ! Taylor ! Tu es en bas ?

En entendant Erik appeler ce nom, je lève les yeux au ciel.

Évidemment.

S'il y avait bien un endroit où chercher Logan Taylor à la récréation, c'était forcément le « baisodrome » de Felt High… Le visage de Steff vire au cramoisi. C'est le plus grand secret de mon amie – elle a un béguin carabiné pour Logan, le fils unique de mon futur beau-père. Béguin qui ne s'est pas arrangé quand, au printemps dernier, elle a fini par lui rouler des pelles dans un Jacuzzi, durant une soirée où le sportif était, comme à son habitude, complètement défoncé et en mode « chasse »… Seulement voilà, Logan Taylor, tombeur de ces dames, a beau enchaîner les conquêtes, il est en théorie casé. Et depuis une dizaine de mois, d'après ce que m'a dit Steff. J'ai rarement croisé sa copine à la maison, à part une fois où les parents n'étaient pas là. Et même là, j'ai avant tout eu l'occasion de savourer ses vocalises orgasmiques plutôt que sa – à n'en point douter délicieuse – conversation.

En bref, Logan a tout ce qu'il faut pour plaire : queutard, alcoolique à ses heures, d'une arrogance inouïe… Mais il est apparemment considéré comme un dieu dans cette ville. D'une, parce qu'il joue dans l'équipe de foot locale, plusieurs fois championne d'État – et on ne rigole pas avec le football américain au Texas. De deux, parce que c'est l'archétype du bad boy torturé et beau gosse. Un mètre quatre-vingt-dix, foutu comme un mannequin pour boxers Calvin Klein, des yeux de chat gris clair. Quelques tatouages pour le côté rebelle. Des cheveux bruns et souples dont les mèches tombent sur son front pour le côté romantique. Une peau dorée, une bouche charnue, des pommettes hautes. Une mâchoire puissante. Un nez de statue grecque.

Et un caractère de merde.

Tout l'été, c'est à peine s'il m'a adressé un mot en dehors des repas familiaux, et quand il l'a fait, j'aurais finalement préféré qu'il se taise. Il passe son temps à me faire des critiques insidieuses, à me chercher. Dès que j'ouvre la bouche, il oscille entre gêne et consternation. Une fois, de mauvaise grâce, il a accepté de me traîner à une soirée où il m'a abandonnée dès notre arrivée pour aller jouer au *beer pong*. Une autre fois, il a consenti à m'accompagner au ciné, mais il s'est enfui avant les crédits du générique de fin. Ça a été le coup de trop. Après ça, j'ai arrêté d'aller vers lui. Je suis sympa, certes, mais pas maso. Me prendre des râteaux ne fait définitivement pas partie de mes passe-temps favoris. C'est dommage, j'avais espéré qu'on s'entendrait bien, lui et moi. Qu'il pourrait être mon allié dans cette nouvelle ville, dans cette nouvelle vie. Mais franchement, je ne vois pas qui pourrait bien s'entendre avec une tête de con pareille !

Il faudrait peut-être que je demande à Erik comment il fait pour le supporter…

– Qu'est-ce que tu veux, Colton ? lui répond depuis les entrailles de la terre, amplifiée par l'écho de la cage d'escalier, la voix grave et ténébreuse de mon futur demi-frère.

– Tu es avec Tanya ? lui demande mon petit ami en ignorant sa question.

– Mêle-toi de ce qui te regarde.

– OK. C'était juste pour te dire que cet après-midi, avec les gars, on va à la salle de gym s'entraîner un peu. Quinze heures trente. Ça roule ?

– Sans moi. J'ai… J'ai déjà fait mon quota de sport pour la journée, lâche l'arrogant d'un ton plein de sous-entendus. J'ai plus aucun jus, là.

Quel enfoiré… Non, mais comment est-ce qu'il parle de la nana avec qui il est en bas ?

Et comment est-ce qu'elle fait pour supporter ça, qui qu'elle soit ? Moi, à sa place, je lui aurais déjà mis mon genou dans les parties et serais remontée fissa ! Erik esquisse un sourire goguenard en relâchant la porte de la chaufferie… Sourire qui s'efface bien vite quand il constate mon expression sévère.

– Hum, se racle-t-il la gorge. Ça ne t'embête pas, ma puce, cette histoire de salle ? Je sais que j'avais promis de te ramener en voiture, mais je dois vraiment travailler. Il faut que je renforce mon dos, avant le premier match de la saison.

Erik, comme Logan, fait partie des Lions de Felt. Et il se met une pression énorme, car il vient d'être nommé *quarterback* principal de l'équipe, alors que la saison dernière il n'était que remplaçant. À vrai dire, c'est grâce à ça qu'on s'est connus. Tout l'été, il est venu s'entraîner à la maison avec Logan pour être au niveau à la rentrée. Mais de pauses-limonade en petits snacks dans la cuisine, on a lié connaissance, commencé à bien rigoler et, de fil en aiguille…

– Je ne pense pas que je vais traîner après les cours. Steff a rendez-vous avec son club de science et ce n'est pas comme si je connaissais d'autres gens avec qui attendre…

– Tu vas vite en rencontrer, bébé, lance Erik avant de se pencher vers moi pour m'embrasser encore une fois.

Je me laisse faire, tout en ayant l'impression de jouer un rôle – celle de la terminale dans le coup.

– On se voit plus tard ? me glisse mon copain.

– Passe à la maison ce soir, lui proposé-je dans un murmure.

– Ça marche, lance-t-il avec un sourire craquant.

Il s'éloigne à reculons, pendant que je lui souris en retour… Mais mon expression s'efface lorsque mon visage se tourne vers celui de Steff. Visiblement, l'idée d'être à seulement une volée de marches d'un Logan en train de copuler avec une anonyme qui se respecte bien peu lui donne envie de mourir sur place.

– Viens, on s'en va, lui intimé-je en l'entraînant à l'autre bout du couloir.

Ma Steff se laisse faire alors que je la guide jusqu'au distributeur de friandises. Je glisse deux dollars dans la fente et récupère un sachet d'Oreo au beurre de cacahuète, que je lui tends. Aux grands maux, les grands remèdes.

– Il faut que tu arrêtes de penser à ce gros naze, Steff, déclaré-je alors qu'elle ouvre en deux les biscuits fourrés pour lécher la crème.

– Tu ne le connais pas comme moi je le connais ! Il n'est pas aussi dur ou superficiel qu'il n'y paraît. Il est même extrêmement intelligent et sensible, quand il veut bien le montrer. Je t'assure que la nuit passée ensemble a été magique !

On parle bien de la nuit où il a fourré sa langue dans la bouche de mon amie, l'a pelotée par-dessus son haut de Bikini, avant de lui dire que si elle ne voulait pas coucher avec lui, elle aurait dû éviter de lui faire perdre son temps ?

– Les hormones te font vraiment dire n'importe quoi, la grondé-je gentiment. Il est obsédé. Égoïste. Caractériel. Infidèle. Arrogant. Tu ne crois pas que tu peux trouver mieux que ça ?

Au regard qu'elle me jette, je comprends que je suis en train de pisser dans un violon. Tout ce que Steff voit probablement de Logan, ce sont ses yeux clairs en amande et ses abdominaux en béton.

– Je ne vais pas renoncer maintenant, Izzie, proteste-t-elle en baissant les yeux. Pas alors que j'ai enfin une chance de l'approcher *vraiment* ! Entre ta relation avec Erik et tes liens avec Logan… Et si cette année, c'était enfin ma chance de lui montrer qui je suis ?

J'esquisse une moue dubitative. Si elle compte s'appuyer sur moi pour se rapprocher de Logan, c'est mal barré. Elle devrait s'en être rendu compte, depuis le temps ! Ce n'est pas comme si elle n'était jamais venue à la maison, qu'elle n'avait pas constaté par elle-même que la cohabitation s'avère difficile. Mais l'amour est aveugle, j'imagine, et l'espoir aussi. C'est pourquoi à la pause de midi, quand Steff me suggère, plateau à la main au milieu de l'immense réfectoire aseptisé, d'aller me poser à la table d'Erik – où se trouve, comme par hasard, l'objet de tous ses fantasmes –, je tente malgré tout de lui ouvrir les yeux.

– Tu te sens vraiment de déjeuner avec Tanya ?

Steff grimace. Évidemment, se retrouver face à la petite amie officielle de Logan ne la tente que moyennement. Elle est terrifiée à l'idée que Tanya découvre un jour ce qui s'est passé entre eux. Je lui ai pourtant dit et répété que si Tanya devait un jour régler ses comptes avec toutes celles qui ont déjà partagé les germes de son mec, il faudrait qu'elle se lève de bonne heure… Et que clairement, Steff ne serait pas sa priorité. Leur nuit était peut-être « magique », mais elle est restée bien chaste en comparaison de ce tout ce que Logan a fait avec les autres nanas qu'il fréquente dans le dos de Tanya. Dès que les parents sont absents, c'est un véritable défilé dans la chambre de l'infidèle. Un concert de gémissements, grognements et autres mots cochons. J'ai beau être encore vierge, on peut dire que depuis le mois de juillet, grâce à Logan, je me suis dépucelé les tympans. Ça me fait de la peine pour Steff, bien entendu…

Mais, pour être honnête, ça m'en fait encore plus pour Tanya.

Elle a beau me terrifier, d'après ce que j'ai compris, elle n'a pas eu une vie facile. Les membres de sa famille, les Howkins, font beaucoup parler à Felt. Sa mère, qui l'a eue à 15 ans, danse au Hump Club, sur la route 105. Et, pendant qu'elles vivent toutes les deux dans un *trailer park*, son père purge une peine de prison à Austin. Ce n'est donc pas étonnant que le bad boy de Felt sorte avec la bad girl de service, ni que cette dernière arbore un costume à la mesure de son rôle – tatouages, diamant dans le nez, santiags – ou qu'elle change de couleur de cheveux aussi souvent que moi de petite culotte.

Et je précise que j'ai une très bonne hygiène corporelle.

Comme si elle lisait dans mes pensées, la bad girl lève les yeux et croise les miens. Son regard est vert émeraude – assorti à ses cheveux du moment. Le mien, timide, se détourne.

– Viens, on se pose ailleurs, lancé-je à voix basse à Steff.

Mais trop tard. Erik nous a aperçues et nous interpelle.

– Ma puce ! Par ici. Je t'ai gardé une place. Enfin... je *vous* ai gardé une place, ajoute-t-il en se levant pour laisser également Steff s'asseoir.

J'avance vers lui en me détendant un peu. On ne peut pas dire qu'Erik se soit montré particulièrement chaleureux avec mon amie ce matin, c'est bien s'il se rattrape. Une fois installée, je jette un regard en biais à la tablée, pour essayer de dire bonjour à Logan, assis sur la rangée d'en face à deux places de moi. Mais ce dernier, impassible, continue sa discussion à bâtons rompus avec un grand brun et m'ignore soigneusement. Je n'ai droit qu'à son profil altier, qui me colle un vent force treize.

– Salut ! me lance avec un sourire forcé la jolie brune typée en uniforme de *cheerleader* posée en face de moi. Tu dois être Izzie, le fameux trésor qu'Erik cache depuis le mois d'août...

Je serre timidement la main qu'elle me tend et me présente.

– Izzie. Izzie Pearson. Et tu es... ?

– Coral. L'ex d'Erik.

Elle ponctue sa petite phrase d'un sourire acide et je sens ma paume devenir moite dans la sienne.

– Enchantée, Coral, souris-je en retour en essayant de ne pas me décomposer.

– Voici Brooke, ajoute-t-elle en me présentant son clone version fausse rousse. Et Avery. Et Simon.

Je fais un petit coucou timide au blond qui ressemble à un surfeur, puis au brun baraqué qui lui au moins a la politesse d'interrompre sa discussion avec Logan pour me saluer.

– Tu connais déjà Logan… continue Coral. Ah, et bien sûr, Tanya.

La bad girl et moi nous faisons un signe de tête solennel pendant que Coral continue son speech de « bienvenue ».

– Pour tout te dire, étant donné la façon dont ton copain et ton demi-frère te cachent, on commençait à se poser des questions. À se demander si tu n'étais pas une sorte de *freak*. Ha, ha, ha !

C'est ça, oui. Ha, ha, ha !

Quelque chose me dit que je vais adorer l'ex d'Erik. Celle dont il avait soigneusement évité de me parler… Je ne peux m'empêcher de jeter à mon copain un regard noir. Et dès que je détourne les yeux, je constate que Logan est en train de me fixer, un demi-sourire flottant sur son visage de beau gosse de magazine. J'ai instantanément envie de l'étrangler. Bien sûr, il doit jubiler de me voir dans cette position délicate. On ne peut pas dire qu'il se soit montré particulièrement enchanté, ces trois dernières semaines, de me voir me rapprocher de son coéquipier… « Sortir avec un de mes potes, c'est ta façon à toi de t'incruster dans ma vie, Isobel ? » « Tu n'es pas trop inexpérimentée pour avoir un copain, Isobel ? » « Pourquoi est-ce que tu traînes avec un sportif ? Je te croyais pourtant si *brillante*, Isobel… » Ce n'est qu'un florilège parmi les réflexions les plus irritantes auxquelles j'ai déjà eu droit. Aussi, je décide instantanément de pardonner à Erik son omission. Pas question de donner à Logan Taylor la satisfaction de me voir mal à l'aise, ou de lui laisser penser qu'il y a de l'eau dans le gaz entre mon copain et moi !

– Tu fréquentes quelle église ? me demande Brooke, volant sans le savoir à ma rescousse. Il me semble t'avoir aperçue à Saint Christopher, mais ça m'a paru bizarre, étant donné que Logan et son père vont à Saint Mary…

– Oui, ma mère aussi, confirmé-je. Mais moi, je ne vais pas à la messe.

Ma remarque, que je pensais anodine et strictement informative, jette visiblement un froid. Discret, mais vif. Du genre courant d'air qui vient du pôle Nord. Tous me fixent, Logan compris. Son sourire ironique qui s'étire me donne des envies de meurtre.

– Isobel est athée, lance-t-il de sa voix profonde, en détachant chaque syllabe avec la jubilation d'un sadique ordonnant la peine de mort.

– Vraiment ? demande le fameux Avery, les yeux écarquillés.

Logan aurait tout aussi bien pu lui annoncer que, malgré les apparences, je suis une sataniste convaincue…

– Agnostique, corrigé-je. Et tout le monde m'appelle Izzie, pas Isobel.

Je ponctue ma dernière remarque d'un sourire aigre adressé à mon cher « demi-frère ». Il sait très bien que je ne supporte pas mon prénom.

– Ça veut dire quoi, « agnostique » ? me demande Coral.

– Pour moi, ça signifie qu'il existe une infinité de théories valables pour expliquer le mystère de la vie sur terre, et que Dieu est simplement l'une d'entre elles, expliqué-je. Je ne sais pas s'il existe ou non. C'est une possibilité parmi d'autres.

Le vent du nord se remet à souffler en bourrasques à notre table, accompagné d'un silence assourdissant.

– Euh, et sinon, tu vas te présenter pour être *cheerleader*, Izzie ? me demande Brooke dans une tentative appréciable pour dissiper le malaise. C'est moi qui m'occupe des inscriptions pour les auditions, on commence le recrutement la semaine prochaine.

Je laisse échapper un rire. Je me vois bien, moi, Isobel Katharina Pearson, qui dès mes 10 ans ai commencé à raconter au prof de sport que j'avais mes règles pour rester sur le banc de touche, tenter d'intégrer une équipe quelle qu'elle soit… Mais Brooke interprète mal ma réaction et, pensant que c'est d'elle dont je me moque, rougit et se ratatine.

– J'ai dit quelque chose de drôle ? marmonne-t-elle, vexée.

Morte de honte, je me confonds immédiatement en excuses et en explications.

– Ce n'est pas toi, Brooke, lui assuré-je. C'est juste moi qui serais grotesque dans cet uniforme. Je danse comme un pied.

Elle s'illumine.

– La danse, ça s'apprend ! Ce qui compte, surtout, c'est l'enthousiasme. L'envie de soutenir les gars, de les amener à la victoire…

– Alors c'est encore plus mal barré. Je ne m'intéresse pas vraiment au foot, avoué-je en haussant les épaules, avec un petit rire gêné.

Cette fois, même Erik me jette un regard consterné. Quant à Logan, il triomphe, les bras croisés. Le roi du lycée sent qu'il ne va pas avoir à me supporter bien longtemps à sa table si je continue sur ma lancée. J'hésite un instant à expliquer que j'ai beau ne pas aimer ça, je conçois tout à fait que ça puisse en passionner d'autres… Mais sentant qu'à chaque fois que je parle, je ne fais que creuser un peu plus ma propre tombe auprès des amis d'Erik, je décide de détourner l'attention de ma petite personne.

– Et toi, Tanya ? demandé-je en me tournant vers la bad girl. Tu fais aussi partie des *cheerleaders* ?

Coral pouffe de façon méprisante.

– Tanya est Rally Girl. C'est un cran en dessous dans la chaîne alimentaire.

À ces mots, Logan daigne enfin fixer quelqu'un d'autre que moi. Il décroise même ses bras tatoués, à l'imposante musculature, pour poser ses mains immenses et racées sur la table, comme un fauve s'apprêtant à bondir. Ça me fait bizarre de le voir réagir comme ça pour défendre l'honneur de sa copine, alors qu'il la trompe à tour de bras.

J'imagine que lui seul a le droit de mal la traiter...

Coral, se sentant sur la brèche, se ravise.

– Ce que je veux dire, se justifie-t-elle, c'est que la fonction de Rally Girl est attribuée sur la base du volontariat, alors que le *cheerleading* passe par une sélection rigoureuse...

– Euh, pardon, je sais que j'ai l'air complètement à la ramasse, m'excusé-je en priant pour ne pas faire une nouvelle gaffe, mais c'est quoi une Rally Girl ?

– En fait, c'est un peu une aide qu'on nous attribue à nous, les joueurs, me répond Simon. Comme on a un emploi du temps très chargé de fin août à Noël, on a chacun une Rally Girl pour nous aider. Nous transmettre nos devoirs quand on rate des cours à cause de l'entraînement, nous faciliter la vie à l'approche d'un match...

– Elles sont censées encourager leur joueur le jour J, avoir des petites attentions comme lui apporter un panier de muffins, ajoute Coral. Mais en réalité, la plupart optent pour d'autres types de gâteries, si tu vois ce que je veux dire.

Elle accompagne sa remarque d'un geste de succion qui ne laisse que peu de doute sur ce qu'elle veut dire, en effet. C'est plutôt odieux pour Tanya. Pas très sportif, pour filer la métaphore. Et vu que cette Coral m'agace déjà, j'ai envie de jouer les imbéciles. De lui demander, avec un plus grand sérieux : « Je ne comprends pas : elles leur apportent un Esquimau ? Et elles le lèchent avant de leur donner ? » Seulement, je n'ai même pas le temps de balancer mon sarcasme que la bad girl réagit, avec un sang-froid qui force le respect.

– Je serais mal placée pour affirmer que c'est faux, étant donné que je mets moi-même un point d'honneur à sucer Logan avant chaque entraînement.

Pris de court par son audace, Simon, Avery et moi éclatons d'un rire surpris. Logan, lui, pouffe méchamment dans ses frites pendant que Coral et Brooke froncent le nez d'un air dégoûté. Quant à ma Steff…

Évidemment, vu ses sentiments pour Logan, cette remarque ne l'amuse que moyennement. Je lui jette discrètement un regard contrit en retrouvant mon sérieux. Mais je dois avouer que j'admire la réaction de Tanya, sa façon de ne pas se laisser marcher sur les pieds. Tout en me demandant qui est la Rally Girl d'Erik et quel genre de rapports il entretient avec elle…

– Par ailleurs, Coral, ajoute la Rally Girl, tu ne t'es jamais dit que si certaines filles pouvaient tomber assez bas pour accorder des faveurs sexuelles à des joueurs qui n'en ont rien à foutre d'elles, ce n'était pas entièrement leur faute ? Que c'était peut-être à cause de la culture de l'école, qui leur a fait intégrer qu'elles leur étaient inférieures et soumises ? Une culture perpétuée par l'équipe ET les *cheerleaders* ?

Je suis agréablement surprise par cette tirade. Je crois que si la situation avait été autre, j'aurais bien aimé fréquenter quelqu'un comme Tanya. Après tout, Steff et elle ne sont pas si différentes, au fond. Elles se fichent de ce qu'on peut bien penser d'elles, ont de la repartie et n'en font pas mystère.

– Oh, ça va, lui répond la pom-pom girl. Tu sais bien que je ne parlais pas pour toi !

– Comme si c'était la question… marmonne la Rally Girl, exaspérée.

Une nouvelle fois, la tension à table est palpable. Il devient clair que Steff et moi aurions été plus à l'aise toutes les deux, en tête à tête. D'ailleurs, en croisant le regard de mon amie, je devine qu'elle est en train de se dire exactement la même chose.

Il est peut-être temps de s'esquiver en douceur…

– Au fait, Steff, tu n'es pas censée aller t'inscrire en STIM avant que la cloche sonne ? lancé-je tout en sachant qu'elle s'y est inscrite avant qu'on se retrouve à la cafétéria.

Le STIM est le club de science, technologie, ingénierie et maths de Felt. Et la *geekette* en est le seul membre féminin.

– Si, tu as raison, saute-t-elle sur l'occasion. Attrape tes Twinkies, on les mangera sur le chemin.

Après un rapide baiser à Erik – sous le regard appuyé et réprobateur de Logan, bien entendu – je suis Steff et nous trottons jusqu'à la sortie en essayant de retarder le fou rire nerveux qui risque de nous prendre dès que nous serons hors de la portée des autres. Au moment de passer la porte battante, je la retiens pour le garçon en fauteuil roulant qui nous suit. Il a l'air d'avoir notre âge. Steff, en se retournant pour voir ce que je fabrique, l'aperçoit, alors qu'il passe devant moi en me gratifiant d'un sourire timide, mais sincère.

– Tiens, Matt ! Alors ça y est, tu es de retour parmi nous ? C'est génial !

Le garçon en question, teint pâle et cheveux d'ébène, lève les yeux vers mon amie.

– Juste à temps pour essayer d'obtenir une meilleure moyenne que toi en maths au moins une fois dans ma vie, la taquine le fameux Matt.

Steff rit avant de m'expliquer.

– Matt et moi étions voisins jusqu'à ce que j'entre en cinquième. Il n'est pas mauvais en algèbre, mais pas aussi bon que moi. Tiens, au fait, ajoute-t-elle, je te présente ma nouvelle amie, Izzie.

Je tends la main, dont le garçon se saisit en souriant.

– Izzie est nouvelle ici.

– Tu habites où ? me demande Matt.

– Sur Richmond, au numéro 144.

Alors que le garçon fronce les sourcils d'un air étonné, Steff s'empresse d'ajouter :

– Izzie est la demi-sœur de Logan…

L'expression chaleureuse de Matt change du tout au tout. Il me toise à présent d'un air glacial. Intérieurement, je me demande ce que j'ai bien pu faire. Emménager dans une maison hantée ?

– Eh bien… Bonne chance avec ça ! grommelle le beau brun avant de s'éloigner.

Un peu surprise, je l'observe pousser les roues de son fauteuil avec le très net sentiment que j'ai sans doute trouvé un autre détracteur de Logan. Je me tourne vers Steff, l'air interrogatif. Mais ma meilleure amie se contente de me répondre tout bas :

– Laisse tomber.

***

Lorsque j'arrive à la maison après les cours, Logan est déjà là. Évidemment, c'est facile quand on est motorisé. Car oui, c'est la grande injustice de la maison : Logan a un véhicule – si tant est qu'on puisse appeler ainsi l'engin de mort sur lequel il se trimballe. Parce que monsieur le dur, le tatoué, l'ombrageux, roule à moto. Alors que moi, je dois prendre le bus scolaire et emprunter une des deux voitures familiales quand je veux sortir en ville. Ma mère et Baxter ne voient pas l'intérêt d'acheter une nouvelle voiture étant donné que dans un an, je serai en train d'étudier sur la côte Est. OK, j'entends leur argument… Mais c'est quand même dégueulasse ! D'autant que je suis responsable, moi, au moins ! Alors que mon abruti de « frère » monte sur sa bécane même quand il est complètement bourré ou drogué. Je l'ai déjà vu faire. Et les parents sont à mille lieues de s'en douter !

– Déjà là ? me lance l'affreux avec un sourire alors que je franchis la porte.

Car oui, parfois, Logan sourit. Immanquablement de façon provocante.

Le sportif est en train de siroter un grand verre de limonade en profitant de la climatisation de la cuisine, pendant que moi je ruisselle dans mon col Claudine. Ses cheveux mouillés sont plaqués en arrière. J'en déduis qu'il doit sortir de la douche. Ce qui expliquerait qu'il soit torse nu – ce qui comme toujours me met mal à l'aise. Je l'ai dit, je n'ai pas fréquenté beaucoup de garçons de mon âge jusqu'à présent. Alors c'est plus fort que moi : dès qu'il exhibe ses tablettes de chocolat, son tatouage tribal au-dessus de la hanche, sa fine colonne de poils bruns qui orne sa peau dorée avant de disparaître sous son short, je ne peux pas m'empêcher de regarder, fascinée. Il faut dire que malgré sa connerie, il est vraiment canon. Plus que ça, même.

La nature est injuste.

– Impressionnée ? me demande d'ailleurs l'arrogant, une lueur amusée dans ses yeux gris.

– Sceptique, plutôt. Tu as l'air de t'être lavé et pourtant, ça sent encore le fauve dans cette cuisine… répliqué-je du tac au tac, bien décidée à le moucher.

Ce n'est pas parce que tu as une gueule d'ange que toutes les filles vont te passer ta façon d'être, Logan Taylor. Pas moi, en tout cas.

– Ça vient peut-être de toi ? Tu as la tête d'une fille qui a pris un bus bondé par 40 °C, sourit l'enfoiré d'un air satisfait.

Je porte malgré moi la main à mes cheveux blonds, patiemment lissés comme chaque matin, qui avec la sueur et la moiteur du car scolaire ont probablement recommencé à faire des frisettes folles.

– Et toi, tu as encore des moustiques coincés entre les dents, rétorqué-je, décidée à ne pas me laisser déstabiliser. Tu as encore oublié de rabattre la visière de ton casque ?

Instantanément, Logan passe son pouce sur ses dents immaculées qui feraient une excellente pub pour dentifrice. Et j'éclate d'un rire sardonique, très fière de ma blague.

– Qu'est-ce qui vous amuse comme ça, les enfants ? demande joyeusement ma mère en passant la porte d'entrée.

Eh bien, si j'avais su qu'elle rentrait aussi tôt, j'aurais poireauté une demi-heure sur le parking pour l'attendre, quitte à risquer l'insolation.

– On repensait à la pause-déjeuner, lance Logan sans aucune lueur d'ironie dans la voix. Izzie a mangé avec nous et tu ne peux pas savoir à quel point on s'est marrés. Elle a vraiment fait rire tout le monde, c'était génial !

Le salaud.

Avec sa tête d'enfant de chœur, impossible de deviner son double discours. Pourtant, cet enfoiré est en train d'avouer tranquillement que ses copains et lui se sont bien foutus de ma gueule ! J'imagine qu'ils ont tous dû bien rire, après mon départ…

Excepté Erik, qui devait être mortifié.

Je sens qu'on va devoir discuter, lui et moi, à son arrivée…

– Oh, vous avez déjeuné ensemble ? demande ma mère surprise. C'est sympa, ça !

La pauvre a l'air tellement contente ! Ça me fait encore plus de peine pour elle que pour moi.

Nos parents ont beau se montrer patients, je sais qu'ils en ont marre des tensions entre Logan et moi. Pour tout dire, moi aussi, j'en ai ma claque. Mais c'est plus fort que moi : Logan me sort par les trous de nez. Je pourrais digérer son arrogance, ses piques, ses regards exaspérés… Mais je ne supporte pas son attitude vis-à-vis de ma mère. La plupart du temps, il se comporte comme si elle n'était qu'une invitée dans sa propre maison ou dans la vie de Baxter ! Petit chéri a visiblement du mal à accepter que son papa s'occupe moins de lui depuis qu'il a une copine, le pauvre. Le pire, c'est que ma mère se met en quatre pour rendre agréable cette nouvelle vie de famille. Elle cuisine tous les soirs, tient la maison que Baxter et elle passent leurs week-ends à aménager, s'inquiète toujours de savoir si on a passé une bonne journée ou ce qu'on a fait… Je retrouve la mère de mon enfance, la Karen patiente et maternelle, à l'écoute. Je sais qu'elle lutte pour redevenir cette femme-là. Qu'elle s'est battue et se bat encore contre une terrible maladie, un ennemi invisible : la dépression. Et par-dessus tout, je sais une chose que Logan Taylor semble ignorer : elle a souffert, elle est fragile. Je ne veux pas que Logan ou moi menacions le nouvel équilibre qu'elle s'est construit.

– Bon, je monte faire mes devoirs, annoncé-je en récupérant mon sac. Erik ne va pas tarder à arriver.

– Il restera dîner avec nous ? Je fais de l'osso-buco.

– Karen, si tu le prends par les sentiments, je doute qu'il résiste, répond Logan à ma place. En plus, il doit être aussi affamé que moi. L'entraînement de ce matin a été crevant.

– C'est ça, oui… Ce ne serait pas plutôt les galipettes dans la chaufferie qui ont creusé ton appétit ? lui lancé-je entre les dents alors que nous grimpons les escaliers jusqu'au premier étage, le nôtre.

– Qu'est-ce qui se passe, Isobel ? C'est la frustration qui te fait réagir comme ça ? Tu voudrais toi aussi qu'on t'emmène au sous-sol ? Je suis certain que si tu te mettais un peu plus en valeur, tu parviendrais à tes fins. Malgré ton look craignos, tu n'es pas si repoussante. Si tu veux que je parle à Erik…

– Ce que je voudrais, c'est que tu te taises ! lancé-je à voix basse en ne supportant plus son timbre grave, son arrogance, le fait qu'il se balade constamment à poil.

– Malheureusement pour toi, me lance-t-il avec un regard appuyé, je ne me tais que quand je baise. Sauf si bien sûr la demoiselle insiste pour que je lui parle pendant l'acte…

Il glisse cette dernière phrase à mon oreille et mon souffle se bloque. Révulsée, je frissonne. Comment un être aussi répugnant peut-il sentir aussi bon ?

– Tu es vraiment… révoltant, lancé-je, ulcérée, en ouvrant la porte de ma chambre.

– On ne peut pas plaire à tout le monde, lance-t-il en

haussant ses épaules musclées avec désinvolture. Je n'ai jamais eu la cote avec les BCBG coincées, c'est comme ça.

Avant de refermer la porte à son nez, je dresse mon majeur. Pas très BCBG, comme attitude, non ? Et, OK, pas très évolué non plus… Mais c'est tout ce qui me vient pour exprimer à quel point il m'exaspère !

***

Comme toujours quand Erik vient dîner, nous sommes clairement en minorité, ma mère et moi, face au clan opposé, celui des passionnés de foot. Logan, Erik et Baxter n'en finissent pas d'élaborer des stratégies afin que l'équipe se qualifie pour les *playoffs*, les éliminatoires qui amèneront deux équipes à s'affronter pour le titre de champion d'État. Durant les deux prochains mois, chaque vendredi, les Lions vont affronter les autres équipes de leur ligue. Ces matchs donneront lieu à un classement général basé sur le nombre de victoires emportées et de point récoltés. Seules les seize meilleures équipes, sur une cinquantaine environ, seront qualifiées pour disputer le championnat.

D'après ce que j'ai cru comprendre, l'année dernière, les Lions sont allés en finale et ont raté de peu le titre. C'est ce qui a valu à l'un des coachs d'être remplacé immédiatement. Ici, on ne rigole pas avec la victoire.

Non, on ne rigole pas.

Le dîner est même d'un ennui mortel et je suis presque soulagée lorsque Erik s'en va. Honnêtement, je n'ai qu'une envie : aller me mettre au lit avec un bon livre, qui me parlera d'autre chose que de ballon ovoïde et de *touchdowns*. Pendant que nous débarrassons et remplissons le lave-vaisselle, Logan et moi, nos parents débattent en rangeant le salon du programme du week-end. Sans se rendre compte que Logan fait en sorte de me bousculer à chacun de ses passages. Ou qu'il se penche à mon oreille pour me glisser des piques afin de me faire sortir de mes gonds.

– C'était vraiment pénible de voir tes amygdales à chaque fois que tu bâillais. Dis-moi, tu t'ennuies toujours autant quand tu es avec Erik ?

– Disons que malgré sa passion pour le sport, il a des arguments qui me tiennent éveillée lui, *au moins*, lancé-je, très fière de ma trouvaille.

– Isobel Katharina Pearson, tu voudrais me faire croire que sous ce chemisier ringard, il y a une femme de chair et de sang ? Parce que moi, quand je te regarde, je ne vois qu'une gamine…

– Ce qu'il y a sous ce chemisier ne te regarde pas, rétorqué-je, vexée. Mais si vraiment ça t'obnubile, fais preuve d'imagination !

– Mais enfin, Baxter, tu ne te rends pas compte ! lance ma mère en faisant irruption dans la cuisine, interrompant notre énième joute du jour. La maison n'est pas prête à recevoir autant d'invités ! Je n'ai même pas encore trouvé de rideaux adéquats pour notre chambre…

– Ça tombe bien, rit son fiancé en déposant un rapide baiser sur sa nuque. Je compte interdire à mes amis d'entraîner tes amies dans notre chambre. Et puis, je me chargerai du barbecue. Quelques bouteilles de pinot *grigio* dans des bacs remplis de glace, quelques bières, et ce sera parfait. Mais c'est important que le *Pep Rally*[1] ait lieu chez l'un des Boosters, et c'est mon tour de recevoir cette année.

Ah oui, une autre particularité de Felt : le Boosters' Club.

Il s'agit de la confrérie des (généreux) donateurs de l'équipe. Ils aident au financement des trajets pour les compétitions, au renouvellement des équipements… Ce sont souvent d'anciens joueurs, comme Baxter. Ce dernier est d'ailleurs l'un des plus investis, puisque c'est lui qui commente les matchs des Lions en direct du stade, lors d'émissions retransmises en direct sur la radio locale *dédiée* au foot.

Le Texas est bien plus exotique qu'on ne le pense.

---

1. Rassemblement de soutien.

Ça fait sept semaines que pour m'adapter, je fais un véritable travail d'anthropologue. Sans trop de succès hélas, ai-je l'impression.

– Tu crois que tout le monde va tenir dans le jardin ? Les joueurs, les *cheerleaders*, les coachs, les Boosters… Malgré la caravane ?

Je grimace à la perspective de devoir accueillir chez moi Coral. J'ai à peine eu le temps de toucher un mot à son propos auprès d'Erik – tout comme j'ai à peine eu le temps d'aborder la question de sa Rally Girl, une fille de première avec un bonnet D. Il m'a rassurée en me disant que je n'avais aucun souci à me faire… Et étant donné qu'on vient à peine de commencer à se fréquenter, je ne voulais pas paraître pénible ou insistante… Mais Logan, en surprenant mon expression de dégoût, croise les bras en souriant. Il se doute probablement que l'idée d'une soirée à la maison avec tous ces gens du lycée me stresse.

Et il jubile.

– On peut la garer pour une nuit sur le parking de l'agence, objecte Baxter.

Il veut parler de l'agence immobilière qu'il possède. Baxter gère toutes les transactions immobilières du coin. Ce qui en fait une figure locale extrêmement populaire.

– On peut peut-être même la laisser là-bas, rit ma mère, qui désapprouve ce véhicule qui trône dans notre jardin.

– Abandonner ma caravane sur un parking, à l'année ? fait mine de s'horrifier Baxter. Femme, tu n'y penses pas ! Et si jamais le gamin et moi, on était pris d'une subite envie de tailler la route pour aller camper et pêcher entre hommes ?

– Pourquoi forcément « entre hommes » ? ne puis-je m'empêcher d'intervenir.

Immédiatement, trois paires d'yeux se braquent sur moi. Je commence à rougir.

– Ce que je veux dire, tenté-je de me justifier en déglutissant, c'est que c'est un peu stigmatisant de…

Je regarde autour de moi, sans savoir quoi dire ensuite. Évidemment, je croise le regard moqueur de Logan, qui semble attendre la suite avec impatience. Je ne veux surtout pas agresser Baxter, que j'apprécie énormément. Ni mettre ma mère dans une situation délicate vis-à-vis de son fiancé.

Ni donner à Logan une énième occasion de me vanner.

Mais les clichés sexistes, c'est plus fort que moi, ça me fait toujours réagir.

– Tu as raison, s'excuse Baxter avec sincérité. Je suis désolé. Seize ans à vivre en tête à tête avec celui-là, sans présence féminine, ça m'a peut-être rendu un peu macho, lance-t-il en désignant son fils.

– Oui, pardonne-le, renchérit Logan avec ce sourire imperceptible qui flotte sur ses lèvres quand il prépare un mauvais coup. C'est vrai qu'on est un peu arriérés dans la région. Mais tu fais bien de nous rappeler à l'ordre. D'ailleurs, je suis sûr que mon père sera ravi de t'emmener camper un week-end.

– Ça, c'est une bonne idée ! s'illumine Baxter. Ça te tenterait, Isobel ? Tu as déjà pêché ?

Logan Taylor, je vais t'étrangler.

– Jamais, avoué-je entre mes dents serrées.

– Ça devrait plaire à la future écrivaine que tu es ! Comme la lecture ou l'écriture, c'est une activité qui requiert du calme et de la patience.

Je souris de façon un peu forcée, sans avoir aucune idée de comment me tirer de ce mauvais pas.

– Oui… Ça serait cool, je suppose…

Attendez, rembobinez. Je viens bien d'accepter d'aller camper en pleine cambrousse avec mon nouveau beau-père ? Moi, la citadine chevronnée ?

Et tout ça pour donner tort à cet abruti de Logan ?

Au sourire victorieux qu'arbore l'insolent, le doute n'est plus permis. Je viens de tomber droit dans son piège…

Logan Taylor, tu ne perds rien pour attendre.

Après tout, si je vais camper, j'apprendrai sûrement à faire du feu. Et si j'apprends à faire du feu, je pourrai incendier la chambre de mon demi-frère pendant la nuit.

2

Qui sème les « A » récolte les emmerdes

Izzie

Être convoquée dès la deuxième semaine de cours par la conseillère d'orientation est rarement bon signe. Mais quand cette dernière est votre mère, il y a de quoi s'attendre au pire. Aussi, à la fin du déjeuner, j'ai une boule dans le ventre. Je suis le genre d'élève qui aligne les A, qui rend toujours ses devoirs à l'heure, et en temps normal, j'aurais déjà lu au moins la moitié de la bibliographie du trimestre…

Mais avec le week-end qu'on a passé, je n'ai pas pu ouvrir un seul bouquin de cours.

Samedi, toute la galaxie football est venue passer l'après-midi dans le jardin pour un barbecue. J'étais un peu tendue par la présence de Coral, mais tout s'est finalement bien passé. Tanya était là pour rabrouer la *cheerleader* quand je n'en pensais pas moins. Simon et Avery sont plutôt sympas, même si je reste timide en leur présence. Quant à Erik, il s'est montré un parfait petit ami, toujours prêt à rendre service, achevant de se mettre ma mère et Baxter dans la poche. Ce qui, en bonus, n'a pas manqué d'exaspérer Logan…

Mais ce qui a été terrible, c'est quand tous les invités sont partis à seize heures. Il a fallu ranger – jusque-là, rien d'anormal – et filer en vitesse sur le parking de l'agence immobilière récupérer la caravane pour… nous initier aux joies du camping, ma mère et moi !

Je peux maintenant dire tout ce que j'aime et déteste dans la vie sauvage. Les « pour » : j'adore les marshmallows grillés, les histoires qui font peur racontées autour du feu de camp, observer les étoiles, entendre Logan s'énerver parce qu'il n'a pas de 4G. Je déteste : les moustiques, les hurlements des coyotes, avoir Logan qui se fout de moi parce que j'ai, raisonnablement me semble-t-il, peur d'un animal capable de se servir de moi comme en-cas. Je n'aime pas non plus voir l'insolent frimer parce qu'il sait faire du feu (d'ailleurs, il va falloir que je me méfie ; c'est peut-être plutôt lui finalement qui va finir par incendier ma chambre) ou couper du bois. Je n'aime pas plus les araignées et me lever à cinq heures pour aller tuer des poissons à mains nues. J'exècre : cohabiter dans neuf mètres carrés avec le bellâtre, sentir son regard narquois se poser sur mon pyjama en pilou, faire une insomnie de peur de ronfler en sa présence. J'ai l'habitude de dormir seule, moi ! De m'étaler comme je veux, de bouger si ça me chante, sans craindre une réflexion assassine ! Malgré les couches de pilou et de duvet entre nous, sentir le corps de Logan à côté du mien m'a empêchée de me détendre. Ça prend de la place, un corps – surtout un comme le sien, un mètre quatre-vingt-dix de muscles et de puissance. Ça dégage de la chaleur. Et même quand ça se tient le plus loin possible du vôtre, comme si vous aviez la gale, ça vous frôle parfois par mégarde. C'est peut-être idiot, mais je suis pudique. Expansive, mais pas tactile. Et s'il y a bien une personne au monde que je n'ai pas envie de toucher, c'est Logan Taylor. Narcissique comme il est, ce malade serait prêt à m'accuser de l'avoir fait exprès !

Heureusement, peu avant minuit, alors que je ne faisais que gigoter sur la banquette que nous partagions, l'homme des bois a finalement quitté la caravane muni de son duvet pour aller dormir à la belle étoile. Malheureusement, les coyotes étaient déjà partis.

Autres désagréments du camping, en vrac : ne pas avoir mon fer à lisser sous la main, entendre Logan m'appeler « bichon frisé », devoir me laver au gant – on n'est plus au Moyen Âge, merde ! Et je ne veux plus, ô grand jamais, vivre l'expérience atroce et humiliante de me casser la figure tout habillée dans une rivière à 14 °C pendant que Logan me pointe du doigt et se marre comme une baleine.

Note pour plus tard : les ballerines, ça apporte indubitablement une touche sixties au short en jean et à la chemisette vichy, mais sur les rochers mouillés, c'est vraiment une idée de citadine à la con.

Deuxième note pour plus tard, au cas où j'oublie la première : si la chemisette en question, la prochaine fois que je prends un bain, pouvait éviter de virer transparente… Je n'ai jamais été aussi gênée que quand Logan l'a remarqué et a passé l'heure qui a suivi à me mater avec son foutu air provocant. Merde, quoi ! C'est lui qui passe son temps à parader torse nu comme un véritable sauvage, à montrer sans vergogne ses muscles d'athlète. Et moi, je ne m'amuse pas à le mettre mal à l'aise comme ça !

Quand on est rentrés hier soir, j'étais vidée. Mais aussi étrangement euphorique en sentant mes muscles courbaturés. Et puis Baxter n'avait pas menti. Le coin était beau, vraiment beau. La rivière qui serpentait, la brume de condensation, les rochers oscillant entre le gris et le vert, les milliers d'arbres serrés non loin de la rive… D'ailleurs, pendant que j'attends mon rendez-vous avec madame la conseillère, assise dans l'espace d'attente du secrétariat de la vie scolaire, j'ouvre mon classeur et recommence à travailler sur le poème que m'a inspiré le paysage.

« Les éclats miroitants de l'eau
Les poissons comme des coulées d'argent
Et ton regard qui étincelle »

Je ferme les paupières pour me remémorer la scène qui m'a inspiré ces vers. Le gris des rochers, le gris des poissons, le gris fumé de l'eau, le gris de deux yeux perçants… En me sentant suffoquer, je rouvre les miens. Juste au moment où Logan sort, furibard, du bureau de ma mère.

Le revoilà, ce fameux regard.

Le sien, de sa saisissante couleur de tempête, lance des éclairs dans ma direction. Puis il claque la porte et file. Sans comprendre, je rassemble mes affaires et entre à mon tour dans le bureau de ma mère, ébouriffée et paniquée. Qu'est-ce qui se passe, encore ?

– Ah, ma puce, c'est toi… Prends une chaise, installe-toi, me lance-t-elle en feuilletant mon dossier scolaire. Dis-moi, je commence à examiner les parcours de chaque élève, en vue des inscriptions à la fac. NYU est toujours ton choix numéro un ?

Ouf, ce n'est que ça.

Rien à voir avec Logan, donc. Soulagée, j'opine… Jusqu'à ce que l'air dubitatif de madame la conseillère me fasse craindre le pire. Pourquoi a-t-elle l'air aussi inquiète de mon choix ? Par peur que je m'éloigne autant, aussi vite, alors qu'on vient à peine de se retrouver ? Ou par celle que je n'aie pas le niveau pour être acceptée ?

– Tu penses… qu'il y a un problème ? demandé-je timidement.

– Non, ma chérie, tranquillise-toi. Étant donné ton excellent dossier, ils seraient fous de ne pas t'accepter ! Mais soyons honnête : Felt High n'a pas la réputation de ton ancienne pension et j'ai peur que si tu ne fais rien pour te démarquer cette année, cela risque de desservir ta candidature, malgré ton excellent parcours.

Je la regarde d'un air interrogateur. Qu'est-ce qu'elle attend de moi exactement ? L'année vient à peine de commencer, mais il me semble avoir largement le niveau pour me classer parmi les premiers de la promotion. Peut-être même pour terminer major. Je ne vois vraiment pas ce que je pourrais faire de plus…

– Ce que j'essaye de te dire, reprend-elle en sentant ma perplexité, c'est qu'il manque des activités à ton curriculum. Tout ça est parfait, mais peut-être un peu… lisse ? Pas de clubs, d'activités extrascolaires, rien qui te démarque des autres candidats et montre aux recruteurs qui est Izzie Pearson.

– À la Putney School, j'ai fait partie du cercle poétique, objecté-je. Et j'ai aussi gagné un concours régional de nouvelles.

– Oui, mais c'était lors de ta première année de lycée. Depuis, plus rien.

– Avec le programme de cours, j'avais peur de me disperser et que ma moyenne s'en ressente, admets-je.

– Je comprends, mais c'est un choix risqué de tout miser sur l'excellence académique. Ça peut donner une fausse impression sur toi. Celle que tu manques de… personnalité, m'avoue ma mère, un peu gênée.

J'accuse le coup. Un futur écrivain doit avant tout apprendre à gérer les critiques constructives, d'après ce que j'ai lu quelque part. Et force est d'admettre que ma conseillère de mère a sûrement raison. Je sais à quel point les recruteurs des grandes facs prêtent attention à ce genre de détails. Seulement, il y a un petit souci…

– Maman, je ne veux pas paraître snob ou quoi que ce soit, tenté-je d'expliquer avec le plus de tact possible, mais tu sais comme moi qu'ici, il n'y a pas beaucoup de clubs centrés sur les arts. Excepté celui de musique, mais je chante comme une casserole et le seul instrument dont je joue, c'est du triangle. À contretemps, précisé-je.

– C'est vrai que tu n'as pas l'oreille musicale, admet ma mère en riant. On ne peut pas avoir toutes les qualités ! Tu as pensé au STIM ? J'ai vu que ton amie Steffany y était inscrite…

– J'ai bien peur qu'en optant pour l'ingénierie, je risque de discréditer ma candidature dans une faculté d'Arts et de Lettres. Et puis de toute façon, Steff m'a dit qu'ils manquaient de moyens…

– Oui, nos allocations sont serrées et c'est vrai que le sport prend une grande partie de notre budget, avoue ma mère tout en ayant l'air de s'excuser. Peut-être que tu pourrais te porter volontaire pour le tutorat ? Je sais que ce n'est pas follement réjouissant comme activité. Seulement, tu as une excellente moyenne dans tous les domaines et quelqu'un comme toi serait un atout pour les élèves en difficulté. Et, ajoute-t-elle, cela ferait bien sur ton dossier. Ça montrerait que tu n'es pas…

Elle cherche ses mots.

– … un de ces artistes enfermés dans leur tour d'ivoire. Que tu es ma petite Izzie – ouverte au reste du monde, sensible, généreuse. Que tu es capable de faire partie d'un groupe, d'interagir avec les autres. Étant donné le caractère participatif des ateliers d'écriture de NYU, cela te permettrait de te distinguer parmi les candidats.

En entendant ce plaidoyer, je respire, soulagée. À un moment, j'ai eu peur que ma mère tente de faire de moi une *cheerleader* ! Donner des cours de soutien scolaire ? Pourquoi pas, c'est plutôt valorisant. Et puis l'enseignement, c'est une carrière que j'envisage, en complément de l'écriture. Après tout, la pédagogie, chez les Pearson, on a ça dans le sang, non ?

– Bien sûr, m'man, souris-je, ravie à l'idée de tenter une nouvelle expérience. C'est une excellente idée, tu peux m'inscrire.

– C'est vrai ?

– Oui, bien sûr ! J'ai du temps à revendre depuis que je suis arrivée. Je n'ai pas une foule d'amis… Et puis comme ça, ça me permettra de traîner après les cours et que tu me ramènes, plutôt que prendre le bus. À moins qu'Erik s'en charge… ajouté-je avec une petite moue enjôleuse.

– Tant qu'il garde ses mains sur le volant et ses yeux sur la route, ça me va, plaisante ma mère.

Je ris tout en promettant qu'Erik n'est pas comme tous ces joueurs obsédés avec qui il traîne. Puis, notre entrevue étant terminée, ma mère m'invite à filer en cours de littérature avant que la cloche sonne la fin de la pause déjeuner. Je grimace. Ce cours devrait être mon préféré… Sauf que c'est l'un des rares que j'ai en commun avec Logan. Et passer une heure et demie à l'observer bayer aux corneilles, répondre au prof ou griffonner des dessins dans son classeur m'exaspère.

Même si c'est vrai qu'on a déjà connu plus passionnant que M. Whitford et ses questionnaires de lecture rébarbatifs.

– Au fait, lancé-je en me levant, j'ai croisé Logan quand il sortait d'ici et il n'avait pas l'air ravi de votre entretien…

– Ton demi-frère s'est vu imposé des heures de soutien scolaire, m'explique ma mère avec un sourire contrit. Et je ne crois pas que ça l'enchante, en effet… Mais c'est pour son bien.

– À quoi est-ce que ça sert ? ne puis-je m'empêcher de demander. Ce n'est pas comme si sa carrière n'était pas tracée d'avance. Il va entrer à Notre Dame avec une bourse sportive et en sortant après quatre ans, il signera avec une équipe de la National Football League…

– Sauf s'il perd sa bourse en cours de route pour cause de mauvais résultats, répond ma mère. Et puis le football n'est pas une carrière sûre. On peut tout perdre en un instant à cause d'une blessure, d'un mauvais coup. Je veux que Logan garde ses options ouvertes.

– Tu parles en tant que conseillère ou en tant que belle-mère ?

Logan n'a jamais vraiment eu de présence maternelle dans sa vie. De ce que m'a expliqué ma mère, la sienne est partie quand il n'avait que 2 ans et n'a plus jamais donné signe de vie. Je sens bien que ça la touche.

– Ce garçon n'a pas eu une vie facile, Izzie. Et comme tu le sais, j'ai moi aussi traversé une période sombre. Alors oui, j'ai envie de l'aider. Comme conseillère, mais aussi comme parent. J'ai raté beaucoup de choses dans l'éducation de ton frère, et laissé filer beaucoup d'années avec toi. Cette nouvelle famille qu'on forme tous les quatre, c'est l'occasion pour moi de me rattraper. J'espère que tu le comprends, et que tu n'es pas jalouse de l'attention que je lui porte.

– Jalouse de Logan ? demandé-je en levant un sourcil. Ça me ferait bien mal !

– Sors de mon bureau, petite impertinente, rétorque ma mère en riant. Et essaye de ne pas t'exprimer comme ça pendant le cours de M. Whitford, par pitié !

***

Le tutorat de Logan : voilà le thème du repas du soir. L'enfant roi est visiblement contrarié qu'on l'oblige à faire comme n'importe quel étudiant, à savoir obtenir une moyenne supérieure à D. Et pour le soutenir dans ses récriminations, il peut compter sur son père.

– Karen, chérie, tu vois bien à quel point Logan est déjà occupé ! L'école, l'entraînement, son premier match de l'année dans trois jours… Je ne suis pas certain que trop le charger soit une bonne stratégie. Est-ce qu'on ne pourrait pas envisager de décaler ces cours de soutien ? Il pourrait commencer début novembre, une fois la pré-saison terminée, ou après Noël si les Lions sont qualifiés pour le championnat ? Là, il aura plus de temps.

– Et il en aura déjà perdu trop ! C'est sa dernière année, Bax, et je suis désolée de te le dire, mais étant donné ses résultats depuis deux ans, il n'y a pas une minute à perdre !

– Mais puisque j'ai déjà été accepté à l'université ! s'emporte Logan en toisant toute la tablée d'un air furieux. Qu'est-ce que ça peut foutre, mes résultats scolaires ?

Je lui jette un regard noir. Qu'il fasse subir son caractère ingérable à son père ou à moi, passe encore, j'ai pris l'habitude… Mais je ne supporte pas qu'il s'énerve comme ça sur ma mère ! Après tout, elle veut simplement l'aider. Et puis, ça ne lui ferait peut-être pas de mal de s'intéresser à autre chose qu'au foot. Au monde qui l'entoure, par exemple. Aux gens qui l'aiment. Logan soutient mon regard d'un air provocant, comme s'il savait parfaitement ce que je pense et qu'il voulait m'écraser de tout son mépris. Mais malgré l'effet que me font ses yeux perçants, je tiens bon, jusqu'à ce qu'il cède et détourne la tête d'un air gêné. Victoire !

– Pour l'instant, objecte ma mère avec calme, Notre Dame ne t'a fait qu'une proposition orale. Une poignée de main n'a pas valeur d'engagement.

– Pour ces recruteurs, si, nuance Baxter. Ils ont l'œil sur le gamin depuis qu'il a intégré l'équipe ! Le meilleur *fullback* de tout le Texas, qui nous a rapporté déjà un titre de champion d'État. Ils ne vont certainement pas le laisser filer.

– Je l'espère sincèrement, leur répond ma mère. Et je crois aussi en ta carrière, Logan. Je n'ai d'ailleurs qu'une seule hâte : te voir jouer cette saison. Mais dans la vie, on n'est jamais à l'abri d'un changement de direction. Et, quoi qu'il arrive, ce que tu apprends à l'école fera toujours ta richesse…

En entendant ma mère parler comme ça, un frisson de plaisir me parcourt – et pas uniquement parce que ça fait chier Logan. Non. Je suis émue de constater qu'elle prend son nouveau métier tellement à cœur. Du temps où elle enseignait l'histoire dans un lycée du Bronx, il fallait la voir ! Passionnée, engagée, convaincue que le savoir est la plus puissante des armes… C'est elle qui, quand j'étais petite, me lisait des histoires, me parlait des civilisations passées, traitait les livres comme des objets sacrés. C'est elle qui a construit ma vocation. Et je sais que quand elle parle ainsi à Logan, elle est absolument sincère. Elle veut qu'il reçoive le meilleur de ce qu'elle a à offrir, tout comme elle l'a fait pour moi.

Et cet imbécile ne se rend même pas compte de la chance qu'il a.

– Ce que j'apprends à l'école est censé faire de moi un petit robot savant. Un citoyen modèle, calibré pour répéter sans réfléchir ce qu'on lui a inculqué et ne jamais remettre en cause l'ordre établi.

– C'est vrai que tu es un tel rebelle, ne puis-je m'empêcher d'ironiser. C'est tellement subversif d'être Monsieur Popularité…

– Quand on voit que les outsiders du bahut portent des mocassins et des lavallières, comme de braves petits banquiers, ça donne plutôt envie d'être dans le camp adverse, rétorque-t-il.

– Logan ! Arrête d'agresser ta sœur, tu veux bien ? le réprimande son père pendant que je tripote, vexée, le nœud qui orne le col de mon chemisier.

C'est quoi, le problème, avec les lavallières ?

– Pour la énième fois, réplique le colosse exaspéré, Isobel n'est pas ma sœur ! Peut-être que ça vous amuse de prétendre qu'on est une seule belle et grande famille, mais ce n'est pas le cas ! Et je suis désolé, Karen, mais mon père et moi, on s'est débrouillés sans ton aide pendant seize ans. Il ne me reste plus qu'une année à tirer à Felt, alors est-ce que ce serait trop te demander de me laisser la vivre comme je l'entends ?

– Monte dans ta chambre, répond Baxter, rouge de colère.

C'est la première fois que je le vois furieux comme ça. Et honnêtement, avec sa stature impressionnante et sa silhouette encore athlétique malgré sa cinquantaine, il ne donne pas du tout envie de le faire sortir de ses gonds.

– Karen n'a jamais rien fait d'autre que de manifester le même souci pour toi que pour sa fille, et c'est comme ça que tu t'adresses à elle ?

– Il faudrait savoir ! Tu es de son côté ou du mien ?

– J'étais du tien il y a encore une minute ! Mais à voir comme tu te comportes, je commence à me demander s'il n'y a pas en effet un besoin urgent de te mettre un peu de plomb dans la cervelle ! Peut-être que tu pourrais suivre l'exemple d'Izzie, lire un livre de temps à autre ? Ça te permettrait peut-être d'apprendre deux ou trois trucs sur les rapports humains !

Vu le regard haineux que me jette Logan avant de quitter la cuisine, je ne suis pas certaine que Baxter ait eu raison de m'inclure dans sa petite démonstration…

– Izzie, me demande ma mère après un long et profond soupir de lassitude, monte faire tes devoirs, veux-tu ? Baxter et moi nous chargerons de ranger la cuisine.

Message reçu.

Quand les adultes vous autorisent à ne pas débarrasser votre assiette, c'est qu'ils veulent que vous déguerpissiez le plus vite possible. Je file donc me réfugier dans ma chambre et tente de me lancer dans la lecture du troisième chapitre de *Crime et Châtiment* de Fiodor Dostoïevski, l'une des trois œuvres qu'on étudiera ce semestre et qui ont pour thème la culpabilité dans la littérature. Mais comment me concentrer, quand Logan et toute sa fureur occupent le même palier ? Je tends l'oreille en me demandant si le sauvage est en train d'écouter son rock furieux des mauvais jours… Si c'est le cas, il doit avoir mis un casque. Tant mieux, qu'il écrase ! Pour une fois qu'on lui impose des limites… J'en ai assez que tout le monde lui passe tout, tout le temps. Même mon petit ami. Même ma *meilleure* amie ! Qu'est-ce que tout le monde lui trouve ? C'est vraiment si irrésistible que ça, les tyrans ? Ou alors c'est son physique d'Apollon et son costume de rebelle qui font que tout le monde voit en lui quelque chose qu'il n'a pas ? Le pire, c'est quand Steff ose me dire qu'elle le trouve brillant et spirituel. Si par « spirituel », elle entend « cassant » et « cynique », alors oui, il a de l'esprit, c'est certain. Le roi du lycée et également le roi de la vanne qui tue, et mes lavallières s'en souviendront longtemps après ce soir. Mais on peut être vif sans être méchant, avoir des émotions sans continuellement se comporter comme une bombe à retardement, et affirmer ce qu'on pense sans tenter d'écraser les autres ! C'est pourtant pas compliqué !

Je passe la demi-heure suivante à ressasser ce qui a été dit, sans même m'en rendre compte, jusqu'à ce que Baxter et ma mère frappent à ma porte et l'ouvrent, avant de faire pareil avec celle de Logan qui se trouve en face. Le géant de Felt High bondit de son lit, vif comme un fauve, et s'avance sur le palier. Visiblement, s'être fait passer un savon l'a rendu plus docile.

– Les enfants, on a pris une décision. Logan, Karen a raison : il est important de ne pas négliger ton éducation. Ta bourse sportive dépendra de toute façon de tes résultats scolaires, et si tu ne prends pas dès cette année de bonnes habitudes de travail, tu vas rapidement te retrouver en difficulté une fois à la fac.

– Mais j'entends, ajoute ma mère, que d'ici la fin du championnat, tu vas avoir beaucoup de travail, et il ne s'agit pas non plus de nuire à tes résultats sportifs. Izzie, étant donné que tu t'es porté volontaire pour faire du soutien scolaire, nous avons convenu avec Baxter que le plus simple serait que l'élève qui te soit attribué soit Logan. Étant donné que vous vivez sous le même toit, ça vous garantira une certaine souplesse dans votre emploi du temps. Vous pourriez même vous y mettre dès ce soir, au lieu de travailler chacun dans votre coin ?

J'écarquille les yeux et gonfle les joues, en tentant de retenir de toutes mes forces les mille protestations qui me viennent. L'insolent et moi ne passons pas déjà assez de temps ensemble comme ça ? Ils veulent quoi, qu'on finisse par s'entre-tuer ?

Remarque, ça leur ferait peut-être des vacances...

Logan, profitant du fait que les parents fixent mon expression consternée, m'adresse une grimace douloureuse. L'enfoiré... Pour ne pas lui donner la satisfaction d'exploser à mon tour, j'essaye d'afficher un masque d'impassibilité. Après tout, quel meilleur moyen de le déstabiliser que de lui faire une démonstration de maturité ? Il n'a tellement pas l'habitude que ça risque de bouleverser son petit univers de prodige du foot. Mais à l'intérieur, c'est un supplice. Je me sens une fois de plus punie pour les fautes du sportif. Et j'imagine sans mal à quel point ce tutorat risque d'être chaotique. Faire bosser Logan ? Parvenir à lui faire comprendre ne serait-ce qu'un fragment des subtilités de la littérature, de l'histoire, de la géographie ? C'est un combat perdu d'avance, pour lequel je voudrais pouvoir déclarer forfait.

– Bien sûr, oui. J'étais en pleine lecture, mais j'ai bientôt fini. Logan, tu travailles sur quoi, toi ?

J'espère que mon amabilité feinte, qui m'écorche la langue, lui fera saigner les oreilles. Après tout, est-ce que je n'incarne pas en cet instant tout ce qu'il déteste ? La politesse, les normes sociales bien intégrées, l'altruisme…

– Algèbre, me répond le sportif en imitant ma fausse affabilité avec une dextérité de caméléon.

– OK. Je termine ce que je suis en train de faire et viens voir si tu as besoin d'un coup de main ?

Au jeu de qui est le plus sympa, je vais te tuer à coups de gentillesse, Logan Taylor. T'étouffer sous une montagne de bons sentiments.

Logan me jette un regard dur comme le granit, mais parvient néanmoins à articuler un « oui ». En acquiesçant avec l'enthousiasme d'une Pollyanna[1] chevronnée, je regagne ma chambre. Et passe les minutes qui suivent à tenter de finir ma lecture… Mais impossible de me concentrer. Si bien qu'arrive l'heure théorique de ma douche – j'ai ma petite routine le soir, afin d'effacer les effets désastreux du climat

1. Héroïne éponyme d'un roman jeunesse publié en 1913 par l'Américaine Eleanor H. Porter. Aux États-Unis, l'expression « une Pollyanna » s'emploie pour désigner une personne à l'enthousiasme et l'optimisme aussi excessifs qu'agaçants.

local sur ma personne. Les chaleurs caniculaires ne me réussissent définitivement pas. Le souci, c'est que si je me lave maintenant, ça veut dire que je vais devoir enfiler un pyjama. Or, la question est épineuse : dois-je ressortir le pilou du camping, en sachant que cette fois-ci ni Baxter ni ma mère ne seront dans les parages pour inhiber les sarcasmes de Logan ? Ou dois-je mettre mon pyjama actuel, moins chaud, mais plus échancré ? Le petit caraco bordé de dentelle noire et le shorty rouge ne laissent pas grand mystère de mon anatomie. Et si c'est pour entendre que j'ai des seins disproportionnés par rapport à la taille de mon buste ou des cuisses trop grosses, merci, mais je suis au courant. Sans compter que mon épilation n'est plus tout à fait nickel au bout d'une semaine. Je ne vais quand même pas risquer de me faire traiter de guenon par l'autre enfoiré ?

Oh, mais arrête un peu de te prendre la tête, à la fin !

C'est pas trois poils qui vont me faire peur, et s'ils effrayent Logan, eh bien tant pis pour lui, il n'a qu'à s'endurcir ! Après tout, nous ne sommes pas en camping dans la forêt, mais dans la maison, où on crève de chaud. Donc je mets mon pyjama normal, un point c'est tout !

Je file me laver, me sèche, me change, me brosse les dents et me passe le fil dentaire… Au moment de faire mes tresses pour la nuit et de les planquer sous mon foulard en soie, je me ravise. Ce n'est pas particulièrement esthétique, et il ne faudrait pas que je donne au sauvage de nouvelles munitions pour m'abattre. C'est donc avec mes cheveux mi-longs dénoués que je frappe à la porte du cancre de service et, quand il m'y invite, ouvre la porte, sans vraiment oser entrer. Je l'observe d'abord, assis sur son bureau. Seule la lumière de sa lampe éclaire son visage concentré. À le voir comme ça, je comprends pendant un quart de seconde le *crush* de Steff. C'est vrai qu'il est beau, avec son front noble, son nez droit, son regard à la fois clair et intense. Et puis il est bien foutu. Son tee-shirt blanc tout simple est juste assez moulant pour me le rappeler. La puissance qu'il dégage contraste avec la délicatesse de ses traits. La bouche, la mâchoire, les pommettes, les yeux, chez lui, tout est parfait, équilibré, proportionné.

C'est bien dommage. Un nez de traviole, des sourcils foireux, et il se serait peut-être donné la peine d'être un chouia plus aimable.

Mais pourquoi se montrer sympa, quand on peut se contenter d'avoir une gueule d'ange et d'agir comme une tête de con ? Mes yeux se détachent de lui et examinent sa chambre. Je réalise que je ne l'avais pas vue depuis le jour où on a emménagé. Logan vit derrière une porte close. Pendant que j'entre et me mets à examiner le décor, il continue de travailler, imperturbable. J'ai semble-t-il trouvé une combine efficace. Le meilleur moyen de le pousser à étudier, c'est de lui laisser l'alternative entre ses cours et m'ignorer. Ça me va, tant qu'il se tait.

Je m'étonne de constater que son antre n'est pas celle du sportif de base. Pas de posters de joueurs cultes, pas de maillot ou de trophées, mais une impressionnante collection de CD, de vinyles – Baxter possède un tourne-disque au salon. Divers posters d'artistes musicaux que je ne connais que de nom. Neil Young. Elliott Smith. Une photo de Kurt Cobain, sur scène, en train de fumer. Comme un écho à cette image, une guitare traîne, abandonnée dans un coin – sûrement pour la frime. Après tout, les musiciens, ça plaît aux filles.

– Ça avance ? finis-je par lui demander alors qu'il est penché sur son livre de maths.

– C'est fini, lance-t-il en repoussant sa feuille.

Je m'approche timidement et m'en empare. Au moment où je me penche par-dessus son épaule, il se recule violemment sur sa chaise, comme si mon odeur l'indisposait.

Ça va quoi, je sors à peine de la salle de bains !

Comme si de rien n'était, il va ensuite s'étendre sur son lit et se met à fixer le plafond. Je prends sa place et commence à parcourir les équations, les démonstrations. Je le sens bouger à ma droite, perçois dans un coin de mon œil qu'il se redresse sur ses coudes.

– Ce pyjama est vraiment révélateur, lance-t-il d'un ton sarcastique.

– Au sens propre ou au figuré ? réponds-je sur le même mode, tout en essayant désespérément de me concentrer sur sa copie, mais en sentant mon cœur s'accélérer, par crainte de la vanne qui va suivre.

– Les deux. Mais c'est ce qu'il révèle au figuré qui m'intéresse le plus, étonnamment.

– Ah oui ? Et de quoi s'agit-il ? lancé-je en forçant mon indifférence.

– Que sous tes airs farouches, tu as envie d'être désirée, Izzie Pearson.

Une onde de chaleur remonte de mon ventre à mon visage, signe indubitable que je suis en train de virer écarlate – assortie à mon pyjama en satin rouge, quelle chance ! Non, mais c'est quoi, cette psychanalyse sauvage ? Il me veut quoi, docteur Freud ? Aller tâter de mon refoulé ?

– Tout le monde veut être désiré, Logan Taylor, réponds-je en me concentrant pour rester fixée sur sa feuille d'exercices et en priant pour que ma nuque ne trahisse pas mon trouble. C'est sûrement le trait humain le plus partagé – particulièrement chez les adolescents. La véritable nuance se trouve dans le : « par qui ? » Par *qui* veut-on être désiré ?

– Je te pose donc la question, rétorque-t-il de sa voix profonde. Par qui ?

Sa question me fait bondir. Qu'est-ce qu'il sous-entend, là ? Je me retourne, furibarde et le cœur battant.

– Qu'est-ce que tu t'imagines, au juste, Taylor ?

L'insolent me toise de ses yeux gris, tels ceux d'un félin. C'est le problème, avec ce type d'animal. La cruauté les embellit. Et moi, j'ai l'impression d'être la petite souris avec laquelle Logan Taylor veut s'amuser.

– Ce que je m'imagine ? lance-t-il en haussant les épaules avec une pointe d'amusement dans la voix. Que tu as acheté cette petite chose affriolante pour avoir quelque chose à montrer le moment où Erik fera enfin de toi une femme comblée. Parce que c'est ce qui va finir par t'arriver, non ? Coucher avec Erik ?

– Ma vie sexuelle ne regarde que moi, réponds-je, soufflée par son arrogance.

– Ta vie *fantasmagorique*, me reprend-il. Crois-moi, le jour où Erik et toi aurez une vie sexuelle, je serai le premier au courant.

Ça, ça m'étonnerait, connard.

Excédée, je retourne à sa feuille. Ça ne sert à rien d'argumenter avec un mec pareil. Autant prendre tout ce qu'il dit avec l'ironie que ça mérite.

– « Fantasmagorique »... C'est qu'il en connaît, des grands mots, pour un cancre... commencé-je à marmonner.

Mais je m'interromps en réalisant, stupéfaite, que le résultat de sa première équation, dont je suis enfin venue à bout, est correct. Ainsi que le suivant, et celui d'après... J'avance dans mes calculs alors que l'évidence s'impose : Logan n'a fait aucune erreur à son devoir d'algèbre.

– Tu te fous de moi ? Tu as piqué les réponses à qui ? demandé-je en brandissant la feuille.

– À quoi sert d'avoir une tutrice pimbêche quand on est à un coup de fil de distance d'une Rally Girl cool ? me répond le sale petit tricheur.

– Tu veux me faire croire que c'est Tanya qui a fait *ça* ? demandé-je, incrédule, en tenant dans ma main un futur A+.

– Ça va peut-être te choquer, mais ma copine n'est pas aussi débile que tu sembles le croire.

– Cocue et aveugle, oui, mais pas débile, maugréé-je.

– Tu nous fais quoi, là ? Un quart d'heure de solidarité féminine ? Toi qui passes ton temps à regarder Tanya de travers, tu veux soudain la défendre face à l'odieux connard que je suis ?

– D'une, pour le « connard », c'est toi qui l'as dit, pas moi. De deux, c'est plutôt Steff que je défends. Tu sais, la fille que tu as chopée dans le dos de ta nana et que tu traites en pestiférée depuis. De trois, je ne regarde pas ta copine de travers ! Qu'est-ce que tu racontes ?

– Tu parles, ricane Logan. Du jour où tu l'as rencontrée ici même, dans cette maison, tu te comportes comme si c'était une moins-que-rien. De toute façon, c'est ton problème. Tu te crois mieux que tout le monde. Plus intelligente qu'une armée de Rally Girls, de *cheerleaders* et de footeux… Mais qui est-ce qui s'est empressée de sortir avec le *quarterback* avant la rentrée, hein ? Et après, tu joues les puristes au dîner, en me traitant moi de monsieur popularité… Balaye d'abord devant ta porte et celle de ton mec !

– Je peux savoir pourquoi on parle de ma relation plutôt que de maths, là ? Et puis je peux aussi savoir comment je suis censée t'aider avec les cours, si c'est ta petite amie qui fait tout le boulot ? C'est peut-être avec elle qu'il faudrait que je traite directement ?

– Tanya n'a pas besoin de tes cours de soutien, Pearson. Peut-être qu'elle n'a pas la prétention d'aller dans une fac de l'Ivy League, mais ça ne veut pas dire qu'elle n'a pas d'ambition.

– Très bien, lancé-je, ulcérée, afin de clore cette discussion qui ne mène à rien – en tout cas pas à améliorer ses résultats. Je te laisse te reposer, alors. Tu dois être épuisé, après tout le travail qu'une femme a fourni à ta place.

– Je suis surtout épuisé par tes sermons, Isobel Katharina, me lance-t-il avec ce sourire ironique qui est sa signature.

– Arrête de m'appeler comme ça ! C'est Izzie, pour toi, espèce d'emmerdeur !

– Et toi, arrête de t'époumoner comme ça ou ce débardeur risque de craquer, lance-t-il en balayant du regard l'encolure de mon caraco.

Je bondis de sa chaise et sors en trombe de sa chambre. Cette fois, j'en ai assez. Non, mais il a quel âge ? À croire qu'il n'a jamais vu de décolleté de sa vie ! Il a pourtant quelques heures de vol, non ?

Il va rapidement falloir que je trouve un moyen d'échapper à cette corvée de tutorat.

En me mettant au lit, je pense une fraction de seconde, soulagée, que s'il se met à tricher à tous ses devoirs et que sa moyenne se redresse, je devrais pouvoir être rapidement relevée de mes fonctions…

Comme quoi, l'immoralité, c'est contagieux.

Une preuve de plus qu'il faut que je me tienne éloignée de Logan Taylor. Qui pourtant dort sur le palier d'en face. Comment est-ce que je suis censée y arriver, hein ?

3

V comme Vendetta

Logan

– Ouverture de Roberts sur la droite… Passe arrière à Colton, qui tente une passe longue… Avery Buckley réceptionne, mais il est en mauvaise posture, entouré des Sharks qui fondent sur lui. Attendez, non, Logan Taylor lui ouvre un passage ! Oh, formidable blocage du numéro 13, messieurs dames ! Buckley s'engouffre dans la brèche… Et c'est un *touchdown* ! À la dernière seconde de jeu ! Premier match et première victoire de la saison pour les Lions de Felt, qui remportent le match face aux Sharks de Marfa !

Ahuri, encore secoué par l'effort physique que j'ai fourni et les nombreux coups que je me suis pris pendant le jeu, j'enlève mon casque et le brandis face à la foule en liesse. Notre premier match de la saison avait lieu à l'extérieur de la ville – un gros désavantage pour nous. La première mi-temps s'en est d'ailleurs ressentie. Ça ne nous a pas empêchés de gagner de huit points. Erik, euphorique, me prend dans ses bras. Je lui rends son accolade, tout en sachant que le nouveau *quarterback* de l'équipe n'a pas encore tout à fait le niveau pour nous emmener jusqu'au championnat d'État.

Pas tout à fait, mais presque.

C'est pour ça que tout l'été, le coach m'a forcé à le faire travailler. Seulement, Erik s'est rapidement avéré plus intéressé par le fait de draguer Pearson que par le sort de l'équipe entière.

Il faut que j'arrête d'avoir les boules. On a gagné, non ? C'est tout ce qui compte.

C'est en tout cas ce dont j'essaye de me convaincre dans le bus qui nous ramène à Felt, puis quand j'arrive à la soirée chez Coral. Après tout, c'est une belle nuit, pleine d'étoiles, et la bière coule à flots. Les Rally Girls se battent pour nous offrir des *body shots*. J'avale ma tequila à même les seins d'une deuxième année. Je commence enfin à être bien, détendu, quand évidemment, ELLE arrive. Je le sais avant même de me retourner, à l'air libidineux des garçons et celui, exaspéré, des filles. Elles ne sont pas les seules à en avoir marre que toute l'équipe fantasme sur ma « nouvelle sœur ». Moi, ça me soûle de devoir supporter leurs discussions de vestiaire. Leurs spéculations sur d'hypothétiques scènes lesbiennes dans les dortoirs du pensionnat. Leur fixette sur ce à quoi devait ressembler Isobel dans son uniforme. Et leurs blagues sur le fait qu'Erik va sûrement finir par la décoincer un bon coup.

Ça m'étonnerait qu'il y arrive.

Oui, Izzie est canon. Et bonne. Mais son potentiel érotique est en dessous de zéro. D'une, en les entendant glousser avec Steff tout l'été, j'ai découvert qu'elle était vierge. Et quasiment nonne, avec ça ! Avant Erik, elle n'était jamais sortie avec personne. C'est d'ailleurs hilarant, la réaction paniquée qu'elle a dès que j'évoque le sexe – ce qui est devenu mon activité favorite, juste pour le plaisir de la voir virer écarlate. De deux, elle s'habille de façon compliquée, comme une couverture de magazine, une blogueuse mode. À mes yeux, son look est complètement rédhibitoire. Il crie « pimbêche » à pleins poumons. Un petit haut, un short, un visage pas trop barbouillé de maquillage, il n'y a pourtant rien de plus séduisant que ça par une belle soirée d'été. Mais non, quand je me retourne, Isobel arbore une robe qui aurait plus sa place sur le *dancefloor* d'un bal de promo que dans une soirée d'après-match. Rouge. Aux genoux. Et douloureusement moulante, comme une seconde peau. Une peau écarlate, qui ne laisse aucun mystère sur son cul parfait ou ses seins pleins.

Accordons-lui au moins ça : elle est bien foutue et est capable d'en jouer.

Moi, je n'aime pas les petits jeux. Je préfère l'action, la vraie. Et il n'y a rien qui m'exaspère plus que les saintes-nitouches arrogantes.

Je suis certain que le jour où Erik va se risquer à la peloter, celle-là, elle va lui gueuler dessus qu'il froisse son chemisier.

Je souris à l'idée, puis me renfrogne en matant ses cheveux blonds parfaitement lissés. Son obsession capillaire lui prend des heures et manque chaque matin de me mettre en retard, vu qu'on partage une salle de bains à notre étage. Je remarque que sa peau pâle a pris des tons dorés en quelques semaines de vie à Felt. Ses cheveux, eux, l'ont toujours été. Elle n'a pas maquillé sa bouche pulpeuse, ce qui pourrait lui valoir des points si elle n'avait pas surchargé ses yeux bleu sombre. C'est quoi tous ces chichis ? Elle se croit à la remise des Oscars ou quoi ?

Erik, qui ressemble soudain au loup dans Tex Avery, saute de sa chaise de camping et fonce sur elle. Il l'accueille avec l'enthousiasme d'un labrador et lui roule une pelle de véritable chien de la casse.

– Eh, 13 ! m'interpelle Simon. Ça ne te soûle pas trop que le QB[1] se tape ta petite sœur ?

Tanya, bourrée, titube et m'enlace. Je me raidis un peu. J'ai honte d'elle, d'un coup. Une honte qui ne me ressemble pas, une honte que je repousse. Qu'est-ce que ça peut me foutre, ce que mademoiselle Pimbêche va penser d'elle en la voyant dans cet état ?

1. Abréviation de *quarterback*.

– Ce n'est pas sa « petite » sœur, lance Tanya d'une voix légèrement pâteuse. Elle a à peine deux semaines de moins que 13.

– Et Erik ne se la tape pas, ajouté-je pour clouer le bec de Simon. Il n'a même pas encore passé le barrage du soutien-gorge avec elle.

– Le soutien-gorge ? Quel soutien-gorge ? plaisante le *quarterback* en revenant vers nous pendant que Blondie est allée se chercher un verre, hors de portée de voix. Vous avez vu un soutien-gorge, vous, sous cette robe ?

Toute la bande éclate de rire et moi, ça me donne surtout envie d'éclater Erik. Ou de renvoyer Blondie dans son couvent. J'ai l'air de quoi, moi, avec une soi-disant sœur qui se balade les pare-chocs apparents ?

– Et puis, surenchérit Simon, qu'est-ce que tu en sais, pour Erik et ta demi-sœur ? Tu les chaperonnes, peut-être ?

Mon regard croise celui d'Erik. Mes yeux en disent long sur ce que je sais, et que je garde pourtant bien gentiment pour moi. J'en profite pour le fixer longtemps, jusqu'à ce qu'il détourne la tête, gêné, et ne peux m'empêcher d'esquisser un sourire triomphal à l'idée de l'avoir mis mal à l'aise.

– Je le sais parce que Erik me raconte toujours tout ce qu'il fait avec les filles, le vanné-je en m'adressant à Simon. À croire qu'au fond, c'est ce qui l'excite vraiment. En fait, c'est par moi qu'il est attiré.

Toute la bande éclate de rire au moment où Matt Garrison se pointe sur la terrasse de Coral. Immédiatement, Tanya bondit sur ses deux jambes qui la portent mal à cause de l'alcool.

– Attends, Matt, je vais t'aider…

Il opine alors qu'elle s'empare des poignées de son fauteuil. Je détourne le regard, incapable de faire face à cette scène.

– Je vais chercher une bière, marmonné-je.

En réalité, je vais me planquer. Je ne peux pas rester en présence de Matt. Tanya devrait l'avoir compris, depuis le temps ! D'ailleurs, devinant mon humeur de chien, ma copine revient vers moi.

– Allez, 13, arrête de faire la gueule… Je sais que tu n'es pas ravi que Matt ou Izzie soient ici, mais c'est la première teuf de la saison. La première teuf de notre dernière année de lycée ! Tu devrais en profiter, au lieu de rester dans ton coin.

– Je vais te dire, soupiré-je, j'ai vraiment hâte de me casser de ce bled. Au moins, sur le campus de Notre Dame, je ne croiserai pas tout le temps les mêmes têtes que je suis obligé de supporter depuis le jardin d'enfants…

Ça ne visait pas spécialement Tanya, mais comme toujours quand j'évoque ma hâte de me casser de Felt, elle le prend trop à cœur.

– Pourquoi faut-il toujours que tu te comportes comme si cette ville n'était pas assez bien pour toi, hein ? Tu as tout ce qu'il faut pour t'amuser ce soir : de la bière, des amis, un ciel magnifique…

– Sauf que je ne m'amuse pas, là. Et me prendre la tête ne va pas arranger les choses, Tanny.

– Je déteste quand tu as l'alcool mauvais, me répond-elle en détournant des yeux humides.

– Et moi, je déteste quand picoler te rend aussi sentimentale qu'un film Disney, rétorqué-je. Chacun sa merde.

Je m'en veux immédiatement. Je déteste faire du mal à Tanya. On se connaît depuis qu'on est gosses, et elle compte beaucoup pour moi. Malheureusement pour elle, elle incarne tout ce que je veux fuir. Et ce à quoi je suis pourtant irrémédiablement, incroyablement attaché.

– Je suis désolé, bébé, fais-je en l'enlaçant. Je suis un gros con. C'est juste que parfois, j'étouffe ici. Même si j'adore cet endroit, que je t'adore, toi. Cette ville, j'y ai trop vécu de sales trucs, et ça commence à m'oppresser.

Mais je suis allé trop loin pour qu'on se réconcilie tout de suite. Tanya se dégage et enfonce un index menaçant dans mon épaule.

– Je vais te dire un truc sur le monde, Logan Taylor : il a beau être plus vaste que l'État du Texas, jamais tu ne pourras en sortir. Au mieux en faire le tour, comme un foutu hamster dans sa cage ! Et, plus important encore, jamais tu ne pourras laisser derrière la personne que tu détestes le plus. À savoir toi !

Puis elle me plante là, confirmant ce que je redoutais. Ce soir, soit je réussis à lever discrètement une autre nana, soit je risque de devoir me la mettre derrière l'oreille. En soupirant, je me retourne vers le fût de bière pour me resservir un coup. C'est alors que je remarque qu'Isobel se tient juste à côté, en quête d'un décapsuleur pour son soda.

Évidemment. Il ne faudrait pas risquer le coma éthylique. Ni avaler quoi que ce soit qui risquerait de lui retirer le phénoménal balai qu'elle a dans le cul.

Nos regards se croisent, s'accrochent. Puis Izzie détourne ses yeux immenses et bien trop maquillés.

– Tu ne devrais pas te comporter comme ça avec elle, remarque-t-elle. D'autant plus que c'est évident que tu l'estimes.

– On peut savoir en quoi c'est ton problème ?

Elle se redresse, le décapsuleur dans la main droite. Ses deux billes couleur océan me fixent sans ciller.

– Mon problème, c'est que si tu te fais plaquer, ce que tu mériterais, il n'y aura plus personne pour te faire tes devoirs. Ce qui fait que je devrai passer encore plus de temps à étudier avec toi. Et crois-le ou non, mais la perspective m'emmerde, Logan. Tout comme toi, tu m'emmerdes de plus en plus !

Je me penche vers elle, ravi de lui faire sentir de près les litres de tequila que j'ai ingurgités ce soir. De souffler un peu de réel sur son parfum floral, à cette chieuse.

– Ouais, Isobel, glissé-je à son oreille. Je t'emmerde. Par ailleurs, t'es ridicule dans cette robe.

Alors que je me recule pour la toiser d'un air satisfait, Izzie me lance sa capsule de soda dans le front. Cette dernière rebondit et atterrit dans mon gobelet de bière. Le regard que me lance la blonde en robe rouge qui vit sur le palier d'en face depuis deux mois est certes furieux, mais incroyablement calme.

– La prochaine fois, ce sera carrément la bouteille dans ta gueule, Logan.

– J'aimerais bien voir ça, ricané-je en espérant la faire sortir de ses gonds pour qu'elle se ridiculise devant tout le monde.

– Je te l'ai déjà dit, je peux carrément péter les plombs quand on m'appelle Isobel, me menace-t-elle sans hélas perdre de sa superbe.

Sur ce, sa robe rouge et elle se cassent. J'ai foiré ma mission, à savoir la pousser à la crise, et peut-être à se barrer de la soirée. Je commence à fulminer en la matant en train d'aller s'asseoir sur les genoux d'Erik, comme si elle était à sa place ici. Elle a débarqué ici il y a quelques semaines à peine et, dans dix mois environ, elle sera de retour sur la côte Est, à préparer son futur d'écrivaine prétentieuse, mais probablement auréolée de gloire grâce aux connexions de son richissime grand frère. La plupart des invités de la teuf, à qui elle parle comme si de rien n'était, seront coincés dans ce bled où il n'y a aucun avenir. Alors d'où elle se permet de se balader dans Felt comme si elle appartenait à cet endroit, ou pire, comme s'il lui appartenait, à elle ? Elle ne se rend pas compte que pour la plupart des gens d'ici, ce trou, c'est tout ce qu'on a ? Des pâturages, des champs et des caravanes. Notre « maison ».

Autant dire : rien.

Coral, aussi exaspérée que moi, se lève du cercle et vient me rejoindre.

– Ça me fout les glandes, m'explique la sublime brune. Erik était vraiment obligé de l'inviter ? Je veux dire, on est quand même chez moi ! Il pourrait avoir un peu de respect et éviter de me mettre sa meuf sous le nez !

– OK, c'est quoi le truc avec Erik ? demandé-je à Coral. Qu'est-ce que vous lui trouvez, toutes ?

La *cheerleader* me lance une moue séductrice avant de passer ses bras hâlés, qui sortent d'un petit chemisier à carreaux sans manches noué au-dessus du nombril, autour de mon cou.

– Il s'avère simplement que le plus beau mec du coin est déjà pris, flirte-t-elle. Et que même s'il ne l'était pas, aucune fille ayant un minimum d'estime d'elle-même ne sortirait avec un salaud tel que toi.

Je dénoue ses bras en me demandant ce qui m'a pris de coucher avec Coral au début de l'été. J'ai quand même le don de me foutre dans des situations ingérables. Merde quoi ! Tanya est à moins de vingt mètres, et elle m'en veut déjà assez comme ça !

Une seule solution : lancer la cheerleader sur une autre activité que celle de me draguer devant ma meuf.

– Je suis à peu près sûr qu'une fois qu'Erik aura sauté l'autre pimbêche, il va la jeter, Coral. Je suis même prêt à te le parier, ajouté-je avec un rictus cruel dont moi seul peux pour l'instant comprendre le sens. En attendant, pour te remonter le moral…

Je lui envoie par MMS les deux clichés que j'ai trouvés dans l'album de Karen et que je me suis empressé de prendre en photo avec mon iPhone. Des instantanés d'Izzie, 13 ans, dans un pull rose de gamine, avec un palmier ridicule sur le sommet du crâne et des oreilles de Mickey, en train de poser devant le château de la Belle au bois dormant de Disneyland.

– Waouh, mais ça vaut de l'or, ça ! s'esclaffe Coral. Tu veux dire qu'avant de devenir l'égérie parfaite de la marque Polo Ralph Lauren, ta frangine était aussi attardée que sa copine Steff ?

Je jette un coup d'œil à Izzie, qui ce soir ressemble plus à une top model en pleine *Fashion Week* qu'à une icône BCBG. Voilà qui devrait la faire descendre de son piédestal.

– Je peux faire tourner ? exulte la capitaine des pom-pom girls.

– Fais-toi plaisir, réponds-je en haussant les épaules.

Elle ne se fait par prier et balance directement le dossier par WhatsApp à tous ses contacts, dont moi. Je la remercie pour le doublon au moment où tout le monde dégaine son portable et se met à ricaner nerveusement devant Izzie, version gamine attardée. Au moment où Erik ouvre le message, il se décompose. Et sa petite amie, posée fièrement sur ses genoux, aussi.

Pearson se tourne vers moi. Ses yeux couleur océan prennent des airs de tempête. Si j'étais un bateau naviguant sur ce bleu, aucun doute que je chavirerais *illico*. Elle ouvre la bouche comme pour dire quelque chose, comme si j'avais la moindre chance de l'entendre à cette distance puis, oubliant un instant sa parfaite éducation, elle brandit son majeur manucuré. Je dois admettre que le tableau a de la gueule. C'est beau, une robe rouge de colère. Sur ses escarpins complètement incongrus, mon exquise « sœur » se lève et se casse en trombe de la soirée.

Touchdown.

Son chevalier servant me jette un regard noir avant de lui emboîter le pas, sûrement pour la consoler. Quant à Tanya, elle fonce vers moi en me traitant une nouvelle fois de con.

– Ça valait vraiment le coup de faire ça ?

Mais qu'est-ce qu'elles ont, ces deux-là, à se défendre l'une l'autre ? Elles couchent ensemble ou quoi ?

– Attends, je peux savoir pourquoi tu prends ça à cœur ? Tu ne peux pas plus la saquer que moi !

– Je la trouve prétentieuse et agaçante, oui ! Mais merde, ce n'est pas une raison pour la persécuter non plus, que je sache ! Ça commence à me fatiguer, votre petite guéguerre, là ! En plus, tu sais quoi ? Ça vire carrément à l'obsession !

Je marmonne des excuses pour que Tanya se calme. Je suppose que si ça la touche autant, c'est parce qu'elle sait ce que c'est de se faire cracher dessus par les autres. Avec une mère strip-teaseuse trop portée sur la bouteille et un père dealer, elle a depuis l'enfance été trop souvent le centre d'une attention non désirée.

Nos mères démissionnaires et alcooliques : voilà sûrement ce qui constitue le ciment de notre couple foireux.

Pendant que j'essaye piteusement de me faire pardonner auprès de ma meuf, Erik refait irruption dans le jardin, lui aussi énervé.

– C'est quoi ton problème, sérieux ? demande-t-il en me poussant un peu trop violemment.

Avec le genre d'attitude qui pourrait rapidement lui valoir mon poing dans la gueule.

Tout de suite, les gars se lèvent et s'interposent pour m'empêcher de lui foutre dessus. Ils se tiennent entre nous et tentent de négocier.

– Du calme, QB. Laisse 13 gérer ses affaires de famille sans t'en mêler, OK ?

– Ouais, Erik, reprends-je avec un sourire sarcastique. Pas la peine de jouer les preux chevaliers, ça va aller.

– Écoute-moi bien : Izzie est peut-être ta demi-sœur, mais, au cas où tu l'aurais oublié, c'est ma meuf !

– Difficile de l'oublier, vu le temps que tu passes à squatter à la maison en attendant le jour où elle voudra bien te donner sa petite fleur…

Cette fois, Erik repousse Simon et m'empoigne par le col, mais Avery, réactif, intervient et nous sépare.

– Tout doux, QB, tu vois bien qu'il est bourré, non ? Et puis c'est Coral qui a envoyé la photo.

– Et tu vas me faire croire qu'elle a atterri dans son téléphone par l'opération du Saint-Esprit ?

– Allez, lâche l'affaire, insiste Avery. On ne va quand même pas s'embrouiller dès le début de la saison pour des histoires de nanas ? On est une équipe, non ?

Sauvé par la sacro-sainte camaraderie virile.

Il n'y a pas à dire, le *bro code*[2] a du bon.

J'essaye de ne pas afficher un sourire trop arrogant ou triomphal, afin qu'Erik ne flambe pas de nouveau. Et regardant ailleurs pour calmer le jeu, je croise le regard de Matt Garrison, qui m'observe depuis la terrasse avec tout le mépris du monde dans les yeux. Je baisse la tête, avec un rictus douloureux. Je sais très bien ce qu'il pense de moi. Je le sais et ça suffit à casser mes défenses, à fermer ma grande gueule qui s'ouvre encore plus que d'habitude, échauffée par l'alcool et par Izzie la pimbêche. Et à me laisser face au seul sentiment que j'éprouve toujours en sa présence : la culpabilité.

Putain, mais pourquoi Coral l'a invité ?

Elle se plaint de la présence d'Izzie ? Elle ne devine pas que pour moi, c'est encore pire de voir Garrison ici ?

Je savais qu'un jour, il reviendrait au bahut. Que je ne pourrais pas l'éviter éternellement.

– Bon, Erik, décrété-je soudain, je suis vraiment désolé. J'ai déconné, OK ? C'est juste que c'est tendu, à la maison. Tu sais comment est mon père dès qu'il rencontre une nouvelle « femme de sa vie »…

Car oui, Karen n'est pas le tout premier « grand amour » de Baxter. Il passe son temps à s'enticher de nanas brisées, avec des passés compliqués, comme Karen. Il les retape, les porte à bout de bras. C'était déjà le cas avec ma mère. Et ça finit toujours de la même façon. Dès qu'elles vont mieux, elles plaquent le gentil Baxter pour aller vivre quelque chose d'un peu plus palpitant qu'une vie restreinte avec un père célibataire au fils « compliqué ».

Mais cette fois-ci, c'est pire, parce que Baxter ne s'est pas contenté de remettre un double des clefs à son nouveau projet, il a demandé Karen en mariage. Et il nous a forcés à quitter la maison où j'ai grandi, où j'avais tous mes souvenirs, pour emménager dans leur petit nid d'amour, avec une ex-fan de

2. Liste des règles non écrites censées régenter l'amitié masculine.

Mickey Mouse qui se prend pour la version miniature de Gwyneth Paltrow.

– Je suis désolé, OK ? Je vais arrêter de faire le con avec elle.

Après tout, c'est à mon père que j'en veux. Ouais, elle me tape sur le système, mais elle n'a pas choisi cette situation plus que moi. M'associer avec Coral pour lui en faire baver n'y changera rien.

La seule chose qui change, quand je fais des trucs aussi débiles, c'est moi.

C'est en tout cas ce que me renvoie le regard de Matt, que je croise de nouveau. Et qui me flingue bien plus que je ne le voudrais.

4

Nounours est un con

Izzie

– Izzie ? Izzie, tu es là ? m'appelle ma mère depuis le rez-de-chaussée.

Je repose mon journal intime qui, depuis hier soir, sert de déversoir à ma colère. Cette fois, Logan est allé trop loin ! Je ne parle même pas du côté calculateur et cruel d'avoir utilisé une photo personnelle, *de famille*, pour me faire passer encore plus que ce n'était déjà le cas pour une gourde auprès de ses potes.

Mais cette photo… En l'employant, il l'a détruite à jamais.

Or, c'est la dernière que mon père a prise de moi, pendant la semaine passée tous les deux en Floride. Trois mois avant qu'il ne décède brutalement.

C'était un souvenir triste, mais beau. J'y tenais.

À présent, quand je regarderai ce cliché, il aura juste le don de me rappeler mon humiliation.

Logan Taylor, je ne te le pardonnerai jamais.

Jusqu'à présent, pour être honnête, ce que je détestais principalement chez Logan, c'était qu'il ne m'aime pas. De façon si ostentatoire. Je l'avoue, au fond, j'étais vexée. À présent, c'est différent ; je vois clairement à quel point il incarne tout ce que je méprise. Je n'ai jamais pu supporter les tyrans et les brutes – j'en ai côtoyé quelques-uns, dans ma pension d'élite bourrée de filles à papa limite sociopathes.

Ma stratégie, avec ce genre de personnage ? M'en tenir le plus loin possible. Pour éviter le rayonnement de leur toxicité.

Ce que je compte bien faire avec Logan.

Après tout, c'est ce qu'il voulait, non ? Alors il a gagné. Qu'il savoure sa victoire. Mais pas question de lui laisser de nouveau l'occasion de me faire mal à ce point.

– Izzie ! continue d'appeler ma mère.

– J'arrive !

Je descends les escaliers d'un pas traînant, en priant pour ne pas tomber sur l'autre enfoiré… Et découvre Erik, dans l'encadrement de la porte d'entrée. On ne s'est pas vus depuis mon départ en trombe hier. Quand Coral et Logan ont fait leur petit coup bas, Erik a voulu quitter la soirée avec moi… Mais j'ai refusé fermement, avant de monter dans le pick-up que Baxter m'avait prêté pour la soirée. Pas uniquement parce que je voulais être seule.

La vérité, c'est qu'une part de moi est aussi furieuse contre lui.

Furieuse qu'il ait ces amis de merde. Furieuse qu'il ne m'ait pas avertie pour Coral avant que je la rencontre. Furieuse qu'il ait pu sortir avec une garce pareille. C'est pour ça que je n'ai pas non plus répondu à ses textos ce matin.

De toute façon, tout ce qui se rapporte de près ou de loin à Logan, là, je préférerais éviter.

Je sais qu'il va falloir que je réfléchisse à ce que je compte faire concernant notre relation. Après tout, si je veux vraiment battre en retraite et éviter au maximum Logan pour le reste de l'année, sortir avec un des membres de l'équipe n'est sans doute pas la meilleure idée qui soit… Certes, j'étais contente d'avoir un petit copain, mais pas à n'importe quel prix ! Pas si ça implique de devoir traîner avec tous ces gens que je méprise.

Erik semble deviner où j'en suis de mes réflexions concernant notre avenir proche, car, avec ses cheveux blonds en bataille, son sourire timide, il me regarde d'un air penaud.

Puis, avant que j'aie eu le temps de dire quoi que ce soit, il fait apparaître de derrière son dos un énorme ours en peluche, agrémenté d'un nœud. Quelque chose en moi flanche. C'est mignon, romantique.

Et c'est la première fois qu'un garçon me fait un cadeau.

– Monte, lui proposé-je, radoucie, mais sans toujours trop savoir ce que je vais faire de lui.

De nous.

J'ai à peine le temps d'y penser que, une fois dans ma chambre, Erik pose la peluche dans mon fauteuil en rotin, sort une photo de sa poche et, avec une épingle à nourrice, la fixe sur la tête de l'ours. C'est un cliché de Logan, en plan américain. Son sourire étincelant. Son torse nu et sculpté. Ses yeux perçants, comme s'il avait un secret. Ça suffit à me remettre en rogne. Avant que j'aie eu le temps de m'emporter en demandant à Erik ce qu'il fabrique, il balance son poing dans l'estomac du gros nounours.

– Je t'offre un punching-ball customisé, pour quand ton demi-frère est trop con. Pas mal, non ? me lance-t-il d'un air espiègle.

Je ris, surprise. Et aussi, je dois bien l'admettre, ravie de l'idée. Erik est de mon côté, il comprend ma colère. Ça suffit à faire fondre la glace entre nous. Rassuré par ma réaction, mon petit ami commence à s'excuser, à m'expliquer qu'après mon départ il a mis les points sur les « i » de Logan.

– Personne n'a trouvé ça cool, tu sais. Même Tanya était furieuse contre Coral et lui. Et si Simon nous a empêchés de nous foutre sur la gueule, ça n'empêche qu'il était de mon côté – pardon, de *notre* côté.

OK, sa façon de se reprendre, juste à l'instant, vaut plus que toutes les peluches ou les défouloirs du monde.

Et puis ça me rassure de savoir que le reste de sa bande a pris mon parti. Peut-être finalement qu'ils ne sont pas si pourris que ça…

Ils ont juste une fréquentation déplorable : Logan Taylor.

Quand je pense qu'il y a dix minutes encore, j'envisageais de rompre avec Erik, tout ça à cause de lui ! C'est fou le pouvoir que ce salaud a sur moi.

Je ne dois plus lui en laisser autant.

Ça fait à présent cinq semaines qu'Erik et moi sommes ensemble. L'idylle estivale a fait place à une vraie romance de couloirs de lycée. Pour moi, la fille qui sort à peine d'une école de filles et qui n'avait jamais eu de petit ami, les séances de bécotage dans les couloirs, les gradins du stade, dans sa voiture le matin quand il passe me prendre pour m'emmener à l'école sont une vraie bouffée d'air frais. Bien sûr, ça me fait aussi peur, parfois. Après tout, je ne sais pas ce que je suis censée ressentir. Je ne sais pas jusqu'où Erik espère aller avec moi. Ni ce pour quoi je suis prête, avec mon inexpérience et mes questions sans réponses. Mais, en le considérant en cet instant, tellement attentionné, je me demande si ça ne vaudrait pas le coup que je nous donne une chance. Que j'accepte de voir ce que ça peut donner, nous deux. Sans laisser Logan interférer dans ce que je veux !

Une nouvelle bouffée de rage contre l'enfoiré du palier d'en face me pousse à décocher moi aussi un coup dans l'estomac de mon nouveau défouloir. Puis un deuxième, et un troisième, qui me font un peu de bien. Légèrement échevelée, je ris, et Erik m'enlace par-derrière.

– J'en déduis que tu ne m'en veux plus ? me demande-t-il en tentant de m'amadouer.

– Disons que pour une première crise, tu l'as plutôt bien gérée, réponds-je en resserrant l'étau de ses bras autour de moi.

En voulant de tout cœur que cette étreinte me réchauffe. Qu'elle chasse la mélancolie que je ressens en cet instant. En voulant de cette étreinte l'impossible : qu'elle m'apporte la paix, le réconfort que Logan me confisque.

5

Crimes et tutorat

Izzie

Quinze jours ont passé. Quinze jours faits de cours, de soirées films avec Steff, de milk-shakes au *diner* avec Erik. Quinze jours, soit deux victoires des Lions. Deux soirées pour fêter le championnat qui se rapproche.

Et pas une seule attaque mesquine de Logan ou Coral entre-temps.

Évidemment, l'ex d'Erik n'a toujours pas l'air de me porter dans son cœur. Pareil pour ce con de Logan. Je ne me fais de toute façon pas d'illusions. Maintenant que j'ai vu jusqu'où cet enfoiré est capable d'aller, je m'attends à ce qu'il frappe à chaque instant. Je reste sur le qui-vive. Je trouve son calme louche. Je passe mon temps à le scruter, pour essayer de deviner s'il prépare un mauvais coup. Je tressaille dès qu'il entre dans une pièce. Et quand il n'est pas sous mes yeux, que je ne peux pas le surveiller, je me méfie plus encore. Mais rien ne vient. Logan se comporte comme si je n'existais pas, ou à peine. Serait-ce possible qu'il ait décidé d'arrêter cette guerre d'usure ? Qu'il ait éprouvé des remords après le coup de la photo ? Après tout, même ses amis lui sont tombés dessus en disant qu'il était allé trop loin… N'empêche, je ne sais pas sur quel pied danser. Cette trêve apparente me soulage en réalité bien peu. Je ne fais que penser à lui, tout le temps, sans comprendre pourquoi. Pourquoi il a pu se montrer aussi salaud avec moi ? Pourquoi est-ce qu'il s'est calmé d'un coup ?

Ceux qui semblent soulagés de ne plus nous entendre nous chamailler, en revanche, ce sont ma mère et Baxter. Ils ont même avancé à toute allure dans l'organisation de leur mariage – comme s'ils se sentaient enfin autorisés à faire des projets d'avenir, maintenant que leurs deux rejetons leur foutent apparemment la paix.

Bon, bien sûr, ils ne savent pas tout.

Ils ignorent ce qui s'est passé chez Coral, et la vengeance terrible qui en a découlé, à savoir le seau d'eau que j'ai balancé sur le matelas de Logan avant qu'il rentre ce soir-là, le forçant à dormir trois jours durant à même la moquette. Le bellâtre n'avait visiblement aucune envie de se vanter de son mauvais coup et moi, je ne voulais pas risquer de me faire engueuler pour ma riposte. Sans compter que je ne cherche pas à causer des soucis supplémentaires à ma mère et Baxter… Aussi, lors des repas du soir, le tyran et moi faisons bonne figure. Mais en dehors de ces moments, nous ne nous adressons pas la parole. Même au lycée. Même en soirée.

Quant au tutorat, on fait semblant. Il vient s'enfermer dans ma chambre pendant que je fais mes devoirs, s'allonge sur mon lit comme s'il était chez lui, enfonce son lecteur MP3 dans les oreilles et passe une heure à fixer le plafond, pour faire semblant qu'on travaille. Moi, je bûche, avec dans un coin de mon œil sa petite gueule parfaite que j'ai bien envie de gifler. J'essaye de me concentrer, malgré sa présence qui me perturbe et me tend, mon agacement envers l'odeur qu'il laisse sur mon oreiller et dans mes draps. Une odeur à la fois boisée et minérale, masculine, qui fait que malgré mon désir de l'éviter au maximum, Logan m'accompagne même dans mon sommeil. Puis, au bout d'une heure généralement, il se lève, avance jusqu'au palier, et lâche d'une voix forte :

– Merci Izzie, je comprends mieux maintenant.

Sale petit hypocrite...

Je n'ai jamais vu quelqu'un mentir avec un tel naturel. Ou se montrer aussi borné. C'est vrai quoi, quitte à m'imposer sa présence, il pourrait bosser, non ? Mais monsieur préfère faire semblant. C'est débile.

Mais ce n'est pas mon problème.

N'empêche, je ne vois pas comment il espère tenir ne serait-ce qu'une année en fac, avec une attitude pareille.

Apparemment, M. Whitford, le prof de littérature, se pose exactement la même question que moi. Exaspéré par le cancre de service, il réitère.

– Allez, Logan, un petit effort enfin ! Quand Raskolnikov confesse son meurtre à Sonia ? Comment justifie-t-il son geste ?

Le rebelle croise les bras, étend ses jambes sous sa table et pousse un soupir sonore. Son indifférence affichée est odieuse, mais je dois admettre qu'elle ne manque pas de panache. Un tel je-m'en-foutisme, à ce stade, ça force l'admiration. D'ailleurs, tous les élèves du cours observent la scène avec autant d'attention que moi. Comment est-ce que Whitford va réagir à cet affront ?

– Bon, monsieur Taylor, reprend le prof de littérature, le livre, vous ne l'avez pas lu, c'est ça ?

Le colosse pose sur notre professeur son regard gris défiant. Le genre de regard qui signifie : « Je ne parlerai qu'en présence de mon avocat. » Ou : « Je vaux tellement mieux que vous. » Je connais mieux que personne ce regard. Je sais à quel point il est humiliant, blessant.

– Quelle profession exerce Sonia, par exemple ? insiste l'enseignant. Et quels sont les noms des deux autres personnages féminins du roman ?

Une nouvelle fois, Logan oppose au prof son silence obstiné. Les muscles de ses bras croisés sont bandés, rendant ses tatouages plus arrogants encore.

– Allez, j'en ai assez ! Chez le proviseur, tout de suite. Vous lui expliquerez pourquoi, près de deux mois après la rentrée, vous n'avez toujours pas lu le livre sur lequel la classe travaille depuis des semaines.

– Pas trop tôt, maugrée le géant en se levant pour attraper son sac à dos.

– Pardon ? Ça vous amuse, peut-être, de finir la journée chez le proviseur ?

– Ce sera toujours mieux que d'écouter vos inepties…

Mon souffle se bloque en l'entendant faire preuve de tant d'insolence. Comment fait-il pour se ficher à ce point des convenances ?

– Des inepties ? Vous appelez Fiodor Dostoïevski des inepties ? répète Whitford, aussi halluciné que moi.

– Je ne peux pas vous dire, je ne l'ai pas lu, répond l'insolent avec un sourire ironique. Je parlais de *vos* inepties à *vous*.

M. Whitford, soufflé, ouvre la bouche comme pour dire quelque chose, avant de se raviser.

– J'en ai assez de perdre mon temps avec vous, monsieur Taylor. Vous vous fichez de tout, vous ne lisez pas, vous arrivez en cours en sentant l'alcool… On va laisser l'administration décider ce qu'elle veut faire de vous. Mais si vous avez envie de passer le reste de la saison sur le banc de touche, continuez comme ça, vous êtes sur la bonne voie !

Logan se contente de rire en quittant la salle de classe. Même pas de façon sardonique. Non, c'est encore plus odieux, plus humiliant. Il a l'air sincèrement *amusé* à l'idée que Whitford se pense capable de l'empêcher de jouer.

Et le pire, c'est qu'il a raison.

J'ai vu les autres *fullbacks* en action. Pour soutenir Erik, je ne rate aucun des matchs qui ont lieu à domicile et je commence à comprendre les subtilités de ce jeu à la liste de règles infinies. Aucun n'a la puissance de Logan sur le terrain, sa réactivité, sa capacité à anticiper les mouvements de ses adversaires. Il est indispensable aux Lions, et les Lions sont indispensables aux financements régionaux du lycée.

Il le sait. Et il en use et abuse.

– Mlle Pearson est demandée dans le bureau de la conseillère d'éducation, appelle une voix sur les haut-parleurs du lycée une fois le cours de littérature terminé. Mlle Pearson.

Je soupire. Quelque chose me dit que les exploits de Logan ont à voir avec ma convocation dans le bureau de ma mère…

Gagné.

J'arrive devant la porte close et les surprends, Logan et elle, en plein pugilat. Ils sont tellement énervés et parlent tellement fort que j'entends distinctement tout ce qu'ils se racontent. D'ailleurs, personne dans le secrétariat n'en perd une miette. Les profs présents semblent intrigués ou gênés. Les autres élèves, avides. Et moi, je me sens morte de honte à l'idée que notre famille lave son linge sale en public. Une fois de plus, tout ça, c'est grâce à Logan Taylor !

– Arrête de t'ingérer dans ma vie comme ça ! s'écrie le bad boy. Tu n'es pas ma mère !

– Non, mais je suis ta conseillère. Ce qui veut dire que mon boulot est de t'éduquer. Pour m'assurer que tu ne deviennes pas un adulte bête, triste et amer, mais un homme riche, droit et bon comme ton père…

– Pour quoi faire ? Pour que je puisse à mon tour passer ma vie à essayer de remettre sur les rails des femmes qui ne vont pas bien en espérant qu'elles m'aiment en retour ?

– C'est ce que tu crois qu'il se passe entre ton père et moi ? lui demande ma mère, choquée.

– Ce n'est pas ce que je crois, c'est ce que je sais ! Et tu sais comment ? Parce que c'est ce que Baxter a fait toute sa vie. Tendre la main, tout donner, se faire plaquer, sombrer, et compter sur moi pour l'aider à remonter la pente. Oui, aujourd'hui, tu es là, à préparer votre mariage, le cœur rempli d'amour pour notre belle « famille », pour le fait qu'il t'a aidée à te construire une vie, ici, à te faire des amis, à récupérer ta fille… Mais comment ça va se passer, hein, l'année prochaine, quand Izzie repartira ? Que la maison sera vide ? Que cette belle illusion que Baxter t'a vendue s'effondrera ? Je vais te dire : tu le jetteras ! Tu le jetteras et ce sera à moi de réparer les pots cassés ! De mettre la fac, le foot entre parenthèses pour réparer les dégâts. Alors tu pourrais au moins avoir la décence de ne pas te mêler de ma vie ! lance-t-il avec colère.

Je blêmis, jette un coup d'œil affolé autour de moi. Mais quand je croise un regard, dans le secrétariat, il se détourne, aussi mal à l'aise que le mien. Pourtant, je n'ose pas entrer. Tant que le bad boy est dans cet état-là, ma présence risque d'aggraver les choses. Et je n'ai aucune envie de devenir le deuxième objet de son esclandre.

– Tu t'imagines vraiment être au centre de tout, hein ? contre-attaque ma mère. Que toi et Izzie l'êtes ? Que c'est pour jouer au papa et à la maman que ton père et moi sommes ensemble ? Je vais te dire une chose, Logan Taylor : j'aime ton père parce que c'est un homme à l'écoute. Pas seulement de moi, mais de tous les gens qui comptent pour lui. Toi, cette communauté entière, ma fille… Ton père est l'homme le plus solide que j'ai jamais rencontré, et ce n'est peut-être pas le cas de toutes tes petites groupies, mais moi, la gentillesse, je trouve ça incroyablement *aimable*. Est-ce que Bax souffre du syndrome du sauveur ? Peut-être bien, mais si c'est le cas ça m'arrange, parce que c'est ce qui fait qu'il n'a pas eu peur de moi ! De ma maladie ! Dans la foi qu'il a placée en moi, en nous, j'ai trouvé la force de remonter la pente. Et tu sais quoi, jeune homme ? Quand je te regarde, c'est un peu moi que je vois ! Je reconnais en toi la même colère contre le monde entier, le même sentiment d'injustice que j'avais avant de tomber éperdument amoureuse de ton père ! C'est pour *ça* que je veux placer ma foi en toi, en espérant que ça puisse t'aider, comme ça m'a aidée. Parce que je sais que la meilleure façon d'aimer ton père, c'est de t'aimer, toi. Ce qui veut dire que quels que soient tes efforts pour me repousser, je vais t'aimer, Logan, lance-t-elle d'un ton de menace qui me fait sourire derrière la porte close. Je vais t'étouffer d'amour, de guimauve, de douceur et de bienveillance, que ça te plaise ou non ! Et on verra bien qui de nous deux craquera le premier. Est-ce que c'est clair ?

Malgré l'embarras que je ressens à l'idée que toutes les personnes présentes, élèves et collègues inclus, soient à présent au courant de ce qu'elle a traversé, je ne peux m'empêcher d'admirer sa force et sa détermination à se frayer un chemin dans le cœur de Logan. Puis, l'instant d'après, je ressens comme un pincement au mien, de cœur. En repensant avec quelle force j'ai moi aussi essayé, au début. En vain.

– Est-ce que c'est clair ? réitère ma mère devant le silence du bad boy.

– Très clair, m'dame, répond enfin le rebelle d'un ton de gamin pris en faute.

Eh bien ! On dirait que madame la conseillère a déjà commencé à le mater à coups de guimauve…

Le calme semblant être revenu dans le bureau, je décide que c'est le moment de faire mon entrée, avant que leur discussion ne reparte en vrille et achève de mettre la ville entière au courant de nos soucis privés. Je frappe trois coups secs et ouvre la porte. L'insolent est assis sur une chaise, l'air renfrogné. Ma mère me toise d'un air profondément déçu que je ne comprends pas, mais qui me fait me sentir dans mes petits souliers.

– Entre, ferme la porte. Assieds-toi, m'intime-t-elle. Ton frère m'a raconté, pour votre « tutorat ».

Elle marque les guillemets avec ses doigts pendant que je me retiens de poser sur Logan un regard furieux. Évidemment, il a fini par tout avouer. Ça devait être son plan depuis le début : me faire la complice de sa désobéissance pour que je me fasse engueuler aussi…

– Je suis extrêmement contrariée, Izzie. En te confiant cette mission, je voulais te manifester ma confiance, mais j'ai visiblement eu tort…

– Alors là, non ! protesté-je. C'est injuste ! Ce n'est quand même pas ma faute si Logan refuse de travailler !

– Non, mais c'est la tienne si tu te ligues avec lui pour nous dissimuler la vérité, répond-elle, contrariée. Ces fausses sessions de travail… Tu sais à quel point c'est blessant ? À quel point j'ai l'impression d'avoir été prise pour une imbécile, et sous mon propre toit ?

Je toise Logan avec des envies de meurtre. Tout ça, c'est sa faute ! Et en plus ça me retombe dessus ?

Allez, regarde-moi, enfoiré. Arrête de me tourner le dos comme ça, de croiser les bras de façon désinvolte !

– Je voulais juste t'avertir qu'à partir de maintenant, je veux voir des résultats visibles dans son travail, me lance ma mère. Et si ce n'est pas le cas, je te tiendrai toi aussi pour responsable. Vous pouvez y aller, maintenant. On se voit ce soir à la maison.

– Mais c'est dégueulasse ! explosé-je. Je suis censée faire quoi, moi ? Négliger mon travail, ma vie sociale, pour lui courir après et le fliquer, alors que personne n'y arrive ? Je ne vais quand même pas l'enchaîner à son bureau et lui lire les œuvres complètes de Dostoïevski, merde !

– Des menottes ? Mais tu sais quoi, c'est une bonne idée, ça, Isobel… sourit l'enfoiré, l'air satisfait.

– Bon, ça suffit ! s'emporte ma mère. J'en ai vraiment assez que vous vous comportiez comme des bébés, tous les deux ! Ça fait des mois que ça dure ! J'avais espéré que vous finiriez par grandir, mais comme ce n'est pas le cas, très bien, je vais vous traiter en gamins ! M. Whitford va préparer ce soir un questionnaire sur les cent premières pages de *Crime et Châtiment*, comme il le ferait pour des élèves de première année. Demain, au lieu de finir à quinze heures trente, vous serez collés pendant deux heures, que vous emploierez à travailler *ensemble* sur ce questionnaire. La note, commune, comptera pour votre moyenne. Est-ce que je me suis bien fait comprendre ?

Super. J'imagine que ça va être à moi de me coltiner tout le travail si je veux éviter un C. Je ne voudrais pas faire mon Calimero, mais, franchement, c'est trop injuste. Seulement, sentant que si j'ajoute quelque chose, je risque en prime de me faire punir tout le week-end, je me contente d'acquiescer. Tout comme l'autre enfoiré, d'ailleurs.

– Bien. Par ailleurs, ce soir, Baxter et moi sortons dîner. Vous vous ferez livrer une pizza.

– Vous allez où ? demandé-je, anxieuse à l'idée d'être laissée toute une soirée seule à la maison avec le bad boy qui m'en fait tant baver.

– Aucune idée. Je viens de le décider, rétorque ma mère. Je crois qu'on a tous besoin de souffler un peu, là. Logan, est-ce que je peux compter sur toi pour lire ces cent *foutues* pages ? Et ne pas laisser ta sœur faire tout le boulot demain en colle ?

Il l'observe sans son habituelle défiance, mais avec une lueur nouvelle dans le regard. Comme du… respect ? Ou, mieux, de l'affection ?

Non, impossible. Ces sentiments sont inaccessibles à Logan Taylor.

– Oui, jure l'insolent, devenu soudain docile comme un agneau. Je suis vraiment désolé pour ce que j'ai dit tout à l'heure, tu sais. Je ne voulais pas…

– Ça ira, Logan, l'interrompt ma mère, encore bouleversée par cet affrontement. Ce n'est facile pour personne, le changement. Et puis, j'ai entendu ce que tu as dit. On a tous le droit de s'inquiéter pour ceux qu'on aime.

Ma mère se retourne et se met à ranger frénétiquement des dossiers. Sans un mot, nous sortons de son bureau, penauds. En pensant, l'un comme l'autre j'imagine, à la longue, très longue soirée qui nous attend…

6

The Breakfast Club

Izzie

Qu'y a-t-il de pire, pour un lycéen collé, que d'entendre la cloche sonner et de voir tous ses camarades se précipiter dans les couloirs pour partir en week-end ? Marcher dans l'établissement désert, plein de papiers froissés, d'objets perdus, d'emballages de snacks abandonnés, pour aller rejoindre Logan et passer deux heures à travailler à sa place est probablement la situation la plus déprimante que j'aie vécue de ma vie. Parce que pour être clair, il n'y a aucune chance que cette tête de mule ait lu les cent pages imposées hier soir. Pas avec le punk rock assourdissant qui s'échappait de sa chambre. Surtout pour suivre une histoire où le moindre personnage possède au moins un nom, un patronyme et six surnoms !

Lorsque je pousse la porte de la salle 4B, un surveillant est là. Je signe la liste d'émargement puis rejoins Logan au fond de la pièce, déjà penché sur le polycopié qu'il a commencé à noircir au crayon à papier. Son expression est déterminée. Ce sérieux donne à son visage parfait, déjà plus viril que celui des autres garçons du lycée, un côté plus masculin encore que d'habitude. Une nouvelle fois, je pense à Steff, qui le trouve si « différent » des autres. Si « spécial ». C'est vrai qu'à le voir comme ça, il a l'air à part. Plus mûr. Un peu plus vieux que son âge.

Plus réfléchi. Mais je sais que c'est une illusion créée par son physique d'Apollon. Par son corps imposant et sa mâchoire carrée. Par son regard perçant, clair et concentré. Par son nez droit, qui renforce la symétrie de ses traits. Indubitablement, il est le plus beau garçon que j'ai jamais vu. Le plus impressionnant. Eh oui, même moi, par moments, il m'impressionne. La preuve, je n'ose pas l'interrompre tout de suite. Je reste là, à le regarder, en sentant mon estomac se serrer. Devenir dans mon ventre une petite boule froissée, une misérable rose de papier crépon. Logan, sentant ma présence, m'intime de m'asseoir et de m'y mettre, sans même lever les yeux vers moi.

– Je dois être dans les vestiaires, changé, à dix-neuf heures maximum, et il faut que je mange avant.

Il fallait peut-être y penser avant de te foutre de la gueule de Whitford et de nous faire coller, tu ne penses pas ?

– « Bonjour Izzie. Vraiment désolé d'avoir ruiné ton vendredi après-midi avec mes conneries. Comment vas-tu ? Tiens, prends place, j'ai déjà commencé », lancé-je d'un ton irrité.

Le rebelle lève vers moi ses yeux gris en amande. Son visage de statue est impassible comme le marbre.

– Tu joues à quoi, là ?

– Rien. Je te donne le mode d'emploi pour moins avoir l'air d'un connard, maugréé-je, sur la défensive.

Je me sens sur le fil du rasoir. Après le coup qu'il m'a fait chez Coral, les semaines passées à s'ignorer, à coexister dans le même espace sans s'adresser la parole, comment recommencer à se parler ? Surtout quand on sait comment ça se termine, à chaque fois – c'est-à-dire pas très bien pour moi.

– Bonjour Izzie, répond d'ailleurs Logan du tac au tac. Vraiment désolé d'avoir ruiné ton après-midi ennuyeux avec Steff. Tu as une sale gueule. Tiens, assieds-toi et tais-toi. Si tu arrêtes de me prendre la tête, on peut avoir fini dans une heure et on pourra tous les deux reprendre le cours de nos existences.

Je me crispe, mais décide de ne pas relever les saloperies qui sortent de sa bouche. Je viens une fois de plus d'avoir la preuve qu'à ce jeu-là, je ne gagne jamais. Par contre, je m'empare de la feuille de façon autoritaire. Aucune envie de me taper un F.

– Logan, je te signale que le but du jeu n'est pas de cocher des cases au hasard…

Je commence à lire ses réponses pour évaluer les dégâts et découvre, ébahie, qu'il a tout bon. J'en déduis d'abord qu'il a gentiment lu ses cent pages… Sûrement plus par respect pour ma mère que pour moi, étant donné qu'il avait l'air sincèrement emmerdé hier en quittant son bureau. Mais quand je tombe sur une question qui s'est glissée par mégarde et dont la réponse n'arrive que dans le dernier tiers du livre, je soupçonne le coup foireux.

– C'est Tanya qui t'envoie les réponses par SMS, c'est ça ? demandé-je, furibarde.

Mais il est complètement inconscient ou quoi ? Il sait ce qu'on risque si jamais on est pris à tricher ?

– Non, rétorque-t-il en reprenant la copie et en continuant à noircir les petites cases avec une précision déconcertante.

– Tu ne veux quand même pas essayer de me faire avaler que tu as lu tout le livre ? En une soirée ? demandé-je, déstabilisée.

– Pas en une soirée, non, réplique-t-il sans lever les yeux de la copie.

J'aimerais bien qu'il m'éclaire, si possible. Après tout, l'avenir de ma moyenne dépend de ce devoir ! Comme je reste là, les yeux écarquillés, sans comprendre, Logan finit par pousser un soupir et par lever la tête vers moi.

– J'ai fini de le lire il y a déjà une semaine, ce bouquin, OK ? Et je suis désolé, mais quoi qu'en pense cet imbécile de Whitford, dans la scène de confession, Raskolnikov ne justifie pas son geste.

– Qu'est-ce que tu racontes ? lancé-je, cette fois complètement perdue. Il explique *littéralement* à Sonia les circonstances qui l'ont amené à tuer !

– Expliquer, ce n'est pas justifier, rétorque le bad boy. Je peux t'expliquer, par exemple, que quand j'ai refusé de répondre à Whitford, c'était parce que j'ai trouvé sa question débile. Que je ne comptais pas avouer à ta mère que depuis le début de l'année, toi et moi, on fait semblant, avec cette histoire de tutorat. Que j'ai été acculé par ses questions. Je peux décrire le cheminement précis qui nous a amenés dans cette salle de classe, ce n'est pas pour autant que je m'en dédouane.

– C'est ta façon de me dire que tu es désolé de m'avoir fait coller par ma propre mère ? bougonné-je dans l'espoir de cacher ma surprise.

Depuis deux semaines, je croyais sincèrement avoir cerné Logan. Un petit con qui assoit son autorité sur les autres en les malmenant. Un pauvre mec *insecure* et vide, avec seulement deux neurones qui s'entrechoquent. Mais visiblement, il n'est pas idiot, il vient de m'en fournir la preuve. Alors c'est quoi son problème ?

– C'était juste un exemple, répond Logan en haussant les épaules avec son sourire insolent qui fait fondre les filles. Pour que tu saisisses un peu mieux la différence entre « expliquer » et « justifier ». C'est fondamental, si jamais tu veux comprendre quelque chose à l'existentialisme chrétien de Dostoïevski.

J'éclate d'un rire légèrement incrédule, aussi soufflée par son arrogance que par ce côté intello auquel il ne m'avait pas du tout préparée !

– L'existentialisme chrétien de Dostoïevski ? Où est-ce que tu vas chercher tout ça ?

– Mais si, penses-y, insiste Logan avec véhémence, comme si le sujet le passionnait vraiment. L'histoire de Raskolnikov, c'est celle de l'homme face à ses choix et à Dieu ! Peu importent les intentions, seuls les actes comptent. Ce que tu as fait. Qui tu as blessé.

– Pas faux, admets-je, impressionnée par l'audace de sa réflexion, et aussi troublée par cette facette dont je ne supposais pas l'existence.

Le Logan réfléchi. Le Logan intelligent. C'est vraiment ce type-là qui enchaîne les C et les D ? Alors qu'il est capable de pondre des analyses littéraires aussi fines qu'un étudiant de fac ? De citer des courants philosophiques aussi pointus ? Plus on avance dans le test, en débattant des divers thèmes abordés par Dostoïevski, plus j'essaye de comprendre. C'est évident qu'il ne me mène pas en bateau. Ce livre, il l'a lu, et il l'a compris. Sûrement mieux que moi – ou même que Whitford –, suis-je forcée d'admettre. Je ne cesse de me demander pourquoi Logan ne laisse pas voir au monde cet aspect de sa personnalité. Si bien que quand on termine, trois quarts d'heure avant la fin de notre colle, je ne peux m'empêcher de lui poser la question. Après tout, il m'a traînée dans cette galère. Il me doit une explication, non ?

– Ne va pas croire que normalement je lis les livres qu'on nous impose en cours, lance-t-il en s'étirant avec nonchalance, ce qui soulève le bas de son tee-shirt et laisse apparaître son tatouage et son ventre musclé. Mais là, j'ai vu le résumé et ça m'a intéressé.

Je suis de plus en plus troublée, perplexe.

– Pourquoi ça ?

Il hausse ses épaules carrées.

– Quand tu as une mère qui sombre dans l'alcool et la drogue juste après ta naissance, tu en connais un rayon sur la culpabilité. J'ai grandi avec l'impression que c'était ma faute si elle nous avait abandonnés, mon père et moi. D'ailleurs, d'une certaine façon, c'est le cas. Elle n'était pas comme ça avant d'avoir un enfant. *Baby blues*, précise-t-il.

Alors tu vois, je suis né avec de grandes responsabilités sur les épaules… sourit-il tristement.

Sa façon de s'ouvrir brusquement me trouble plus encore que ces soixante-quinze dernières minutes passées en sa compagnie. Bien sûr, je connaissais déjà l'histoire de sa mère. Ma propre mère m'en avait parlé… Mais jamais je n'aurais imaginé qu'il soit capable d'en parler de manière aussi frontale, et encore moins à moi !

Au fond, ce n'est pas si surprenant. Logan a la fâcheuse tendance à assumer complètement ce qu'il est.

Même dans ce qu'il a de pire. Mais quand même. Et si c'était le signe que ma mère a *réellement* réussi à le toucher, hier ? Qu'il a décidé de faire un effort – avec elle, mais aussi avec moi ? Peut-être que s'il m'a laissée tranquille depuis la soirée, c'est qu'il s'en est réellement voulu. Peut-être qu'il est en train de me tendre la main, et qu'il ne tient qu'à moi de m'en saisir…

– On n'est pas responsable de la dépression de nos parents, lancé-je dans un souffle, pour moi aussi essayer de lui donner quelque chose. Du moins, je l'espère.

À mon grand soulagement, ma tentative semble fonctionner, puisque le géant de Felt ne m'envoie pas chier pour une fois. C'est même tout le contraire.

– Eh, me gronde-t-il gentiment. C'est évident que tu n'as rien à voir dans ce que Karen a traversé. C'est la mort de ton père qui l'a fait sombrer, pas toi. La preuve, tu avais déjà 14 ans quand elle est tombée malade.

J'ignorais qu'il en savait autant sur ma mère, ou même sur moi. Que Baxter lui avait parlé de notre histoire de façon si détaillée. Bien sûr, en surprenant leur engueulade hier dans le bureau de ma mère, j'ai compris qu'il savait qu'elle avait été traitée pour une dépression… Mais de là à imaginer qu'il pouvait y avoir réfléchi ? Qu'il avait une opinion à ce sujet ?

D'une certaine façon, si je l'avais découvert dans un autre contexte, je l'aurais mal pris. Mais en cet instant, avec ce qu'il vient de me confier à son propos, ça ne me dérange pas. Après tout, du jour où nos parents se sont mis ensemble, son histoire est un peu devenue la mienne… C'est peut-être d'ailleurs ça qui coince entre nous. Le fait qu'on partage une histoire dont nous ne maîtrisons pas totalement les tenants et les aboutissants.

Si ce n'est que ça, ça peut peut-être changer…

– Justement, j'avais 14 ans, lui confié-je, désireuse qu'il comprenne. Je n'étais déjà plus une enfant. Et pourtant, je l'ai abandonnée pour aller en pension. J'ai passé quatre ans quasiment sans la voir, excepté les deux ou trois fois par an où on se retrouvait à New York chez mon frère. Je ne lui donnais presque pas de nouvelles. Je détestais l'avoir au téléphone, sentir son découragement face à la vie, entendre que les médicaments la rendaient léthargique. Je l'ai rejetée, au fond. Puis, dès qu'elle a commencé à aller mieux, je suis revenue. C'est quand même assez égoïste…

Je lève les yeux vers lui en frissonnant. Voilà, je me suis mise à nu. Malgré la promesse que je m'étais faite après la photo, je me suis ouverte. Et j'ai peur, très peur de finir par le regretter, c'est certain…

Mais si je ne l'avais pas fait, je l'aurais regretté à coup sûr.

Après tout, n'est-ce pas ce que j'espérais, au début de l'été ? Une occasion de montrer à Logan qu'on a peut-être des choses à partager ? Une opportunité de lui prouver que je ne suis pas aussi coincée et différente de lui qu'il s'imagine ? Il m'a parlé de sa culpabilité, j'ai décidé de lui offrir la mienne. Malgré la crainte qu'il s'en serve pour, une fois de plus, me déchiqueter.

– Tu as fait ce que tu devais pour survivre, insiste Logan en plantant dans mes yeux son regard gris si particulier, si intense. C'est ce qu'on fait tous.

Plus encore que cette subite bienveillance, c'est ce regard qui me trouble. Limpide, et pourtant tumultueux. En cet instant, je comprends Tanya, Steff et les autres. N'importe quelle fille donnerait tout pour être regardée comme ça. Surtout par un beau brun ténébreux au corps d'athlète et à la voix profonde.

– Allez, on décolle ? me propose-t-il soudain comme si de rien n'était. J'ai mon match et toi… Toi, tu as probablement une soirée *World of Warcraft* avec ta meilleure copine, non ?

Allez, les vannes reprennent !

Ça m'aurait étonnée…

– Ce qu'il y a au menu du soir est encore plus chiant, répliqué-je du tac au tac. Je viens te voir jouer.

– *Me* voir jouer ? me lance-t-il avec un demi-sourire ironique.

– OK, admets-je en levant les yeux au ciel. Je viens voir Erik jouer, en réalité. Et écouter Baxter se déchaîner en direct. Et me gaver de hot dogs à un dollar.

Il rit en remettant notre copie commune au surveillant. Un rire sexy, retenu, un peu cassé. Puis nous sortons de la salle, ravis d'être enfin libérés. Mais, alors que nous tombons sur l'ancien voisin de Steff, qui passe en fauteuil juste devant notre salle de colle, l'expression pour une fois détendue de Logan change du tout au tout. Les deux garçons se toisent, comme des ennemis jurés.

– Tu pourrais te pousser, 13 ? Tu es en travers de mon chemin.

Je tire Logan par le bras pour qu'il dégage le passage. Il observe Matt passer, les dents et les poings serrés.

– Merci, c'est pour les chiens ? lance-t-il alors que Matt s'éloigne.

– En effet, rétorque l'autre sans même tourner la tête. Parce que les chiens valent largement mieux que toi, Taylor.

À ces mots, Logan esquisse un mouvement pour rejoindre Matt, mais je le retiens fermement. Je ne sais pas quel est leur problème, mais une chose est sûre, s'ils se foutent sur la gueule, le combat ne sera pas égal.

– Qu'est-ce que tu fabriques ? Tu veux aller chercher la bagarre avec un handicapé ? lui sifflé-je entre mes dents. C'est quoi ton problème, Logan, à la fin ?

Il se dégage et me toise d'un air de mépris.

– Tu fais quoi, là ? Qui t'a permis de te mêler de mes affaires ou de me juger, Isobel ?

Je le regarde, écœurée, et recule d'un pas.

– Je n'arrive pas à croire que tu me parles comme ça, là. Je n'arrive pas à croire que tu continues tes conneries après qu'on…

– « Qu'on » quoi ? me coupe-t-il. Qu'on a fait nos devoirs ensemble ? On est frère et sœur, maintenant, c'est ça ? Ça ne sera jamais le cas, Izzie, putain ! Alors arrête de vouloir faire semblant !

– Tu as raison, rétorqué-je en tremblant de rage. J'en ai assez de faire semblant tout le temps. Semblant d'être sympa, semblant d'être la plus mature des deux, semblant d'en avoir quelque chose à fiche de toi ! Semblant que ton attitude ne me pourrit pas la vie ! J'en ai assez, Logan, vraiment assez !

– Personne ne te force à jouer la comédie, réplique-t-il en me jaugeant de la tête aux pieds. Je ne t'ai jamais obligée à être aussi… fausse.

– Va te faire foutre, rétorqué-je en faisant demi-tour.

Je commence à remonter le couloir à toute allure en sentant mon cœur cogner dans ma poitrine. Rage. Frustration. Déception. Voilà les sentiments que Logan Taylor réussit immanquablement à éveiller chez moi. Sentant des larmes d'énervement me piquer les yeux, je me mets à courir dans le couloir comme une dératée. De plus en plus vite, malgré mes derbies à talons. Pour fuir ce lycée obscur et silencieux, atteindre la porte, plonger dans la lumière crue du dehors. Et laisser derrière moi Logan et son ombre, qui ne font que m'envahir, tout le temps.

7

Coyote Girl

Izzie

Cette journée a été interminable.

Les cours, la colle, Dostoïevski, le match. Logan. Logan et sa colère. Logan et sa dureté. Sa méchanceté. Aujourd'hui, j'ai pourtant entraperçu un côté de lui que je ne soupçonnais pas, et qui pendant près de deux heures m'a permis de penser qu'on pourrait peut-être réussir à s'entendre. Mais c'est fini, maintenant. J'en ai assez. Je vais faire ma vie sans me soucier de lui. Sans laisser ce qu'il pense de moi m'affecter.

C'est pourquoi, alors que sa bande décide de bouger au Grey Goose après le match, j'accepte d'y aller aussi. Pas question de me laisser mettre à l'écart. Je suis la copine d'Erik, non ? Donc c'est ma place. C.Q.F.D. Bien sûr, cela aurait été plus simple si Steff avait été là... Mais elle passe la soirée à Austin, en famille. Sa grand-mère est dans une maison médicalisée là-bas. Avant, elle vivait avec eux, mais elle a commencé à avoir des accidents – laisser la gazinière allumée, oublier ses clefs sur la porte d'entrée. La famille de Steff ne manque pas d'argent, mais pas au point de pouvoir embaucher une garde vingt-quatre heures sur vingt-quatre. Quand bien même ils le pourraient, Felt manque de personnel soignant. Felt manque de personnel éducatif. Felt manque de tout.

Mais pas de bière.

Au Grey Goose, elle coule à flots. Simon est déjà bourré, et Coral aussi visiblement. Si cette dernière continue à enfiler les pintes avec une telle régularité, on risque de bientôt devoir évacuer la *cheerleader* sur un brancard, ce qui m'arrange. Le moins qu'on puisse dire, c'est qu'on ne s'apprécie pas. Tanya joue au billard avec d'autres Rally Girls. Vu leur look, je suis contente d'avoir adapté le mien ce soir. Pas de derbies ni de jupe sage, mais des sandales dorées, un dos nu et le short en jean de rigueur.

Pendant qu'Erik discute avec quelques supporters installés au comptoir, moi je parle séries avec Avery, qui est définitivement celui de la bande avec qui je me sens le plus à l'aise. Je prends d'ailleurs note des innombrables programmes qu'il me conseille.

– Dans la catégorie des adaptations littéraires, la série *The Leftovers* est immanquable. Et *Alias Grace*, bien sûr ! Tu dois aimer Margaret Atwood, non ? Je veux dire, tu as envie de devenir écrivaine, c'est bien ça ?

– C'est Erik qui t'en a parlé ? demandé-je, surprise qu'il en sache autant à mon sujet.

– Non, c'est 13. Il m'a dit que tu avais gagné un concours d'État et tout…

Je reste stupéfaite de découvrir que Logan parle parfois de moi autrement que pour me dénigrer, justement au moment où ce dernier fait son entrée, les cheveux encore humides de la douche qu'il a prise après le match. Un blouson en jean élimé par-dessus un tee-shirt blanc qui moule son torse d'athlète. Une clope intacte coincée derrière son oreille. Indéniablement charismatique, le joueur star attire sur lui tous les regards, dont le mien. C'est plus fort que moi. Malgré la promesse que je m'étais faite dix minutes plus tôt, je me sens encore affectée par ce qui s'est passé entre nous cet après-midi, par ce moment de proximité dont j'ai cru naïvement qu'il changerait quelque chose. Tanya se précipite vers lui et l'embrasse goulûment. Avec la langue. Je détourne la tête, gênée. Ils ne peuvent pas prendre une chambre ? La Rally Girl finit par lâcher son mec, qui salue les autres, pour se glisser sur la banquette à côté de moi.

– J'ai eu un entretien avec ta mère, cette semaine, tu savais ?

Je secoue négativement la tête, tout en surveillant Logan du coin de l'œil, qui a maintenant toute l'attention d'Avery.

– Elle est vraiment super. Bien mieux que la dernière conseillère qu'on avait ! Elle m'a vraiment aidée à optimiser mon CV et m'a donné plein de suggestions de financement pour ma première année de fac. Des bourses sociales et tout...

– Tu veux aller où ? demandé-je en me sentant soudain l'envie d'en savoir plus sur cette drôle de fille.

Cette nana qui, visiblement, tient tête à son mec pour me défendre alors qu'elle me connaît à peine, mais qui pour une raison que je ne m'explique pas est infichue de se défendre elle-même. Cet as de l'algèbre qui, malgré un look de bad girl et ses goûts déplorables en matière d'hommes, semble cacher un grand cœur et une nature amicale.

– N'importe où, rit Tanya. Aucune femme de ma famille n'est jamais allée à l'université. Honnêtement, tout ce que je veux, c'est avoir un diplôme. Briser la malédiction des Howkins.

– Partir loin de Felt ?

Elle hausse les épaules.

– Je ne sais pas. Le truc, c'est que j'aime cet endroit. Je sais que c'est minus, et miteux, mais c'est chez moi. Ça doit te paraître idiot, non ? dit-elle avec un rire cristallin. Toi qui as vécu à New York...

– Pas du tout, déclaré-je avec douceur. C'est génial d'avoir un chez-soi. J'aimerais pouvoir en dire autant...

Une nouvelle fois, mon regard cherche involontairement Logan. Ce Logan qui m'empêche de me sentir à ma place dès qu'il est là. Ce Logan qui polarise malgré moi toute mon attention. Il est cette fois au comptoir, en train de se commander un verre et d'échanger quelques mots avec Erik.

– Eh, rebondit Avery, c'est vrai qu'en cette saison, sur la côte Est, vous avez parfois déjà jusqu'à dix centimètres de neige ?

– Je rêve ou tu es *littéralement* en train de lui parler de la pluie et du beau temps ? le taquine Tanya.

– Je me renseigne, c'est tout, fait Avery en haussant les épaules avant de m'expliquer. Je n'ai jamais vu la neige. Enfin si, j'ai déjà vu des flocons tomber. Mais rien qui tienne au sol. C'est pour ça que j'ai vraiment hâte de me barrer à Chicago. Un des *scouts* de Northwestern m'a contacté l'autre jour, ajoute-t-il fièrement. Ils sont intéressés pour m'offrir une bourse.

– Même si la canicule a ses mauvais côtés, je suis quand même bien contente de profiter d'un mois d'octobre par 30 °C, pour une fois, souris-je. Le froid, ça va, j'ai donné.

– Oh, vous savez ce qu'on devrait faire ? suggère Avery en incluant Logan dans notre cercle. Aller tous se baigner à Cristal Lake tant que c'est encore possible. Ça fait hyper longtemps que je n'y suis pas allé. On pourrait même dormir là-bas ! Tu te souviens, 13, quand on y avait campé avec Matt pour l'anniversaire de ses 15 ans ?

Logan, qui était en train de tirer une chaise pour s'installer à l'autre bout de la table, se fige un instant. Je lui jette malgré moi un coup d'œil, surprise de découvrir qu'il a été proche de Matt, et pendant une fraction de seconde, nos regards s'accrochent. Mais je détourne rapidement le mien, n'ayant aucune envie de me noyer dans l'immensité nuageuse de ses yeux gris et furieux.

– Ta gueule, Avery, grogne-t-il en s'asseyant. Je n'ai pas besoin de ta séquence nostalgie à la con, là.

– Amour de ma vie, tu es vraiment un rayon de soleil, lui lance Tanya. Décidément, on a de la chance de t'avoir parmi nous. Izzie, ça te tente, une partie de billard ? On joue pour dix dollars.

– Arrête d'essayer de plumer ma famille, la gronde le *fullback*.

– J'essaye de plumer tout le monde, c'est démocratique, rétorque la Rally Girl.

– Je suis nulle au billard, avoué-je avec un sourire désolé.

– Laisse-moi deviner. Ton truc à toi, c'est plus le cricket ? La crosse ? me demande Coral d'une voix pâteuse et d'un ton méprisant. Les occupations du petit peuple, c'est trop salissant ?

– Techniquement, un terrain de cricket est beaucoup plus salissant que l'arrière-salle du Grey Goose, ses tables de billard et ses poivrots, lui expliqué-je non sans sarcasmes. C'est dire !

Franchement, elle commence à me gonfler, celle-là.

J'en ai marre de ce rôle de fille coincée que Logan et elle essayent à tout bout de champ de me faire endosser. OK, on n'a pas la même culture, mais avant de venir vivre à Felt, j'ai toujours été considérée comme une nana fun !

– Et puis ce soir, je me sens d'humeur physique, ajouté-je en me levant. Logan, tu as deux dollars ?

Quitte à taper quelqu'un, autant que ce soit lui.

Jamais un verbe ne m'a paru si bien choisi...

– Pourquoi ? rétorque-t-il en me tendant deux billets.

– Je vais tenter le taureau mécanique. Prouver à Coral que les cours de maintien que j'ai reçus dès ma plus tendre enfance ont porté leurs fruits, lancé-je en exagérant mon accent de la côte Est.

Puis, pour me donner du courage, j'avale une grande rasade de bière piquée dans sa pinte encore pleine. Il me jette un coup d'œil amusé, sûrement enchanté à la perspective que je me rétame. Tanya et Avery, eux, m'encouragent alors que je me mets en route vers l'affreuse bête, en marchant aussi droit que si j'avançais avec une pile de dictionnaires sur la tête. Mais au fond, je n'en mène pas large.

Si je tiens quarante secondes, ce sera déjà un exploit.

J'enlève mes ballerines, grimpe sur le tapis comme s'il s'agissait d'un ring et enfourche la bête. Je comprends vite que la meilleure façon de procéder est de me rapprocher le plus de la tête, là où le taureau est le moins large, pour pouvoir l'enserrer de mes jambes. La musique country se coupe, laissant place à un tube de R'N'B' tonitruant, indubitablement sensuel, et le bar entier se tourne vers moi pour admirer mes exploits.

OK, c'est donc un taureau pour apprenties strip-teaseuses. Pas de souci, fun, on a dit.

Stressée par toute cette attention, je n'ose même pas jeter un coup d'œil autour de moi. Je devine sans peine le regard de Logan, impatient que je me ridiculise. Eh bien, je ne compte pas lui donner satisfaction ! Le taureau se met en branle, doucement d'abord. Je m'accroche en laissant échapper un rire nerveux, perds un peu l'équilibre, le retrouve. Ouf ! je viens d'échapper à une humiliation cuisante… En resserrant l'étau de mes cuisses, je trouve la technique, à savoir suivre le rythme avec les hanches. Ne pas avoir peur de se balancer. Finalement, ce n'est pas si dur que ça !

Bon, sans les mains maintenant.

Je lève mon bras droit en l'air puis avec précaution, le gauche, et commence à esquisser avec mon doigt un mouvement circulaire de lasso. La salle se met à m'encourager. Les mouvements du taureau s'intensifient. La première fois qu'il rue, je tiens bon et continue de frimer, de danser à moitié. La deuxième fois aussi. Puis ça se corse. Il tourne, je glisse. Il se cabre, je m'accroche désespérément. Il y a moins d'une seconde, je me sentais plus sexy que Beyoncé et maintenant, je ressemble à un sac à patates hilare. Un dernier tour de piste… et je m'envole, atterris sur le tapis, me relève en m'esclaffant.

– Whouhooooo ! Ça, c'est ma meuf, crie Erik depuis le comptoir.

Je me relève en grimaçant comiquement et salue le bar, qui m'applaudit sourire aux lèvres, avant de renfiler mes chaussures. Erik vient me donner un baiser fougueux, puis lève mon poing en l'air en signe de victoire. Je me sens fière de moi. Alors ? Qui a peur de se salir les mains, à présent ?

– Écoutez bien, vous tous : cette nana, c'est Izzie Pearson et je la KIFFE ! lance mon mec sous les hourras de mon public éphémère.

Je glousse, ravie, et pose mon regard sur notre table, pour chercher celui de Coral et voir quel effet ça lui fait d'avoir été mouchée. Mais ce qui attire mon attention, ce n'est pas l'air renfrogné et boudeur de la *cheerleader*, c'est la chaise vide de Logan. Et sur la table, à ce qui était sa place, une bière quasi intacte, dont moi seule ai bu une gorgée.

8

Souviens-toi le printemps dernier

Logan

Allongé sur mon lit, fenêtres ouvertes, je fume ma sixième clope depuis que je suis rentré – l'avantage d'une soirée à la maison quand mon père et Karen sont de sortie. Tanya a essayé de m'appeler vingt fois pour savoir quelle mouche m'avait piqué de quitter le Grey Goose comme ça et si elle pouvait passer. J'ai hésité, avant de refuser. J'ai envie de baiser, ouais, mais pas de parler. J'aurais pu faire venir n'importe quelle autre nana du bahut qui me tourne autour pour ça ; j'ai même commencé à écrire des textos, puis je me suis ravisé, j'avais trop peur.

Le mouvement de ses hanches, qui se balancent lentement pour qu'elle puisse conserver son équilibre.

Trop peur de penser à elle.

Ses cuisses fuselées, dorées par le soleil, qui s'échappent de son short et enserrent le cou du taureau.

Je tire une taffe, expulse la fumée, la regarde se dissoudre pendant que de la folk douce s'échappe de mes enceintes.

Ses épaules qui bougent au rythme de la musique, et sa poitrine pleine qui remue sous son débardeur.

Je bondis hors de mon lit et vais changer de disque. J'ai besoin de rock hurlant, pas sentimental pour un sou. J'opte pour les Clash. Je me pose sur ma chaise de bureau, clope entre les lèvres, et commence à frapper sur une batterie imaginaire. Ça me défoule et me sort de la tête toutes ces pensées affreusement coupables. Inexcusables.

Izzie n'est pas seulement la nana d'un des gars de l'équipe, putain !

C'est avant tout ma demi-sœur. Ma jolie demi-sœur, complètement tarte et anti-sexy au possible avec ses airs de pimbêche. Ma demi-sœur avec qui on se bouffe constamment le nez, même quand j'essaye de signer la trêve. C'est plus fort que moi, elle m'insupporte depuis le premier jour où je l'ai rencontrée, avec ses grands airs et ses phrases compliquées. Alors merde, qu'est-ce qui me prend ? Pourquoi est-ce que ce soir, je n'arrête pas de penser à elle comme ça ?

Peut-être que les filles avec qui je couche ont raison : j'ai un problème.

C'est ce que m'a lancé Sydney, la petite rouquine de première que j'ai sautée deux fois depuis septembre, et accessoirement Rally Girl d'Erik, en se rhabillant l'autre jour dans sa chambre.

« Tu n'es pas simplement un salaud, Logan. Tu es aussi et surtout un pauvre type, avec une bite à la place du cœur. Un gamin qui veut tout ce qu'il ne peut pas avoir ! »

Si Sydney a raison, ça expliquerait que je me retrouve fatalement à fantasmer sur la seule nana de Felt avec qui, vraiment, il n'y a pas moyen…

Merde. Pourquoi est-ce qu'elle m'appelle, d'ailleurs ? Justement maintenant ?

Le numéro d'Izzie qui s'affiche sur mon portable, au moment où je pense à elle… Je décroche, soûlé de ne pas pouvoir lui échapper, même quand je la fuis.

– Allô ! aboyé-je.

– Logan… Dieu merci, tu as décroché…

– Qu'est-ce qui se passe ? demandé-je, en sentant la panique dans sa voix.

– On a été arrêtés, Erik et moi. On est au commissariat, sur Main Street.

– Quoi ? Qu'est-ce qui s'est passé ? Tout va bien ?

– Oui, oui, ce n'est rien… C'est juste… Erik devait me ramener ce soir, mais il a bu quelques bières de trop… J'ai voulu le conduire chez lui puis rentrer à pied, mais il n'était pas d'accord.

Putain, quel abruti.

Il ne retient jamais la leçon ?

– Tu n'es pas montée dans sa voiture, quand même ? grondé-je en sentant la fureur monter.

– J'ai paniqué, plaide Izzie. Il ne voulait vraiment rien entendre. Il allait me planter sur le parking du Grey Goose et je ne savais pas quoi faire…

– Appeler les parents ! crié-je. Emprunter du fric pour prendre un taxi ! Tout plutôt que monter dans la voiture d'un conducteur bourré !

Je respire profondément, passe ma main sur mon visage. J'essaye de me calmer, de calmer le bourdonnement dans ma tête. Un mélange de colère nucléaire et de panique tétanisante.

– Vous avez eu un accident ? demandé-je avec une voix que je ne reconnais même pas.

Une voix lointaine. Déformée. Distordue par les souvenirs qui m'assaillent et par… la peur. Brute. Incontrôlable.

– Non, non ! s'exclame Izzie. On a juste été contrôlés, c'est tout…

Le bourdonnement dans mon crâne s'éteint. C'est comme si on venait de soulever le poids qui écrasait ma poitrine depuis que j'ai décroché.

Ils n'ont rien. Elle n'a rien.

Avec l'inquiétude qui se dissipe, ne reste que la colère.

« On a juste été contrôlés, c'est tout… »

Elle ne se rend pas compte à quel point ça aurait pu mal tourner ? Du risque qu'elle a pris ? OK, je ne peux pas la blairer, mais pas au point de souhaiter sa mort !

– Bon, ils t'ont inculpée de quelque chose ? demandé-je

en essayant de me montrer pragmatique.

Si jamais Baxter apprend ça, je sens que ça va me retomber sur le coin de la gueule. Je l'entends d'ici : « Tu pourrais veiller un peu sur ta sœur, Logan… » Comme si cette gourde était sous ma responsabilité !

Si c'était le cas, je lui suggérerais de planquer un peu plus ses jambes. Son dos. Et puis son décolleté, tant qu'on y est !

– Non, ils ont été vraiment sympas. Ils sont fans des Lions alors ils ont décidé de simplement placer Erik en cellule de dégrisement. Moi, comme j'ai juste bu la gorgée que je t'ai piquée, ils me laissent partir… à condition qu'un membre de ma famille vienne me chercher.

Elle n'est quand même pas en train de me demander…

– S'il te plaît, supplie-t-elle face à mon silence. Je ne veux pas appeler ma mère. Depuis qu'elle a perdu mon père, elle est terrifiée à l'idée qu'il arrive quelque chose à ses enfants. J'ai été débile de ne pas envoyer Erik sur les roses, je le sais, mais je ne veux pas que cette erreur pousse ma mère à se faire un sang d'encre pour moi, tout le temps. Pitié, Logan…

Est-ce que j'ai vraiment le choix ?

Aller la chercher est le seul moyen de garder ça entre nous. Même si c'est la pire chose que qu'Izzie pouvait me demander.

Je ne laisse personne monter sur ma moto, personne. Les risques de rouler en deux-roues, je les prends seul.

Mais ce soir, je ne risque rien. Je ne risque rien.

Je n'ai pas fumé de pétards, pas touché à ma bière au bar. La galère, c'est que je n'ai qu'un seul casque… Mais je peux le laisser à Izzie. Et faire en sorte d'éviter de nous planter dans le décor. Me montrer prudent sur la route, contrairement à son connard de mec.

Putain, s'il n'était pas en cellule, lui, je lui écraserais volontiers la gueule sur un trottoir.

En fulminant, j'enfourche ma Suzuki et roule jusqu'au bureau du shérif. J'entre, serre quelques mains, reçois des tapes sur l'épaule et des félicitations pour le match de ce soir.

– Tu es là pour ta demi-sœur ?

J'opine en rassurant l'adjoint. Oui, je vais bien faire la morale à Izzie Pearson.

Plus que vous ne l'imaginez.

– Et Erik, qu'est-ce que j'en fais ? J'imagine que vous avez entraînement demain ?

– À neuf heures trente, confirmé-je. Mon conseil ? Gardez-le jusqu'à neuf heures quinze. Qu'il débarque pas très frais, dans ses vêtements de la veille et se fasse remonter les bretelles par le coach.

– C'est sévère, gamin, sourit l'adjoint. Mais juste.

– Il faut ce qu'il faut, non ? On a tous envie de gagner ce championnat, et on ne va pas y arriver avec un *quarterback* qui se paye un casier.

– Ou qui se prend un platane, blague l'homme de loi avant de réaliser.

Il me regarde avec une tête de poisson hors de l'eau, en cherchant les mots pour s'excuser de ce qu'il vient de dire.

– Mince, Logan, pardon… Je ne sais pas ce qui m'a pris de sortir ça, je n'ai pas réfléchi…

J'accuse le coup, serre les poings, repousse ce que je ressens. Je ne suis pas là pour déclencher une baston avec un flic. Je suis là pour une raison, et une seule.

– Où est Isobel ? demandé-je entre mes dents.

– Dans mon bureau, me répond le fonctionnaire, piteux. Reste là, je vais la chercher.

Dix minutes plus tard, Isobel Katharina Pearson arrive dans ses petits souliers, le blouson aux couleurs des Lions d'Erik sur les épaules. Et moi qui ai eu tout le temps de ressasser la situation dans laquelle elle vient de me mettre, en la voyant arriver avec ses grands yeux bleus et inquiets, je sens la colère monter. Parce que tout ce numéro de *cow-girl* qui fait du rodéo, se conduit en irresponsable, termine arrêtée, ça ne lui va pas du tout. Les filles de Felt, celles qui n'ont aucune option dans la vie, qui finiront coincées dans ce trou, se comportent comme ça parce qu'elles dépriment. Elles dépriment de savoir d'avance qu'elles vont terminer comme leurs mères, à épouser un con du coin, à galérer dans des jobs sous-payés. Elles agissent comme ça parce que chaque jour qui passe les rapproche d'un futur étriqué dont elles ne veulent pas. Mais Izzie ? Dans moins d'un an, elle sera dans une fac de l'Ivy League. Dans dix ans, elle enseignera et dédicacera des piles de bouquins en librairie. Son horizon est aussi dégagé qu'un putain de ciel texan l'été.

– Alors à quoi ça rime, hein ? la sermonné-je une fois qu'on est devant le commissariat. Tu veux te la jouer aussi destroy que les gens du coin ?

– Destroy ? Qu'est-ce que tu racontes, Logan ! Je n'ai rien fait, je te rappelle. C'est Erik qui a déconné.

– Personne ne t'a forcée à monter dans cette voiture, merde ! Tu ne crois pas qu'il aurait mieux valu m'appeler *avant* d'être arrêtée, tant qu'à faire ?

– C'est vrai que c'est si facile de te demander des choses…

Je rêve où elle est en train d'ironiser, là ? Putain, elle ne se rend vraiment pas compte… D'une, je serais venu, qu'est-ce qu'elle croit ? Ce n'est pas parce que tout nous oppose que je vais la laisser se planter en bagnole ! De deux, j'ai flippé tout à l'heure au téléphone, vraiment flippé. Qu'est-ce qui se serait passé s'il lui était arrivé quelque chose, hein ? Comment auraient réagi les parents ? Comment est-ce que *moi*, j'aurais réagi ?

Je n'ai pas besoin de ça, putain.

Pas besoin de me faire du souci pour elle. Pas besoin de vivre un drame de plus, après ce qui s'est passé au printemps dernier !

– Ne te comporte pas comme si c'était ma faute ! m'emporté-je. C'est toi qui, ce soir, t'es encore fait marcher sur les pieds. Tu ne vois pas qu'Erik n'est pas un mec bien ? Que tu devrais lui tenir tête, de temps à autre ?

– Alors d'une, tu ne sais rien de ma relation avec Erik, riposte-t-elle. De deux, je n'avais pas envie de gâcher une bonne soirée par un énième drame. Des embrouilles, j'en ai déjà assez comme ça, entre toi, Coral… Je suis fatiguée, qu'est-ce que tu crois ?

– Ce que je crois ? Que ce soir, tu t'es écrasée parce que tu as désespérément besoin que tout le monde te valide ! La preuve : ce blouson, ton short de *cow-girl*, ce rodéo… Tout ça, ce n'est rien d'autre qu'un foutu costume ! Et je n'aime pas les gens qui manquent d'authenticité.

C'est un coup bas. Gratuit. Fait pour blesser. Merde, on ne peut pas dire qu'Izzie réveille le meilleur de moi. J'ai bien conscience que ma colère est disproportionnée. Qu'elle n'est pas seulement due au passif entre nous, ou à ce que j'ai vécu l'année dernière sur ces mêmes routes. Que je lui en veux surtout parce qu'avant qu'elle appelle, je n'arrivais pas à arrêter de penser à…

Non.

Je ne peux pas me dire ça. Et je ne penserai plus jamais à elle de cette façon-là. La guerre ouverte, c'est notre politique depuis des mois. Et je commence à penser que c'est définitivement la meilleure option, en ce qui nous concerne.

– Comment veux-tu que je sois authentique, hein ? explose-t-elle, d'ailleurs. Dans une ville où je n'ai qu'une seule amie ? Où on me fait comprendre que je resterai toujours une étrangère ? Où même à la maison, ce qui était censée être un foyer, je me sens constamment comme une intruse ?

Des larmes de rage affleurent au ras de ses cils interminables.

– C'est difficile d'être authentique, Logan, alors que j'ai toujours été déracinée !

– Déracinée ? ricané-je. Pour quelle raison ? Parce que tu as dû venir t'installer chez les ploucs ?

– Parce que je n'ai pas eu de famille ! me crie-t-elle au visage.

– Tu as eu une famille, gueulé-je en retour. Jusqu'à tes 14 ans, tu as eu un père !

– Et après, j'ai été seule ! Je suis passée de gamine du Bronx à princesse dans une pension d'élite en un claquement de doigts ! De fille de parents aimants à responsabilité pesant sur les épaules de mon frère surbooké ! J'ai été seule, Logan, terriblement seule, et si je suis venue vivre ici il y a quelques mois, c'était en espérant ne plus l'être !

– Moi aussi, j'ai perdu quelqu'un ! rétorqué-je. J'ai perdu un parent, comme toi !

– Et moi, j'ai perdu les deux ! éructe-t-elle, me séchant sur place.

Je la regarde, les yeux ronds, en réalisant soudain que la Karen que je connais, qui se bat pour nous, n'est pas celle qui l'a élevée.

– Tu ne sais pas ce que c'est, reprend-elle. Toi, tu as perdu ta mère, et ton père ne t'en a aimé que plus. Moi, quand mon père est mort, ma mère… Elle a cessé de s'intéresser à moi, tout bonnement.

Les larmes coulent en silence sur son visage alors qu'elle dit ça. Je ne pourrais pas dire qu'elle pleure. Elle déborde. Comme une rivière un jour de pluie. Et moi, je me sens mal. Parce que je suis peut-être un sale con, mais je n'aime pas pour autant faire pleurer les filles. Parce que, effectivement, mon père a toujours été là pour moi. Et puis, quand je vois Karen aujourd'hui, comme elle se comporte avec moi, avec tous les gamins qu'elle côtoie dans son travail, j'ai du mal à concevoir qu'Izzie ait pu manquer d'amour.

Or, visiblement, c'est le cas.

S'il y a bien une chose que je peux comprendre, c'est à quel point ça fait mal d'être rejeté par sa propre mère.

– Enfile le casque, lui ordonné-je avec douceur.

– C'est un isolant phonique ? Pour ne plus avoir à t'écouter me faire la morale ?

J'essaye de ne pas sourire. Elle a tous les défauts du monde, mais elle est drôle. Ça, on ne peut pas lui enlever.

– Je te promets de me taire, au moins jusqu'à demain. Ça te va ?

La plaisanterie l'amadoue. Elle monte sur ma bécane. Seulement, au moment où elle colle ses hanches pleines contre moi, dans son micro-short en jean, l'évidence me frappe : j'aurais vraiment dû tirer mon coup ce soir.

Merde. Ça n'existe pas, l'opposé du Viagra ? Une pilule pour liquider les érections intempestives ?

– Où est-ce que je m'accroche ? demande Izzie sans savoir comment se tenir.

Je me retourne vers elle, tout en sentant le sang continuer d'affluer vers ma queue. Tout en me demandant ce qui déconne chez moi pour que je ne puisse même pas me tenir à côté d'une jolie nana sans avoir envie de la baiser. Même quand elle m'exaspère. Et qu'elle fait partie de ma famille.

– Pour l'instant, laisse-moi déjà vérifier que ton casque tient.

J'effectue les réglages, resserre les brides. Je me force à ne pas regarder le visage parfait qu'elle me présente. Sa bouche pulpeuse, qui me donne des idées classées X. Ses grands yeux, desquels j'aimerais effacer toute trace d'innocence. Mais si en me focalisant sur mes mains, mes gestes, j'arrive à fuir son image, je n'arrive pas à échapper à son odeur. Pas seulement son parfum de fleur d'oranger, qui doit sortir d'un flacon à trois cents dollars. Mais l'odeur naturelle de sa peau. Comme du miel chauffé au soleil. Son souffle doux, mentholé.

– Maintenant, penche-toi vers l'arrière. Agrippe le porte-bagages. Et suis mes mouvements, surtout dans les virages, sinon on va tomber.

– Tu veux… que je me penche en arrière ? me demande-t-elle, interloquée.

Je la sens se raidir. Je comprends. Sur une grosse cylindrée comme ça, l'idée de s'accrocher aux poignées arrière peut paraître impressionnante, surtout quand on n'a pas l'habitude.

– Tu t'en es sortie à merveille sur le taureau. Ma moto est plus stable, plaisanté-je.

L'ondulation de ses hanches.

– C'est ma première fois, m'avoue-t-elle, penaude.

Elle ne doit pas comprendre pourquoi, mais je me sens rougir comme un pauvre petit puceau alors qu'elle dit ça. Qu'elle dit ça alors que je pensais justement à elle ondulant, sur un taureau, ou bien sur moi. Pourquoi je n'arrive pas à repousser toutes ces pensées, merde ? Qu'est-ce qui m'arrive ?

– Il faut juste te laisser aller. Je vais y aller doucement.

En m'entendant répondre, ma gueule chauffe encore plus. C'est moi qui ai l'esprit mal tourné, à voir du sexe dans tout ce qu'on dit ?

– Je pourrais peut-être m'accrocher à toi, non ? suggère-t-elle timidement. Pour mieux sentir les mouvements ?

Je ne sais pas ce qu'elle décrypte sur ma gueule, mais je suis soulagé qu'elle ne puisse pas voir la bosse qui se forme à mon entrejambe.

– D'accord, cédé-je, à l'agonie.

Je dois accepter. Si elle reste raide sur la bécane, on va se viander. Et sans casque, pour moi, c'est dangereux. Alors il vaut mieux que ses mouvements accompagnent les miens. Elle pose timidement ses deux mains sur mes flancs, je corrige sa position en attrapant ses poignets fins. Je les tire jusqu'à mon ventre, sens ses doigts effleurer mes abdominaux. Un élancement de désir me torture le bas-ventre. Puis ses doigts s'entrelacent. Elle me tient, colle son buste à mon dos. En essayant en vain d'ignorer le contact de sa poitrine ferme, je mets le contact et fais rugir le moteur.

– C'est parti, lancé-je à voix basse en démarrant.

Un demi-tour sur le parking, et nous voilà lancés sur la route. Une route droite, sous un ciel piqueté d'étoiles, avec le vent tiède du Texas qui nous fouette. Merde, c'est presque agréable de rouler comme ça, dans la nuit, en silence. Sans être seul, pour une fois. Il n'y a rien d'autre qui compte que la route, le vrombissement du moteur, et la chaleur de ce corps étranger derrière moi. Ce corps qui trouve étonnamment sa place contre moi, contre ma solitude habituelle. Quand j'accélère, mes bras frôlent la nudité des siens et je frissonne. Et je me hais. Alors je mets la gomme, pour abréger mon trouble. Ou peut-être pour céder à l'ivresse de ce que je ressens en cet instant, je ne sais pas.

9

Pandémonium

Izzie

S'il y a une chose que j'aime plus que tout depuis que je me suis installée à Felt, c'est ça. Les samedis matin. Le bruit des oiseaux qui piaillent dans les arbres du jardin. Le son du vent contre mes volets. L'odeur des pancakes qui monte de la cuisine. La voix de Bruce Springsteen, par-dessus laquelle Baxter chante, effroyablement faux, d'une voix de stentor. Et puis le rire ravi de ma mère – un rire de grive, un trille étonné.

Mais ce matin, ça n'a pas exactement la même saveur. Quelque chose me dérange, et je sais trop bien quoi. Allongée dans mon lit depuis bien trente minutes, je relis ce que j'ai écrit hier en rentrant, avant de me coucher. Sur Erik, sur ma colère contre lui pour m'avoir mise dans cette situation. Sur Logan, sa façon d'abord de m'agresser, comme si c'était moi l'irresponsable de service et pas son pote – ou lui, qui passe son temps à conduire bourré, à être bourré de manière générale, même si par miracle ce n'était pas le cas hier. Et puis sur ce moment de calme après la tempête, sur sa moto. Sur le charme vénéneux des nuits texanes. L'immensité de la nature, et l'horizon qui ressemble à un fil tranchant.

Logan et moi n'avons pas dit un mot ou presque en arrivant. Le sauvage m'a juste souhaité bonne nuit, avant de monter dans sa chambre d'un pas aussi lourd que s'il avait avalé des kilos de pierres. Mais sa voix, elle, était douce, intime comme la nuit chaude. Et, pendant une fraction de seconde, j'ai bien failli le retenir. J'ai bien failli…

Je pousse un cri de rage, incapable d'aller jusqu'au bout de cette pensée. Je me sens rougir, étouffer, sans comprendre ce que j'ai ressenti hier. C'était peut-être à cause de la fatigue. Du stress provoqué par mon arrestation. Du soulagement quand Logan m'a annoncé qu'il venait me chercher. Du sentiment de sécurité qui m'a assaillie quand je l'ai vu à l'accueil du commissariat, si rassurant, si masculin dans son blouson élimé, ses cheveux bruns en bataille et son casque de moto sous le bras. Sévère et nerveux, oui, mais aussi authentiquement inquiet. Peut-être que c'était à cause de la façon dont il s'est radouci, à la sortie du commissariat. Dont il s'est montré délicat en attachant mon casque, en corrigeant ma position.

Ou peut-être juste que je suis un cliché sur pattes, incapable de résister à un tour en moto.

C'est pas vrai, putain ! Qu'est-ce qui m'arrive ? Qu'est-ce qui cloche chez moi pour que je n'arrive pas, depuis qu'on est rentrés, à me sortir de la tête le contact de son corps, son parfum boisé ? Que je n'arrête pas de me repasser le film de ses moindres gestes, de ses moindres intonations ? C'est Logan dont on parle. Le garçon qui dort sur le même palier que moi et que je déteste. Qui me pourrit la vie depuis le mois de juin. Que j'ai la plupart du temps envie de gifler. Ce garçon qu'on cherche à m'imposer comme un frère, alors que c'est évident que ce n'est pas le cas. Ce garçon qui me déteste – ce que je lui rends bien.

Ce garçon que je ne devrais même pas considérer comme un garçon.

Bouleversée, je repose le journal, attrape mon téléphone. Relis les deux messages envoyés par Erik à la seconde où il a récupéré son appareil, et auxquels je n'ai pour l'instant pas répondu.

[Je suis désolé, Izz',
j'ai été vraiment trop con.
Je pars à mon entraînement,
là, je suis déjà en retard,
le coach va me tuer…
Mais on peut se voir, après ?]

[S'il te plaît ma puce…
Réponds-moi… Je sais que
je n'aurais pas dû te mettre
dans cette situation. Ni Logan.
Le shérif m'a dit qu'il était
venu te chercher hier soir.
Je t'en prie. Je suis désolé,
je me sens stupide.]

Qu'est-ce que je pourrais bien lui dire ? Oui, en effet, il a été trop con. Et oui, je lui en veux. Pire encore, ce sentiment que j'ai pour lui, pour la façon dont il m'a menacée de me planter sur le parking du Grey Goose si je ne lui obéissais pas…

C'est du mépris.

Et ça me met en colère parce qu'en cet instant, c'est tout l'inverse que j'aurais besoin de ressentir ! En cet instant, j'aurais besoin d'avoir envie de le voir, de le toucher, de l'embrasser. En cet instant…

… j'aurais besoin d'être amoureuse de lui.

Et même si je sais que c'est irrationnel, je lui en veux que ce ne soit pas le cas.

Alors que perdue, chamboulée, je contemple l'écran de mon portable, ce dernier vibre. Sur l'écran apparaît un SMS de Steff.

[Tu es où, meuf ?
Je t'attends au stade
depuis près d'une heure !]

Merde, Steff !

Avec tout ça, j'ai complètement oublié qu'on avait prévu d'aller assister à l'entraînement ensemble… Et il est déjà dix heures quinze !

Bon, pas le choix. Je ne vais quand même pas la planter juste parce qu'hier soir j'ai eu un accès psychotique couplé avec une montée de sève ?

En plus, ce n'est pas comme si j'allais pouvoir fuir Logan éternellement. Ou même Erik ! Il faudra bien que je lui parle. Que je lui explique qu'il ne peut pas se comporter comme ça avec moi. Il faudra bien qu'il se montre à la hauteur, qu'on se réconcilie.

Il faudra bien que j'efface la soirée d'hier. À tous les niveaux.

Résolue, j'attrape mon sac, y fourre mon téléphone et descends. Je demande à ma mère si elle me prêterait sa voiture pour quelques heures, ce qu'elle s'accorde à faire à condition que je mange quelque chose avant. J'attrape un pancake sur la table, le fourre dans ma bouche en entier, ce qui la fait rire, et prends ses clefs dans le vide-poche. Direction le stade.

La route me paraît plus longue que d'habitude, le soleil plus dru. J'ai du mal à ignorer le nœud que j'ai au ventre. Ou les raisons qui font que je me sens comme ça. Dans l'espoir de me calmer, je rationalise. Erik s'est déjà excusé. Il se sent visiblement mal de ce qu'il a fait. C'est le plus important, la condition *sine qua non* pour qu'on se réconcilie.

Tout va bien se passer. Tout va bien se passer.

Hier, ce n'était qu'un accident de parcours. Aujourd'hui est un autre jour. Mon bouillonnement intérieur se calme d'ailleurs un peu au moment où je rejoins ma copine sur les gradins, en lui fournissant des excuses vagues, en invoquant une panne d'oreiller. Comment est-ce que je pourrais lui parler d'hier soir ? De mon retour avec Logan, sans me trahir ? De toute façon, Steff ne me pose aucune question. Elle sourit comme une idiote.

– T'inquiète. J'ai bien profité du spectacle en ton absence, lance-t-elle d'un air entendu.

Je sais que je ne le devrais pas, mais je suis son regard et tombe évidemment sur Logan. Il boit à la bouteille puis arrose son visage. Son armure le rend encore plus impressionnant que d'habitude. Indubitablement sexy. Avant, je pouvais le reconnaître sans problème. Je pouvais considérer son incroyable beauté comme une donnée objective, un élément de plus à rajouter à la longue liste des trucs agaçants chez lui. Mais à présent…

Pourquoi est-ce que ça me tord le ventre de le voir comme ça ?

– Oui, tu n'as pas dû t'ennuyer, lâché-je avec malgré moi une pointe d'amertume.

Immédiatement, je me ratatine, en priant pour que Steff n'ait pas entendu ce qu'il y avait dans mon ton. Heureusement, ça semble ne pas être le cas. Logan lève la tête vers les gradins et distingue nos deux silhouettes. Il se détourne aussitôt. Par contre, Erik m'aperçoit et, visiblement rassuré par ma présence, il m'envoie un baiser. Avec un enthousiasme forcé, je fais de même. Le coach le rappelle à l'ordre.

– On te dérange, QB, peut-être ? aboie-t-il. Tu veux peut-être aller dire bonjour à ta copine ? Et toi, 13 ? Tu t'es cru où, là ? En salle de pause ? Ramène ton cul ici avant que je te colle dix tours de terrain !

Logan regagne le terrain à petites foulées et reprend ses plaquages, ses passes, ses feintes. Il est encore plus vif que d'habitude, plus agile. Ses cheveux mouillés plaqués en arrière, son visage grave et concentré, son expression de tueur m'absorbent complètement, malgré moi. Malgré tous les efforts que je déploie pour regarder d'autres joueurs – mon petit ami, par exemple.

– Putain, comment un mec arrive-t-il à être si beau avec de la sueur qui lui coule dans les yeux et une drôle de carapace sur le dos ? commente Steff en faisant bien évidemment référence à son *crush*, qui vient de récupérer la balle.

Sauf qu'il ne l'a pas juste prise. Il a aussi fait valdinguer Erik au passage. Et pas qu'un peu. Mon copain se relève, secoue la tête, mais je vois bien qu'il n'est pas ravi. Logan lui tend le ballon… puis se ravise, dans un geste provocateur, avec un de ses sourires insupportablement arrogants.

– 13 ! Tu joues à quoi, là ? éructe le coach. Allez, en position ! Blitz 27 delta contre un ! Go !

Les joueurs se positionnent comme le coach vient de le leur ordonner dans son drôle de langage codé. Erik lance la balle à Avery et se met à courir à l'autre bout du terrain pendant que ce dernier recule pour lui faire une passe longue. Logan court derrière le *quarterback*, un peu en retrait, sûrement pour le couvrir. Avery lance le ballon… Erik, agile comme un tigre, saute en l'air et le réceptionne contre sa poitrine… Il retombe sur ses pieds à seulement deux mètres des buts… Mais à cet instant, sans que je comprenne pourquoi, Logan fonce sur lui et le plaque au sol, violemment, l'empêchant de marquer. J'écarquille les yeux et secoue la tête, en tentant de comprendre la stratégie. Le *fullback* qui plaque le *quarterback* de sa propre équipe ? Ça rime à quoi ?

– Qu'est-ce qu'ils fabriquent, là ? demandé-je à Steff en espérant qu'elle puisse m'éclairer.

– Aucune idée mais à mon avis, cette action n'était pas prévue dans le *playbook*[1] du coach…

D'ailleurs, ce dernier hurle depuis la ligne de touche pendant qu'Erik se relève, sonné, avant de venir se poster face à Logan en l'engueulant et en le poussant.

– Putain, mais c'est quoi, ton problème ? Tu peux me le dire, hein ?

Personne n'a le temps de réagir. Logan se jette sur Erik. Les deux tombent par terre sous nos regards abasourdis.

---

1. Document regroupant les stratégies de jeu d'une équipe.

Heureusement, avant qu'ils aient eu vraiment le temps de se foutre sur la gueule, trois autres joueurs interviennent pour les séparer. Le coach fonce sur eux en éructant des menaces.

– Eh bien… ironise Steff. Il a l'air en forme, Logan.

– Il est complètement malade, oui ! m'emporté-je. Qu'est-ce qui cloche chez lui, à la fin ?

– Il s'est passé un truc entre Erik et lui ? me demande ma meilleure amie.

Je prends une seconde pour vérifier que les choses se sont calmées sur le terrain. C'est bon, Logan a été maîtrisé avant de pouvoir blesser Erik. Je me tourne vers mon amie et, à contrecœur, lui résume de la manière la plus factuelle possible mes mésaventures de la veille. Je vois ses yeux s'écarquiller dans une expression d'horreur.

– Attends… Si je comprends bien, Logan t'a récupérée au commissariat après que tu es montée dans la voiture d'un mec bourré ? Sérieux ?

– Pas « un » mec, mon copain, lancé-je comme si c'était avant tout moi que je cherchais à convaincre. Et puis « sérieux » quoi ? Je veux bien qu'on ait été stupides, Erik et moi, mais ce n'est pas une raison pour devenir fou !

Steff me regarde d'un air réprobateur, puis interrogatif, avant de sembler frappée d'une illumination.

– J'y crois pas… Tu n'es pas au courant ?

– Au courant de quoi ?

– Hallucinant… J'aurais pensé que ta mère ou Baxter t'en auraient parlé !

– Mais parlé de *quoi* ?

– L'accident de voiture de Matt. Celui qui l'a mis en fauteuil.

– Pourquoi est-ce qu'ils m'en auraient parlé ? demandé-je sans comprendre.

– Parce que c'était Logan qui conduisait, me répond Steff avec gravité.

Sous le choc, je retombe assise sur les gradins alors que mon amie m'explique. Logan et Matt étaient inséparables depuis toujours. C'est même pour suivre Matt que Logan a intégré l'équipe. Garrison était le *quarterback* le plus prometteur qu'on ait connu dans la région depuis vingt ans. Un futur pro, indubitablement.

– Mais sa vie entière s'est cassé la gueule au printemps, l'année dernière, quand sa voiture a été percutée par un chauffard. C'est le type qui était en tort. D'une, il était ivre, contrairement à Logan. De deux, il s'est visiblement assoupi au volant… Il a écopé de deux ans de prison. Logan, lui, s'en est sorti avec une épaule démise, Tanya a eu des côtes fêlées… Et une pièce de métal a sectionné la moelle épinière de Matt. C'est ce qui lui a fait perdre l'usage de ses jambes.

Je ne sais absolument pas quoi répondre. Mes pensées se bousculent sans me laisser le temps de les trier. Elles s'empilent les unes sur les autres, comme les fragments d'un même puzzle désorganisé. Logan et son incessante culpabilité. Son attitude hostile envers Matt. Sa colère contre le monde entier. Sa réaction hier. Sa moto, sur laquelle je n'ai jamais vu personne monter. Les risques qu'il prend sur la route. Sa moto. Moi dessus. L'inquiétude que j'ai lue dans son regard lorsqu'il est arrivé au commissariat, que j'ai eu la bêtise de prendre pour moi. Pendant que j'essaye d'articuler tout ça, le coach a envoyé Logan sur la touche, mais le numéro 13 a préféré taper rageusement dans un des sacs de frappe sur lesquels les joueurs s'entraînent à passer la ligne ennemie, avant de filer vers les vestiaires. Le poids de ma responsabilité dans sa fureur du jour m'écrase. Le poids de sa culpabilité, que je comprends enfin intimement.

Même s'il m'en a parlé à demi-mot pendant qu'on était collés l'un à l'autre.

Il m'en a parlé, ce garçon que j'exaspère, qui m'évite, qui m'envoie chier sans cesse. Et qui est venu pourtant hier me tirer de mon mauvais pas, quitte à rouvrir de vieilles blessures.

Alors je bondis et commence à courir vers les vestiaires, sous le regard médusé de Steff, qui met quelques secondes à réagir, à m'appeler.

– Où est-ce que tu vas ?

La réponse à cette question est simple : je vais voir Logan. C'est le « pourquoi » qui l'est moins. Même si c'est normal que je veuille m'excuser de mon indélicatesse d'hier, ce n'est pas uniquement ça qui actionne mes jambes. C'est l'envie d'arracher Logan à la peine qui le garrotte comme un costume trop étroit, de mettre sa tristesse en lambeaux.

– Logan… fais-je en poussant la porte du vestiaire, complètement échevelée.

Dans ce lieu vide, l'écho vibrant de ma voix semble grotesque. Le géant, qui porte le numéro 13 comme on porte le malheur, est assis sur un banc, son casque à ses côtés. Avachi, il appuie ses paumes contre ses paupières, puis lève la tête vers moi, surpris. Ses yeux rougis sont secs. Comme s'il avait cherché à en extraire des larmes qui refusent obstinément de couler.

– Tu viens m'engueuler à propos de ton mec, j'imagine ? lance-t-il d'un ton amer.

Je m'approche doucement, de la même façon que si je cherchais à apprivoiser un animal sauvage.

– Je viens m'excuser pour hier, réponds-je d'une voix douce sans oser m'asseoir à côté de lui. Steff m'a raconté à l'instant…

Mon souffle est court et mon cœur bat.

– Elle t'a dit quoi, exactement, Steff ?

– Elle m'a parlé de l'accident.

Logan détourne le regard, dans un rire sardonique. Il secoue la tête comme si mes propos avaient quelque chose de navrant.

– Accident… Ça supposerait une part de hasard. Une absence de responsabilité. Crois-moi, statistiquement, quand tu roules un soir de victoire sur ces routes, au milieu de *rednecks* bourrés, le fait de se planter comme on l'a fait n'a rien d'un accident.

– Pourtant, c'est ce que tu fais tous les soirs ou presque depuis que je te connais, constaté-je tristement. Sur ta moto.

Cette remarque lui provoque une grimace douloureuse. Il lève vers moi des yeux furieux.

– Oui ? Eh bien, en ce cas, Sherlock, tires-en les déductions qui s'imposent. Tu veux faire de la psychologie de comptoir ? Me dire qu'inconsciemment je cherche à me tuer ? L'inconscient, Izzie, ce n'est pas pour moi !

Sa voix résonne dans le vide des vestiaires. Il n'ajoute rien, ce que j'interprète comme une invitation. Je m'assieds timidement à ses côtés. Je ne dis rien, j'évite même de le regarder. J'attends de voir s'il y a autre chose qu'il voudrait ajouter. D'autres mots avec lesquels il aimerait tenter de colmater le gouffre en lui, et le trou dans le cœur que me fait son histoire.

– Ce que j'ai fait… Je connaissais les risques, Izzie. Mais, comme un gamin capricieux, j'avais décidé de ne pas les voir. À présent, je n'ai plus ce luxe. Ce qui s'est passé ce soir-là, ça m'a arraché les paupières. Et je ne peux plus jamais fermer les yeux, plus jamais…

– Comment tu peux dire ça ? protesté-je. Comment est-ce que tu pouvais prévoir qu'un type bourré vous percuterait ?

– Ce mec n'était pas le seul à conduire sous influence, Izzie ! On avait tous fumé un joint dans la caisse, moi compris ! Mais comme les flics ne nous ont testés que pour l'alcool, ils ne l'ont pas su sur le moment… Le reste du groupe a refusé catégoriquement que j'avoue, sous prétexte que deux vies avaient déjà été foutues en l'air par l'accident, que ça ne servait à rien que je gâche la mienne. Et puis Matt aurait touché moins de dommages et intérêts au civil si la partie adverse avait su qu'il était défoncé… Alors j'ai fermé ma gueule. Matt a perdu ses jambes, l'autre chauffeur est en prison, et moi je suis là, à courir comme un con, un ballon sous le bras, libre. Tu trouves ça juste, franchement ?

– Cet autre chauffeur… C'est vous qui l'avez percuté ?

– Non. Il roulait en face, du mauvais côté de la route, et c'est en essayant de l'esquiver que je nous ai plantés, m'explique Logan, la voix étranglée par les mauvais souvenirs.

– Alors c'est lui qui était en tort. Quoi que tu eusses pu dire, ça ne change rien à ça !

– Mais si, Izzie ! Je n'avais pas tous mes réflexes ! Qui sait ce qui se serait passé si j'avais été en pleine possession de mes moyens !

– Et qui sait ce qui se serait passé si tu avais fumé plus, jusqu'au coma, et si tu n'avais pas pris le volant ce soir-là ! C'est un raisonnement absurde, Logan ! Tu ne peux pas refaire l'histoire !

– Non, déclare-t-il d'une voix grave et amère. C'est sûr, je ne le peux pas…

Je ne trouve rien à répondre à ça. Alors je fais comme n'importe quel humain qui a le cœur fendu et pas assez de mots pour consoler une peine si immense. Je tends la main pour prendre la sienne. Seulement, Logan, en sursautant presque, réagit au quart de tour. Il agrippe mon poignet, fermement, pour arrêter la course de ma main. Je lève les yeux vers lui, surprise. Il fait de même. Et ce que je lis dans le grand ciel ombrageux de ses yeux me transperce soudain. Car derrière la douleur, derrière la colère, il y a l'horreur.

L'horreur à l'idée que je le touche.

Je le regarde, sans comprendre, mes deux billes bleues écarquillées face à son regard félin. Je le regarde sans comprendre, et pourtant, intimement, je sais. Je sais, parce qu'il y a eu hier soir. Je sais, parce que l'atmosphère autour de nous est soudain plus dense. Nos respirations plus lentes, plus accidentées. Mon pouls qui bat, anarchique sous ses doigts, me semble produire un vacarme épouvantable. Le pandémonium d'un cœur qui s'emballe.

Il a compris ce que j'ai ressenti hier. Il a compris, et ça le dégoûte.

Le chaos des émotions qui m'assaillent – panique, honte, envie désespérée de me justifier – cède face à un autre chaos, celui de vingt et un joueurs qui font leur entrée dans les vestiaires en riant, en se tapant sur l'épaule, en se félicitant. La vitesse avec laquelle Logan lâche mon poignet, détourne les yeux en rougissant, en dit encore plus sur sa gêne que n'importe quelle conversation à haute voix. Je récupère ma main, complètement perdue, et la range entre mes cuisses, affolée. En nous apercevant assis sur le banc, côte à côte, Erik se fige, en même temps que ses copains, et s'éclaircit la gorge.

– 13… Je suis désolé, mec. J'ai déconné, OK ? Hier soir, j'ai déconné.

Logan ne dit rien, lâche juste un grognement approbatif, sans oser regarder son coéquipier.

– Tu as eu peur pour ta sœur. Après ce qui s'est passé avec Matt, c'est normal, poursuit mon petit copain. Et, ajoute-t-il en lui tendant la main, c'est plutôt cool, au fond. Je veux dire, ça y est, vous êtes proches, elle et toi. Au point que tu veilles sur elle comme sur une *vraie* sœur. Ce qui veut dire, ajoute-t-il avec un sourire encourageant, que je vais arrêter d'être partagé entre vous deux et vos engueulades. C'est une bonne nouvelle, non ?

10

Sous la surface des choses

Izzie

– Allez, s'il te plaît… C'est sans doute notre dernière chance de l'année, on va probablement perdre 10 °C d'ici la fin du mois… Tu ne veux pas profiter de l'été indien tant que c'est encore possible ?

Erik me jette un regard de chien battu. Je me tortille, mal à l'aise. Les sentiments contradictoires que je ressens depuis hier me rendent incapable de le regarder en face.

– Bien sûr que si, Erik, mais j'avais prévu de terminer mon devoir d'histoire…

– Il est pour vendredi et tu as déjà rédigé le plan ! Tu peux t'autoriser une pause. Après tout, c'est dimanche. On se retrouve tous après l'église, on y va avec ma voiture et celle d'Avery. Logan nous rejoint à moto.

Logan.

Il n'est pas rentré hier, suite à l'entraînement. Il est allé dormir chez Tanya. Ce qui a fait râler ma mère, étant donné que je n'ai absolument pas le droit de découcher, moi. Elle a dû être étonnée de la ferveur avec laquelle je l'ai défendu. Mais jamais je n'aurais pu supporter de me retrouver à manger face à lui ! Pas après la façon dont il m'a regardée dans les vestiaires.

Bon, je n'ai qu'une solution : lui faire comprendre que je suis passée à autre chose.

C'était juste un petit moment de trouble de rien du tout. Après tout, j'ai 18 ans, je suis gavée d'hormones. Et je me retrouve à vivre avec un garçon qui se balade constamment à moitié nu pour exhiber son physique de mannequin… Il n'y a pas une fille de Felt qui ne fantasme sur Logan ! Eh bien pour info, je suis une fille et j'habite à Felt. Voilà, j'ai eu mon petit moment, mais c'est fini. Circulez, y a rien à voir.

D'ailleurs, pendant que Logan était en train de sauter Tanya, j'ai passé la soirée avec Erik. On a dîné avec ma mère et Baxter, puis on a regardé un film à la télé tous les deux. On s'est expliqué une nouvelle fois concernant le Grey Goose, il s'est de nouveau excusé… Et on s'est bécotés, le plus discrètement possible, pour ne pas se faire surprendre par les parents. Je l'ai même laissé me toucher un peu plus que d'habitude. Un peu plus haut sur mes cuisses, sur ma taille. Quitte à être en plein éveil sexuel, autant que ce soit mon petit copain qui en profite. Mon petit copain *mignon*, *drôle*, *sexy*, avec qui la plupart des filles du lycée tueraient pour être.

Installée dos à la porte de ma chambre laissée ouverte comme l'a exigé Baxter quand Erik est monté me voir, j'observe mon copain, assis en face de moi sur le lit. Il esquisse une moue adorable pour essayer de me convaincre même si, sans le savoir, il a déjà gagné. Je viendrai avec eux au lac cet après-midi. Ça fait partie de mes bonnes résolutions : passer plus de temps avec lui. Logan Taylor ou pas !

– OK, j'en suis, lancé-je joyeusement. Et j'amène Steff !

Ma meilleure amie, qui craque sur mon « demi-frère » et rêve de pouvoir l'approcher. Voilà à quel stade de décontraction et d'indifférence j'en suis !

– Tu es certaine que c'est une bonne idée ? répond Erik en grimaçant. Après tout, cet après-midi, c'est aussi une occasion de mieux connaître mes amis. Si Steff vient, vous allez encore faire bande à part. Et puis tu sais, dans la bande, personne ne l'apprécie beauc…

Mon regard réprobateur l'empêche d'aller plus loin. Il n'a pas intérêt à finir cette phrase. Steff est mon amie. Et les amies, ça compte plus que les mecs – ce que je m'apprête à lui expliquer quand je constate qu'il fixe l'encadrement de la porte avec un large sourire. Je me retourne, constate que Logan se tient dans l'entrée. Une bouffée de chaleur me saisit, où se mêlent la panique de le revoir et la gêne. Je suis mortifiée. Mortifiée au souvenir de son expression dans les vestiaires. Mortifiée qu'il nous surprenne, Erik et moi, une fois de plus sur le point de nous bouffer le nez.

Ça m'aurait bien arrangée qu'il nous voie comme un couple idyllique, dans l'immédiat.

Afin qu'il ne se fasse pas d'idées.

Bon sang, ce que son air ironique m'énerve…

Il m'a bien fait comprendre qu'il ne croyait pas à cette relation, avant-hier soir. C'est vraiment l'hôpital qui se fout de la charité… Après tout, sa relation avec Tanya ne vaut pas mieux ! La seule différence, c'est qu'ils baisent, OK. Mais bon, c'est un privilège que Tanya partage visiblement avec la moitié de la ville !

– Tu veux quoi ? ne puis-je m'empêcher d'aboyer.

– Simplement te prévenir qu'on y va, me répond Logan en me fixant d'un air impénétrable et exaspérant.

– OK, super, vis ta vie… marmonné-je en me retournant.

Qu'est-ce que ça peut bien me faire qu'il aille à la messe ? Il m'a prise pour son guide spirituel, ou quoi ?

– C'est les parents qui m'ont demandé de t'avertir, lance-t-il. Qu'est-ce que tu t'imagines ?

Sa question me fait piquer un fard. C'est une vanne déguisée, c'est ça ? OK, super, je la mérite, mais pitié, pas de sous-entendus devant Erik… Qu'il règle ses comptes avec moi et s'amuse à me narguer plus tard.

– Tu vas vraiment aller au lac, toi aussi, cet après-midi ? ajoute-t-il d'un air faussement indifférent.

Comme si je ne savais pas ce que tu en penses, Taylor.

– Pourquoi ? Ça te dérange que je vienne, peut-être ? contre-attaqué-je en tournant la tête.

– On est en pays libre, tu peux faire ce que tu veux, lance-t-il en lâchant le chambranle pour enfin s'en aller.

Ouf ! Pas trop tôt.

À mon grand désarroi, il se ravise pourtant.

– Et tu devrais te sentir libre d'inviter Steff, ajoute-t-il pour me faire comprendre qu'il a très bien entendu ce qu'a dit Erik. En plus, ça me fera plaisir de la voir.

C'est ça. Comme ça, tu pourras sûrement essayer de la choper de nouveau, comme l'année dernière ? J'imagine que ta nuit avec Tanya ne t'a pas suffi ?

– OK, je vais lui proposer, alors. On sait tous que ça lui fera plaisir de *te* voir.

Euh... Moins cent points de karma pour l'amie de merde.

Si Steff savait ce que je viens de faire, elle m'étriperait !

Logan ignore volontairement ma remarque. Il a bien raison, c'est tout ce qu'elle mérite.

– Erik, lance-t-il à son coéquipier, il va falloir y aller, non ? Tu veux que mon père te dépose ?

– Pas la peine, j'ai ma voiture.

Logan le toise, une étincelle sarcastique dans le regard, et croise les bras, ce qui met en valeur son impressionnante musculature. Je détourne mes yeux de ces bras puissants et tatoués. Ces bras de frimeur.

– Je doute que Karen parte en laissant sa fille avec un garçon dans sa chambre sans surveillance, explique Logan en détachant les syllabes, tout en jubilant visiblement à propos du fait de souligner l'injustice qui existe entre nous.

Lui a le droit de découcher, de baiser la ville entière, et moi, on me traite comme une gamine.

– Oh… Oh ! Bien sûr, réagit mon copain. Oui, bien sûr, j'y vais. À tout à l'heure, Izz'.

Il me donne un baiser rapide avant de sortir, sous le regard de Logan qui reste immobile, dans sa pose de mâle dominant. Puis, dès qu'Erik a fini de dévaler les escaliers, qu'il a fait claquer la porte d'entrée, Logan me regarde, l'air presque amusé.

– Alors, Isobel. Ça va encore durer longtemps, ce petit cirque entre Erik et toi ?

– Quel cirque ? réponds-je, toujours sur la défensive.

– Rien, répond-il en secouant la tête. C'est juste que quand il s'agit de m'envoyer chier, *moi*, pour défendre tes convictions, tu es beaucoup plus… virulente.

Puis il se détache de l'encadrement et disparaît comme un courant d'air, alors que je lui lance, pendant qu'il dévale l'escalier :

– Logan, qu'est-ce que ça veut dire, ça ? Logan ?

***

À midi, je retrouve les autres devant l'église Saint Mary. J'ai enfilé mon maillot de bain sous ma combi-short et j'ai pris avec moi le bouquin que je lis en ce moment, *La Cloche de détresse* de Sylvia Plath.

Sylvia va me servir de couverture de survie, vu que Steff ne peut pas venir.

Ses parents ont décrété qu'il fallait absolument qu'elle les accompagne au barbecue d'amis à eux, qui ont un fils du même âge. Inutile de dire que mon amie était désespérée de rater cette opportunité de passer du temps avec Logan.

« Mais c'est génial, vous êtes vraiment en train de vous rapprocher, lui et toi. C'est tout bénef pour moi, ça ! »

Heureusement qu'on était au téléphone au moment d'avoir cette conversation. J'aurais eu l'air maligne, moi, si elle m'avait vue piquer un fard ! Après tout, non contente d'avoir fantasmé dix minutes sur son *crush*, j'ai aussi joliment grillé mon amie, ce matin. Comme une grosse débile jalouse.

Non, comme une grosse débile soûlée !

Je n'en ai rien à fiche, de Logan Taylor. Rien de rien ! À part quand il vient jouer les preux chevaliers et me ramène sur son fier destrier pour m'éviter d'être privée de sortie pour les trois prochains mois – ce qui ne risque pas de se reproduire de sitôt. Le mec n'est sympa qu'une fois toutes les années bissextiles.

Une fois que nous sommes arrivés au lac, j'évite soigneusement de le regarder pendant qu'il se déshabille sur le ponton. Mais je l'aperçois quand même, dans un coin de mon œil. Ses abdominaux dessinés. Ses pectoraux d'athlète. Ses épaules larges d'homme. Et ses bras, qu'il croise souvent, comme un sale gosse obstiné ou un protecteur. Ce corps, tellement étranger. Tellement omniprésent que je n'en peux plus !

Fixette, vous avez dit fixette ?

Il faut que j'arrête, là ! Ce n'est pas comme si je n'avais pas d'autres problèmes à gérer. Dont un d'une importance vitale, dans l'immédiat : mon maillot de bain. Au moment où les autres filles font tomber leurs shorts, leurs petits hauts, découvrent des Bikinis en crochet avec culottes brésiliennes, je réalise soudain à quel point ce deux-pièces rétro avec une culotte taille haute semble complètement décalé. Parfait pour la plage des Hamptons, où mon frère et sa future femme ont leur résidence d'été, mais pas du tout pour une baignade dans un lac sauvage !

– Qu'est-ce qui se passe, Izzie ? ironise Coral. Tu restes habillée à la plage ? Tu te crois dans les années vingt ?

– J'évite le soleil, répliqué-je en enfonçant mon panama sur ma tête. Contrairement à certaines, j'aimerais bien ne pas finir comme une vieille prune fripée.

Avery pouffe discrètement et les yeux de Coral lancent des éclairs. Quant à moi, je décide de garder pour moi mon maillot de bain – de toute façon, j'ai trois bons kilos à perdre répartis entre mes hanches, mes cuisses et ma poitrine. Et aucune envie que Coral le fasse remarquer à tout le monde.

Ou de surprendre le regard railleur de Logan sur ma culotte de cheval.

Je les laisse donc tous sauter à l'eau. Erik compris.

Bien entendu...

Ça l'aurait tué de passer dix minutes avec moi ? Acceptant mon destin d'outsider, c'est dans mon livre que je me plonge. Tout en entendant la bande jouer à s'asperger, à se couler. Pas évident pour se concentrer. En plus, je crève de chaud ! Mais pas question de les rejoindre. De toute façon, c'est trop tard. Moi et ma cellulite, on a choisi de faire bande à part ; on assume. Tant pis pour ma gueule cramoisie et ma future insolation.

Je relis donc trois fois le même paragraphe, en soupirant. Sylvia Plath et moi, on ne se comprend pas aujourd'hui. Résignée, je repose mon roman et me mets à les observer, à cent mètres de là, au milieu du lac. Ce ne sont plus que des petites taches de couleur, qui nagent vers une structure flottante. Si Steff avait été là, si j'avais été moins complexée, si j'avais choisi un autre maillot... La liste des hypothèses qui font que j'aurais pu me jeter à l'eau, au sens propre comme au figuré, est interminable. Et ne fait qu'accentuer mon sentiment d'isolement. Mes yeux balayent le paysage alentour et, malgré mon inconfort, je suis saisie par la beauté des lieux. Une beauté qui suffit à justifier ma présence, ne serait-ce qu'un peu.

Ça aurait été dommage de rater le spectacle.

La lumière, jaune comme un tournesol, qui tombe sur la végétation luxuriante. Les nuances de vert – bouteille, chartreuse, céladon, jade. Les lianes dans les arbres. Le ciel, d'un bleu intransigeant.

– Qu'est-ce que tu lis, Isobel ? me demande soudain une voix derrière moi.

Sa voix. Grave, un peu voilée, traînante, comme si Logan vivait dans la langueur d'un perpétuel été. Je me retourne et constate qu'il a grimpé sur le ponton par l'autre côté. Qu'est-ce qu'il fait là ? Pourquoi est-ce qu'il n'est pas avec les autres ? Est-ce qu'il a été mandaté par la collectivité pour essayer un peu de dérider le boulet de service ? La fraîcheur que dégage son corps me fait frissonner au moment où il s'assoit à côté de moi, trempé. Je tourne la tête vers lui, rien qu'un peu, en sentant ma nuque raide. Remarque les perles d'eau sur sa peau ambrée. La discrète chair de poule qui pique son épaule. Tous ces minuscules détails auxquels je me raccroche pour éviter ses yeux, probablement railleurs. Logan m'arrache mon livre des mains, mais je ne trouve même pas la force de protester, même si les gouttes qui tombent de ses cheveux souples détrempent le papier. Pas envie de me faire traiter de maniaque. J'espère simplement qu'il ne va pas y ajouter la cendre de la cigarette qu'il a coincée entre ses dents blanches, tout juste allumée. Inquiète, je surveille néanmoins l'extrémité incandescente. Suis du regard la tige de papier blanc, plus le filtre ouaté, jusqu'aux lèvres charnues de Logan. Mes yeux balayent involontairement sa mâchoire puissante.

– Sylvia Plath… C'est bien ?

Je rêve ou il va vraiment me parler de littérature ?

À la fois, c'est cohérent. C'est la seule discussion qu'on est capables d'avoir sans s'écharper. C'est Dostoïevski qui me l'a appris.

– C'est assez déprimant, avoué-je, plus contente que je ne veux bien l'admettre d'avoir quelqu'un pour me faire la conversation, même si ce quelqu'un est lui. L'auteure l'a écrit à 30 ans, après une carrière poétique bien remplie. C'était son premier roman, mais elle s'est suicidée juste un mois après la sortie.

– Sombre, commente Logan.

– Oui, sombre, répété-je, comme si c'était ce que j'avais entendu de plus profond de ma vie…

On se tait un instant, et ce silence me fait tout drôle – même s'il est assez logique, entre deux personnes qui n'ont rien à se dire. Puis soudain, Logan tourne son visage vers moi.

– C'est sombre, toi, ce que tu écris ?

La question me prend tellement de court que je pouffe. Depuis quand est-ce qu'il s'intéresse à moi ? Son cerveau a grillé au soleil ou quoi ? Une étincelle amusée s'allume dans le regard du bad boy.

– Quoi ? me demande-t-il, un sourire flottant sur ses lèvres. J'ai encore dit quelque chose de con ?

– Non, non, ce n'est pas ça… C'est… nerveux.

Le fou rire me gagne et Logan me regarde comme si j'étais complètement allumée. Mais il faut admettre que la situation est cocasse. On a beau être à couteaux tirés, lui et moi, sans que je comprenne comment, il trouve toujours le moyen de me parler uniquement des sujets les plus importants pour moi. Est-ce un redoutable instinct sadique qui le pousse à sentir ce qu'il y a de plus intime et sacré à mes yeux ? Juste pour pouvoir ensuite l'utiliser contre moi ? Mon rire redouble à cette idée. Logan, le vampire émotionnel… Ça lui va bien. Quand je retrouve mon calme, j'essaye de trouver une réponse à sa question qui justifierait ma crise d'hilarité.

– La vérité, c'est que je n'ai rien écrit depuis que je suis ici. Enfin, rien de bon. Je tiens un journal, mais c'est comme si toute cette vie, tous les efforts d'adaptation que je déploie, tout ce *quotidien*… ça me mangeait l'imagination. Tu vois ce que je veux dire ?

– Je vois, oui, me rétorque le sportif en se mettant à regarder au loin.

Mais je doute que ce soit le cas. Après tout, ce n'est pas comme si foncer dans le tas en tenant un ballon exigeait une énorme disponibilité d'esprit…

– Allez, Isobel, laisse entrer le soleil ! s'exclame soudain Logan en déployant son corps musclé. Viens te baigner avec nous.

En moins de temps qu'il n'en faut pour dire ouf, il est sur ses deux pieds. Il me tend la main d'un air engageant, pour m'aider à me redresser. Je suppose que je n'ai pas vraiment le choix, sous peine de finir tartinée de Biafine ou, pire, de passer une fois de plus pour une rabat-joie ! En ravalant un soupir, je prends sa main. Dont le contact ferme et assuré me fait tressaillir.

Ah non, ça suffit, les hormones !

Je me mets sur mes deux jambes, en ignorant tant bien que mal qu'elles flageolent. Je fais sauter à toute vitesse mon panama puis ma combi-short, avant de sauter dans l'eau sans laisser à Logan le temps de détailler tous mes défauts. Puis je me mets à nager le crawl pour rejoindre la structure flottante où sont entassés les autres.

Pas moyen que je grimpe dessus et m'expose à leur jugement.

L'eau qui glisse sur mon corps est divine. Suffisamment fraîche pour être enivrante. Je fends avec aisance le bleu cobalt du lac, où se devine en transparence un plantain abondant.

– Eh bien ! s'exclame Logan derrière moi d'une voix forte. Isobel Katharina Pearson, c'est qu'on sait nager !

Puis j'entends le bruit de son propre plongeon. Je le devine derrière moi et j'accélère, le cœur battant, sans savoir si je cherche à m'éloigner de lui ou si je désire être prise en chasse. Je ris néanmoins – un réflexe – quand j'entends qu'il se rapproche, alors que la structure n'est plus qu'à quelques mètres. Notre jeu du chat et de la souris est devenu une course. Pas moyen que je laisse Logan la gagner. J'accélère autant que je peux ; il me dépasse quand même. Je tends le bras dans un effort désespéré… Il touche la structure le premier. Je fais de même, quelques fractions de seconde après seulement. Puis, sans réfléchir, j'appuie ma main sur sa tête et ris aux éclats, enchantée de réussir à le couler.

– Ça, espèce de teigne, tu vas me le payer ! lance-t-il en remontant à la surface.

Puis il me coule à mon tour, achevant de ruiner mon Brushing quotidien, mais pour une fois je m'en fiche. Ma tête s'enfonce sous l'eau. Je garde les yeux ouverts. Je les garde ouverts comme si je voulais qu'ils boivent le lac, avalent la vie. Sous la surface, ils ne perdent rien du corps immergé de Logan. Je tente de chasser l'impression que me font ses cuisses musclées, ses tablettes de chocolat, et son caleçon de bain qu'il porte un peu trop bas sur les hanches, dévoilant sa ceinture d'Apollon… Alors que je remonte, le soleil m'aveugle. Sans me laisser le temps de comprendre ce qui se passe, Logan m'attrape par les hanches pour me hisser sur la structure. Une sensation de brûlure, là où ses mains se posent. Là où les doigts s'enfoncent dans ma chair comme s'il s'agissait d'une terre meuble. La brûlure s'étend, sans que je comprenne comment ni pourquoi, à mes reins. La chaleur me creuse, c'est un secret qui progresse à l'intérieur de moi – un secret même pour moi-même, puisque j'ose à peine comprendre ce que je ressens, à peine y penser. Mais j'y pense quand même, stupéfaite, interdite alors que, à la force de mes bras, j'aide Logan et me hisse. Tant pis pour la pudeur, tant pis pour mes complexes et mon maillot de bain de citadine habituée aux bassins olympiques aseptisés. Je pose un genou sur la plate-forme, puis l'autre. Le temps que Logan me rejoigne, je me sens légèrement étourdie, essoufflée. Erik se lève, s'approche, m'enveloppe de ses bras, dépose un baiser dans mon cou. Un sourire se fige sur mon visage, comme un masque. Il me semble que Logan a détourné les yeux, gêné. Est-ce que c'est parce qu'il a deviné mon trouble ?

Voilà qu'en plus d'être la tordue de service, je suis également une hypocrite qui ne peut pas s'empêcher de fantasmer sur un autre que son copain.

Alors que le corps hâlé de Logan semble se faire lécher par les rayons de soleil, j'essaye de me concentrer sur autre chose. Mais c'est d'autant plus difficile que je remarque bien que lui me détaille de haut en bas. Discrètement certes, mais en s'attardant sur les fameux trois kilos de trop : hanches, cuisses, poitrine.

Je sais : un peu de sport ne me ferait pas de mal.

Surtout quand je me compare aux deux *cheerleaders* présentes, qui semblent tout droit sorties d'un tutoriel fitness.

– Original, ton maillot, lâche d'ailleurs Coral d'un air moqueur.

Ça, je ne sais pas pourquoi, je l'avais vu venir...

– C'est ce qui se faisait partout ailleurs cette saison, excepté dans la République indépendante du Texas, répliqué-je sur la défensive, sans pouvoir m'empêcher de jeter un coup d'œil à Logan.

Heureusement, ce n'est plus mon deux-pièces que le bad boy mate, mais Coral. L'air exaspéré.

– Non mais c'est bien, ça fait gaine en même temps, rétorque la *cheerleader*.

– Coral, tu ne veux pas arrêter d'être une garce ? la coupe Tanya, toujours alanguie au soleil. C'est l'une des dernières journées au lac avant l'été prochain, j'ai envie de me détendre.

– Tu n'as qu'à fumer de l'herbe. Ton père a bien dû en laisser traîner dans votre caravane, non, avant son incarcération ?

Cette fois, la pom-pom girl est allée trop loin. En un instant, elle se retrouve avec un Logan qui la domine de toute sa hauteur.

– Tu t'excuses tout de suite auprès de Tanya ou tu te casses.

La reine des abeilles perd de sa superbe, mais refuse visiblement de plier.

– Pour qui tu te prends, 13 ? lui rétorque-t-elle en le poussant. Je n'ai d'ordre à recevoir de personne !

– Je ne te donnais pas d'ordre, je te laissais un choix. Visiblement, tu as pris ta décision.

Ni une ni deux, le footballeur attrape la *cheerleader* comme si c'était une meule de foin. Elle se met à hurler de la laisser descendre, mais il n'écoute pas et, sans ménagement, il la balance à l'eau. Je porte ma main à ma bouche, à la fois mortifiée pour Coral, et consciente qu'avec l'horreur qu'elle vient de balancer à Tanya, elle n'a pas volé sa punition. La belle brune émerge, commence à nous invectiver. Je ne distingue même plus les paroles enragées qui s'échappent de sa bouche. Je sens Erik, dont les bras sont toujours passés autour de moi et qui n'a pourtant pas dit un mot pour rabrouer la peste, hausser les épaules. Brooke, en tant que meilleure amie de Coral, essaye de calmer cette dernière depuis la structure, mais aucune parole d'apaisement ne peut radoucir la furie.

– Quant à toi, Logan Taylor, lâche-t-elle en conclusion de son monologue, tu peux jouer les preux chevaliers quand ça t'arrange, parce que ton père est un homme respectable et que tu vas aller à la fac, mais tu ne leurres personne. Tout le monde sait à Felt ce que tu vaux. Pas mieux que ta *white trash* de mère ! Pas étonnant qu'elle soit devenue folle après t'avoir mis au monde !

Je me raidis, douloureusement. Ce qu'elle a lancé à Tanya était déjà terrible, mais ce qu'elle vient de dire à Logan est pire encore. Le colosse ne laisse rien paraître, mais moi je sais qu'elle vient de le frapper à son talon d'Achille. Et sincèrement, j'en ai marre qu'elle terrorise tout le monde !

– Je ne sais pas quel est ton problème, sifflé-je. Mais je n'ai aucun doute sur le fait que ta famille ne doit pas valoir mieux que la nôtre ou celle de Tanya. Parce qu'aucune personne bien n'aurait élevé une fille aussi mesquine, grotesque et immonde que toi !

Coral me jette un regard perfide, en cherchant la réplique qui tue, mais voyant soudain le regard réprobateur que tout le monde porte sur son corps se débattant dans l'eau, elle comprend que c'est perdu d'avance. Pour une fois, elle ne s'est pas contentée de s'en prendre à moi, elle s'est mis tout le monde à dos en moins de dix minutes. Avery et Simon la regardent en secouant la tête, écœurés. Tanya a l'air prête à lui arracher les yeux. Quant à Logan, il ressemble à une sculpture de Rodin, figé, massif. Seule Brooke décide de soutenir son amie au moment où, sans ajouter un mot, cette dernière se met à nager vers le ponton.

– Coral, attends !

Brooke plonge dans l'eau, la rejoint, et leurs deux silhouettes s'éloignent.

– Pfffioooou, commente Tanya au bout de quelques secondes pour mettre fin à notre silence médusé. Elle a raison, Coral, j'aurais bien besoin d'un joint, là.

On rit tous, ça nous aide à passer à autre chose. En moins d'une minute, on a oublié la scène, les mots blessants de Coral, cet après-midi qui a failli être ruiné. On s'assied sur le ponton, sous ce soleil de mi-octobre, et on se met à parler de tout sauf de ce qui vient de se passer. Les cours. Les profs. Les Playoffs. La dernière série Netflix. Au sein du cercle qui s'est formé sur la structure flottante, Logan s'est installé entre Tanya et moi. Lorsqu'il bouge, rit, s'anime, sa cuisse nue frotte la mienne. Mais bien que ce contact me trouble, je n'arrive pas à changer de place. Trop peur de ce qu'il pourrait en déduire. Heureusement, les minutes s'envolent, comme le souvenir déplaisant de Coral. Ce n'est pas désagréable, pour une fois, de me sentir intégrée. Vers dix-sept heures trente environ, il commence à faire un peu frais.

– Allez, on rentre. Après, on se gèlera trop, on n'aura plus le courage de retourner dans l'eau, tranche Avery.

Une fois de retour sur le ponton, on grelotte effectivement tous un peu, et chacun s'enveloppe dans sa serviette de bain moelleuse… Tout le monde, sauf moi.

– Où sont passées mes affaires ? demandé-je en me tournant et me retournant comme un chien cherchant à attraper sa propre queue.

C'est alors que je les vois. En même temps que tous les autres, j'ai l'impression. Elles se devinent en transparence, prises dans les branches d'une plante aquatique. Ma combi-short. Ma serviette. Mes chaussures. Et, pire que tout à mes yeux, mon livre. Cette fois, c'en est trop. Après des semaines à encaisser les persécutions de Coral, j'explose.

– Je te préviens, Erik, cette fois j'en ai marre ! Je ne veux plus la voir, tu m'entends ! Je ne veux plus déjeuner avec elle, plus la croiser à des soirées, plus échanger ne serait-ce que deux mots dans les couloirs ! Si tu continues de traîner avec cette garce, ce sera sans moi !

– Ma puce, calme-toi enfin… OK, elle a clairement abusé, mais Coral fait partie de l'équipe. Je ne peux quand même pas l'éviter !

– Non, mais moi, je le peux ! Et si ça veut dire ne plus traîner avec toi au lycée ou après les matchs, je le ferai, je te préviens !

– Donc tu me demandes de choisir entre toi et l'équipe ?

C'est pas vrai, il le fait exprès ou quoi ?

Je lui demande de choisir entre Coral et moi ! Sa peste d'ex, méchante, toxique, et sa petite amie depuis deux mois ! Pourquoi est-ce qu'il est infoutu de le faire ? Exaspérée, furieuse, je balaye l'assemblée des yeux, en quête d'un regard compréhensif… Et c'est sur celui de Logan que je tombe. Mal à l'aise, agacé. Je réalise alors comment il me voit : une victime. Pas seulement de Coral, mais d'un mec qui s'en fiche bien de moi. Malgré ses infidélités, Logan, au moins, ne laisse jamais personne attaquer Tanya. Personne. Il ne sait peut-être pas bien l'aimer, mais il sait la choisir quand nécessaire. Ce qu'il lui offre, en cet instant, c'est tout ce que je veux. Et tout ce que je n'ai pas.

Alors, sans réfléchir, je me mets à courir sur le ponton et, dès la rive atteinte, à m'enfoncer dans la forêt luxuriante qui borde le lac. Je ne veux pas rester un instant de plus avec Erik, sinon je vais commencer à dire des choses que je pourrais regretter. Sur sa lâcheté. Sa complaisance. Son incapacité à prendre mon parti. Tout à ma colère, je ne sens pas le froid, les cailloux et les brindilles sous la plante nue de mes pieds, pas plus que je n'entends les voix des autres qui depuis le ponton m'appellent. J'avance, j'avance. Au milieu des arbres, dans la fraîcheur humide du sous-bois. J'avance sur la terre riche au parfum musqué, j'avance sur la mousse rêche qui s'effrite sous mes pas. Quand j'ai marché assez, je me poste dos à un arbre, pour laisser mon souffle haletant de rage se calmer, mon cœur affolé ralentir. C'est alors que je l'aperçois, dans son caleçon de bain, ses baskets mal mises aux pieds, avancer vers moi. Massif et gracieux comme un fauve. Ses yeux gris clair me transpercent, malgré la distance. Mon cœur, affolé comme un oiseau dans une cage, refuse de se calmer.

Quand Logan arrive à ma hauteur, j'ouvre la bouche. Pour dire quoi ? Je l'ignore. Qu'il faut qu'il parte. Qu'il me laisse. Pour lui dire qu'il ne comprend sûrement pas. Que j'en ai assez. À chaque fois que je traîne avec eux, j'ai la boule au ventre. La crainte de la prochaine vanne assassine. La crainte de passer pour une serpillière si je laisse pisser et pour une emmerdeuse si je réponds. Et puis surtout, j'en ai assez. Assez que Coral, mais Logan aussi, souvent, me maintiennent dans un sentiment d'hostilité que je n'aime pas, qui ne me correspond pas. Je ne suis pas comme ça. Je ne veux pas être comme ça ! Mais Logan ne me laisse rien le temps de dire. Il se contente de se déchausser, de poser ses baskets à mes pieds, tournées dans mon sens.

– Tu trembles, constate-t-il de sa voix grave, profonde. C'est l'envie de tuer tout le monde ou c'est le froid ?

Il sourit un peu, à peine, juste ce qu'il faut.

– C'est les deux, je crois.
– Allez, lance-t-il maladroitement en me faisant un signe de la tête, reviens.
– Pas tout de suite…
Mes paroles, qui ont le poids d'un murmure, ne sont pas défiantes. Au contraire, c'est presque une requête. Qu'il me laisse me cacher là. Qu'il me laisse à mon froid.
– Izzie, je suis désolé qu'Erik…
Logan s'interrompt. Parce que pour une fois, il ne veut pas prononcer les paroles qui vont me blesser, nommer l'évidence que l'on sait tous les deux, à savoir qu'Erik est nul. Et moi, je suis la nulle par association, la fille qui ne mérite pas d'être défendue. Et être ça, cette fille-là, sous les yeux de Logan, me met plus que tout en colère.
– Dis-le, le provoqué-je. Vas-y, Taylor, dis tout haut ce que tu penses. Tu en crèves d'envie. Vas-y !
Le géant au visage parfaitement sculpté se durcit, s'agace, m'envoie chier.
– Je ne pense pas que tu aies réellement envie de l'entendre, Izzie. Vraiment pas.
Il se détourne, comme pour s'en aller. Et pourtant, il reste planté là, se passe la main dans ses cheveux souples, d'un geste nerveux, en regardant l'orée de la forêt qu'il rêve probablement de rejoindre. Cet endroit loin de moi, où l'attendent ses amis. Ça ne fait qu'augmenter ma rage.
– Si, vas-y, lancé-je en fondant sur lui. Dis-le, que je suis la risée de ton groupe d'amis ! Une pimbêche BCBG et tête à claques. Une snobinarde ridicule qui mérite de servir de souffre-douleur, insisté-je en le poussant sans même réfléchir à mon geste. Qui ne vaut même pas la peine que son copain…
Mais Logan m'attrape fermement par les bras pour m'empêcher de le pousser encore une fois, de le chercher plus. Sa gueule est celle d'un ange déchu, d'un ange furieux, d'un ange sans promesse de paradis.

– Ce que je pense, Izzie, c'est qu'une fille aussi belle, futée et sexy que toi mérite mille fois mieux ! crie-t-il, ce qui me laisse sans voix. Que je pourrais te donner une liste infinie de mecs qui seraient ravis de prendre la place d'Erik. Et que ça me tue, OK ? Ça me tue vraiment de…

Il ne termine pas sa phrase, rougit légèrement. Stupéfaite, je cherche le regard qu'il détourne. Je ne sais pas quoi dire. Tout ce que je sais, c'est que mon cœur bat la chamade. « Sexy » ? « Futée » ? C'est vraiment ce qu'il pense de moi ?

Évidemment que non, il n'y a qu'à voir comme il me traite la plupart du temps.

Je lui fais tellement pitié qu'il raconterait n'importe quoi pour me réconforter !

– Tu crois vraiment que je vais marcher, là ? Tu passes ton temps à me faire sentir tout le mal que tu penses de moi et d'un coup, tu me jettes trois compliments en aumône ? Je vais te dire, ta pitié, je n'en veux pas, Taylor. Tu l'as dit toi-même et pour le coup, je suis d'accord, je mérite mille fois mieux. Alors ta charité de merde, tu peux te la gard…

Mais avant que j'aie pu aller au bout de ma diatribe, les mains de Logan tirent sur mes bras, et sa bouche charnue se pose contre la mienne. Le bad boy a les yeux fermés, les paupières serrées si fort que ça doit en être douloureux et moi, je ne comprends rien. Rien aux frissons que ce contact me procure, rien à la violence que ça provoque en moi, dans mon cœur, dans mon ventre, dans mes reins. Rien à ce qui se passe. La seule chose que je comprends, en cet instant, c'est l'évidence de ce baiser. La seule chose que je sais, c'est l'odeur de Logan, dont la peau exhale les parfums du lac, de la sève des arbres, des aiguilles des pins. Une odeur d'immensité, que j'absorbe à présent, les yeux clos moi aussi, en m'abandonnant complètement. Le grand fauve soupire contre ma bouche. Il y glisse sa langue fraîche et experte, qui se met à effleurer la mienne. Cette caresse me procure un crépitement électrique dans tout le corps, qui s'achève en coup de tonnerre dans mon bas-ventre. C'est trop bon. Trop fort. Trop.

C'est tout ce que j'espérais, l'autre nuit, en descendant de sa moto.

Ses mains quittent mes bras et se posent sur mes hanches, mes mains remontent le long de ses biceps pour se poser sur ses épaules, nos corps basculent, mon dos percute un tronc d'arbre juste derrière moi... Puis ces mains, cette bouche, m'abandonnent soudain. Logan a un mouvement de recul. Et ce que je ne comprends d'abord pas, tout à la confusion des sensations qui ruent en moi, s'éclaire quand mes yeux se posent sur la bosse de son caleçon de bain.

Il est... Il...

Il me désire.

C'est seulement à ce moment que j'arrive à saisir ce qui vient de se passer. Que je parviens à me formuler ce que moi aussi j'ai éprouvé pendant qu'il m'embrassait et qu'à mon grand désarroi, j'éprouve encore. Désir, désir. Le mot bat dans ma tête, avec son rythme binaire. Désir. Désir. C'est alors qu'un craquement de brindilles me fait regarder derrière son épaule. Logan également se retourne, aussi terrifié que si un ours venait de surgir. Je sens l'effroi se peindre sur mon visage, mon sang migrer entièrement vers mes pieds.

– Ah, vous êtes là... sourit Erik en débarquant avec sa serviette.

Logan s'écarte de moi, avec le même air horrifié que si on venait de le découvrir à côté de mon cadavre, un poignard ensanglanté à la main. Mais Erik ne semble se rendre compte de rien. Il s'approche de moi et passe la serviette autour de mes épaules, la referme sur mon buste, me frictionne le dos. Elle est humide, ce qui me fait frissonner de dégoût. Mais je ne dis rien.

– T'es venu gérer ta meuf ? lui lance Logan en se détournant. Pas trop tôt.

– Excuse-moi, lui rétorque Erik d'un ton sarcastique. J'étais occupé à ramasser ses affaires au fond du lac et à les mettre à sécher. Je suis désolé, ma puce, ajoute-t-il en se tournant vers moi. Viens, Avery nous attend. Il propose qu'on squatte chez lui ce soir. Barbecue, bières, vodka… Il a tout ce qu'il faut pour nous faire oublier les conneries de Coral.

Anxieuse, je jette un coup d'œil à la dérobée à Logan, pour surveiller son « état », et constate qu'il s'est calmé.

– Sans moi, lance le géant en fuyant mon regard.

– Fais pas chier, Taylor, grince Erik en se tournant vers lui.

– Pas mon intention, rétorque Logan. C'est juste que j'en ai vraiment plein le cul de vos embrouilles de gamins. Allez faire la fête si vous voulez. Moi, je me casse.

Puis, après avoir frappé de son poing dans le tronc d'un arbre comme pour marquer ses propos, Logan commence à s'éloigner.

– Attends, 13 ! crie Erik pendant que le colosse s'éloigne. 13, putain, qu'est-ce qui te prend ?

Mais Logan ne se retourne pas. Il trace, pieds nus, à travers les feuillages. Et moi, je le regarde, interdite, avant de poser les yeux sur les chaussures bien trop grandes qu'il m'a laissées. Erik se retourne vers moi.

– Qu'est-ce qui vient de se passer, là, bébé ? Tu m'expliques ?

Et ce n'est même pas un mensonge lorsque je lui réponds, d'une voix blême :

– Je n'en sais rien, Erik. Je n'en sais vraiment rien.

11

L'odeur de la terre après la pluie

Izzie

– Chérie ! Tu es vraiment magnifique… Ce lilas met vraiment ton teint en valeur.

Je me contemple dans le miroir du showroom, vêtue de cette robe en satin que ma mère m'a fait faire par une couturière de Houston. Ma robe de demoiselle d'honneur, pour son mariage cet été.

Et je me hais.

– Pourquoi tu fais cette tête ? me demande doucement ma mère en venant m'enlacer par-derrière. Tu la détestes tant que ça ?

Je resserre l'étreinte de ses bras autour de moi et tente de chasser l'expression anxieuse et mélancolique que me renvoie le miroir.

– Maman, tu te trompes. Elle est magnifique, cette robe. C'est juste que… je suis fatiguée. Ça a été une longue semaine.

– C'est enfin le week-end, mon bébé. Tu vas te reposer. D'ailleurs, en parlant de week-end, change-toi vite ! Je voudrais éviter les embouteillages sur le retour. Sinon, j'ai bien peur qu'on rate le coup d'envoi…

– On est vraiment obligées d'y aller, ce soir ? Logan ne joue même pas, le coach va le garder sur le banc de touche à cause de la bagarre qui a éclaté durant l'entraînement l'autre jour…

Il va être dans son armure, ses peintures de guerre sur sa gueule d'ange ténébreux, son casque à la main. Et moi, je ne vais pas pouvoir m'empêcher de le bouffer des yeux.

– On y va pour Baxter. Je ne veux pas perdre l'occasion de l'entendre s'égosiller en direct ! tranche ma mère avec un clin d'œil. Et puis tu sais qu'après, on a ce dîner du Boosters' Club. Et je crois, ajoute-t-elle avec une mine réjouie, qu'ils ont loué une machine à karaoké…

– Je vois d'ici le tableau, ris-je en m'efforçant d'être gaie. C'est pour ça que la météo a annoncé de l'orage ?

– Tu es mauvaise langue, fait mine de bouder ma mère.

– Oh non, petite maman chérie, je ne voulais pas te vexer… dis-je en jouant le jeu. Personne ne massacre les chanteuses québécoises à voix avec autant de panache que toi. Et je comprends que tu veuilles t'amuser… Mais moi, rien ne me force à y aller, à ce match !

– Qu'est-ce que tu racontes ? Le *quarterback* a besoin de sa fan numéro un, sourit tendrement ma mère.

Non, je doute qu'Erik ait besoin de moi.

Une fille qui embrasse dans son dos l'un de ses amis alors qu'il n'est qu'à quelques mètres de là. Une fille qui embrasse son propre *demi-frère* !

Je me dégoûte.

Mais ça, je ne peux surtout pas lui laisser le voir. Je ne peux pas lui laisser sentir que depuis dimanche, je suis complètement perdue. Perdue et malade d'angoisse. Et aussi un peu obnubilée.

Un peu ? C'est un euphémisme.

Alors j'essaye de donner le change. De redoubler d'attention. Je passe le plus de temps possible chez Erik, après les cours, pour éviter Logan. Et quand je ne peux pas dîner chez les parents d'Erik, je vais chez les Sheldon. J'y ai même dormi deux nuits, en me servant d'un exposé que nous devons présenter la semaine prochaine, Steff et moi, comme prétexte. En la présence de ma meilleure amie, au moins, je ne pense plus à ce qui s'est passé dimanche dans les bois. Tout se bloque, se range dans un placard à l'arrière de mon esprit. De tout ce qu'il y a de malsain dans ce baiser, Steff n'est sûrement qu'un détail… Pourtant, c'est bien par rapport à elle que je m'en veux le plus. Quel genre d'amie se comporterait comme ça ?

Et ensuite, n'arrêterait pas d'y penser ?

En prime d'être aussi inconsciente et tordue que Logan, je suis aussi une traîtresse. Une menteuse. Une hypocrite.

Une obsédée. Et mon obsession fait un mètre quatre-vingt-dix, a des yeux de chat, des cheveux de soie et des abdominaux en béton.

Heureusement, Logan aussi fait tout pour m'éviter. Quand on se croise dans la maison, il détourne les yeux. Je ne pourrais de toute façon pas soutenir son regard. Quand je repense à dimanche, j'ai tellement mal au ventre que j'en ai la nausée. Le pire, je crois, ce n'est même pas tant le baiser. C'est le souvenir de l'état dans lequel il m'a mise. L'incendie que ça a allumé, en moi, pendant quelques secondes. Quelques secondes où j'aurais été prête à tout pour…

Je suis malade. Perverse.

Logan et moi sommes demi-frère et demi-sœur, merde ! Si jamais ça venait à se savoir, si jamais quiconque apprenait que la fille de la côte Est, qui vient d'emménager, a trompé son copain, a trahi sa seule amie, tout ça pour séduire le fils de son beau-père… Je n'ose pas imaginer ce que les gens diraient de moi.

***

– Eh bien, lance Steff en se glissant à côté de moi dans les gradins. Il n'a pas l'air heureux d'être sur le banc de touche, Sexy 13…

Le rebelle a en effet sa tête butée des mauvais jours. Assis à côté des remplaçants, dans son armure qui lui sera ce soir inutile, il ressemble à un colosse furieux. Et furieusement beau. Je rougis et me tourne vers ma meilleure amie, qui a encore frappé fort niveau efforts vestimentaires. Tee-shirt Mario Kart, short éponge ras les fesses, chaussettes de baseball, casquette des Lions portée à l'envers. Ses mèches blond vénitien s'en échappent. Elle ne porte pas ses lunettes de vue mais des lentilles. Elle est craquante et en prime, elle m'a rapporté un hot dog.

Et elle craque pour Logan. Bon sang, qu'est-ce que je fous ?

– Bonsoir, madame Pearson ! lance-t-elle joyeusement à ma mère. Alors, ces préparatifs, ça avance ?

– La robe de demoiselle d'honneur d'Izzie est terminée ! Izzie, montre à Steffany les photos que j'ai prises avec ton téléphone…

Elles parlent chiffons en poussant des « oh » et des « ah » admiratifs, jusqu'au coup d'envoi. Dès les premières secondes du match, la tension est palpable dans les gradins. Tout le monde se demande comment les Lions vont s'en sortir sans leur meilleur *fullback*. Même moi qui n'y connais rien au foot, je me rends compte que sans Logan, l'équipe n'est pas pareille.

Oui, je suis concentrée sur le match. Pour éviter de laisser mon regard dériver jusqu'au banc de touche…

Le premier quart-temps est dominé par l'équipe adverse. Nous égalisons de peu à la fin du deuxième. La mi-temps paraît interminable. Même les *cheerleaders* se trompent dans leur chorégraphie, incapables ce soir d'avoir du cœur à l'ouvrage. Le troisième quart-temps est brinquebalant. Ce n'est pas un beau match. Il est mou, chargé d'une tension traînassante. Lorsque nous arrachons la victoire face aux Devils à seulement deux points près, personne n'est fier dans les gradins. Oui, nous restons en bonne position dans le classement, mais ce soir, nous n'avons pas été au niveau. Pas seulement, comme le fait remarquer Baxter dans son micro de commentateur sportif, parce que l'attaque des Lions repose sur le joueur numéro 13. Mais parce qu'il est aussi le leader naturel de l'équipe depuis que l'ancien capitaine, Matt Garrison, a dû céder son poste de *quarterback* à Erik Colton.

– Les Lions ne sont pas une équipe comme les autres, assène Baxter dans son micro. Ils ne jouent pas pour la gloire, ils jouent pour l'honneur. Ils jouent pour la ville. Ils jouent pour leurs frères, pour leurs familles. Nul lieu ne prend le football autant au sérieux que le Texas, et nulle ville du Texas ne prend le foot autant à cœur que la brave ville de Felt. Alors d'ici vendredi prochain, rappelons-nous nos mots d'ordre. Solidarité ! Majesté ! Force ! Lions !

La fête de victoire chez Erik est comme la victoire, en demi-teinte. L'alcool coule à flots. Trop. Trop vite. Les garçons sont bruyants et leur joie semble forcée. La seule bonne nouvelle ? Coral se tient à distance de moi. C'est-à-dire d'Erik, sur les genoux duquel je suis assise. Erik, que je n'arrête pas d'embrasser. Erik, dont je caresse les cheveux.

Mais pour qui est-ce que je joue ce numéro d'amoureuse transie ?

Logan n'est même pas là pour recevoir le message. Qu'importe, j'ai autant besoin de me convaincre que lui. Steff a réussi à s'attirer les bonnes grâces de mon petit ami et d'Avery en leur parlant de *Counter-Strike*. En allant me chercher un soda dans la cuisine des Colton, je tombe sur Tanya.

– Eh, me lance-t-elle avec un faible sourire.

– Eh… Qu'est-ce que tu fais là, toute seule ? demandé-je en me laissant glisser contre le mur pour m'asseoir à côté d'elle, à même le carrelage.

– J'essaye d'éviter les foudres de ton demi-frère en m'en tenant le plus loin possible.

Dès qu'elle évoque Logan, la honte me submerge de nouveau. J'ai envie de me relever, de prendre mes jambes à mon cou… Mais j'ai trop peur que Tanya devine quelque chose si j'ai une réaction aussi bizarre. Que ferait une fille normale, à ma place ? Une fille qui ne se serait pas fait embrasser, une fille qui n'aurait pas rendu le baiser, une fille qui n'aurait pas espéré avidement la langue de Logan et qui ne l'aurait pas…

… fait bander ?

– Il va si mal que ça ? fais-je, en essayant de jouer le rôle de la demi-sœur, en ignorant les nœuds de mon estomac.

– J'ai l'impression que ce n'est pas seulement le match… Toute la semaine, il a été sur les nerfs. Mais impossible de lui dire de rentrer chez vous. Il s'est passé quelque chose à la maison ?

– Non, réponds-je, en me sentant de plus en plus oppressée. Je ne crois pas. Je ne sais pas. Tu sais, je ne lui ai quasiment pas parlé depuis le lac…

Tanya soupire, secoue la tête.

– Je déteste quand il est comme ça. Quand il se referme comme une huître et repousse la terre entière. Tu sais, je suis au courant de tout ce que les gens pensent de moi, ajoute-t-elle après un bref silence. Que je ne devrais pas être avec lui. Qu'il ne m'aime pas. Je sais qu'il va voir ailleurs, souvent. Mais Logan et moi, on se connaît depuis le jardin d'enfants. Entre sa mère et la mienne, on fait la paire. Ce n'est pas seulement mon mec, c'est mon meilleur ami. Enfin, c'était, se reprend-elle. Ce qui s'est passé avec Matt… ça l'a changé. On s'était promis de ne jamais devenir comme nos daronnes. Des poivrots. Des camés. Des losers de Felt. Mais quand je vois comme il se détruit depuis l'année dernière… Il est bourré un soir sur deux. Parfois, même à l'entraînement. Personne ne le remarque, mais moi, je sais. C'est comme si sa colère contre lui-même était un incendie et qu'au lieu de l'éteindre, il l'alimentait avec l'alcool.

Je ne sais pas quoi lui répondre. Je ne sais même pas si je devrais l'écouter. Après tout, je ne sais rien de Logan… Et je ne devrais pas essayer d'en savoir plus à son sujet.

Je ne devrais pas m'inquiéter. Je ne devrais pas vouloir le sauver.

Je devrais l'éviter au maximum. Et éviter de sympathiser avec sa copine, aussi, si possible.

– Tu ne devrais pas rester seule ici, Tanya, suggéré-je pour mettre fin à ses confidences. Il y a tous tes amis, dehors. Tu devrais aller les retrouver.

– OK… dit-elle en se relevant avant de s'étonner. Tu ne viens pas ?

– J'arrive, mens-je.

En réalité, je n'ai aucune intention de retourner dans le jardin, de faire la conversation à Tanya comme si de rien n'était, de l'écouter partager avec son groupe d'amis ses inquiétudes concernant Logan. Pas seulement par peur que quelqu'un devine quelque chose. Mais parce que je déteste cette avidité qui se lève en moi dès qu'on évoque en ma présence le bad boy. Je déteste vouloir en savoir plus, toujours plus, à son propos. Je déteste le plaisir tordu qui me submerge quand Steff se confie. Le soulagement que je ressens en jouant avec elle à détricoter ses sentiments – comme si ces conversations tendaient un miroir à ce que moi je ressens. Je déteste la jubilation que j'ai à simplement prononcer son prénom. Je me déteste, moi. Et je voudrais le détester aussi fort, lui…

Mais je n'y arrive pas.

« Belle », « futée ». Dès que ces deux compliments me reviennent, j'ai le cœur chaviré. Comme si je n'avais jamais rien entendu de plus beau de ma vie. Voilà ce qu'il en est, de cette fameuse « pitié » dont je ne voulais pas…

Pathétique, hein ?

Pour me tenir loin des autres, je me mets à errer dans la maison d'Erik. Cet endroit me bluffe toujours. Les parents d'Erik ont vraiment beaucoup de goût. Chaque pièce a été pensée au détail près – et des pièces, il y en a. Une salle de projection, sept chambres, trois salles de bains, une bibliothèque… C'est cette pièce qui a ma faveur, grâce à l'impressionnante collection de livres anciens qui s'y trouve, et aussi le sublime piano à queue que Mme Colton a hérité de sa mère, concertiste. C'est d'ailleurs de cette pièce que s'échappe une musique envoûtante que je reconnais tout de suite.

Beethoven. Sonate au Clair de lune.

Y aurait-il un virtuose invité à la soirée sans que je le sache ? Lentement, je m'approche de la source de cette musique solennelle et triste. Mes battements de cœur sont aussi lourds et lents que le tempo mélancolique. Je pousse la porte. Le pianiste mystère est caché derrière l'instrument. Je m'approche lentement, envoûtée par cet air sublime. La première chose que je vois, c'est le sommet d'une tête penchée sur le clavier. Elle bat la mesure. Je me fige immédiatement, en reconnaissant ces cheveux bruns et souples, légèrement ondoyants. Je ne sais plus quoi faire, quoi dire, quoi penser. J'ai juste envie de rebrousser chemin. Mais la musique est trop belle, trop douloureuse, et je me sens hypnotisée. Soudain, Logan relève la tête, m'aperçoit. Ses mains désertent les touches. Il me fixe d'un air indéchiffrable. Je sais bien que je devrais m'enfuir à toutes jambes…

… mais mes jambes, elles, n'ont pas l'air d'accord.

– Je ne savais pas que tu jouais, lancé-je pour dire quelque chose.

– Et moi, je ne savais pas que tu m'espionnais.

– Ce n'est pas le cas, me défends-je. Simplement, j'ai entendu…

Le claquement sec de l'instrument, qu'il referme brutalement, interrompt ma phrase. Lentement, Logan se lève et avance vers moi, les mains dans les poches. Il est incroyablement beau, dans la lumière tamisée de la bibliothèque. Imposant, racé, masculin. Un homme, déjà, malgré son jeune âge. Un homme sauvage. Un homme dont les lèvres m'obsèdent depuis qu'elles se sont posées sur les miennes – bien que je sache que ça ne peut jamais se reproduire.

Il s'arrête à un mètre de moi et, en me fixant droit dans les yeux de son regard gris inflexible, me lance :

– Je ne peux pas être seul avec toi, Izzie. Je ne le peux pas. Tu ne l'as pas encore compris, ça ?

Je rougis, comme une gamine prise en faute. Si, je l'ai bien compris, qu'est-ce qu'il croit ? Que je suis fière de ce qui s'est passé entre nous ? Seulement, c'est un peu facile de m'engueuler, il ne pense pas ? OK, je sais ce que j'ai fait au lac, je sais ce que j'ai ressenti, je sais que je ne l'ai pas repoussé. Mais tout ça ne serait jamais arrivé si *lui* ne m'avait pas embrassée !

– Je ne suis pas la seule responsable de ce qui s'est passé, OK ? répliqué-je. Ce n'est pas moi qui l'ai initié, ce baiser !

– Tais-toi, Izzie, lance soudain Logan d'une voix paniquée en fonçant sur moi. Tu veux vraiment que quelqu'un nous entende ?

Comme pour faire écho à sa colère, un coup de tonnerre retentit.

– Pas plus que toi, réponds-je entre mes dents alors qu'il se saisit de mon bras. Tu t'imagines quoi ? Que je voudrais le crier sur tous les toits ? Que je ne vois pas à quel point la situation est malsaine, tordue… Dégueulasse !

Logan me relâche, me toise avec fureur.

– Tu devrais vraiment y aller, Isobel, crache-t-il. Ton petit copain t'attend, non ?

Son ton sarcastique, sa façon de me dégager comme une malpropre, de me tenir apparemment responsable… Tout me blesse et m'écœure.

– Ta copine aussi t'attend, rétorqué-je. Alors si tu veux vraiment éviter que quiconque comprenne ce qui s'est passé le week-end dernier, un conseil : comporte-toi en homme, arrête de te terrer ici, fais bonne figure et oublie !

– Comme toi, hein ? ironise-t-il. On joue les autruches, on enterre tout… C'est dans ton école d'élite qu'ils t'ont appris à faire ça ? Être froid, calculateur, dissimulateur, c'est la clef de la réussite, non ?

Je suis révoltée par le tableau qu'il est en train de dresser de moi. Par la haine que je perçois en lui pour moi. Si c'est vraiment ça qu'il pense alors à quoi ça servait de m'embrasser ? C'était juste une nouvelle manière, particulièrement perverse, de me torturer ?

– Tout le monde n'a pas le luxe de faire peser ses états d'âme sur les autres, tout le temps, Logan Taylor, répliqué-je en sentant mon regard étinceler de rage. De ne prendre en compte que ce qu'il ressent, de suivre ses petites lubies, en se foutant du monde alentour. Le côté « Petit Prince », ça va bien cinq minutes ! D'autant que ça n'a rien de mignon quand ça vient de la part d'un homme adulte incapable de refréner ses pulsions !

Au moment où je lâche ça, je le sais, je suis allée trop loin. J'aurais tout aussi bien pu le traiter de détraqué sexuel ou de prédateur en puissance – ce qu'il n'est pas bien sûr. Ce sont les filles qui se jettent sur lui. Et, de mon côté, j'avais rêvé de ce baiser pendant quarante-huit heures avant que Logan passe à l'action…

Son regard passe du gris au noir. Un rictus mauvais apparaît sur ses lèvres. Il me regarde comme s'il avait pris une décision : celle de me détruire.

– Logan, attends… gémis-je pitoyablement dans le but d'éviter un esclandre, alors que le bad boy me contourne et se dirige vers la porte de sortie.

Mais trop tard. Il quitte la bibliothèque comme un diable. Je m'engage à sa poursuite, cours dans le couloir en l'appelant à voix basse, sans succès, et m'engage à mon tour dans les escaliers. Je suis complètement paniquée par ce qu'il va faire. Et s'il sortait dans le jardin pour tout raconter à tout le monde ? Exhiber ce que je suis, en dépit des apparences, comme il l'a fait avec ma photo ? Un trophée de plus sur sa liste : sa détraquée de demi-sœur… En posant un pied au rez-de-chaussée, je m'aperçois que la soirée s'est déplacée à l'intérieur de la maison. Il s'est mis à pleuvoir à verse dehors, un véritable déluge texan. Mais Logan s'en fiche. Il a déjà renfilé son blouson, pris son casque.

Qu'est-ce qu'il fabrique, là ?

Il ne compte quand même pas rouler par ce temps ?

– Attends ! l'appelé-je encore, cette fois sans me soucier qu'on m'entende.

Ce n'est plus du scandale ou de sa vengeance que j'ai peur. Je sais qu'au rayon « réactions inconsidérées », Logan a pas mal de stock. D'ailleurs, il franchit la porte malgré les voix des autres qui l'appellent à leur tour. Simon, Avery, Steff, Erik, Tanya… Affolée, je me précipite vers la sortie de la maison. Il faut que je le calme. Que je m'excuse. Qu'on rentre à l'intérieur. Qu'on arrête de s'écharper, comme ça, en public. Mais surtout…

… il faut que je l'empêche de se planter sur la route.

Je sais comment Logan conduit et, pire encore, je sais pourquoi. Je sais ce qu'il cherche, sur sa moto : à se punir. Et s'il y arrive ce soir, ce sera par ma faute. Parce que j'ai joué avec sa culpabilité, juste pour le blesser. Dans l'entrée, je récupère à la va-vite mon blouson et mon sac, où se trouve mon téléphone, pour l'appeler, au cas où il aurait déjà filé. Heureusement, il n'en est rien. Quand j'arrive sur le perron, Logan est sur sa moto, en train d'enfiler son casque sous la pluie battante.

– Tu ne crois quand même pas que je vais te laisser rouler alors qu'il y a au moins cinq centimètres d'eau sur les routes ? dis-je en m'approchant.

– Qu'est-ce que tu vas faire, hein, Isobel ? me lance le bad boy en enfilant son casque.

– Te crever les pneus s'il le faut ! m'emporté-je. Je ne déconne pas, Logan !

– Non, lance le bad boy de sa voix virile. C'est moi qui déconne, et à plein tube, depuis que je t'ai rencontrée.

Puis, sans me laisser le temps de réagir, il démarre. Je reste plantée une fraction de seconde, sous la pluie, médusée. Une fraction de seconde seulement, car celle d'après, je suis dans la Chevrolet Colorado de Baxter, et je poursuis Logan sur la nationale alors qu'il pleut comme vache qui pisse. Je lance des appels de phares au bad boy pour qu'il se range, mais cette tête de mule n'en fait rien. J'hésite à accélérer, à le coller. À le doubler pour me mettre au travers de sa route, comme dans les films d'action. Mais j'ai peur qu'il panique et se plante dans le bas-côté. Et je m'en veux, je m'en veux tellement… Autant que je lui en veux à lui.

De ne pas comprendre que ce que j'ai dit, c'était sous le coup de la colère.

Je klaxonne, impuissante, sur la route déserte et glissante, pendant deux, trois, quatre kilomètres, jusqu'à ce que, enfin, le bad boy se range, coince la béquille de sa bécane, enlève son casque et descende de son deux-roues, furibard, pendant que je sors du pick-up. La pluie dégouline sur nous alors qu'il avance vers moi, les bras écartés dans une attitude provocatrice.

– Qu'est-ce que tu veux, hein ? éructe-t-il. Qu'est-ce que tu attends de moi, Isobel ?

– Tu veux vraiment le savoir ? Je veux sauver tes petites miches en te faisant monter dans cette voiture ! Voilà ce que je veux ! C'est tout ce qui m'intéresse, là, Logan ! Pas tes états d'âme, pas les miens, et certainement pas ce baiser absurde de dimanche dernier ! Est-ce que tu penses pouvoir faire ça pour moi ? Me laisser te sauver la vie ?

– Et pourquoi ça te tient tellement à cœur, hein ? Pourquoi ?

– Peut-être parce qu'on ne s'en relèverait pas, les parents et moi ? Que la famille entière serait détruite ? Tu y penses, à ça ?

Il éclate d'un rire sardonique. Sous la pluie, ses cheveux collent à son beau visage d'ange détruit, d'ange déchu. Son tee-shirt blanc est devenu complètement transparent et ne cache rien de son corps d'athlète.

– Je suis déjà en train de la détruire, notre famille, Izz'… lance-t-il en secouant la tête.

– Non, c'est faux, réponds-je d'une voix douce. Ce n'était rien, Logan. Juste un baiser. Un minuscule baiser qui ne signifie rien, ne change rien. Et puis, quoi que tu penses mériter pour ce que tu as fait dans ta vie, la mort n'en fait pas partie. Tu crois que ça soulagerait qui que ce soit, si tu te faisais du mal ? Baxter ? Ma mère ? Tanya ?

– Et toi ? Ça te soulagerait, si je disparaissais ? lance-t-il en s'approchant dangereusement de moi.

– Ne sois pas ridicule, répliqué-je en me dirigeant vers sa moto pour la charger dans le pick-up.

La tête bien droite. L'air déterminé. Mais les joues en feu et le cœur battant. Pourquoi est-ce qu'il ramène ça à moi ? À ce qui s'est passé ? Est-ce que vraiment, il ne peut pas laisser pisser ? Après tout, il ne va pas me faire croire que pour *lui*, c'était important ?

Logan a l'habitude d'embrasser toutes les filles qui passent, sans raison. Demi-sœur ou non.

Voyant que rien ne me fera renoncer à déplacer cette moto bien trop lourde pour moi, Logan me rejoint et s'empare du guidon de la Suzuki, pendant que je sors la rampe du véhicule. Il charge son deux-roues, puis grimpe dans la cabine. Je me réinstalle derrière le volant. J'essaye d'ignorer la moiteur que dégagent nos vêtements détrempés dans la chaleur de l'habitacle où j'ai allumé le chauffage. J'essaye d'oublier ma chair de poule, mon cœur qui cogne, secouée par la violence de notre dispute. J'essaye d'oublier ma frustration, la peur ressentie. Les derniers kilomètres jusqu'à notre maison s'effectuent en silence, excepté la rediffusion d'un vieux concert de John Denver, programmé par la radio locale que Logan a allumée. À la dérobée, incapable de s'en empêcher, mes yeux l'observent, pendant que lui observe la pluie tomber. Logan suit la course des gouttes sur la vitre, côté passager. Tout proche, le tonnerre retentit. Et puis soudain, alors que

Denver entonne son tube « Take Me Home, Country Roads », la voix de Logan se fait entendre. Chaude. Intimiste, un peu cassée. Comme celle d'un homme qui a déjà bien trop vécu.

« Almost heaven, West Virginia
Blue Ridge Mountains, Shenandoah River
Life is old there, older than the trees
Younger than the mountains,
blowing like a breeze[1]. »

La justesse avec laquelle il chante ne m'étonne même pas. Pas après la façon dont je l'ai entendu jouer Beethoven ce soir. Je ne sais pas d'où lui vient son talent musical, d'autant que Baxter chante presque aussi mal que moi. Je pense à sa mère. Je me demande si c'est elle qui lui a fait cadeau de cette voix, de son oreille. Si elle lui a offert quelque chose malgré tout – avant d'emporter à jamais avec elle la tranquillité de son fils et sa capacité à s'aimer.

« Country roads, take me home
To the place I belong
West Virginia, mountain mama
Take me home, country roads[2]. »

Sa voix me touche autant qu'elle me chavire. Elle m'enveloppe, comme une caresse, et je ne le voudrais pas. Une part de moi a envie de changer de station de radio, de les faire taire, lui et John Denver. L'autre veut que la chanson dure à jamais. Que le temps s'arrête, dans cet

1. « Presque au paradis, en Virginie-Occidentale / Les montagnes Blue Ridge, la rivière Shenandoah / La vie ici est ancienne, plus ancienne que les arbres / Plus jeune que les montagnes, semblable au vent. »
2. « Oh, routes de campagne, ramenez-moi chez moi / Là où est ma place / Virginie-Occidentale, montagne-mère / Ramenez-moi chez moi, routes de campagne. »

habitacle. Mais ça ne peut bien sûr pas être le cas, la nature même du temps est de filer et, quand je finis par couper le contact devant la maison, je constate en frissonnant que cette dernière est éteinte, sans vie. La maison n'a plus rien d'un havre. C'est une menace. Jamais je n'aurais dû nous ramener ici.

– Tu crois qu'ils dorment ? Ou qu'ils ne sont pas encore rentrés ? demande Logan comme s'il partageait mon appréhension.

– On n'a qu'un moyen de le découvrir... lancé-je en détachant ma ceinture, en tentant de trouver en moi un peu de courage pour affronter cette maison hantée par les contradictions de ce que je ressens.

Logan fait de même, sa portière s'ouvre, il s'apprête à descendre... J'ai peur, soudain, qu'on entre. Qu'on se retrouve seuls dans une maison vide. Ce n'est pas de lui que j'ai peur, c'est de moi-même. Je sais bien ce qui se produit en moi quand je le regarde. Quand je pense à ses lèvres, à sa façon terriblement sensuelle d'embrasser. À la bosse sous son maillot de bain. Ça me submerge et me pétrifie. La preuve, je ne bouge pas, même quand sa portière claque. Je reste derrière le volant, à regarder droit devant moi, pendant qu'il entre dans la maison. Je veux lui laisser un peu d'avance, le temps de monter les escaliers, de refermer sa porte. Je veux laisser à ce désir, qui court dans mes veines comme un poison, le temps de se dissiper. Seulement, quand j'entre cinq minutes plus tard, Logan est en train de redescendre du premier, des serviettes de bain plein les bras. Les lumières sont toutes éteintes, excepté celle de notre palier commun.

– Ils ne sont pas là, m'informe-t-il en se figeant sur l'avant-dernière marche.

Et sa phrase sonne comme une agonie. Mon corps sent sa peur, il la comprend. Il s'en enivre. Il veut s'y oublier. Ma tête me crie : « Monte dans ta chambre ! Dépasse-le ! Enferme-toi ! »

– Logan, dis-je d'une voix douce en m'approchant de l'escalier, il faut qu'on aille se coucher.

Le bad boy, dont la silhouette masculine se découpe en contre-jour, laisse échapper un rire tragique.

– Je doute de pouvoir réussir à dormir, Izzie, là.

Mon cœur se serre.

– C'est à cause de ce que j'ai dit dans la bibliothèque, c'est ça ? demandé-je en posant ma main sur la rampe. Parce que tu sais, je ne le pensais p…

– Izzie, putain, mais qu'est-ce que tu racontes ? me coupe-t-il avec un accent poignant dans la voix. Comment c'est possible d'être aveugle à ce point-là ?

Logan descend une marche de plus. Tout son corps racé me domine. Son corps si incroyablement sexy, si masculin.

Et cette bouche… Ces yeux qui me déshabillent sans vergogne… Cette voix grave et profonde…

Mes jambes n'ont qu'une seule envie : foncer vers lui. Mais ma tête m'en empêche.

– Si je ne peux pas dormir, si je perds le sommeil depuis cinq jours, c'est parce que j'ai envie de toi… lance-t-il avant de se mordre la lèvre inférieure – et ce simple geste est incroyablement sensuel.

Jamais aucun garçon ne m'avait parlé comme ça.

Mais Logan n'est pas un garçon. C'est un homme.

Un homme que je désire – et, jusqu'à dimanche dernier, je ne savais rien du désir.

Je ne savais pas que le désir décide pour vous.

Que c'est un sentiment d'une telle violence. Mon envie de toucher Logan me fait mal partout, comme une fièvre. Mon corps entier souffre de devoir se refréner.

– Pourquoi est-ce que tu fais ça ? demandé-je en fermant les yeux comme devant une scène d'accident.

– Je ne fais rien, me répond calmement Logan.

Tu ne me laisses pas en paix, argué-je en sentant ma gorge se serrer.

– Toi non plus, rétorque-t-il de sa voix grave un peu cassée par la fatigue.

– Tu me détestes…

– Tu me le rends bien.

– Tu as réponse à tout…

– Non, pas à ça. Pas à toi et moi, lance-t-il d'une voix rauque qui me coupe le souffle.

Alors, sans plus lutter contre les forces qui m'aimantent, je rouvre les yeux et grimpe la marche qui nous sépare, empoigne son tee-shirt et pousse le géant des Lions contre le mur pour presser mes lèvres contre les siennes. C'est le signal que Logan attendait. Ses mains empoignent ma nuque, fermement. Ses lèvres me caressent et m'électrisent. Je gémis – de soulagement. J'ai enfin trouvé la réponse à ce manque lancinant qui me tenaille depuis des jours. Mon cœur bat la chamade, plus fort encore que ne bat la pluie dehors. Plus fort qu'il n'a jamais battu. Quand nos langues s'enroulent… ça fait comme un éclair dans mon ventre.

– Qu'est-ce qu'on fait ? soupire Logan contre mes lèvres.

– Je n'en ai aucune idée, haleté-je en entourant son cou de mes bras.

– Est-ce que je suis cinglé ? Cinglé de te désirer à ce point-là ? me demande-t-il sans cesser de m'embrasser passionnément.

– Si c'est le cas, alors on est deux…

– Pearson… Il faut que tu me dises jusqu'où je peux aller…

– Idem, le provoqué-je en me mettant à tirer sur son tee-shirt.

Je ne suis pas la petite créature timide et impressionnable qu'il croit – du moins, pas en sa présence. Moi aussi, j'ai des envies. Je veux sentir son torse, comme l'autre jour, dans les bois. Je veux sentir le contact de sa peau soyeuse. Je veux que son odeur remplisse mes narines. Le tissu colle à sa peau, je trouve ça encore plus sexy.

– On devrait aller dans ma chambre, halète-t-il.

– Non, on ne devrait pas, réponds-je contre ses lèvres en le débarrassant enfin de sa fringue détrempée. C'est même l'inverse de ce qu'on devrait faire…

Et pourtant, voilà que je l'ai débarrassé de son tee-shirt. Voilà que je peux enfin la toucher, cette peau. Les caresser, ces muscles dessinés. Ces pectoraux impressionnants. Ces abdominaux parfaits, qui frémissent sous mes doigts.

– Parce que tu as peur que je fasse ça ? me lance Logan de sa voix éraillée et tellement masculine en mordillant le lobe de mon oreille. Ou ça… ?

Sa main descend sur ma cuisse nue et commence à remonter vers ma jupe, avec une lenteur qui n'a rien de timide, qui est même diabolique. Un crépitement remonte tout le long de mon corps. Je sens que Logan prend son temps pour me laisser une chance de l'arrêter. Hélas, je ne l'arrête pas. Je n'en ai pas la force. Ses doigts sont maintenant posés sur la face interne de ma cuisse, entre mes deux jambes. Ils ont depuis longtemps dépassé les limites imposées par ma jupe. Les limites imposées par moi, à toutes autres mains que les siennes. Je halète. J'ai peur. J'ai envie. Les saccades de mon souffle vont se perdre contre sa bouche. Mes mains, elles, ne perdent rien – rien de la vaste étendue de peau que ses épaules, son dos, sa nuque m'offrent.

– J'ai envie de te sentir plus, m'avoue Logan d'une voix douloureuse.

Une voix que je comprends, puisqu'elle charrie le même manque que je ressens. « Plus ». Ce n'est plus un mot, c'est un cri impérieux de mon corps. « Plus ». C'est ce qui m'amène à abandonner ses biceps que je caresse, pour ramener timidement mes mains à mon chemisier dont, sans savoir si je suis devenue folle ou non, je défais le premier bouton, serrée contre lui. Pour que mon ventre nu frotte contre son ventre. Pour que ma poitrine sente la sienne. Logan, sentant mon geste, devinant ce qu'il signifie, s'écarte un peu, comme pour vérifier. À mesure que les boutons sautent, son regard étincelle. Lorsque la chemisette s'ouvre enfin, comme un rideau, il mord sa lèvre charnue à souhait, en me jetant un regard affamé. En posant sa main à la base de mon cou, il me repousse doucement, m'examine. Puis il m'attrape les épaules, délicatement, et me fait reculer pour me plaquer à mon tour contre le mur. Il caresse du regard ma poitrine, exposée dans un soutien-gorge en coton jaune trop petit. Je devrais avoir honte de ma lingerie de gamine, de petite vierge inexpérimentée, mais en voyant ce regard, ce n'est pas le cas. Je me sens désirable. Puissante.

– Ce que tu es belle… dit-il d'une voix profonde, masculine, si intense et si déchirante que je ne sais pas quoi faire du compliment.

– Arrête, réponds-je, gênée, en couvrant mon visage de mes paumes serrées.

– Qu'on soit clairs, Pearson, gronde-t-il gentiment en écartant mes mains. Tu peux tout arrêter, à n'importe quel moment. Sauf ce que tu provoques en moi. Pour ça, ajoute-t-il en souriant d'un air insolent, j'ai bien peur qu'il soit trop tard.

Sa façon de me parler me colle le vertige. À moins que ce ne soient ses mains, qui se glissent dans mon dos et dégrafent mon soutien-gorge. J'accompagne les mouvements de Logan et mon haut, ainsi que le soutien-gorge, rejoignent le tee-shirt blanc mouillé au pied des escaliers. Puis je ramène ses mains à mes seins, et quand elles empoignent ma poitrine… c'est comme une déflagration. Ses pouces qui caressent mes tétons. Ses doigts qui les pincent, délicatement, avant que sa paume me malaxe. Mon souffle se bloque et mes jambes se remettent à trembler de plus belle, avec une violence que je ne connaissais pas. Le plaisir se propage dans tout mon corps, de la base de ma nuque au creux de mes reins. Ma tête se renverse en arrière et je halète.

– Logan… Logan… appelé-je sans même savoir pourquoi.

Peut-être juste pour le plaisir d'entendre son nom rouler sur ma langue. Ma bouche s'ouvre sur la dernière syllabe, dans un souffle d'extase.

– J'y pense depuis l'autre soir, à te caresser comme ça, murmure le bad boy à mon oreille. Depuis que j'ai senti tes seins se presser contre mon dos, sur ma bécane…

Je n'avais pas rêvé.

Lui aussi avait senti l'électricité entre nous.

– Qu'est-ce que tu as eu envie de faire d'autre ? haleté-je en sentant mon ventre se tordre de plaisir.

– Tu veux vraiment le savoir ? Te faire jouir. Est-ce qu'on t'a déjà fait jouir, Izzie ? me demande Logan d'une voix rauque.

En posant sa question, il fait remonter le dos de sa main, lentement mais sûrement, vers ma culotte. Mille papillons éclatent dans mon ventre, et leurs ailes sont de feu. Je secoue la tête, incapable d'articuler le moindre son.

– Est-ce que tu as *déjà* joui ?

Mes yeux se ferment, pour cacher mon embarras. Ou peut-être juste pour masquer le plaisir qui déferle en moi. Une nouvelle fois, je secoue la tête.

– Est-ce que tu es d'accord, l'entends-je ajouter, pour que je sois le premier ?

Cette fois, ma tête dessine un mouvement de bas en haut, sans que je rouvre mes paupières. Je sens la main de Logan écarter ma culotte et exhale un soupir. Je sens ses doigts se frayer un chemin le long de mon sexe et, alors qu'une vague se lève dans mon bas-ventre, j'ouvre la bouche, incapable à présent d'émettre le moindre souffle. Puis ses doigts m'écartent, se posent au creux de moi, et mes paupières d'un coup se relèvent pendant que j'avale une goulée d'air qui, rapidement, se bloque dans ma gorge stupéfaite.

Qu'est-ce que… ? Comment… ?

La question se dissipe, balayée par la déferlante de sensations nouvelles qui s'offrent à moi. Des sensations languides, liquides, ondoyantes, qui font que ma respiration accidentée redevient profonde. Ses doigts montent, descendent, tracent des cercles, s'éloignent, reviennent. Lentement. Doucement. Avec une sensualité électrisante. Toutes mes terminaisons nerveuses s'allument puis s'embrasent. Tout mon corps accompagne son mouvement. Mes hanches remuent, en balancier, cherchent sa main, se pressent. Je suis dans une bulle, une bulle d'air chaud, une bulle qui enveloppe également le corps de Logan. Mes doigts s'enfoncent dans ses épaules carrées, mes doigts se perdent dans ses cheveux soyeux. Il mordille mon cou, glisse ses doigts en moi, pose son pouce sur mon clitoris. Son corps entier suit le va-et-vient de sa main, et mon corps entier répond. Je savoure tout, même le contact froid et dur du mur dans mon dos. Mais surtout, surtout, le contact de la peau de Logan sur ma peau nue. Son torse qui écrase ma poitrine. Sa langue qui s'aventure jusqu'à mon lobe d'oreille. C'est bon, c'est mal, c'est tout et son contraire. Je m'entends gémir. Je m'entends en demander encore. Je m'entends le supplier de ne pas s'arrêter. Les vagues de plaisir montent en moi, mes jambes flageolantes s'écartent pour lui laisser la place. Je n'ai plus aucune maîtrise de rien. Mes mains, avides, cherchent son corps. Logan me l'offre, tout comme il m'offre sa bouche et sa langue. J'étouffe mes cris de plaisir contre sa bouche charnue. Je hume sa peau comme si ma vie en dépendait. Il sent la pluie, il sent la vie. Les spasmes délicieux qui m'agitent deviennent incontrôlables ; j'ai l'impression que je vais exploser… Et puis d'un coup, l'orgasme m'emporte, renverse tout. Je plonge mon visage dans le cou de Logan, agrippe ses épaules pour ne pas perdre pied. Je perds pied quand même, alors que le feu d'artifice éclate en moi. Tout s'illumine pendant que je pousse un cri de délivrance…

Et puis soudain, tout est éteint. La maison entière, excepté notre palier. Ma tête. Logan dégage sa main de mon intimité, mais ne se décolle pas de moi. Il se contente de haleter, en me cachant son visage. Et moi, je pose un regard vide vers l'horizon. Un regard hébété.

Bon sang… Qu'est-ce qu'on a fait ?

12

Déflagration

Logan

– Taylor ! 13, putain ! On peut savoir ce que tu fous ?

Haletant, je baisse la tête et me renfrogne sous mon casque.

– Désolé, coach.

– Je me fous de tes excuses ! Je te remets sur le terrain et c'est ça que tu me donnes ?

Il a raison.

Vendredi, on a gagné par miracle. Et pas grâce à moi, qui ai joué comme une merde. Il faut dire que j'ai passé une semaine à me défoncer la gueule tous les soirs. À traîner dans les bars, pour éviter Tanya. Pour éviter Erik. Pour éviter la maison.

Pour l'éviter, elle.

À chaque fois que j'y pense, la honte et la culpabilité m'empêchent de respirer. Qu'est-ce qu'on a foutu, putain ? Qu'est-ce qui nous a pris ?

Et surtout, comment ça se fait que je n'arrive pas à me la sortir de la tête ?

Izzie m'accompagne, tout le temps. Cette foutue Isobel Katharina Pearson. Ma demi-sœur. Mon obsession. Celle qui, il y a quelques semaines encore, je ne pouvais pas encadrer. Celle dont j'avais réussi à occulter à quel point elle est belle, sexy, spéciale. Maintenant, impossible de faire machine arrière. Ce qu'il s'est passé l'autre nuit, putain… C'était incroyablement intense. Après des jours de tension, la toucher enfin m'a paru si bon que j'aurais pu jouir sur place. Même si elle ne m'a pas rendu la pareille. Même si elle a complètement flippé après.

Je dois être malade. Tordu. Complètement pervers.

– Allez les gars, Razor Tango 82 ! Ça va aller, 13 ? ironise le coach. Tu te souviens du *playbook* ? Ou tu comptes au moins t'en souvenir d'ici vendredi soir ?

Une heure plus tard, dans les vestiaires, je me change sans même me laver, courbé, prostré, en essayant d'éviter le regard de mes coéquipiers. Eux pensent que je fais encore la gueule pour avoir été mis sur le banc à cause d'Erik il y a dix jours.

S'ils savaient, putain…

Si Erik savait.

– Eh, 13 ! me lance Avery. On va au cinoche à la sortie des cours. Tu te ramènes ?

– Non, grogné-je. Je dois rentrer direct en ce moment. J'aide mon père à aménager le garage.

– OK, répond mon pote, déçu. C'est juste qu'on ne te voit pas beaucoup, ces derniers temps.

Excédé, je jette mon casque au fond de mon casier et claque violemment la porte métallique.

– T'es bouché ou quoi, Avery ? Je viens de te dire que j'étais occupé, merde !

Toute l'équipe se tait, mal à l'aise face à mon énième coup de sang ces dix derniers jours… Puis les conversations reprennent, comme si de rien n'était. Ils me connaissent, ces gars. Ils savent que quand je suis comme ça, ce n'est même pas la peine d'essayer de me parler. Je vois pourtant qu'Erik tente de choper mon regard. Qu'est-ce qu'il me veut ?

Est-ce qu'il se doute de quelque chose ?

Une fois qu'ils ont quasiment tous quitté les vestiaires, le *quarterback* s'approche et s'appuie contre le casier voisin du mien. Si je ne m'étais pas mis à le mépriser autant, ce petit con, je me sentirais presque mal.

– Alors, c'est qui ?

– De quoi tu parles, QB ?

– Me prends pas pour un con. Jamais de la vie tu aides ton père en ce moment. J'ai passé la semaine dernière chez toi, je sais bien que t'as déserté. Alors ? Brune ? Blonde ? Rousse ? Chauve ?

– La semaine entière ? grogné-je. Tu ne crois pas que tu abuses un peu de l'hospitalité de ma famille ?

– Pas ma faute, 13. C'est ta frangine qui ne veut plus me lâcher. Ça y est, elle est complètement accro. Elle veut expérimenter le rodéo texan façon Erik Colton.

Il illustre ses propos d'une *air* levrette, avec un petit sourire satisfait qui me donne instantanément envie de le pendre avec ses propres boyaux. À la place, je frappe un grand coup dans mon casier, sans réfléchir, avant de me maudire intérieurement. Si je continue à me comporter comme ça, Erik risque de comprendre que c'est de l'entendre parler d'Izzie qui me fait péter un plomb.

Et que l'imaginer avec elle me fait crever de jalousie.

– OK, t'as découvert mon petit secret. Je me tape une autre nana que Tanya, aboyé-je quand même sans pouvoir me contenir. Rien de neuf sous le soleil, je suis un connard. C'est de ça que tu veux me parler ? La vie secrète de ma queue, c'est juste un hobby ou c'est ta passion ?

– Eh, tout doux, 13, me répond le *quarterback* en levant les mains en l'air en signe de paix. Tu sais que je suis bien le dernier à juger. Et que jamais je n'irais jacter sur toi auprès de quiconque, encore moins auprès de Tanya…

– Et Izzie ? Tu lui dis quoi, à Izzie ?

– Sans vouloir te vexer, 13, tu es loin d'être le sujet favori de ta sœur, de manière générale, me lance Erik avec un petit rictus amusé qui me donne envie de lui écrabouiller la gueule. Et depuis qu'elle a dû te « baby-sitter » après la fête chez moi, il semblerait qu'elle ait un peu de mal avec ta petite personne…

C'est plus fort que moi. Je fais volte-face et me penche sur lui. L'avantage d'avoir dix centimètres de plus, c'est que je peux le dominer de ma hauteur. Je sens Erik frémir. Je le vois tenter de masquer, et mal, sa peur. Une peur d'autant plus forte qu'il ne comprend pas ma réaction.

– Un conseil, Colton : ne t'avise pas de te mêler de ce qui se passe sous mon toit et au sein de ma famille. Et moi, je ne me mêlerai pas de tes affaires. *Deal* ?

– Ben non, justement, répond le QB, désarçonné. Ça tombe mal, là, parce que j'ai besoin de ton aide… Je te l'ai dit, elle est mûre. Elle m'a même dit qu'elle était prête à le faire. Je vais enfin mettre un coup de poinçon dans sa carte « Vierge ».

J'essaye de ne pas blêmir. J'essaye. Mais je ne suis pas certain d'y arriver. J'ai l'impression que tout mon sang a migré de ma gueule jusqu'à mes pieds.

– Qu'est-ce que tu racontes, Colton ? réussis-je faiblement à articuler.

– Tu m'as bien entendu, 13. Je dois juste trouver un endroit. Alors j'ai eu une idée. Vu que vos parents vous laissent sortir jeudi pour Halloween, à la place, on va se faire notre petite fête perso, Izzie et moi. Je vois les choses en grand. Dîner romantique à Garden Rock. J'ai réservé au Dahlia Bistro. Puis on saute le dessert et je conclus l'affaire. Comme tu es l'expert de la région, en matière de « sexcapades », tu ne connaîtrais pas un motel dans le coin, pas trop cher ni trop miteux ?

– Attends, qu'on soit bien clairs, tu es en train de me demander des conseils en hôtellerie locale pour baiser ma demi-sœur ? J'ai bien compris, QB ? grogné-je en l'attrapant par le col de son polo Fred Perry à la con.

– Pourquoi ? Tu vas me dire que tu n'es pas d'accord ? lance-t-il en tentant de se dégager, mais je ne lui laisse pas ce luxe. T'as un soudain revirement ?

Je le plaque contre un casier.

– Ça fait combien de temps que t'es avec elle, hein, Erik ? craché-je à son visage. Réponds-moi.

Il tente une nouvelle fois de se dégager, en vain. Voyant que je ne le laisserai pas partir, il calcule rapidement.

– Pas loin de trois mois, répond-il à contrecœur.

– Et tu en es encore là ? Après tout ce temps ?

Son regard vire au noir, même si je sens qu'il flippe que je l'éclate d'un coup de tête. Il sait que face à moi, il ne fait pas le poids.

– J'ai une réputation à tenir, 13, alors lâche-moi. Ça te va bien de te la jouer gentil et moralisateur, mais je te rappelle que si je suis sorti avec ta sœur, tu n'y es pas pour rien. Donc assume.

– Retiens bien ce que tu viens de dire, là, Erik, sifflé-je à son visage. Retiens-le bien. Parce que plus tard, tu pourras t'en souvenir comme du moment où t'as foutu ta vie en l'air. Ce que tu viens de balancer, là, je vais te faire le regretter amèrement.

– Tu vois, là, j'ai comme un doute… Parce que cette histoire, on est tous les deux dedans. Tu caftes, je cafte. Et je pense que les conséquences seront moins pénibles pour moi que pour toi et ta précieuse *famille* – cette même famille dont tu n'avais rien à foutre il y a trois mois, quand tu m'as donné ton aval. T'es prêt à jouer au con avec moi ?

Je m'apprête à le massacrer dans l'instant, mais malheureusement, c'est celui que choisit le coach pour entrer dans le vestiaire désert et se précipiter sur nous pour nous séparer. Dans la foulée, il me repousse contre mon casier.

– Qu'est-ce que tu cherches, 13 ? À jouer de nouveau depuis le banc de touche vendredi ? Parce que je te préviens, si jamais tu passes la saison entière ailleurs que sur le terrain, tu peux dire adieu à ta bourse à Notre Dame.

Je regarde Erik avec fureur. Puis le coach. Puis Erik. Puis le coach. Cet homme qui m'entraîne depuis trois ans. Cet homme qui a convaincu tous les plus grands recruteurs de football universitaire de venir me voir jouer. Cet homme qui a parié sur moi, sur ma carrière. Qui m'a offert mon ticket de sortie pour quitter ce trou. Et qui m'a confié son équipe, la formation d'Erik, les yeux fermés, parce qu'il croit en moi. Je baisse la tête, incapable de le décevoir, et marmonne :

– Non, coach.

– Quoi ? Pus fort, gamin, je n'ai pas bien entendu.

– Non, coach, répété-je à haute et intelligible voix en le regardant dans les yeux.

En sentant les miens luire de colère.

– Très bien, fils. Très bien, se radoucit-il avant de se tourner également vers Erik. Écoutez, je ne sais pas quel est le problème entre vous deux. Et je sais que ce n'est pas facile pour l'un comme pour l'autre après ce qui s'est passé avec Garrison la saison dernière… Mais Colton est maintenant capitaine de cette équipe, 13, que ça te plaise ou non. S'il arrive à les guider aussi bien, c'est grâce à la façon dont tu l'as pris sous ton aile et formé cet été, j'en ai conscience. Mais si jamais j'apprends que tu as touché ne serait-ce qu'un cheveu de ton coéquipier, un de ses foutus cheveux blonds de bébé, tu ne joueras pas les championnats d'État. Est-ce que c'est clair ?

– Oui, coach Gillies, martelé-je d'une voix forte et affirmée.

– Pareil pour toi, Erik. Si jamais je découvre que tu es incapable de fédérer ton équipe, il va falloir que je révise mes choix et que je lance ton remplaçant sur le terrain. C'est clair ?

– Coach, oui, coach ! répond Erik à la militaire.

– OK. Hors de ma vue, maintenant. Vous m'avez entendu ? Déguerpissez de mes vestiaires ! Allez !

***

– Tu ne te déguises pas, ma chérie ? demande Karen, surprise, au moment où Izzie débarque dans le salon.

Je m'étais pourtant juré de garder les yeux rivés sur la télé, mais comme un con, j'ai tourné la tête, par réflexe. Je n'aurais pas dû. Pas seulement parce qu'elle est sublime, dans sa robe jaune soleil et ses escarpins à talons.

Mais parce que je sais où elle va.

Je sais où elle va, et je ne peux pas m'empêcher de bouillir. D'avoir envie de hurler. De vouloir me lever pour aller écrabouiller la gueule d'Erik avant qu'il ose poser la main sur elle. Tout comme je ne peux pas m'empêcher de penser à ce qu'elle porte sous sa robe. Est-ce qu'elle a pensé à sa lingerie ? Est-ce qu'elle a enfilé un ensemble sexy pour sa première fois ? Soie, dentelle ? String, tanga ?

Je ne peux pas. Je ne peux pas supporter qu'elle fasse ça.

Je ne peux pas supporter qu'elle se donne à un autre. À lui. Putain, pourquoi est-ce qu'elle fait ça ? Pour me punir de ce qui s'est passé l'autre soir ? Pour se punir, elle ? C'est une fille intelligente. Elle doit bien sentir qu'Erik n'est pas assez bien pour elle. Qu'il n'est pas ce qu'il paraît.

Elle s'en doute forcément.

– Les déguisements, c'est pour les bébés, maman, sourit-elle faiblement en évitant mon regard.

– Voyez-vous ça, plaisante Karen avant de se lever du canapé pour aller l'étreindre. Mais à mes yeux, tu seras toujours mon petit bébé, ma chérie.

Izzie rit, et ce son est comme une bouffée d'oxygène. Trop pur, trop intense, il me fait tourner la tête.

– Maman, arrête, tu vas me décoiffer. J'ai mis une heure à réussir ce chignon…

– Et toi, fiston ? demande mon père en faisant irruption, une bière à la main. Tu n'y vas pas, à cette fête ?

Je continue de fixer Izzie, le visage impassible.

– Je ne crois pas avoir été invité, réponds-je d'une voix neutre.

– Ah non ? s'étonne Karen.

– Oui, reprends-je non sans ironie. C'est une soirée assez privée, d'après ce que j'ai compris.

Mon double discours n'a pas échappé à Izzie, qui rougit jusqu'aux oreilles. Si elle ignorait que je sais pertinemment où elle se rend ce soir, ce n'est plus le cas. Est-ce que ça va suffire à la faire changer d'idée ? Pourquoi est-ce qu'elle fait ça, merde ? Pour me punir ? Si c'est le cas, ça marche putain. Mais c'est encore pire que si elle en avait envie, parce que ça veut dire qu'elle va se punir aussi. Par ma faute.

Si je pouvais juste dire un truc, là. N'importe quoi. Malgré la présence des parents. Un truc pour lui faire comprendre de ne pas y aller.

Mais je ne dis rien. Parce que j'ai trop peur que les parents comprennent. Parce que je suis un sale con égoïste et lâche, incapable d'assumer les conneries qu'il fait.

– Bon, ne rentre pas trop tard, jeune fille, la sermonne Baxter. Je te rappelle qu'il y a école demain.

– Minuit ? répond Izzie.

– Vingt-trois heures.

– Vingt-trois heures trente ?

– Adjugé vendu.

Et sur cette victoire dont elle ne voit probablement même pas à quel point elle est amère, Izzie s'enfuit comme un courant d'air. Moi, je me remets à fixer la télé, sans plus rien voir de ce qui s'y passe. L'image d'elle dans sa robe bouton-d'or est fixée dans ma rétine. J'essaye de suivre l'histoire qui se déroule à l'écran, mais tout se mélange dans ma tête, les mots sont de la charpie, et je ne sais pas quoi faire de ma peau. Vingt minutes passent, qui durent des heures. D'un coup, n'y tenant plus, je bondis.

– Finalement, je vais à la soirée.

– Ah bon ? s'étonne ma belle-mère. Tu es certain ? Je croyais…

– J'ai dit n'importe quoi pour faire chier Izzie, comme toujours. Bien sûr que je suis invité, évacué-je d'un geste de la main. Je ne rentre pas tard.

– Vingt-trois heures trente ! crie mon père alors que j'ai déjà agrippé mon blouson et claqué la porte.

Sur la route, je roule comme un forcené jusqu'à Garden Rock. Je n'ai même pas de plan, juste la ferme résolution de ne pas laisser Erik poser ses sales pattes sur elle. Après tout, il avait raison lundi, après l'entraînement : tout ce qui s'est passé entre eux est ma faute. Est-ce que je vais la laisser se faire baiser par un salaud, un connard qui ne la mérite même pas, pour sa première fois ? Merde ! Pas question. Je sais que c'est important pour elle.

Si ça ne l'était pas, si ce n'était pas sacré à ses yeux, c'est à moi qu'elle aurait donné sa virginité. Parce qu'elle en avait envie, je l'ai senti. Elle avait envie de moi.

Sur le moment, elle avait envie de moi.

Alors pourquoi est-ce qu'après avoir joui, elle m'a repoussé, est descendue, hagarde, récupérer ses fringues au pied de l'escalier, est repassée devant moi sans me voir ?

Pourquoi est-ce que, blanche comme un fantôme, elle est remontée jusqu'à sa chambre pour s'y enfermer ?

Qu'est-ce que j'ai fait ?

Je ne la mérite pas plus qu'Erik. Même s'il n'y avait pas ce con entre nous, même si je n'étais pas avec Tanya, même si elle n'était pas sur le point de devenir ma sœur, il resterait ça : je ne la mérite pas.

Et elle, elle ne mérite pas ça.

C'est la seule certitude que j'ai quand j'entre dans le Dahlia Bistro. Un serveur fringué comme un pingouin, devant ma dégaine de motard couvert de poussière, fonce sur moi.

– Je peux vous aider, monsieur ?

Je le contourne d'un coup d'épaule puissant. Je les ai déjà repérés, au fond du restaurant, contre la baie vitrée. Erik porte un foutu blazer, cet enfoiré, et lui ressert du vin.

C'est ça, connard. Fais-la boire. Endors sa méfiance. C'est ça que tu cherches, non ?

– Monsieur, me suit le pingouin en pressentant le scandale. Vous avez une réservation ?

– Écoute-moi, mon grand, grincé-je en faisant volte-face pour toiser l'employé. Tu vois, cette table, là-bas ? Celle avec la bouteille de blanc ? Ni lui ni elle n'ont 21 ans. Tu veux que j'appelle le shérif, pour l'avertir que vous servez des mineurs ? Non ? Bon, alors tu me lâches et tu me laisses aller parler à la fille.

Mon petit esclandre fait son effet, non seulement sur le pingouin, mais aussi sur Izzie et Erik, qui ont remarqué mon entrée tonitruante. Izz' se lève, stupéfaite et effrayée dans sa robe soleil. Elle a peur du scandale que je suis venu faire. Peur de mes révélations. Est-ce qu'elle s'imagine que c'est d'elle que je vais parler ? Elle que je vais humilier ?

Jamais je ne lui ferais ça.

Pourtant, je me mens à moi-même. Je m'apprête à l'humilier, à la blesser. Et je donnerais tout au monde pour lui épargner ça...

Mais il est temps qu'elle sache la vérité sur son « mec ».

– Logan ? me demande-t-elle, affolée, en avançant vers moi pour m'entraîner à part. Qu'est-ce que tu es venu faire ici ? Qu'est-ce que tu... ?

Je ne la laisse pas finir et me saisis de ses épaules, avec douceur.

– Ne fais pas ça, Pearson, déclaré-je, hors d'haleine. Ne couche pas avec Erik.

– Mec, on peut savoir quel est ton problème ? demande le *quarterback* en avançant vers nous.

Je l'ignore, comme le cafard qu'il est.

– Il te ment, Izzie, plaidé-je avec ferveur en priant pour qu'elle m'écoute, même si je sais qu'après, elle ne voudra probablement plus jamais me parler. Depuis trois mois, il se fout de ta gueule. Tout ça, pour lui, ce n'est rien. Juste un stupide pari qu'il s'est promis de gagner...

La Izzie solaire vire pâle comme la mort en entendant mes paroles décousues.

– Qu'est-ce que… Quoi ?

– L'enjeu d'un pari ! m'emporté-je en criant comme un dément en plein restaurant chic. C'est tout ce que tu es, pour lui !

– Un pari ? Quel pari ?

Elle se retourne vers Erik, blême, et l'interroge du regard, mais le *quarterback* ne répond rien. Il se contente de me toiser, avec une envie de meurtre dans les yeux. À force d'attendre des réponses qui ne viennent pas, Izzie se retourne vers moi.

– Logan, si c'est encore un de tes trucs pour me pourrir la vie…

– Écoute-moi. Je sais de quoi je parle. J'étais là. On a parié ensemble, lui et moi. Cet été. C'est pour ça qu'il s'est mis à te tourner aut…

– Vous avez parié quoi ? demande-t-elle en haletant comme si elle était sur le point de faire une crise de panique.

– Ta virginité, lâché-je en détournant un instant la tête pour ne pas avoir à soutenir son regard.

Mais son regard est bien là. Rempli d'incompréhension. Ce moment terrible juste avant la douleur.

Juste avant la haine.

– Je t'ai entendue parler avec Steff. Je t'ai entendue lui dire que tu n'avais jamais été plus loin que des roulages de pelles. Je l'ai dit à Erik, parce que je suis un gros con, une grosse merde, et…

Mais Izzie ne me regarde plus. Enfin, plus exactement, elle ne me voit plus. Pourtant, elle me fixe, mais c'est comme si je n'étais plus là. Comme si le monde autour d'elle avait disparu. En chancelant sur ses escarpins classe, elle se tourne vers le maître d'hôtel, qui rôde, terrifié par notre drame dans son resto.

– Appelez-moi un taxi. S'il vous plaît.

– Ces deux messieurs vous importunent, mademoiselle ?

Comme si on venait de la passer à tabac, elle titube jusqu'à lui et s'accroche à ses bras, désespérée.

– S'il vous plaît… Ne les laissez pas m'approcher. Appelez-moi un taxi.

Il n'en faut pas plus pour que les tables alentour s'en mêlent. Des magnats du pétrole avec Rolex, venus passer une soirée avec leur maîtresse pendant que bobonne les attend sagement à la maison, et qui ont décidé de défendre l'honneur texan.

– Vous avez entendu la dame, les gamins ? Elle veut que vous lui foutiez la paix.

– Ne vous en mêlez pas, réponds-je à celui qui a parlé en se levant, une sorte de faux George Clooney qui a déjà retroussé ses manches pour en découdre.

Il me repousse, doucement. D'autres hommes se lèvent, prêts à lui prêter main-forte. Je les dénombre. Deux, puis cinq, puis sept.

– On est des joueurs des Lions, tente de négocier Erik alors que les chevaliers servants se transforment en meute.

– Tu pourrais être la reine d'Angleterre, je m'en contrefous. On ne veut pas vous démolir, les gosses. Mais si vous ne vous barrez pas tout de suite, c'est ce qui va se passer.

Erik n'en demande pas plus. Il jette deux billets de cent sur la table, récupère ses clefs de voiture et détale.

– Izzie, viens avec moi, la supplié-je en sachant que c'est vain.

Quoi qu'il ait failli exister entre nous, je viens de le tuer. Mais, comme un poulet sans tête, je m'agite encore.

– Je te prête mon casque et te ramène, insisté-je. Je peux tout t'expliquer…

Oui, je le peux. Mais qu'est-ce que ça changerait ?

Je n'aurais pas plus le beau rôle en me montrant honnête, je le sais. Ce que j'ai fait est impardonnable. C'est d'ailleurs pourquoi mes bouts de phrases s'articulent entre eux comme des wagons brinquebalants. Ils forment une litanie suppliante et décousue. George Clooney pose une main ferme sur mon avant-bras et s'interpose. Je n'ai même pas le temps de réfléchir à ce que je fais. Mon poing part, tout seul. Assez puissant pour envoyer George au tapis. C'est le signe que le groupe attendait pour me sortir du restaurant.

– Ne vous en faites plus pour lui, mademoiselle, on va lui régler son compte, lance l'un des hommes.

Mais Izzie le regarde comme elle regarde tout le monde depuis que je lui ai enfin dit la vérité, sans le voir, sans l'entendre vraiment.

Tant mieux. Je ne veux pas qu'elle assiste à ce qui va suivre.

Je laisse la horde me sortir du bar, sachant ce qui m'attend. George Clooney va avoir sa revanche. Il va la prendre pendant que les autres me tiendront, m'empêchant de riposter face à la raclée que je m'apprête à recevoir.

George va avoir sa revanche, oui. Et moi, j'aurai ma punition.

13

I Will Survive

Izzie

Je ne supporte plus les bleus sur son visage.

Les marques de coupure, résiduelles. L'hématome pâle qui ombre encore son arcade sourcilière. Quinze jours après, les signes de son passage à tabac commencent à disparaître. Ces mêmes signes qui, au début, ont occasionné en moi une joie mauvaise, celle de savoir que je n'étais pas la seule à avoir été tabassée – même si dans mon cas, les coups n'étaient que psychologiques. Ces signes, oui, je ne les supporte plus. Ils me poursuivent et me rappellent cette soirée. Ces paroles, au restaurant, comme une déflagration.

« L'enjeu d'un pari ! C'est tout ce que tu es, pour lui ! »

Le sifflement ensuite dans mes oreilles. La scène, aussi irréelle qu'un cauchemar. Les voix étrangères qui articulent des paroles que je ne comprends pas. Moi qui acquiesce, acquiesce à tout, sans plus rien entendre.

Mais à présent, j'ai compris.

À présent, je sais. Logan et Erik ont parié ensemble, et ma virginité était leur enjeu. Pendant trois mois, Erik a joué les petits copains attentionnés pour gagner. Pendant trois mois…

Logan a travaillé le terrain à sa manière. Pour emporter le morceau.

Malgré notre lien de parenté. Malgré l'interdit entre nous. Ou peut-être justement à cause de ça.

Parce qu'il n'en a jamais voulu, de cette famille.

Parce que me baiser était la plus sûre manière de détruire toute possibilité pour ma mère et Baxter de se marier, d'être heureux.

Monstre. C'est un monstre.

Un monstre dont je dois voir la gueule tous les matins au petit déjeuner. Un monstre avec qui je dois faire vaguement semblant de m'entendre. À qui je dois adresser la parole de temps à autre.

– J'y vais, le bus m'attend.

– Tu ne veux pas que je te dépose ? propose Logan comme chaque matin depuis deux semaines.

– Ça va aller. J'ai peur en deux-roues, réponds-je pour donner le change devant mes parents.

Ils ne savent rien de ce qui s'est passé ce soir-là.

Enfin si, ils savent que j'ai rompu avec Erik et qu'il est *persona non grata* à la maison, que je ne veux pas lui parler même quand il débarque sur le perron. Ils savent également que Logan s'est fait sévèrement casser la gueule par une bande de Texans enragés. Mais ils ignorent que ces deux situations sont liées.

Et ils ne doivent jamais savoir.

Cela signifierait que Logan aurait gagné. Qu'il aurait réussi à ruiner leur relation.

J'arrive au lycée, qui est un champ de mines pour moi en ce moment. D'une, je suis la cible de tous les commérages, étant donné que j'ai froissé l'ego du pauvre petit *quarterback* chéri de la ville. Sans compter que j'ai « foutu la merde » dans l'équipe. Ou que j'ai bien failli me faire sauter, ce qu'Erik et Logan ont visiblement pris un malin plaisir à raconter à tous les autres joueurs. De deux, je n'ai personne à qui me confier, même pas ma Steff. Si je lui parle du pari, alors je devrai parler de Logan. De ce qu'il y a eu entre nous. Comment est-ce que je le pourrais ?

Alors on vit notre vie de paria de Felt High ensemble. Pendant que beaucoup n'ont à la bouche que les Playoffs, pour lesquels les Lions se sont qualifiés et dont ils ont déjà remporté le premier match, on se concentre sur nos trucs de *nerds*. J'écris, elle dessine ses comics. J'ignore Erik et la bande. Steff a fini par comprendre qu'il ne valait mieux pas poser de questions. Elle s'est inquiétée, bien sûr, a imaginé le pire, m'a demandé s'il m'avait forcée à faire quelque chose que je ne voulais pas... J'ai dû la rassurer.

Ne t'en fais pas, Steff, je me suis arrêtée juste à temps.

Avec Erik, du moins. Pas avec Logan. Non. Par lui, je me suis laissé manipuler, tromper. Je me sens salie. Souillée. Et je le cache, dernière la grise mine ordinaire d'une fille qui n'a fait « que » rompre.

– Argh, soupiré-je après le déjeuner. C'est nul, j'ai littérature, déclaré-je d'un ton qui se veut badin.

– Pour une personne qui rêve de devenir écrivaine, tu manques d'enthousiasme, me charrie Steff.

– C'est surtout que je vais encore devoir supporter l'autre con pendant tout le cours.

– Tu parles de Whitford ou de Logan ?

Steff me regarde d'un air espiègle.

– Les deux, mon général.

Je ne crois d'ailleurs pas si bien dire puisque, à la fin du cours, Whitford me retient pour me parler de mon dernier devoir.

– Mademoiselle Pearson, c'est vraiment incroyable. Vous avez une plume remarquable. Discrètement mélancolique, comme celle de la grande Virginia Woolf...

Il fait référence à notre dernier sujet d'imagination en date, dont le thème était bien entendu la culpabilité. Et dans lequel j'ai raconté une histoire d'amour interdit. Si je ne regrettais pas aussi amèrement de m'être approchée dangereusement de la vérité avec ce texte, ou si je n'étais pas aussi déprimée, ses compliments me mettraient sûrement sur un petit nuage.

– Les remords du personnage féminin sont très bien traités et la perversion du personnage masculin est vraiment subtile.

Et puis le thème de l'inceste entre cousins, c'est audacieux ! Il faut absolument soumettre votre nouvelle au journal du lycée.

Je me mets à protester, affolée, même si le prof ne veut rien entendre.

– Ce n'est pas de la modestie, monsieur Whitford. Je vous jure, vraiment pas. Mais ici, c'est le lycée ! Tout le monde va commenter, juger. Je ne me sens pas prête pour ça…

– Izzie, un véritable auteur doit s'exposer !

– En ce cas, je ne suis pas un véritable auteur, rétorqué-je en rougissant jusqu'aux oreilles. Et après tout, c'est bien normal, je n'ai que 18 ans !

En lui arrachant quasiment ma copie des mains, je sors en trombe de la salle. Tanya, que je n'avais pas remarquée, mais qui m'attendait visiblement à côté de la porte, s'élance à ma poursuite.

Pitié. Pas ça. Pas elle. Pas maintenant.

Est-ce qu'elle a entendu ma conversation avec le prof ? L'intrigue de ma nouvelle ?

– Qu'est-ce qu'il te voulait, Whitford ? me demande-t-elle en trottant à mon niveau pendant que je continue d'avancer, obstinément.

– Rien. Il voulait juste parler de ce stupide devoir qu'on avait à faire.

– Tu t'es ramassée ? demande-t-elle en tendant le cou.

Elle aperçoit le A+, me jette un regard interrogatif, mais ne pose pas d'autres questions. C'est l'une des choses que j'apprécie chez Tanya. Sous ses apparences rudes et *badass*, elle fait le plus souvent preuve d'une grande délicatesse. D'une véritable discrétion dont la plupart des filles du lycée sont, hélas, dépourvues.

Ça rend toute cette situation encore plus dure à supporter.

Je l'apprécie sincèrement et, dans un univers où je ne l'aurais pas trahie, tout ça pour finir humiliée par son salaud de petit copain, j'aurais adoré qu'on devienne amies.

Mais je n'en suis pas digne.

Elle n'a aucune idée d'à quel point je suis indigne de sa sympathie alors qu'elle continue à marcher à côté de moi, en silence.

– Tu savais que Logan et moi, on avait rompu ? finit-elle par lâcher.

Je me fige et me retourne vers elle, en panique. Est-ce que c'est vrai ? Et pourquoi est-ce qu'elle me dit ça à moi ?

Est-ce qu'elle est au courant de quelque chose ?

– Vu ta tête, tu ne savais pas, ajoute-t-elle en souriant tristement. J'imagine qu'il n'a même pas ressenti le besoin d'en parler à la maison... Je sais bien que c'est Logan, qu'il n'est pas du genre à se répandre, mais tout de même, un an... On aurait pu croire qu'il en avait un peu plus à foutre que ça de notre relation !

Comme je ne sais pas quoi dire à part qu'elle se trompe, que Logan se fout de tout le monde excepté de lui-même, je ne réponds rien et opine.

– Est-ce que... ? Est-ce qu'il ne t'a vraiment rien dit ? Je sais que vous n'êtes pas proches ou quoi que ce soit, mais je le connais et je sais que même s'il préférerait crever que de le reconnaître, il t'admire. Parce que tu es différente des gens d'ici...

Son ton hésitant et son air triste me mettent au supplice. Je me sens affreusement coupable. Et puis elle fait erreur sur toute la ligne : Logan me méprise, il me l'a bien prouvé.

Ça nous fait un point commun, à Tanya et moi.

Je prends appui sur les casiers et, mes livres et mon devoir serrés contre ma poitrine, lui demande :

– Il t'a dit pourquoi il voulait rompre ?

– C'est si évident que c'est lui qui m'a plaquée ? soupire Tanya en venant s'installer à côté de moi. Visiblement, il y a... quelqu'un d'autre. Il n'a pas voulu me dire qui. Tu as vu quelqu'un venir chez vous, récemment ? Une fille qu'on connaît ?

Mon cœur se met à battre la chamade et je vire cramoisie. Un instant, je pense à Logan, à son air dur et buté chaque jour depuis deux semaines, mais aussi à ses tentatives pour me parler, pour s'expliquer, que j'ai toutes repoussées.

Serait-il possible que je sois... ?

Non, je rêve. Je suis vraiment trop débile de penser ça, ne serait-ce qu'une fraction de seconde. Trop bonne, trop conne.

– Je n'ai vu personne, Tanya, réponds-je, même si je suis convaincue que Logan doit se taper encore une nouvelle nana. Mais quand bien même ce serait le cas, je ne crois pas que je te l'aurais dit…

– Je comprends, me répond la Rally Girl. C'est tout à ton honneur.

Tanya reste immobile et silencieuse. Quant à moi, je me demande si notre discussion est finie. Si je devrais y aller.

– Je ne suis pas aussi idiote que tout le monde le pense, tu sais, ajoute-t-elle pourtant. Je sais qu'il n'a jamais été amoureux de moi, ou de personne. Logan roule pour Logan.

Je souris, un sourire un peu amer à l'idée que Tanya vienne de verbaliser ce que je pense depuis quinze jours. Oui, Logan roule pour Logan. Quitte à écraser les autres.

– Mais c'est justement parce qu'il est égoïste et ne pense qu'à sa gueule qu'il ne m'aurait jamais plaquée pour une fille de passage. Elle doit vraiment être différente, cette nana… réfléchit-elle à voix haute. Bref, s'empresse-t-elle d'ajouter avant de laisser échapper un petit rire. Si jamais tu changes d'avis et que tu veux bien être mon espionne, tu sais où me trouver.

Tanya se décolle du casier sur lequel elle appuyait son dos et commence à s'éloigner, avant de se raviser. Elle se retourne.

– Ou si jamais tu veux juste traîner, venir chez moi regarder la télé, ou aller faire du shopping, contacte-moi.

Je lui souris, tout en me maudissant intérieurement.

Hypocrite. Salope. Hypocrite.

– C'est gentil. J'y penserai.

14

Family. Food. Football[1]

Izzie

Thanksgiving est arrivé en un claquement de doigts. Difficile à concevoir, alors qu'il y a moins d'un mois, je ne mettais même pas de collants sous mes jupes d'écolière. Là, même le Texas a des vagues airs d'automne. Un automne à 20 °C en moyenne.

– Toi qui es habituée à la neige, tu dois passer une drôle de période de fête, remarque mon frère en me prenant sous son bras protecteur alors que nous nous baladons pour que je lui montre la ville.

Jarden est venu avec sa fiancée, Lake, fêter Thanksgiving chez nous. Ce qui est, je le sais, un sacrifice, étant donné son emploi du temps de ministre. Je vois bien comment, depuis son arrivée hier, les gens le dévisagent. À Felt, ils ont rarement croisé quelqu'un d'aussi connu. Jarden serait le président des États-Unis, ils ne le regarderaient pas autrement.

– Tu crois que j'ai bien fait de laisser Lake avec maman ?

– Un jour de Thanksgiving, alors que la dinde n'est pas encore cuite, qu'on n'a pas trouvé de tarte au potiron et qu'il faut faire à manger pour six personnes avant le début du match ? Je ne vois vraiment pas ce qui pourrait mal se passer, ironisé-je.

---

1. Slogan de Thanksgiving aux États-Unis.

Il éclate de rire et décrète que nous allons remédier à cette histoire de tarte au potiron.

– Dussé-je donner tout ce que j'ai.

– Tu veux dire ta *townhouse* à Manhattan, ta résidence secondaire dans les Hamptons, ton entreprise cotée en bourse pour plusieurs milliards… ?

– Pas vraiment, répond-il en tapotant les poches de son jean. Je pensais à tout ce que j'ai *sur moi*. Cinquante dollars, ajoute-t-il en brandissant un billet. Tu crois que ça fera l'affaire ?

– C'est un pot-de-vin tout à fait honorable, Jarden, dis-je en passant mon bras sous le sien. Viens avec moi, je sais qui on peut tenter de soudoyer.

Dix minutes plus tard, nous voici à l'épicerie de Mme Laughton, mais malheureusement tout a déjà été dévalisé. Sarah McInsley, dont la fille fréquente le lycée et qui fait partie du groupe de lecture de ma mère, m'aperçoit de loin, en poussant son chariot.

– Mais c'est Izzie Taylor !

– C'est Izzie Pearson, en réalité, la corrigé-je avec un sourire gêné. Et voici mon grand frère, Jarden.

Mon grand frère ET meilleur ami au monde, à qui je voudrais douloureusement me confier, mais auquel je ne peux rien dire, à savoir que j'ai quasiment couché avec mon demi-frère.

– Eh bien bonjour vous deux ! lance Mme McInsley. Jarden, vous venez en visite ? Karen doit être folle de joie.

– Elle va l'être un peu moins quand elle va se rendre compte que j'ai oublié la tarte au potiron que j'avais promis de rapporter de New York… grimace mon frère.

– Oh non ! Oh, c'est trop dommage ! s'exclame Mme McInsley avec cette emphase chaleureuse typique du Texas. Il n'y en a plus ? Oh, mes pauvres. Vous savez quoi ? Je les prépare toujours à l'avance et les congèle. Il s'avère que j'en ai justement une en trop dans mon freezer.

J'habite à deux pas. Venez avec moi, vous pourrez la rapporter à votre mère !

– Madame McInsley, c'est adorable, mais je ne voudrais pas abuser… commencé-je à protester.

– Abuser ? Mais abuser de quoi puisque c'est moi qui propose ? Allons, ta mère a ses deux enfants auprès d'elle pour Thanksgiving, dans son nouveau foyer. Je sais qu'elle s'en réjouit depuis des semaines et je suis heureuse de contribuer à son bonheur. Suivez-moi !

Quand on ressort de chez elle, une sublime tarte au potiron congelée dans un sac en kraft, Jarden me demande, surpris :

– Tous les gens d'ici sont aussi anormalement *amicaux* ?

– Tu rencontres tous les fléaux possibles dans la région. Le chômage, la pauvreté, la misère, l'ennui, la violence. Mais la seule chose que tu ne trouveras pas, même en creusant, c'est un Texan cynique.

– Ma petite sœur acerbe n'est pas trop malheureuse, par ici ? Ça doit te frustrer, non, de ne pas pouvoir lâcher tes reparties cinglantes à un auditoire capable de te comprendre ?

Je grimace. Sans préciser que non, ce n'est pas le grand cœur des gens de cette ville qui me pèse, mais celui, noir et abject, de Logan Taylor.

– J'ai une très bonne amie, Steff. Elle te plairait. Une *nerd* très cultivée, qui voue une passion immodérée aux cartoons des années quatre-vingt-dix et à la culture MTV.

– Et avec le fils de Baxter, ça se passe comment ?

Je lève la tête vers mon frère, en essayant de déceler ce qu'il sait. Jarden est la personne la plus intelligente que j'ai jamais rencontrée – on ne gagne pas son premier million à 22 ans sans raison. Cela en fait aussi, hélas, la plus intuitive. La plupart du temps, je n'ai rien besoin de lui raconter de mon jardin secret. Il comprend tout, rien qu'en observant. Mais l'impensable ? Je prie de tout cœur pour qu'il ne soit pas capable de l'envisager.

– Logan est un enfoiré, réponds-je sobrement. Observe, tu t'en rendras vite compte.

Non, je ne lui ai pas dit que c'était un monstre. Je ne voulais pas prendre le moindre risque qu'il devine…

Pourtant, mon frère me regarde avec cet air qu'il a quand il essaye de me scanner. Je détourne les yeux, c'est plus prudent.

Quand nous arrivons à la maison, Logan est justement en train de dresser la table, avec un soin tout particulier. Baxter écrase la purée de patates douces pendant que du maïs grille sur le barbecue, dans le jardin. Ma mère et Lake arrosent la dinde de sept kilos. Tout semble sous contrôle. La petite famille parfaite. Cette blague… S'ils savaient ! Mais personne ne sait, et le déjeuner se déroule sans encombre. Lake, qui est artiste, parle de sa future exposition et de ses nouvelles toiles, ce qui fascine complètement Baxter. Moi, je fais l'idiote avec Jarden. On chahute, on sculpte nos purées pour leur donner la forme de Jabba the Hutt. Je lui pique sa farce, il renverse un supplément de sauce aux airelles sur ma tarte alors que je déteste ça. Logan et moi évitons scrupuleusement de nous adresser la parole, ce qui m'arrange encore plus que d'habitude étant donné la présence de Jarden et de ses antennes magiques.

Puis il est seize heures trente et le match commence. Les Dallas Cowboys contre les Redskins de Washington. Dallas joue à domicile, comme le veut la tradition de Thanksgiving. Toute la famille s'affale sur le canapé, devant l'écran géant de Baxter qui trône à côté de la cheminée. Logan atterrit à côté de Lake et commence à lui expliquer les règles du football. L'interminable liste de règles, que même en cinq mois de vie ici je n'ai pas réussi à intégrer. Ma belle-sœur avoue en riant ne rien y comprendre, mais ne rechigne pas contre le plaisir de pousser un bon gros juron de temps à autre devant l'équipe adverse. Moi, je regarde, assise sur une chaise, en déclinant la bière que Baxter m'offre « pour la tradition ».

Pendant la mi-temps, tout le monde bavarde alors que je m'éclipse discrètement pour être un peu seule. Un peu plus loin de Logan, aussi. Le voir se rapprocher avec tellement d'aisance de mon frère et de ma belle-sœur me fait un pincement au cœur. Pourquoi il les accepte, eux, et me déteste, moi ?

Pourquoi a-t-il fallu qu'il veuille faire cette chose immonde, me baiser juste pour m'humilier ? Me séduire juste pour m'empêcher de devenir sa sœur ?

Le cœur lourd, je vide le lave-vaisselle et le remplis, me mets à laver les assiettes et les verres qui ne rentraient pas. Je ne remarque pas tout de suite que Logan me rejoint.

– Ton frère est vraiment différent de ce que j'imaginais, lance ce salaud comme si de rien n'était, en se mettant à essuyer la vaisselle que j'ai posée dans l'égouttoir. D'un autre côté, je ne sais pas exactement ce que j'imaginais. Je n'avais jamais rencontré de milliardaire avant…

Exaspérée, je repose le plat que je frottais dans l'évier, si fort que je manque de le casser.

– Quand est-ce que tu vas arrêter, hein, Logan ? De me ramener constamment à ma différence ? Au fait qu'on n'est pas du même monde ? Que je serai toujours une étrangère ici ? Figure-toi qu'après cinq mois, j'ai fini par comprendre le message, merci. Je ne suis pas demeurée ! Il ne nous reste plus que sept mois à nous supporter, tu sais. Dès que j'ai mon diplôme, je me casse à New York. On se reverra une fois par an à Noël, tu auras eu ce que tu voulais. Alors d'ici là, tu ne peux pas me lâcher ? M'ignorer, comme moi je le fais ?

Le regard de l'insupportable beau gosse, celui que j'ai eu la faiblesse d'embrasser comme jamais je n'avais embrassé avant, par qui j'ai été touchée comme jamais personne ne m'avait touchée, pour qui j'avais commencé à développer des sentiments fous, coupables, mais totalement irrépressibles, s'assombrit.

– Je ne voulais pas t'énerver une fois de plus. Juste te dire que je comprends mieux maintenant pourquoi tu es… toi.

Je ne rebondis même pas, sachant toute la perfidie que contient sans doute ce « toi » lâché négligemment. La perversité de ce type est sans limite, et je l'ai appris à la dure.

Soudain, c'est lui qui arrête d'essuyer, repose une assiette trop fort, fait volte-face.

– Tu crois qu'un jour, tu pourras me pardonner ?

Il me lance un regard à la Logan, clair, limpide, innocent comme l'agneau qui vient de naître. Un regard d'écorché vif – comme si c'était lui qui avait souffert dans l'histoire. Comme si c'était *lui*, la victime. C'est plus fort que moi, j'éclate de rire. Un rire sardonique, mauvais, à la hauteur de l'amertume distillée dans mon cœur à cause de son petit jeu de manipulation.

– Qu'on soit clairs, Logan Taylor : jamais je ne te pardonnerai. Jamais je n'aurai plus aucun autre sentiment pour toi qu'un implacable mépris et un dégoût absolu. Ce que tu as fait, c'était dégueulasse et complètement tordu. Et je n'ai qu'une hâte, quitter cette foutue ville pour m'éloigner le plus possible de l'être répugnant et sans cœur que tu es.

Sa mâchoire se serre alors qu'il repose le torchon, que ses mains se posent à plat sur le plan de travail. Tous ses muscles se tendent, comme sous l'effet d'une colère ivre et aveugle. Il ouvre la bouche pour dire quelque chose, puis renonce. Il se contente de faire demi-tour, de quitter la cuisine. Une seconde plus tard, j'entends la porte d'entrée claquer. Immédiatement, ma mère débarque dans la cuisine.

– Qu'est-ce qui se passe ? Quel genre de drame avez-vous encore inventé, tous les deux ?

– Je ne sais pas, réponds-je en essayant de ne pas montrer que je tremble de tous mes membres. Tu connais Logan…

– Je vous connais tous les deux, ma fille, répond ma mère,

visiblement fâchée. Je sais que l'un comme l'autre, vous passez votre temps à vous provoquer, à vous chercher. Mais je sais aussi que Logan a fait des gros efforts, depuis deux semaines et que toi, tu t'es montrée au mieux froide, quand tu n'étais pas tout bonnement odieuse ! Et pour tout te dire, j'en ai assez de ton attitude, jeune fille !

– Qu'est-ce qui se passe ? demande Baxter en débarquant, alerté par les éclats de voix.

– Logan et Izzie se sont encore disputés et ton fils est parti.

Une expression de tristesse passe sur le visage de Baxter. Il se retourne vers sa future femme et lui demande, avec douceur :

– Karen, est-ce que tu ne voudrais pas nous laisser, Izzie et moi ? Retourne au salon, le match ne va pas tarder à reprendre. Et ramène une bière pour ton fils, il est à sec, ajoute-t-il avec une joie forcée avant de l'embrasser tendrement.

Puis mon beau-père s'approche de moi, prend appui contre l'évier et soupire.

– Izzie… Je sais que Logan n'est pas toujours facile. J'ai vécu en tête à tête avec l'animal pendant près de seize ans. Mais ce week-end est très important pour ta mère. Pendant des années, elle n'a pas pu vous offrir un foyer décent, à Jarden et toi. Ça ne vous a pas empêchés de devenir de jeunes personnes incroyables, se justifie-t-il. Ton frère est heureux, amoureux ; il a trouvé la personne avec qui faire sa vie. Et toi, tu es tellement joyeuse, déterminée, un vrai soutien à la maison. J'apprécie beaucoup tout ce que tu fais pour nous aider, et vivre avec toi est un vrai bonheur. Je sais que ça n'a pas dû être facile de m'accepter, étant donné le décès de ton père… Et crois-moi, jamais je ne chercherai à prendre sa place…

– Je sais, Baxter, le rassuré-je. C'est une des nombreuses choses que j'apprécie chez toi. Tu as toujours… la juste distance. Et je t'en remercie.

Je suis sincère. Je l'apprécie réellement. C'est un homme bon, droit, aimant. Et si Logan est comme il est, ce n'est sûrement pas sa faute à lui.

Comme la musique, le bad boy doit tenir son caractère destructeur de sa mère.

Il me sourit, avant d'oser me demander :

– Ma puce, est-ce que tu voudrais bien faire quelque chose ? Pour ta mère, mais aussi pour ma tête de bois de fils ? Je sais que ce n'est pas évident à percevoir, mais je le connais. Logan, sous ses airs butés, t'aime beaucoup. Je pense qu'il ne sait pas le montrer, car il est clair que tu l'impressionnes. Je doute qu'il ait souvent eu l'occasion de rencontrer, à Felt, des jeunes femmes aussi indépendantes et fougueuses que toi. Tu dois lui paraître une drôle de bestiole, exotique, mais relativement fascinante. Alors j'aimerais que tu ne prennes pas ombrage de l'ânerie qu'il a pu te dire à l'instant, pas aujourd'hui. Et que tu ailles le chercher, que tu le ramènes, pour qu'on passe tous un bon Thanksgiving ensemble. Est-ce que tu ferais ça pour moi ?

« NON ! » ai-je envie de hurler. « Non, tu te trompes, il me hait. Non, je n'irai pas le chercher. Et non, quoi qu'on fasse, ce ne sera jamais un bon Thanksgiving ! On ne sera jamais une famille unie ! Vous n'avez aucune idée de ce qui s'est passé entre nous, de ce qu'il m'a fait ! » Mais, contrairement à Logan, je n'ai aucun plaisir à semer le chaos pour le fun.

– Bax… Je ne sais même pas où il est… me contenté-je de protester.

– Sachant qu'il a laissé sa moto devant la maison et qu'il est parti à pied ? Il a dû se poser au comptoir de chez Ruby pour regarder la fin du match. Tiens, ajoute-t-il, tu peux prendre ma voiture si tu veux.

Je regarde les clefs tendues, sans savoir quoi répondre. Dire non, et devenir la fille qui a ruiné Thanksgiving ? Laisser Logan m'attribuer le mauvais rôle ? Ou alors aller chercher celui qui m'a humiliée, qui s'est servi de moi, qui m'a traitée comme un simple pion dans son petit univers pervers ? Et qui espère, parce que mon silence devient sans doute un peu trop pesant à son goût, que je vais tout oublier ?

Sauf que je n'oublierai pas.

Je haïrai toujours Logan Taylor, quoi qu'il fasse. Il n'y a rien qui changera ça – même si je fais semblant, pour ne pas que tout me retombe dessus. Logan n'est pas le seul capable de dissimuler son jeu.

– C'est d'accord, lancé-je avec un faux air plein de bonne volonté en m'emparant des clefs du pick-up.

Il ne me faut pas cinq minutes pour arriver chez Ruby. Force est de constater que Baxter avait vu juste. Logan est au comptoir, une assiette de frites et déjà deux bouteilles de bière devant lui, accompagnées de petits verres vides. Il ne regarde même pas l'écran. Il déchire tout ce qui lui tombe sous la main. Étiquettes, sous-bocks…

Une parfaite métaphore de ce qu'il est : une machine à broyer.

Seulement, ce n'est plus mon problème. J'ai joué avec le feu, je me suis brûlée… À présent, je suis ignifugée. Je vais me contenter de faire ce qu'on m'a demandé : le ramener. J'avance d'un pas déterminé et me plante à côté de lui. Ce salaud ne me jette pas un regard, reste absorbé par l'étiquette de sa Bud et par le petit verre de whisky quasiment vide posé à côté.

– Tu es assez collante pour quelqu'un qui rêve de t'éloigner le plus rapidement possible de moi.

– C'est les parents qui m'envoient, répliqué-je avec désinvolture, pour qu'il comprenne bien qu'à partir de maintenant, je m'en fous. Ils m'ont mandatée pour négocier la trêve de Thanksgiving. Donc si tu pouvais signer l'accord de paix au plus vite, pour qu'on rentre, ça m'arrangerait.

Ses yeux de chat se posent sur moi et accrochent mon regard.

– C'est quand même bizarre qu'une fille aussi habile avec le langage soit aussi nulle pour s'excuser, me lance-t-il finalement.

Bon, je veux bien m'en foutre, mais il y a des limites.

– M'excuser ? M'excuser ? m'étouffé-je dans ma rage. De quoi ? D'avoir été l'enjeu d'un pari entre Erik et toi ? D'avoir…

Je m'interromps, parano, et jette un coup d'œil autour de nous avant de baisser d'un ton.

– D'avoir failli « tourner » entre vous deux, comme un vulgaire bout de viande ?

– Tu sais quoi, Izzie ? Si tu ne voulais pas « tourner », comme tu dis, il suffisait de ne pas dire à Colton que tu allais coucher avec lui.

Je le regarde, médusée d'abord, puis ivre de colère.

– Pourquoi ? Pour que tu gagnes le pari, c'est ça ? Que tu sois le premier à me…

– À te quoi ? me coupe-t-il d'un air de défi.

– À me baiser, glissé-je entre mes dents pour que personne dans ce bar pourtant quasiment désert ne nous entende.

Logan me regarde, choqué.

– C'est ce que tu crois ? s'emporte-t-il. Que ce qui s'est passé entre nous quand tu m'as suivi après la fête… ça faisait partie du pari ?

– Non, bien sûr, ricané-je. À ce moment-là, tu avais décrété « pouce », c'est évident…

– Arrête, avec ta foutue ironie, Izzie Pearson ! a le culot de s'indigner Logan. Arrête de toujours dire l'inverse de ce que tu penses, de ne jamais être simple et directe. Arrête de m'embrouiller, OK ? J'en ai marre ! Marre de ne pas te comprendre, marre de ne pas te suivre !

– Pauvre Logan… continué-je avec ma « foutue ironie ».

– Tu gâches tout, Izzie, lance-t-il en secouant la tête avant de se remettre à fixer son verre. Tu veux que je te dise ? Je n'ai jamais pris part au pari, OK ? Ce qui s'est passé entre nous n'avait rien à voir. Oui, quand Erik m'a posé des questions sur toi, je lui ai dit de laisser tomber, que tu étais de toute façon vierge et que tu n'avais jamais eu de mec avant. Et oui, il m'a répondu qu'il pariait qu'il pourrait te dépuceler. J'ai serré sa main, sans réfléchir, parce qu'à l'époque tu n'étais rien pour moi, à part l'emmerdeuse qui vidait le ballon d'eau chaude et me regardait de haut. Mais jamais, jamais je n'ai fait partie de cette course à ta virginité, OK ? Ce qui s'est passé entre nous... Oui, c'était tordu, et j'en ai honte. Toute ma vie, je m'en voudrai de cette soirée-là, mais putain Izzie, sur le moment, j'étais sincère. Sur le moment, j'ai cru que...

Il ne finit pas sa phrase. Et moi, je le regarde, sans savoir comment je suis censée réagir. Est-ce que c'est encore un de ses pièges ? Une façon d'endormir ma méfiance pour pouvoir encore une fois mieux me blesser ?

Je ne vais pas être assez débile pour le croire, une fois de plus ?

Merde ! Comment ça se fait que je me pose la question ? C'est quoi, déjà, l'expression ? « Trop bonne, trop conne. » De toute façon, Logan n'attend même pas ma réaction. Il se lève lourdement, comme si le poids du monde lui écrasait les épaules.

– Je vais pisser et on rentre, grogne-t-il. Cette conversation ne sert à rien. Toi et moi, ça ne sert à rien, ajoute-t-il avant de se diriger vers les toilettes.

Tu l'as dit, bouffon.

Alors qu'il pousse la porte des toilettes, je remarque qu'un papier est tombé de sa poche arrière. J'avance pour le ramasser et le lui rendre à son retour... Avant d'avoir soudain une bien meilleure idée. À la place, je m'approche du bocal à allumettes posé sur le comptoir et en sors une pochette, avant de déplier le papier. J'espère qu'il s'agit de quelque chose d'important, un document administratif essentiel à son inscription en fac, par exemple...

Non, c'est encore mieux.

Un texte écrit à la main. De *sa* main. Quelque chose me dit que je viens de trouver un excellent moyen de me foutre de sa gueule… Je commence à parcourir l'écrit, impatiente de voir de quoi il retourne, quand un léger vertige me saisit en lisant ce qui ressemble au titre d'un poème, soigneusement souligné « The Bet[2] ». Ma bouche s'ouvre, mon souffle se bloque, mes doigts qui tiennent le papier deviennent gelés et, en reposant mes allumettes, je commence à lire, le cœur battant. Il s'agit en effet d'un poème, oui. Ou peut-être de paroles de chanson, étant donné la strophe qui revient régulièrement, comme un refrain. Quelque chose qui parle d'un enjeu, de jeux d'enfants, d'une attraction interdite, d'une erreur monumentale. Ma vue se trouble au moment où je déchiffre ce fameux refrain.

« *My whole life has been a bet*
A random foolish game of lust and loss
And baby, when I look at you, it makes me wanna place almost everything I have
But there's one thing I wouldn't have put a penny on
And that's the way I feel about you.[3] »

À la lecture de ces mots, je ne me sens pas bien.

Je reste stupéfaite. Stupéfaite, et bêtement émue. Qu'est-ce que c'est que ça ? Des paroles en l'air ? Une fiction complète ? Un exercice de style vaguement inspiré de notre situation tordue ? Ou l'expression sincère des sentiments de Logan ?

De ses sentiments à propos de moi, de nous ?

---

2. « Le Pari. »
3. « Ma vie entière n'a été qu'un jeu / Un pile ou face idiot entre la luxure et la perte / Et bébé, quand je te regarde, ça me donne envie de miser presque tout ce que j'ai / Mais il y a une chose sur laquelle je n'aurais jamais parié / C'est ce que je ressens pour toi. »

Je n'ai pas le temps de trouver ne serait-ce qu'une ébauche de réponse à cette question. Logan sort des toilettes. Je replie à toute allure le papier avant qu'il lève les yeux dans ma direction puis le lâche par terre. Le sportif s'est passé de l'eau sur le visage. Et je me déteste de le trouver tellement beau. Beau et intense. Beau et tragique.

– On décolle ?

J'opine, sans rien dire, de peur que ma voix trahisse les mille émotions contradictoires qui se bousculent en moi. Les mille bouleversements. Il enfile son blouson, félin, et jette une poignée de billets sur la table.

– À plus tard, Ruby ! lance-t-il à la propriétaire fatiguée qui lit un magazine à l'autre bout du comptoir.

– À plus tard, Logan, répond cette dernière d'un ton distrait. Joyeux Thanksgiving.

Alors que Logan commence à s'éloigner, je l'appelle.

– Attends ! Tu as fait tomber quelque chose.

Il se retourne alors que je désigne la feuille échouée au pied du bar. D'un geste vif, il se baisse et s'en empare, en rougissant légèrement. Ça me déstabilise encore plus de le sentir gêné.

– C'est une recette de cuisine que j'ai demandée à Ruby, déclare-t-il à toute allure. Elle fait les meilleurs *ribs* du comté. Merci, ajoute-t-il en scrutant mon visage pour essayer d'y lire quelque chose.

Un aveu. Une trace de ce que je sais ou non.

– De rien, réponds-je d'une voix mécanique.

Le retour se fait en silence, sans musique, sans souffle presque, et heureusement que nous sommes juste à côté de la maison parce que la proximité de Logan m'est presque insupportable. Douloureuse. J'ai envie de le secouer, de le gifler, de l'interroger, de l'embrasser, tout ça à la fois. Qu'il m'explique pourquoi il a écrit ces mots-là. S'il les pense. Ou si c'est juste une nouvelle façon de se donner le beau rôle. Mais sans que je n'ose rien dire, le beau gosse descend de la voiture et nous franchissons ensemble le seuil de notre maison. Pour retrouver notre famille qui nous attend et pousse des exclamations ravies, alors qu'on arrive à temps pour le dernier quart de jeu.

– Venez vite ! Dallas est mené de deux points, mais ils peuvent encore remporter la victoire, nous assure Baxter.

Nous obtempérons en silence. Et reprenons le rôle que nous connaissons le mieux : celui d'un frère et d'une sœur indifférents l'un à l'autre.

***

L'après-midi se termine et la nuit tombe comme une chape de plomb sur mes mille questions sans réponses. Nous dînons, rions et, de l'extérieur, nous avons l'air de la famille américaine typique. Solidaire, joyeuse, chaleureuse. Jarden et Lake, avec leur vie hors norme, apportent une touche d'excentricité. Moi, je suis celle qui fait des blagues cassantes et qui arrache des rires un peu choqués, mais ravis, à ma mère et Baxter. Quant à Logan, il parle souvent avec Lake, à voix basse. J'ignore de quoi, mais je sais que ma future belle-sœur a l'air de vraiment l'apprécier. Puis, une fois les restes mangés, la cuisine rangée, tout le monde va se coucher. Logan a prêté sa chambre à mon frère et Lake pour le week-end, il s'est installé dans la caravane du jardin. C'était même à mes yeux la meilleure nouvelle du week-end, plus encore que la venue de mon frère adoré… Mais je me sens tellement perdue, depuis ce texte que j'ai lu, que maintenant, l'éloignement de Logan m'oppresse. Alors que j'escorte le couple vers leur quartier, mon frangin pousse un sifflement admiratif. Je comprends que ce sont les affiches de musiciens qui l'interpellent.

– Pointu, ce Logan, remarque Jarden.

– Ah bon ? demandé-je en essayant d'avoir l'air de m'en foutre.

Alors qu'en fait, pas du tout. Sentir de la part de Jarden

une pointe d'admiration pour ce sale con qui m'obsède depuis des semaines me fait inexplicablement plaisir.

– Pointu et légèrement anachronique. Neil Young, Kurt Cobain…

– Les années soixante-dix et quatre-vingt-dix, indubitablement les deux meilleures décennies musicales, déclare Logan en faisant irruption.

J'entends d'abord sa voix, me retourne, le regarde. Nos yeux s'accrochent, une fraction de seconde, avant qu'il baisse la tête et avance de deux pas.

– Pardon, j'avais oublié…

Il ne termine pas sa phrase, mais attrape le bouquin posé sur sa table de chevet, qu'il secoue dans les airs avec un air d'excuse. En voyant la couverture, mon cœur fait un bond.

La Cloche de détresse. Sylvia Plath.

Ce que je lisais au lac le jour où nous nous sommes embrassés pour la première fois.

– Je suis un peu insomniaque, se justifie-t-il en passant nerveusement la main dans ses cheveux souples. J'ai découvert récemment que quelques chapitres le soir, ça m'aide à me calmer.

Jarden le fixe, puis ses yeux se posent sur moi, et je me sens devenir rouge comme une pivoine.

– Je vois… lance mon frère en plissant les yeux.

Mon vrai frère. Celui qui me connaît. Celui qui a mon sang. Celui qui ne m'embrasse pas.

Celui dont je ne rêve pas la nuit.

– Bon, je vous laisse, déclaré-je à la hâte. Bonne nuit, les citadins. Bonne nuit, Logan.

Puis je sors de la chambre en évitant tous les regards et traverse le palier à toute allure pour aller me cacher sous ma couette. Le seul souci ? C'est que deux heures plus tard, le sommeil est aux abonnés absents. À la place des bras de Morphée, je me vautre dans un monticule de questions désorganisées. D'interrogations coupables. Chaque détail de la journée, de ces dernières semaines, des paroles de Logan, tourne en boucle, avec la mécanique obsessionnelle d'un Rubik's Cube. Mon réveil indique une heure. Il indique deux heures, il indique deux heures trente. Je me lève, soulève les lamelles de mes stores, constate que la lumière de la caravane est encore allumée.

– Qu'est-ce que je fous ? marmonné-je comme pour moi-même au moment où j'enfile mes ballerines.

Au moment où je m'enroule dans mon gros gilet en laine. Avant de quitter ma chambre sur la pointe des pieds, de descendre les escaliers précautionneusement, puis de sortir par la porte de derrière pour aller rejoindre Logan.

Qu'est-ce que je fous ?

Je n'en ai encore absolument aucune idée au moment où je frappe trois coups brefs. Tout comme Logan n'a visiblement aucune idée de pourquoi je me tiens sur son seuil, au beau milieu de la nuit. Pourtant, il ne pose aucune question et se décale pour me laisser passer. Je frôle son corps tatoué, bien trop viril pour son âge. Logan est torse nu, dans un short aux couleurs des Lions. Je me demande fugitivement s'il porte quelque chose en dessous. Puis je commence à mentalement m'agonir d'injures. Pourquoi faut-il que la vision de ses abdominaux parfaits, incroyablement sexy, me transforme en nymphomane de premier ordre ?

– Tu faisais quoi ? Tu bouquinais ? demandé-je maladroitement en me postant face à lui.

– Non, répond-il, penaud, en s'adossant au mur. J'ai un peu du mal avec les phrases, ce soir. Je les lis sans les comprendre…

Non, je ne suis pas venue ici pour confronter nos impressions de lecture. Un peu de courage, merde !

– Tu étais sincère, tout à l'heure, au bar ? demandé-je en me jetant à l'eau. Tu n'as jamais eu l'intention de… participer ? Au pari ?

– Est-ce que ça change quelque chose ? me demande

Logan d'un air sombre.

Et pourtant, dans son ton, je décèle une lueur d'espoir. Celle qui, oui, change effectivement quelque chose.

– C'était dégueulasse quand même, renchérit-il, visiblement décidé à s'excuser. De dire à Erik que tu étais vierge, de rentrer dans son jeu, de ne pas t'avertir quand il a commencé à te tourner autour. J'ai été dégueulasse avec toi, Pearson. D'entrée de jeu. Et le pire, c'est que je ne sais même pas pourquoi, ajoute-t-il en se laissant tomber sur le lit escamotable qu'il a déplié.

– Moi non plus, je ne sais pas pourquoi tu ne m'aimes pas, Logan, déclaré-je tristement en regardant la pointe de mes chaussures, les bras croisés.

Je rougis instantanément au double sens de ma phrase et lève vers lui des yeux paniqués. Quand nos regards se croisent, il rougit.

– Ce n'est pas que je ne t'aim… que je ne t'apprécie pas, se reprend-il en évacuant le verbe trop glissant. C'est juste que je suis con. Un petit con *insecure* qui n'a jamais lu un bouquin de sa vie, qui passe son temps à taper dans un ballon, à se bourrer la gueule. Qui n'a jamais rien vu et rien vécu d'autre que le Texas alors que toi, à seulement 18 ans, tu as déjà fait tellement de trucs… Peut-être que, comme un gamin, j'étais jaloux.

– « Étais » ? répété-je avec une petite voix. Ça veut dire que tu ne l'es plus ?

– Ça veut dire que je n'ai plus la force de l'être, Izzie, m'avoue-t-il avec un accent de sincérité qui me procure des frissons. Je n'ai plus la force de te combattre tout le temps.

Le cœur battant, j'attends et je redoute à la fois la suite.

– Tu me plais, Isobel Katharina Pearson, me lance Logan de sa voix profonde tout en se détournant, en passant nerveusement sa main dans les cheveux. Tu me plais tellement que c'est une torture. Je n'ai même pas besoin de te voir, juste de te savoir pas loin. De sentir ton odeur dans la maison. Et ça me coupe le souffle, ça me prend la tête, ça me fait…

Sans le laisser en dire plus, je me penche et presse ma bouche contre la sienne. C'est un geste spontané, irréfléchi. Effrayant. Vertigineux. Défendu et délicieux. Nos lèvres jointes éteignent toute protestation, et Logan passe sa main à l'arrière de ma nuque pour m'attirer contre lui, contre son corps chaud. Nos baisers se font de plus en plus intenses, d'autant que s'y mêlent mille paroles qui enfin se libèrent.

– Il faut que tu saches… haleté-je. Si j'ai dit à Erik que je voulais coucher avec lui, si j'ai été prête à aller jusqu'au bout… c'était pour me protéger de toi. De cette nuit-là. Avant toi, jamais je n'avais… fait ce genre de choses. Et ça m'a fait peur.

– Tu n'as qu'un mot à dire, soupire Logan en m'embrassant de plus belle. Rien qu'un mot, et je dégage. J'irai dormir dans le garage, dans le salon, avec ton frère et Lake s'il le faut.

– Je t'interdis de m'abandonner cette nuit, Logan Taylor, protesté-je en mordant sa lèvre. Pas après m'avoir dit des choses aussi belles.

– C'est toi qui es belle, Izzie Pearson, grogne-t-il contre ma bouche. Tu es belle quand tu me donnes des ordres. Tu es belle quand tu es déterminée. Tu es belle quand tu ne sais plus où te foutre. Tu es belle quand tu rougis. Tu es aussi belle quand tu es en colère. Quand tu te la pètes. Quand tu m'envoies chier. Ou quand tu jouis.

Ses mots me font l'effet d'une déflagration. Un incendie dans mes reins. Sans que je sache qui mène la danse, ou même si un de nous deux la mène, nos corps enlacés pivotent, roulent sur le matelas, sans que nos baisers enragés s'interrompent. Quand Logan bascule sur moi, je sens son érection frotter contre mon ventre, contre mon sexe, et achever d'allumer mon désir pourtant déjà impérieux. Je me mets à frémir de plaisir, à haleter contre lui.

– J'ai bien cru que tu ne me pardonnerais jamais, lâche-t-il d'une voix haletante.

– Et moi, j'ai vraiment cru que je ne pourrais jamais te pardonner…

Mais Logan soudain se détache de moi, me regarde, en appui sur ses bras. Puis il détourne la tête, plaque sa bouche sur son bras et y étouffe un cri de rage.

– Il ne faut pas qu'on fasse ça, Izzie. On va encore tout gâcher. Ça va être comme la dernière fois, tu vas me haïr…

– Qu'est-ce que tu racontes ? demandé-je, stupéfaite, alors qu'il se relève de la banquette pliable qui lui sert de lit.

– Ce n'est pas seulement le pari, le souci, Izz' ! plaide-t-il avec ferveur. Ce regard que tu avais, après, dans les escaliers… Tu as regretté, je l'ai vu. Plus que regretté, même.

– Et pas toi ?

Il détourne le regard. Il est si beau, en cet instant, torse nu, avec ses mèches souples qui ombrent son visage parfait.

– Non… avoue-t-il dans un murmure. J'aurais voulu regretter, mais je n'y suis pas arrivé.

Il pose sur moi son regard argenté, si particulier, si intense.

– Je sais que je ne suis pas celui que tu veux, Izzie Pearson. Je ne suis pas le garçon qu'il te faut, celui qui t'aimera et t'offrira son blouson de l'équipe et t'accompagnera au bal de promo. Celui avec qui tu pourras te montrer au grand jour, que tu pourras présenter officiellement à ton frère. Je ne te rendrai pas heureuse. Et je sais que ce que tu veux, plus que tout, c'est le bonheur, Izzie. Le tien. Celui des autres.

– Ce que je veux, 13, lancé-je d'une voix douce et émue, c'est toi. Juste là, juste pour une nuit. Toi. Est-ce qu'on ne pourrait pas faire semblant, pendant quelques heures ?

– Semblant de quoi ? me demande Logan avec un regard désemparé en retenant en arrière ses cheveux bruns.

– Semblant que je ne suis pas Pearson. Que tu n'es pas Taylor. Que nos parents ne sont pas fiancés. Que je ne suis pas une vierge empotée. Qu'on est seuls au monde. Qu'on a le droit.

Je tends ma main vers lui, pour qu'il me rejoigne. Il ne la prend pas, pas tout de suite, et pendant une fraction de seconde, j'ai peur qu'il reste planté là, sans revenir, sans me toucher… Mais il l'attrape finalement, se laisse attirer sur le lit, et nos baisers reprennent. Des baisers sensuels, lents, débarrassés de l'urgence. Face à face, enlacés, mes jambes pliées passées au-dessus des siennes, je découvre une nouvelle fois son corps, la texture et la chaleur de sa peau, la douceur de ses cheveux, le volume de ses muscles. Je découvre une nouvelle fois son odeur boisée, vénéneuse. Rien que de le humer, de le sentir si près de moi, j'ai terriblement envie de plus. C'est animal. Un sentiment que je ne connaissais pas avant lui, mais qu'il m'est impossible d'ignorer quand je suis dans ses bras. Je voudrais que chaque parcelle de nos peaux s'effleure, communie, se touche. Mais, bien que je sente pointer contre moi le sexe sûr de Logan, je perçois chez lui une retenue qu'il ne possédait pas la dernière fois. Je remarque une façon de me toucher, certes pas timide ou distante, mais volontairement chaste. Cette marque de respect me touche autant qu'elle me frustre. Je ne veux pas qu'il ait peur. Ce n'est pas comme la dernière fois. Ça ne me tombe pas dessus sans que j'y aie réfléchi. Cette fois, je sais. Nous avons une nuit et une seule, je ne veux pas en perdre une miette.

– Où est-ce que tu vas ? me demande-t-il, anxieux, alors que je me dégage de ses bras et me lève.

Mais je ne vais nulle part. Je me poste simplement face à lui pour lui faire comprendre ce que je n'ose pas dire. Avec lenteur, j'enlève mon tee-shirt gris informe. Les yeux de Logan s'écarquillent en se posant sur mes seins. La façon dont il balaye mon corps de son regard est comme une caresse.

Il me semble presque sentir ses cils courir sur ma peau. En soupirant de désir, je dénoue le lien qui maintient mon pantalon de pyjama sur mes hanches. Il tombe à mes pieds. Je suis nue, devant lui, et démunie.

Mais résolue.

Je pose un genou sur le matelas, puis l'autre, pour le rejoindre. Il m'attire à lui, m'enlace, pivote légèrement sur le côté. Il me serre plus fort. Il me fait me sentir protégée, et aimée. Désirée également, alors que je sens son érection contre mon ventre. Ses bras tatoués me font perdre le nord. Je les caresse tout en l'embrassant sauvagement. À moins que ce ne soit lui qui m'embrasse sauvagement.

– Tu es certaine que tu es prête ? demande-t-il à voix basse.

Pour toute réponse, je porte sa main à mon sexe. Pour qu'il sente. Je suis mouillée, chaude, ouverte. Ses yeux s'écarquillent en découvrant ma moiteur, et ses doigts s'aventurent, me laissant terrassée. Instantanément, je commence à gémir. Je me cloue sur le matelas, cuisses ouvertes, pour lui laisser l'accès. Penché sur moi, Logan caresse de son pouce mon clitoris, avant d'enfoncer un doigt dans mon sexe. Lorsqu'il fait tourner son index en moi, je dois me mordre la lèvre pour ne pas rugir de plaisir. Quand il ajoute un deuxième doigt, ma tête devient légère, parcourue de bulles qui éclatent dans mon crâne. Tout mon corps réagit, en se secouant, en se cambrant, en tremblant. Mes mains ne savent plus ce qu'elles font. Elles passent des draps à ses cheveux, à ses épaules, elles serrent tout ce qu'elles trouvent.

– Comment est-ce que tu peux imaginer un instant que je ne suis pas prête ? lui demandé-je, au supplice.

– Je dois t'avouer que j'ai de moins en moins de doutes sur la question, me répond-il d'une voix altérée par le désir.

Il bondit sur ses pieds pour aller chercher son portefeuille, abandonné sur une tablette. Il en sort l'étui doré d'un préservatif. J'en profite pour admirer son corps racé, masculin. Ses fesses rondes à croquer, son dos structuré, ses épaules larges. Puis, quand il fait volte-face, ses pectoraux puissants. Ses abdominaux dessinés. Son tatouage tribal, incroyablement sexy. Sa ceinture d'Apollon, irrésistiblement tentante... Et son sexe, dressé pour moi. Large. Imposant. Sur lequel il déroule la capote avant de me rejoindre. Je me sens attirée, impressionnée, intimidée. J'ai un moment peur de ne pas savoir quoi faire de son corps complètement nu, comment le toucher... Mais cette angoisse s'envole bien vite. Sur le lit, nos bouches se percutent, nos langues s'enroulent, nos peaux s'épousent. Nos mains se joignent et se serrent, désespérées. Les siennes empoignent ensuite mes seins, mon sexe, ma nuque, quand les miennes griffent son dos, malaxent ses épaules, tirent ses cheveux. Nos hanches se percutent. Et puis soudain, je la sens, cette masculinité, à l'entrée de mon sexe. Elle a naturellement trouvé sa place. Lentement, elle s'enfonce, pendant quelques centimètres. Mes yeux s'écarquillent tant la sensation est étonnante. Mais, découvré-je, agréablement surprise, pas douloureuse.

Du moins, pas encore.

Parce que quand Logan pousse avec ses hanches, je sens une déchirure en moi. Puis une douleur, qui irradie dans le bas de mon dos. Je pousse un petit cri et plante mes dents dans l'épaule musclée de Logan.

– Chut... Chut... me rassure-t-il. Ne bouge pas. Ça va passer...

Sa main est posée sur le haut de ma cuisse, dans un geste rassurant. Nous restons immobiles, comme des statues, emboîtés néanmoins. Blotti au creux de moi, Logan frotte son nez dans mon cou et me hume. Je sens son cœur cogner fort dans sa cage thoracique pendant que la douleur se dissipe, que mon corps se détend et accepte le sien. De légers spasmes serrent mon ventre, je me sens trembler autour de lui – autour de son sexe, doux et dur, profondément logé dans mon intimité. Logan reçoit ce geste pour ce qu'il est : une invitation, un appel. Lentement, tendrement, il commence à me faire l'amour.

Dès la première poussée, je suis terrassée de plaisir. D'ivresse, à la sensation de ce corps de grand fauve, bougeant à la fois – comment est-ce même possible – *sur* moi et *en* moi. Logan est doux. Sûr de lui, mais doux. Nos bouches se frôlent, puis la pointe de nos nez fait de même, accompagnant le va-et-vient qui se met en place. Ses hanches. Mes hanches. Qui bougent, tel un balancier. J'ignorais que deux corps pouvaient s'imbriquer aussi parfaitement. Trouver aussi facilement leur rythme. Produire tellement d'électricité. Et pourtant, entre mes jambes, ça crépite alors que je halète, que Logan soupire, que je gémis, qu'il grogne. Mes mains se posent sur ses fesses musclées et poussent pour accompagner le mouvement. Je cherche l'air. Non, en fait je me fous de respirer, à part si c'est pour le sentir, lui. Et je le sens, partout. Dans mon sexe, dans mes reins, sur ma peau. Tout est évident – intense, mais évident. Sa peau dorée, ses mains sur ma poitrine, le bas de son ventre qui frotte mon sexe et allume un peu plus l'incendie en moi. Ses dents qui mordillent mon lobe. Ses fessiers qui se contractent sous mes paumes. Son souffle, au creux de mon oreille. C'est fort, si fort, ce corps tendu sur le mien. Ce corps qui me remplit. Qui trouve la réponse à chaque désir qui me submerge. Je sens ce qui se lève en moi, inexorablement. Car maintenant, je connais cette sensation de l'orgasme. Je la connais et elle ne me fait pas peur. Au contraire, je la désire plus que tout. En bougeant sous lui, j'intensifie le rythme de notre étreinte. Logan s'enfonce de plus en plus profondément, en haletant de plus en plus fort. Mes yeux chavirent. Je m'entends appeler son prénom alors que le plaisir me terrasse. Des vagues que je reconnais me saisissent, font de moi leur jouet. Mes cuisses s'écartent, mon bassin bascule à la rencontre de celui de Logan. C'est si bon… J’ai l’impression que je pourrais mourir d’extase. J’ai la tête qui tourne, le corps en feu, les reins creusés. J’ai la bouche ouverte, muette de stupeur et de plaisir. Tout s’écartèle en moi, et un courant violent m’emporte, sans que je puisse retenir mes cris. J’ai l’impression que toute la tension accumulée par des semaines et des semaines d’attente, de doutes, de rage, de désarroi, de colère, se dénoue. Se libère. Coule hors de moi et me délivre. Je n’ai jamais rien connu d’aussi bon…

– Logan…

Je continue de jouir en le sentant s’arc-bouter une ultime fois, puis se rompre à son tour. En appelant lui aussi mon prénom. En attrapant mes mains pour nouer ses doigts aux miens. Comme s’il voulait que nous ne fassions qu’un. Comme s’il voulait ne jamais me laisser partir, plus jamais.

15

La lettre écarlate

Logan

Je me réveille contre un corps chaud et incroyablement doux, le nez enfoui dans une abondante chevelure à l'odeur de fleur d'oranger. Un corps blotti contre le mien, confortablement endormi dans mes bras, alors qu'une tête blonde repose sur mon torse. Je me redresse, en catastrophe, en réalisant qui est la propriétaire de toutes ces frisettes qui me chatouillent le nez.

– Qu'est-ce qui se passe ? me demande Izzie en se réveillant à son tour. Logan, est-ce que tout va bien ?

Je suis incapable de répondre. J'ai envie de hurler.

Qu'est-ce qu'on vient de faire ?

Putain, j'arrive pas à y croire… Izzie et moi, on a couché ensemble. Je lui ai pris sa virginité. Alors que toute la famille – la mienne, la sienne – dort à deux pas. Et en plus j'ai été assez con pour m'endormir ?

Heureusement, il fait encore nuit.

Depuis l'accident, je dors mal, à peine, et surtout je mets toujours des plombes à trouver le sommeil. Les pétards, l'alcool et la baise n'y changent rien. Pas même le sport. Normalement, je tourne comme un lion en cage, Tanya ou une autre étendue à côté de moi.

Là, j'ai dormi comme un bébé.

Je ne m'en suis même pas rendu compte. J'embrassais son

dos, ses épaules, émerveillé, et d'un coup… rideau.

– Il faut que tu partes, Izzie. Les parents vont bientôt se réveiller. S'ils te trouvent ici…

Je n'ai pas besoin d'en dire plus. Elle comprend aussi bien que moi les enjeux. Elle opine, se lève. Je ne peux pas m'empêcher d'admirer son corps nu pendant qu'elle renfile son pyjama hideux. Même avec, elle reste sexy.

Même triste, elle reste sexy.

Parce que c'est ce qu'elle est. Triste. Et je la comprends, putain. C'est déjà nul d'avoir donné sa virginité à un gros con comme moi, qui saute tout ce qui bouge. C'est encore plus nul de devoir dégager avant le lever du jour comme une malpropre…

Mais là, c'est pire que tout.

Ce qu'on vient de faire… Si jamais ça venait à se savoir, nos parents ne nous le pardonneraient jamais. Elle le sait, je le sais. Et c'est ce qui explique les larmes au ras de ses cils.

Je ne devrais rien dire, pas la consoler, pas la retenir. Et pourtant, c'est ce que je fais. Je l'attrape par le poignet, l'attire à moi. Elle retombe sur le matelas et je prends son beau visage en forme de cœur entre mes mains, comme si c'était la chose la plus précieuse au monde. Ce qui est sans doute le cas.

– Je voudrais t'embrasser, Pearson. Je voudrais t'embrasser et te dire de rester, mais je ne le ferai pas. Tu comprends pourquoi, pas vrai ?

Elle opine, mélancolique.

– Je suis désolé, ajouté-je. Je savais que tu regretterais. Je le savais, et pourtant j'ai craqué. Je n'aurais pas dû, je m'en veux tellement…

– Tu penses que je regrette ? me demande-t-elle, choquée, en se dégageant. Fait chier, Logan ! De tous les trucs idiots que tu as pu me balancer dans ta vie, celui-là est vraiment le plus con !

Elle bondit sur ses pieds. Je la rattrape juste à temps

avant qu'elle ouvre la porte de la caravane, l'enlace, la plaque contre le mur.

– Qu'est-ce qui se passe ? demandé-je, affolé. Qu'est-ce que j'ai dit ? Qu'est-ce que j'ai fait ?

– Tu ne me vois pas, Logan ! Voilà ce qui se passe ! Si tu ne saisis pas que j'étais sûre de moi quand je t'ai demandé de me faire l'amour, si tu ne sais pas que je ne suis pas comme toutes ces dindes béates devant toi, c'est que tu n'as rien compris ! Je vis avec toi, je te signale. Depuis des mois ! Je te connais ! Et c'est peut-être tordu, mais ce que j'éprouve pour toi…

Elle s'interrompt, se mord la lèvre, à la fois furieuse et bouleversée.

– Je pensais que tu savais que ce qui s'est passé entre nous, je le voulais, Logan. Et voilà que je découvre qu'à tes yeux, je ne suis qu'une prise de guerre. Une cruche de plus que tu as convaincue de…

– Eh ! lui intimé-je en prenant de nouveau son visage, en cherchant ses yeux. Je ne pense pas ça. Je sais bien que tu n'es pas comme les autres. Qu'est-ce que tu crois ? C'est bien ça le problème, Pearson, ajouté-je d'une voix incertaine et voilée.

Je suis déchiré. Je n'ai pas envie qu'elle parte. Mais je sais qu'il le faut.

Ce ne serait pas aussi terrible, ce ne serait pas aussi dur, si je me disais que je la retrouverais bientôt.

Mais ce n'est pas le cas. Ce qui s'est passé cette nuit ne peut jamais se reproduire. Je vais la voir, tous les jours, la désirer comme un malade, désirer lui parler, la faire sortir de ses gonds, l'embrasser pour me faire pardonner, et je ne vais pas pouvoir.

– Tu vas me haïr ? lui demandé-je. Quand tu auras franchi cette porte ?

Elle éclate d'un petit rire, qui pourrait tout aussi bien être un sanglot, et essuie son nez qui commence à rougir comme si elle allait pleurer.

– Je te haïssais déjà, Logan Taylor.

Je ris parce que c'est drôle. Mais c'est triste, aussi. Je l'attire à moi et lui donne un dernier baiser. Urgent. Passionné. Interdit.

– File, murmuré-je quand nos lèvres se détachent. Avant que ce soit trop difficile.

Je déteste m'entendre lui mentir. Et pourtant, ce que je viens de dire est un mensonge. Ce qu'il y a entre nous, c'est *déjà* trop difficile.

***

Une semaine passe, bouchée comme un ciel d'orage. Je n'ai pas quitté la caravane après le départ de Jarden et Lake. J'ai prétexté l'envie – pas tout à fait fausse – de me remettre sérieusement à la guitare et de faire du raffut. J'ai déménagé le strict nécessaire. Et je me suis arrangé pour être pris tous les soirs, pour rentrer après dîner et filer directement dans ma tanière.

Je me suis arrangé pour ne pas la croiser.

Pas seulement parce que j'avais peur de craquer. Mais parce que je craignais qu'en nous voyant ensemble, les gens devinent. Mon père. Karen. J'ai l'impression que j'ai son prénom écrit partout sur le visage. Le prénom le plus tarte du monde. Isobel… Et que, pourtant, je me suis mis à me répéter souvent, comme un mantra, un trésor.

Elle aussi fait tout pour m'éviter, et je suppose qu'on a de la chance d'être dans un bahut aussi imposant. C'est facile de ne pas se croiser – excepté pendant les cours de littérature, que j'ai religieusement séchés. J'ai assumé le savon passé par Karen. Sans la laisser se douter d'à quel point c'est aussi pour elle que je fais ça.

Mardi midi, en me planquant sous les gradins pour fumer et éviter le réfectoire où je sais qu'Izzie se trouve, j'entends un groupe de Rally Girls cracher sur elle. Comme quoi elle fait des drames pour rien, qu'à cause d'elle, c'est tendu entre

Erik et moi. Tendu ? Le mot est faible. Le *quarterback* et moi, on ne se parle plus. Plus depuis la fois où il a collé une droite supplémentaire à mon visage tuméfié, à la sortie du bahut, le lendemain d'Halloween, en clamant que je lui avais fait foirer son plan. Que j'étais un connard aigri. Que de toute façon, il allait récupérer Izzie. Qu'il tenait à elle et que, pari ou pas pari, elle était à lui. Je n'ai pas répondu, en prétextant auprès des autres que c'était pour l'équipe. La vérité, c'est que je l'aurais tué. C'était déjà insupportable de le voir sortir avec Izzie. Mais clamer qu'elle était à lui, qu'il la récupérerait, qu'il avait des sentiments ?

Cet abruti en a peut-être développé, mais il ne ressent sûrement pas le quart de ce que j'éprouve pour elle. Parce qu'il ne la connaît pas comme moi je la connais.

Il ne l'a pas regardée se déshabiller, rougir en dévoilant son corps. Il ne l'a pas tenue, n'a pas senti la douceur de sa peau. Il n'a pas murmuré avec elle, la nuit, dans la pénombre. N'a pas entendu sa voix sexy, un peu éraillée, lui dire qu'elle le veut. Il ne sait pas la façon dont ses yeux chavirent quand elle jouit. À quel point c'est bon, chaud, doux, d'être en elle. Il ignore la façon dont elle bouge, dont elle mord, dont elle gémit de plaisir. Il ne sait pas ce que c'est que de vouloir lui faire du bien. Il ne sait pas ce que c'est que de la laisser partir parce que c'est mieux comme ça.

Il ne sait pas ce que c'est que de vouloir la défendre, à tout prix.

– Alors, les vipères, on s'éclate ? demandé-je en me hissant sur les gradins pour surgir par-derrière. On est jalouses, peut-être ?

Les filles, parmi lesquelles Sydney, rougissent, s'excusent, assurent qu'elles ne voulaient pas dire du mal de ma « famille »... Je les toise d'un air plein de mépris.

– Barrez-vous de mes gradins. Et ne vous avisez pas de recommencer à parler comme ça d'Izzie si vous ne voulez pas dégager de l'équipe.

Elles rassemblent leurs affaires et se cassent, paniquées, en réitérant leurs excuses de merde. Une fois arrivées en bas, elles croisent Tanya, mais n'osent même pas lui dire bonjour.

– Eh ben, lance Tanya en grimpant à son tour. On est de bonne humeur, à ce que je vois.

Mon ex se pose à côté de moi, une pomme à la main. C'est souvent son menu, quand sa mère oublie de lui filer de la thune pour déjeuner.

– C'est tout ce que tu vas avaler ? demandé-je en guise de réponse.

– C'est bon pour la ligne.

– Putain, Tanny, réponds-je en secouant la tête. Je sais qu'on a rompu toi et moi, et qu'on ne s'est pas parlé depuis longtemps, mais merde, tu le sais. Quand tu as besoin de fric, tu viens me voir.

– Encore faut-il te trouver, 13, me fait-elle remarquer avec justesse. Ce qui est devenu difficile, ces derniers temps.

Je soupire, me pose à côté d'elle, sors mon portefeuille de la poche arrière de mon jean et dégaine cinquante dollars.

– Je te préviens, je ne veux rien entendre. Il faut que tu manges.

– Je n'en veux pas, de ton fric.

– Je sais, clôturé-je la discussion en fourrant le billet dans la poche avant de son sac.

Tanya ne proteste pas plus, elle sait que ce n'est pas la peine. On reste un moment côte à côte, sans savoir de quoi se parler. Même si, au fond, j'ai une idée…

– Tu peux me dire ce qui se trame entre les Rally Girls et Izzie ?

– Tu es sérieux, là ?

– J'avais l'air de plaisanter, quand j'ai envoyé chier Syd et sa petite cour ?

Tanya lève les yeux au ciel.

– Bon sang, ce que vous pouvez être aveugles, les mecs…

C'est seulement maintenant que tu réalises que quelque chose se passe ? Ça fait quasiment un mois que c'est comme ça, Logan !

– Comme quoi ? demandé-je sans comprendre.

– Les *cheerleaders* et les Rally Girls qui crachent sur elle à cause de ton embrouille avec Erik. Les mecs qui lui tournent autour, étant donné que tout le monde sait qu'elle a bien failli coucher.

– Et alors ? me braqué-je. Qu'est-ce que ça peut bien leur foutre ?

– Putain, mais tu le fais exprès ou quoi ? s'agace mon ex. Tu vis dans cette ville depuis combien de temps ? Tu sais comment ils sont, ici ! Tu sais bien comment ils sont, avec les filles qui disent « oui » à un joueur. Et tu sais qu'ils sont encore pires avec celles qui leur disent « non » !

Je réfléchis à toute allure à ce qu'elle est en train de me dire. J'ai tellement les boules, putain, et je me sens tellement coupable, que je me décide en un instant à faire ce que je me retiens de faire depuis une semaine. Je me lève, dévale les gradins, en ignorant les appels de Tanya.

– Logan ? Où est-ce que tu vas ? 13, putain, qu'est-ce qui te prend ?

Les poings serrés, je traverse la piste de course, entre dans le bâtiment principal, trace jusqu'au réfectoire. Lorsque je passe la porte battante, les poings serrés, les tables alentour s'interrompent et me jettent un regard que je calcule à peine. Je sais où je vais. J'avance vers la table d'Izzie, qui me tourne le dos et ne remarque pas tout de suite l'air intrigué de Steff. Je pose mes fesses sur le banc, à côté de la meilleure amie d'Izzie, et d'un mouvement de hanche lui intime de se pousser.

– Pourquoi est-ce que tu ne m'as rien dit ? aboyé-je en guise d'entrée en matière.

– Salut, Logan, lance Steff d'une voix empressée en tournant son visage vers moi pour battre des cils. Ça va ?

– Tu peux nous laisser ? lui réponds-je sans même un regard.

La meilleure amie d'Izzie bafouille que oui, sans problème, et s'arrache, malgré les protestations de Pearson. Je me décale pour faire face à cette dernière. En essayant de ne pas remarquer l'accroche-cœur qui retombe sur son front, ou sa bouche pulpeuse que je rêve d'embrasser.

– Ça fait depuis Halloween que tout le lycée s'acharne sur toi, à cause d'Erik et moi, et tu ne m'en as pas *parlé* ?

Sous-entendu : tu ne m'en as pas parlé quand tu étais nue, dans mes bras, dans la caravane ? Putain, mais tu n'as toujours pas compris que tu comptais pour moi ?

Je dois gueuler un peu fort parce que Isobel se cache à moitié le visage en me demandant de baisser d'un ton.

– Tu vois, c'est exactement pour ça que je ne t'ai rien dit. Tu vas tout empirer, Logan, à te comporter comme ça.

– Comme quoi ? Le mec furieux qu'on t'emmerde alors que tu n'as rien fait ?

Elle me jette un regard qui veut dire : « Arrête tout de suite ce numéro. » Parce que je sais de quoi j'ai l'air, en cet instant : d'un petit copain protecteur. Ce que je ne serai jamais pour elle.

– Laisse-moi t'expliquer une ou deux choses sur Felt High, Taylor, me lance-t-elle en se penchant au-dessus de la table, l'air déterminé. Ce n'est pas « tout le lycée » qui s'acharne sur moi, c'est ta petite clique dont, honnêtement, je me contrefous – Avery, Simon et Tanya exceptés. Or, le monde ne se résume pas aux Lions et à vos groupies. OK, à Felt, les sportifs, vous êtes les rois. Mais il y a tout un autre univers dont tu ne soupçonnes pas l'existence, et qui se trouve à mille lieues de votre mentalité grégaire !

En continuant son exposé truffé de mots dont je ne connais pas le sens, Izzie me dresse le portrait de toute une vie sociale alternative. Elle me parle du club de musique, qui a organisé un super concert dans un bar la semaine dernière, du STIM, qui a créé une application pour que les élèves puissent organiser un troc interne.

– Pendant que vous êtes obsédés par les matchs, par les recruteurs, vous passez à côté de tout ça ! Alors le *slut-shaming* de ta bande, si tu savais comme je m'en fiche… J'ai plein d'amis ici, ça va. Arrête de me traiter comme une petite chose fragile.

Je suis impressionné par sa stature en cet instant, par sa force. Moi qui passe ma vie à me préoccuper de ce que les autres pensent, son indépendance d'esprit me décoiffe. Il y a vingt minutes, j'étais prêt à aller voir Karen pour dénoncer un harcèlement scolaire, quitte à me mettre l'équipe à dos. Mais je vois qu'Izzie s'en carre, et ça me fait l'admirer encore plus.

Je suis à deux doigts de dégager la queue entre les jambes, pour reprendre ma stratégie d'évitement, quand une boulette de papier atterrit sur la table. Izzie tente de s'en emparer, mais mes réflexes sont meilleurs. J'attrape le papier froissé, le déplie et lis les mots inscrits dessus.

Les allumeuses, ici, on les crame au pétrole.

Avec le mot « pétrole » souligné trois fois.

– Qui a écrit ça ? rugis-je alors qu'Izzie se décompose.

Je me lève, répète ma question dans le réfectoire devenu silencieux.

– QUI a écrit ça ?

Tout le monde se tait et m'observe, sauf Izzie qui détourne la tête en marmonnant entre ses dents.

– Ne fais pas ça, Logan. S'il te plaît, lâche l'affaire.

Mais hors de question que je l'écoute. Des menaces, sérieux ? Des menaces de *mort* ? Alors qu'elle vient de me soutenir qu'on ne faisait que l'emmerder un peu ? Je connais ces gens, et leur mentalité « grégaire » comme elle dit.

C'est le moment de mettre fin à cette connerie.

Déterminé, je monte sur la table, devant des centaines de paires d'yeux médusés.

– Je vais être bien clair : le prochain qui sort une merde de ce genre aura affaire à moi. J'ai la réputation d'être pas facile, mais je vous préviens, aucun de vous ne m'a jamais vu réellement en colère. Encore une connerie et ça va changer…

Le réfectoire entier me toise et j'en profite pour repérer ceux qui ont l'air dans leurs petits souliers. C'est-à-dire un bon quart des personnes présentes.

Je note vos gueules. Je ne vous oublie pas.

– C'est bon, Logan. Ils ont compris… assure Izzie en agrippant un pan de mon pantalon.

Mais non, ils n'ont rien compris. Pour tous ces gens, je viens de prendre la défense de ma sœur. Alors que ce n'est pas ça. C'est bien plus encore. Tellement plus.

Et ça, je ne suis même pas certain qu'Izzie l'ait elle-même réalisé.

Je ne l'avais moi-même pas vraiment compris, avant de monter sur cette foutue table dont je redescends, la tête baissée, en évitant son regard. Je ne veux pas y voir les reproches et surtout, je ne veux pas lui laisser lire ce que j'éprouve. Les raisons qui m'ont poussé à prendre position. Qui font que je pourrais tabasser toute personne qui s'en prend à elle.

On n'a passé qu'une nuit ensemble, putain… Comment se fait-il que je l'aie à ce point dans la peau ?

Abasourdi par ce que je ressens, par ce que je découvre de moi, je fais rapidement volte-face pour quitter la cafétéria, au milieu des murmures et des regards en biais. En traçant vers la porte battante, je croise Matt. Constate qu'il me fixe avec une expression étrange, qui me donne pendant un quart de seconde l'impression d'être à poil. J'enfonce ma tête entre mes épaules, et trace, sans me retourner, le cœur battant.

16

Le temps d'une saison

Logan

– Colton est de retour dans le jeu. Il feinte, ouvre une brèche dans la défense des Cougars… Oh, non ! C'est un plaquage pour Colton, à seulement douze secondes de la fin du match ! Coach Gillies demande un temps mort, le dernier de ce championnat, de cette finale tant attendue qui se joue ici, au stade AT&T de Dallas.

Je secoue la tête, étourdi, alors que la voix de mon père éructe dans le micro des commentateurs. Le stade entier crie, martèle le nom des deux équipes avec fièvre. Je lève la tête et *la* cherche dans les gradins. Même si je sais que je ne devrais pas. Parce que je ne peux pas m'en empêcher. Parce que tout ce que je fais, depuis quelque temps, c'est pour elle. Pour qu'elle ait des raisons d'être fière de moi.

Même si ça ne change rien entre nous. Même si je n'ai pas le droit de la vouloir.

Izzie est à côté de Karen, tout près du terrain – une place de choix, réservée aux familles des joueurs. Elle a joint ses mains, comme pour une prière, et les a collées à sa bouche. Je me tourne vers le tableau de score. Les Cougars mènent 24 à 21.

Comment est-ce qu'on va s'en sortir ?

Gillies crie dans l'oreille d'Erik. Il lui donne ses instructions. À seulement douze secondes du coup de sifflet final.

C'est qu'il y croit encore.

Alors je dois y croire aussi.

Quoi que Gillies ait en tête, si nous y parvenons, nous serons champions d'État.

– Qu'est-ce qu'il a dit ? crié-je à Erik en trottant vers lui alors qu'il regagne le terrain.

Le QB nous réunit, le reste de l'équipe et moi, en cercle autour de lui, et nous communique le plan d'action.

– Taylor, tu remontes le terrain sur seize mètres. Avery, tu fais pareil, en miroir. Logan, quand je te ferai la passe, la défense entière des Cougars va te tomber dessus. Tu auras un dixième de seconde à peine pour envoyer la balle à Avery, de l'autre côté.

– Une passe de seize mètres ? demande Avery. C'est complètement dingue ! Et si tu te plantes ?

– Tu as une meilleure idée ? grogné-je.

La balle est remise en jeu. Mon père reprend ses commentaires, que j'entends de loin, comme si j'étais dans un aquarium. Toute mon attention est focalisée sur le ballon.

– Colton récupère la balle… Il s'apprête à faire la passe… Il vise Logan Taylor, qui a opéré une remontée spectaculaire près de la ligne de but. Oui ! Magnifique passe de Colton, réceptionnée par le *fullback* des Lions ! Oh, non ! Taylor se fait plaquer, mais… Oui ! Il a feinté et il réussit à passer le ballon à Buckley avant de toucher le sol ! La défense des Cougars est déstabilisée. Le *running back* se faufile sans peine… Avery Buckley évite un tacle ! Il traîne deux joueurs qui tentent de l'empêcher d'atteindre les buts… *TOUCHDOWN* ! C'est un *touchdown* pour les Lions, à la dernière seconde de jeu ! Les Lions sont champions d'État, messieurs dames ! Jamais, dans l'histoire du championnat, nous n'avions assisté à une finale aussi serrée…

***

Le car du retour ressemble à une discothèque ambulante. Les Rally Girls et les *cheerleaders* sont montées avec les joueurs. C'est l'euphorie, les gens dansent au son de Taylor Swift malgré les coachs qui leur intiment de se calmer.

– Nous serons à Felt dans deux heures ! Toute la ville nous attend pour fêter ça ! D'ici là, gardez vos forces, merde !

Nous rétorquons notre mantra, en criant :

– Solidarité ! Majesté ! Force ! Lions !

Mais pour moi, assis contre une fenêtre, ce slogan n'a pas autant de saveur qu'il le devrait.

Parce que la personne avec qui je voudrais partager cette victoire, c'est Izzie.

Parce que depuis ce qui s'est passé au réfectoire, l'autre jour, je n'arrive plus à me voiler la face. Cette nana me fait craquer comme aucune autre avant elle. Même quand on ne se parle pas, même quand on s'évite. Et malgré l'interdit.

– Tu as quelqu'un qui t'accompagne au bal ? me demande soudain Tanya.

Mon ex s'est assise sur la rangée derrière moi. Elle est penchée, bras croisés, sur mon siège.

– Tu es en train de me demander d'être ton cavalier, Tanya, c'est bien ça ? lui réponds-je en forçant un demi-sourire ironique pour qu'elle ne remarque pas que je suis préoccupé.

Et qu'elle n'essaye pas de savoir par qui je le suis.

– Dans tes rêves, 13. J'ai passé un an de ma vie à pardonner chacune de tes conneries, tout ça pour me faire jeter… Alors non, je laisse à la prochaine le soin de te supporter. Mais on y va tous en bande. Erik, Avery, Simon… Même Brooke et Coral… Tu ne crois pas qu'il est temps de signer une trêve ?

– Tu ne sais pas tout, Tanya, réponds-je en soupirant.

– Je sais pour le pari, Colton m'en a parlé. Écoute, tu as merdé, il a merdé, mais vous êtes deux à regretter d'avoir fait chier Izzie. Il s'en veut, tu sais. Il était vraiment mordu de ta demi-sœur. Alors est-ce qu'on ne pourrait pas oublier ça, juste pour le week-end ? C'est le *Winter Formal*, les Lions sont champions d'État... Tu devrais passer au bal. Et proposer à Izzie de venir, ajoute-t-elle.

C'est plus fort que moi. En entendant son prénom, mon cœur bondit. Et je ne peux m'empêcher de vouloir plus que tout, durant une fraction de seconde, l'emmener à cette soirée dansante ringarde. Où, la connaissant, elle rêve sûrement d'aller.

– Je doute qu'elle veuille revoir Erik hors du bahut. Ou Coral. Ou même Brooke.

Ou moi...

– Alors dis-lui de venir pour toi, moi, Avery et Simon...

Je sais que je ne devrais pas. Je sais que c'est de la faiblesse. Je sais qu'il ne peut rien en sortir de bon... Et pourtant, je fais ce qu'a suggéré Tanya. Je lui propose par texto de venir. En agissant comme si c'était une soirée ordinaire. Juste une occasion de s'éclater, de voir du monde. Sa pote Steff... Tanya et Avery, qu'elle apprécie... De ne pas rater une expérience de lycée.

[En plus, on ne peut pas
continuer à s'éviter
éternellement, Isobel...]

[Arrête de m'appeler
comme ça. Ça me donne
envie de faire sauter
tes dents.]

[Il va vraiment falloir que
tu fasses quelque chose
pour gérer ta colère,
Pearson. Tu as pensé
à voir un professionnel ?]

Je souris, tout en me haïssant de sourire. En me haïssant de flirter comme ça, comme un gamin qui joue à soulever la jupe de la fille qu'il aime bien.

[Tu as gagné, Taylor.
Je viendrai à ton foutu
Winter Formal.]

***

– Pearson ! crié-je en tambourinant à la porte de la salle de bains. Magne-toi ! Karen doit être avant dix-neuf heures au bahut, comme tous les chaperons !

Ne pas penser à ce qu'elle fait derrière cette porte fermée.

Ne pas penser qu'elle est peut-être en culotte et soutien-gorge, en train de se maquiller. Ou de s'enduire d'une des crèmes qui expliquent sûrement que sa peau soit aussi douce.

– Dis-leur de partir avec le SUV et de nous laisser les clefs du pick-up, on les rejoindra là-bas ! me répond-elle.

Seulement, jamais la mère d'Izzie ne partirait avant de nous avoir fait subir le rituel de la photo de bal. En voyant Izzie faire son apparition dans la cage d'escalier, je réalise soudain que poser avec elle sans la mater va relever de l'exploit. Sa robe est du même bleu que ses yeux, près du corps, à paillettes. Avec un bustier qui la fait ressembler à Jessica Rabbit. Elle avance d'un pas timide, comme si elle appréhendait de se montrer comme ça. Aussi belle, aussi classe. Aussi femme. Puis nos regards se croisent. Elle me détaille dans mon costume cintré. Ses yeux s'attardent sur mes épaules, mon visage. Il me semble la voir rougir, imperceptiblement.

Putain, c'est vraiment la merde.

Tout ce que je voudrais, c'est aller l'accueillir au pied des escaliers, et l'embrasser, et poser mes mains partout, lui enlever cette foutue robe. Ça me demande un self-control de malade de ne rien laisser paraître.

– Oh, que vous êtes beaux ! s'écrie Karen. Vite, Baxter, prends l'appareil !

Pendant que mon bras est chastement passé autour des épaules d'Izzie, je pense à cette photo, qui atterrira probablement encadrée sur la cheminée. Une photo qui brouille tous les radars – frère, sœur, cavaliers.

Qu'est-ce qu'on fout ?

Pourquoi j'ai voulu jouer avec le feu comme ça ?

Les parents rangent l'appareil et filent, déjà en retard. Et moi, je me retrouve avec celle que j'ai fait tellement d'efforts pour fuir… avant de tout foutre en l'air sur un échange de textos.

– Tu es prête à y aller ? demandé-je en lui tendant son manteau d'un air faussement décontracté.

– Et revoir Erik et Coral ? lance Izzie en grimaçant. Pas vraiment, non. Mais je ne vais pas me laisser ostraciser par ces deux connards jusqu'à la remise des diplômes, ce serait mal me connaître.

Je ris en secouant la tête. J'adore qu'elle soit aussi intrépide. Que quelle que soit la violence des coups qu'elle se prend, elle se relève. Je crois bien que je n'ai jamais rencontré une fille aussi solide. Je sors et marche jusqu'au pick-up garé devant la maison. Alors qu'Izzie avance vers moi, je lui ouvre la portière côté passager et fais le tour du véhicule.

– Tu conduis, ce soir ? me demande-t-elle, surprise.

Je me retrouve, la main sur la poignée, aussi stupéfait

qu'elle. Je n'avais même pas réalisé que je m'apprêtais à prendre le volant… Chose que je n'ai pas faite depuis l'accident.

– Apparemment, réponds-je en tentant d'avoir l'air le plus désinvolte possible.

La vérité, c'est que je suis abasourdi. Pourquoi est-ce que je suis à ce point différent, quand je suis avec elle ? Pourquoi est-ce que je me réjouis d'aller à une stupide fête de lycée ?

Pourquoi est-ce que je n'ai peur de rien, même pas de moi ?

Ça, c'est la meilleure des questions, qui me taraude pendant qu'on roule dans le silence que j'ai imposé. Je dois me concentrer sur la route… Ou du moins, je le devrais… Mais c'est difficile, avec Izzie à côté de moi, sa robe bleue, son odeur de miel et de fleur d'oranger.

Non, je ne devrais pas me faire confiance…

Et Karen et Baxter qui vont être dans le gymnase, à surveiller la soirée !

– Tu es certain que tu as envie d'être ici ? me demande timidement Izzie au moment où je termine de me garer sur le parking du lycée. Parce que tu n'as pas l'air…

– Arrête de te poser tant de questions, OK ? la coupé-je. Tu ne voudrais pas t'amuser et arrêter de te prendre la tête pour une fois ?

Ma remarque est sortie avec plus de brusquerie que je ne l'aurais voulu. Parce que, au fond, ce n'est pas à elle qu'elle était destinée, mais à moi. C'est moi qui suis tendu. Qui découvre à quel point c'est difficile d'être à côté d'elle sans l'embrasser, sans la toucher.

Et c'est à moi que j'en veux de m'être mis dans une situation impossible en proposant un « rencard » qui ne pourra jamais en être un.

– Tu es vraiment un enfoiré, Logan, me répond Izzie, le regard étincelant de colère. Tu le sais, ça ?

– Il me semble que tu me l'as déjà dit deux ou trois fois,

ouais…

C'est la connerie de trop. Izzie descend en claquant la portière.

Super, ça commence bien…

Je soupire et réfléchis, derrière mon volant. Bien sûr, j'ai envie de foncer dans ce gymnase et m'excuser, lui expliquer que quand je suis frustré, je deviens con. Que je n'avais pas réalisé à quel point ce serait dur de se retrouver ensemble pour l'un des rites de passage les plus importants de nos années lycée, à devoir prétendre pour le reste du monde, nos parents inclus, qu'on est frère et sœur.

Je n'avais pas réalisé à quel point ce serait dur de me contenter d'une nuit et d'une seule.

Mais ça, je ne vais quand même pas le lui avouer ! Et encore moins devant tout le bahut. Je me décide quand même à bouger, et à entrer dans ce gymnase baigné d'une lumière bleutée et décoré pour l'occasion avec de la neige artificielle et des tas de petites lumières comme des étoiles. Je me dis qu'a défaut de grand monologue explicatif, je peux au moins me faire pardonner auprès d'Izzie en lui ramenant un verre de cet immonde punch dont la couleur bleue me semble moyennement naturelle… Et rire avec elle des « talents » de mixologues des profs du bahut. C'est alors que je la vois, sur la piste, en train de danser avec Avery. Une pulsion de jalousie, animale, monte en moi. Ma première envie ? Foncer les séparer, engueuler Izzie de s'afficher comme ça avec un de mes potes. Ça ne lui a pas suffi, Erik ? Maintenant qu'elle n'est plus vierge, elle compte en faire profiter tout le lycée ?

Putain, je suis vraiment un arriéré, comme tous les gars de l'équipe contre qui j'ai eu la prétention de la défendre…

Mais comme c'est le cas, je me doute parfaitement des intentions d'Avery. Et ça, pas question que je le laisse y arriver, surtout à un moment où Izzie est furieuse et probablement prête à m'en faire baver. Avec une idée bien précise en tête, je vais prendre ledit verre de mixture et l'apporte à Coral, en pleine discussion avec Brooke sur les gradins.

– Salut, 13, me lance la brune vêtue d'une micro-robe blanche en frétillant. Canon, le costard.

Le thème, c'est censé être l'hiver, non ? Parce que le regard que me lance Coral est plutôt tropical, en termes de chaleur.

– Avale ce truc et viens avec moi sur la piste, dis-je en lui tendant son verre.

– Dis donc, tu pourrais y mettre les formes… boude-t-elle.

– Toutes les formes dont on a besoin ce soir sont contenues dans ce bout de tissu que tu portes en guise de robe, déclaré-je avec insolence. Allez, ramène-toi.

Je prie pour que la chanson suivante soit aussi un slow, et suis exaucé. J'entraîne Coral au centre de la piste, la laisse se coller contre moi, entourer mon cou de ses bras, plaquer contre mon bassin ses hanches voluptueuses et les remuer d'une façon qui me rappelle que je ne suis pas de bois.

Et que, depuis Thanksgiving, je n'ai baisé avec personne.

– Tu sais que si on le voulait, on pourrait être élus roi et reine du lycée, toi et moi, lance-t-elle en minaudant, espérant sûrement me convaincre de l'inviter au bal de promo.

Dans tes rêves, Coral.

Les bals, ça n'a jamais été mon truc de toute façon. Si je me retrouve à subir celui-là, c'est la faute d'Izzie. Qui d'ailleurs, toujours dans les bras d'Avery, a bien remarqué avec qui je danse. Et me toise d'un air furieux.

Un partout. Balle au centre.

– Tu feras une magnifique reine du lycée, Coral. Mais tout le monde sait que ton roi tout désigné, c'est Erik. Qui se ressemble s'assemble.

La *cheerleader* ne saisit bien entendu pas l'ironie de ma remarque et s'emballe. « Tu le penses vraiment ? » « Oh, c'est trop gentil de dire ça, Logan. » « C'est vrai qu'on était un beau couple. »

– Le souci, c'est qu'il bloque encore sur ton idiote de demi-sœur…

– Tu devrais le rendre jaloux, suggéré-je.

C'est un coup de billard à trois bandes. Mais ça vaut le coup de le tenter.

– Avec toi ? minaude Coral. Je ne pense pas qu'il me le pardonnerait. Il n'a jamais digéré notre petite « *sexcapade* » de l'été dernier…

Moi non plus, Coral. Elle me reste encore sur l'estomac.

– Avec Avery, affirmé-je sans ciller. Je sais qu'il craque sur toi depuis des années, tu peux en faire ce que tu veux. Bonus : Isobel n'arrête pas de lui tourner autour, alors ça lui fera les pieds. D'une pierre deux coups.

– Tu es machiavélique, rit Coral aux éclats.

– Je sais.

À un point que tu n'imagines pas.

C'est pour moi que c'est d'une pierre, deux coups. Avery va se retrouver avec cette glu de Coral sur les bras toute la soirée, maintenant. Non seulement il ne pourra plus tourner autour d'Izzie, mais il va passer une très mauvaise soirée.

La fin du slow arrive et tout fonctionne comme prévu. Coral passe à l'attaque, alors que du R'N'B' se fait entendre. Izzie, voyant la *cheerleader* les rejoindre, préfère s'éloigner. Moi, entre-temps, je suis allé rejoindre Simon et d'autres gars de l'équipe, le temps de réfléchir à comment l'approcher. Erik, lui, se tient à distance. Il est avec des mecs de sa classe, des skaters bien connus pour avoir tout le temps de l'herbe sur eux. En se croyant discrets, ils se font passer une flasque.

C'est sûrement mesquin, mais j'espère de tout cœur qu'ils vont se faire gauler…

Steff, elle, vient d'arriver, avec deux de ses potes du STIM. Ils rejoignent Izzie sur la piste et se lancent dans des chorégraphies improbables. Au moins, avec ces mecs-là, je ne risque rien. Avery, c'est moins sûr… Il est beau gosse, malin et, contrairement à Erik, ce n'est pas un pauvre type.

Je lui ai cassé son coup pour la soirée. Mais pour après ?

– Tu m'accordes cette danse, beau gosse ? me lance Tanya en surgissant derrière moi.

Je me retourne vers mon ex. Qui a vraiment frappé fort, niveau look, en mariant sa robe chic avec ses Doc Martens vertes et sa nouvelle couleur de cheveux rose fuchsia. Je ne peux pas m'empêcher de sourire. Tanya me manque, depuis notre rupture. Pas la Tanya avec qui je suis sorti l'année dernière, quand tout allait encore bien dans ma vie, quand je n'avais pas foutu mon meilleur ami en fauteuil roulant ou rencontré Izzie. Mais la Tanya d'avant. Celle que j'ai connue au jardin d'enfants et qui était devenue ma meilleure amie.

Putain, si j'avais été moins con, si j'avais été capable de la repousser, le soir où elle m'a embrassé...

Mais je l'ai laissée faire, lâchement. C'était plus facile que de risquer de la blesser.

Et un an après, voilà où on en est.

– Tu es sûre que c'est une bonne idée, Tanny ?

– Ne te pense pas si irrésistible, 13... me charrie-t-elle. Ça te rassure, si je te dis que j'ai une cible ce soir ?

– Qui ça ? demandé-je, rassuré, alors qu'on se dirige vers la piste.

De loin, j'observe Izzie, près du bar, en train de rire aux éclats avec les membres du STIM.

Qu'est-ce qu'ils peuvent bien lui raconter pour l'amuser à ce point ?

– M. Mathison, me répond Tanny avec le plus grand sérieux alors que The Weeknd retentit dans les enceintes du gymnase.

Tanya passe ses bras autour de mon cou, nous imposant d'elle-même une distance respectable de plusieurs centimètres, alors que je comprends qu'elle plaisante. M. Mathison était notre prof d'histoire, en première année. Vraiment sympa et passionné. Mais il ressemble plus à Luigi, le personnage du jeu Mario Kart, qu'à Ryan Gosling.

Tanya a des goûts de merde en matière de mec, j'en suis bien la preuve. Mais pas à ce point.

– Sérieusement, Tanny… Tu n'as personne en vue ?

– Qu'est-ce que tu veux que je te dise, Logan ? Si je te réponds « non », tu vas continuer à me fuir ? À t'imaginer que j'ai envie de me remettre avec toi ?

– Ce n'est pas le cas ? demandé-je, suspicieux.

– Putain, non ! Dieu sait que je t'ai aimé, Logan Taylor, et sûrement que je t'aime encore, au fond. Mais tu es vraiment le pire petit ami qui soit, me répond-elle avec un aplomb et une sincérité qui me désarment.

J'observe un silence. Je sais qu'elle a raison. Je suis sorti avec elle pour éviter de lui faire du mal, mais je n'ai pas cessé de lui en faire, tout au long de notre relation. À vouloir préserver notre amitié, je l'ai probablement foutue en l'air à jamais.

– Tu vas m'en vouloir à vie, j'imagine ?

– Je ne t'en veux pas, Logan… répond-elle avec douceur et tristesse. Tu as été un mauvais petit ami, oui, mais tu es resté un très bon ami, vaille que vaille. C'est moi qui n'ai pas su choisir la bonne relation avec toi…

– Est-ce que tu crois qu'on pourrait le redevenir ? Amis ?

– Peut-être. Si tu arrêtes de m'écrabouiller les pieds en dansant.

Je ris en secouant la tête alors que le morceau change. Du rock, rétro, énergique. J'empoigne la main de ma partenaire et lui fais faire une pirouette. On se déchaîne, Tanya et moi, pendant une bonne vingtaine de minutes. Vingt minutes où, tout à ma joie de la retrouver, j'oublie momentanément de chercher Izzie du regard, mais pas de réfléchir à la façon de me faire pardonner d'ici la fin de la soirée et d'obtenir au moins une danse. Vingt minutes où Tanya et moi nous dépensons, sans paroles et sans ambiguïtés, en riant parfois quand l'un ou l'autre se met à faire le con au son de la musique.

– On va au bar ? finit par me crier Tanya par-dessus un morceau. Je crève de soif !

– Ça roule, fais-je en lui empoignant la main sans arrière-pensée et en l'entraînant.

Seulement, lorsque je croise le regard d'Izzie, je comprends tout de suite de quoi la situation a l'air. Elle me fixe, non pas furieuse comme quand je dansais avec Coral, mais choquée, meurtrie. Incapable de cacher ce qu'elle ressent.

Je lâche tout de suite la main de mon ex, me fige, et ouvre la bouche, comme si je pouvais dire quelque chose à Isobel, à cinq mètres de distance. Malgré la musique tonitruante. Malgré tous les gens présents, dont nos parents.

– Tu fous quoi, Taylor ? me vanne Tanya en venant se poster face à moi. Un sit-in ?

Puis, sans que je sache ce qu'elle lit sur mon visage, elle suit mon regard… Et tombe sur Izzie. En voyant que Tanya aussi la regarde, Izz' baisse ses yeux tristes et commence à foncer vers la sortie.

– Qu'est-ce qui lui arrive, à ta demi-sœur ? me demande Tanya, perturbée.

– Sûrement encore un sale coup de Coral, dis-je en sortant le premier mensonge crédible qui me vient. Il faut que j'aille voir. Ça ne t'embête pas ?

– Ça roule, me lance mon ex alors que j'ai déjà commencé à déguerpir.

Je fonce moi-même vers la sortie du gymnase, affolé, en me maudissant. Merde ! Qu'est-ce qu'elle va penser ?

À ton avis, connard ?

Je n'ai pas *du tout* envie qu'Izzie s'imagine des trucs. Faire en sorte d'éloigner Avery, c'est une chose. La rendre jalouse dix minutes avec Coral, passe encore. Mais lui faire autant de peine que ce que j'ai lu dans ses yeux ? Pas question. Je cours sur le parking, sans apercevoir sa robe bleue de sirène, avant de constater qu'Izzie a déjà grimpé dans le pick-up familial. Le contact est mis. Juste avant qu'elle démarre, j'ouvre la porte côté passager et monte.

– Qu'est-ce que tu fous là ? m'aboie-t-elle dessus.

– Ça ne se voit pas ? répliqué-je, hors d'haleine. Du covoiturage.

– Descends, dit-elle, les mains crispées de rage sur le volant. Je ne suis pas ton foutu taxi !

– Tu crois vraiment que c'est pour bénéficier des joies d'un chauffeur privé que je suis là ?

– Je ne sais pas du tout pourquoi tu es là, rétorque-t-elle entre ses dents. Tu n'as pas une ex avec qui recoller les morceaux qui t'attend ?

– Eh bien elle peut attendre, parce que ce n'était pas ça qui se jouait ! Merde, Izzie… Comment tu peux croire que j'essaye de me remettre avec Tanya ? Tu es bouchée au point de ne pas voir…

– De ne pas voir *quoi* ? répond-elle sèchement.

– Mais que si j'ai rompu avec elle, c'était à cause de toi ! m'emporté-je. Dès que je t'ai embrassée, je n'ai plus pu jouer cette comédie ! Et je ne la joue plus, avec personne ! Tu n'as pas remarqué ça ? Qu'il n'y avait rien, plus de filles, plus de coups tirés à la va-vite, plus de conneries ? Juste… toi, ajouté-je dans un souffle. Cette putain d'impossibilité de toi.

Elle tourne vers moi un visage stupéfait. Ses grands yeux bleus sont écarquillés, brillants, vibrants. Mais ses deux mains, vissées sur le volant, ne font pas un geste vers moi, alors que je viens de me foutre à poil devant elle.

– Je n'en peux plus, Logan… lâche-t-elle d'une voix étouffée. Je n'en peux plus de ce jeu du chat et de la souris, de nos cachotteries, de cette intimité entre toi et moi…

– Tu crois que ça m'arrange, peut-être ? réponds-je avec une soudaine lassitude. Tu crois que j'ai envie de… de ressentir *ça* pour toi ?

– Et qu'est-ce que tu ressens, exactement ? me demande-t-elle d'une petite voix timide en tournant son visage en forme de cœur vers moi.

– Qu'est-ce que tu veux entendre, Izzie ? lancé-je d'une voix grave. Que j'éprouve quelque chose pour toi ? Que je pense tout le temps à toi ? Que quand on s'engueule, ça me dévaste ?

Je plonge dans ses yeux et y lis le même tumulte que dans les miens, le même combat perdu d'avance. Celui de la raison contre les sentiments.

– J'ai pris ta virginité, Izzie, déclaré-je solennellement. Je l'ai fait lors d'une des nuits les plus belles, les plus importantes de ma vie. J'ai adoré chaque seconde passée avec toi dans cette caravane. Je sais que c'est mal, mais c'est comme ça.

– Ne dis pas ça…

– OK, je ne dis rien, si tu veux. Mais roule, s'il te plaît. Je veux partir d'ici. Maintenant.

– On ne peut pas faire ça ! proteste-t-elle.

– Tu veux quoi, alors ? Retourner là-bas, parler avec tes potes, faire comme si je ne venais pas de te balancer ce que j'éprouve ? Tu t'en sens capable, là ?

– Non, avoue-t-elle d'une petite voix adorable avant de détourner les yeux.

– Alors quoi ? Je descends, te laisse partir, et on continue de s'ignorer jusqu'à la remise des diplômes ? C'est ça que tu veux ?

– Tu sais bien que non !

Je devine sa lutte. Son envie de m'arracher les yeux, ou de m'embrasser, ou les deux. De me foutre à la porte de la voiture et de me garder auprès d'elle. Je devine ses sentiments, et ça me fait fondre complètement.

Je suis dingue d'elle.

Ça ne sert à rien de se mentir. Je suis complètement fou

de cette nana.

– Roule, Pearson. Tout de suite. Parce que sinon, je vais t'embrasser sur ce parking où n'importe qui peut nous voir.

– Tu n'oserais pas…

– Tu sais bien que si, réponds-je en la contemplant sans ciller. Et tu sais bien que tu en as autant envie que moi.

Nos regards s'accrochent, s'embrasent. L'air devient soudainement plus lourd autour de nous. Je repense à elle. En train de jouir dans la cage d'escalier. En train de jouir sous moi, pour sa première fois.

– Oui, admet-elle finalement de sa voix légèrement voilée, sexy, sans plus lutter. J'en ai envie. Bien sûr que j'en ai envie…

– La maison est vide, Izzie, lâché-je d'une voix profonde. Le bal ne finit qu'à une heure…

Je caresse son épaule du bout du doigt, vois la chair de poule apparaître sur sa peau nue et dorée. Sa poitrine se soulève à un rythme affolé.

– Qu'est-ce que tu me fais faire, Logan Taylor ? lance-t-elle en mettant le contact.

Mais c'est une question purement rhétorique, on le sait elle et moi, alors qu'elle roule vers l'endroit où, pour quelques heures, on aura le champ libre. Toute la tension sexuelle accumulée depuis Thanksgiving s'est matérialisée dans l'habitacle. Nous n'avons plus aucune raison, aucun moyen de faire semblant. Alors, pendant qu'elle conduit, je dénoue ses cheveux. Embrasse ses épaules. Relève sa robe pour caresser la peau nue de sa cuisse. Elle garde les yeux sur la route et les mains sur le volant, tout en soupirant de désir et en se laissant faire. C'est incroyablement sexy… J'en regretterais presque que le trajet ne dure qu'un quart d'heure. Quand elle coupe le contact devant la maison, sans plus attendre, je fonds sur ses lèvres. Nos respirations s'accélèrent, nos bouches se caressent et s'entrouvrent, nos langues se trouvent. Izzie plonge sa main dans mes cheveux, les empoigne, alors que je fais de même avec les siens. J'ai le cœur qui bat la chamade, et ma queue qui risque probablement de crever mon pantalon.

– Viens passer la nuit avec moi, la supplié-je, hors d'haleine. Dans la caravane.

– On ne peut pas faire ça, tu le sais très bien.

– On le fait déjà, Pearson…

– Et si les parents, en rentrant, venaient toquer à ma porte pour savoir pourquoi je suis partie si tôt ?

– On leur dira que tu étais mal, lâché-je d'une voix rauque. Que tu t'es pris la tête avec Steff, que c'est pour ça qu'on est rentrés. Que tu ne voulais pas dormir seule. On trouvera, Izzie, promets-je tout en continuant d'embrasser sa bouche terriblement sensuelle.

– Tu te charges de mentir, alors ? halète-t-elle pendant que ma main s'aventure plus haut sur sa jambe.

– Je peux me charger de tout, si tu le demandes gentiment…

– Je suis toujours gentille, Taylor. C'est toi, l'enfoiré, je te rappelle.

– Alors en ce cas, sache que tu vas passer la nuit avec un enfoiré. Qui va te faire jouir autant de fois qu'il est humainement possible de le faire.

Je sens son corps tressaillir de désir alors qu'en tâtonnant, elle ouvre sa portière. Nos bouches s'abandonnent le temps de sortir de la voiture, mais se retrouvent dès que possible. Enlacés, on tangue jusqu'à la porte de l'entrée. Alors qu'Izzie se presse contre moi, je sors les clefs de la maison. La porte s'ouvre avec fracas, on valse à l'intérieur, je la referme d'un coup de pied… Sa main desserre ma cravate, la mienne dégrafe le haut de son bustier. On titube à travers le couloir, jusqu'à la porte du jardin, puis jusqu'à la caravane…

– Tu ne peux pas savoir à quel point j'ai rêvé de ça. De toi.

– J'en ai une vague idée, sourit-elle contre mes lèvres.

Moi aussi, j'ai rêvé de recommencer.

Son aveu me provoque un brusque élancement de désir dans le bas-ventre.

– Et dans tes rêves à toi, Izzie, qu'est-ce qu'il se passait ? demandé-je d'une voix brûlante en plantant soudain mes yeux dans les siens.

– Enlève cette veste, et je te répondrai, me provoque-t-elle tout en se pressant contre moi, en attisant mon désir, en m'aidant à me déshabiller.

Elle s'empare de ma cravate et la fait passer au-dessus de ma tête, avant de reprendre ma bouche. Elle mordille ma lèvre inférieure, de façon incroyablement sensuelle.

– Déjà deux fringues à moi par terre et toi, tu es toujours habillée, grogné-je en parcourant son cou. Tu ne crois pas que c'est injuste ?

– Si, tout à fait…

Elle se détache de moi, passe ses bras dans son dos et défait la fermeture Éclair de sa robe, qui tombe à ses pieds dans un fracas de paillettes. Elle se retrouve face à moi, dans un collant couleur chair qui serre sa taille fine, qui laisse apparaître en transparence la culotte incroyablement sexy à laquelle son soutien-gorge bandeau noir est assorti. À ses pieds, elle porte encore ses escarpins à bouts pointus. Elle est tellement belle, tellement femme… Je crève déjà d'être en elle. En vérité, ça fait presque un mois que j'attends ça. Presque un mois que je passe mes journées à la désirer, mes nuits à fantasmer. Que je ferme les yeux, imagine son corps, imagine tout ce que je pourrais lui faire…

Et maintenant, elle est là. Quasiment nue, prête à passer la nuit avec moi.

D'une main sûre, je commence à déboutonner ma chemise. Mais Izzie m'arrête.

– Laisse-moi te déshabiller, susurre-t-elle. J'y ai pensé dès que je t'ai vu dans ce costard…

Bon sang, elle me rend dingue. Il y a trois semaines

encore, elle était vierge. On n'a couché qu'une fois ensemble. Et elle est déjà capable d'exprimer ce qu'elle veut de façon si sexy ? De prendre toutes ces initiatives ? Je reste immobile et la laisse faire, en savourant le contact de ses doigts. À chaque fois qu'ils m'effleurent, ça crée un petit picotement agréable à la base de ma nuque. De la pointe de mes pieds, j'enlève mes chaussures de ville, l'une après l'autre. Puis, n'y tenant plus, j'agrippe ses fesses. Fermes. Hautes. Parfaitement rondes. Et pleines. Indubitablement le plus beau cul au monde.

– Laisse-moi nous mettre à égalité, suggéré-je ensuite avec envie en passant mes mains dans son dos pour défaire l'agrafe de son soutien-gorge.

Sa poitrine se libère d'un mouvement souple. Ses seins opulents, larges, et pourtant incroyablement fermes. Je les adore. J'adore ses courbes. J'ai rarement vu une fille aussi bien foutue.

Et aussi réactive.

Dès que j'empoigne un de ses seins, elle frémit. Ses petits tétons durcissent de façon arrogante. Puis elle ferme les yeux dans une expression d'extase alors que je passe mon pouce sur cette pointe excitante. Je la pince, elle ouvre la bouche, sans produire aucun son. Sa langue, que j'entraperçois, rose, petite, agile, est soudain l'une des visions les plus érotiques de ma vie. Ses mains se frayent un chemin jusqu'à la ceinture de mon pantalon. Elle la défait sans difficulté, avant de s'attaquer à ma braguette. Puis elle pivote et me pousse sur mon lit. Je tombe à la renverse, absolument fou de désir, alors qu'elle se poste face à moi, campée sur ses escarpins.

– Tu es incroyablement belle, ne puis-je m'empêcher de lui dire d'un ton émerveillé.

– Tu n'es pas mal non plus, Logan Taylor, rétorque-t-elle en souriant en coin avec une assurance qui me rend dingue.

Puis elle s'agenouille entre mes cuisses et baisse d'un

geste autoritaire mon pantalon sur mes hanches.

– Je voudrais essayer quelque chose, déclare-t-elle.

Tout. Ce. Que. Tu. Veux.

– Je voudrais voir ce que ça fait… de t'avoir dans ma bouche.

L'élancement que ces mots me procurent est douloureux. Elle a suggéré ça, non pas comme une *porn star* qui en fait des caisses, mais comme une fille cash, qui s'assume. Qui sait qu'elle peut tout me demander. Et qui a envie d'expérimenter.

– Je n'y vois pas d'objection, répliqué-je en haletant, tout en sortant mon sexe de mon boxer pour le lui présenter, dressé.

– Comment est-ce que je dois m'y prendre ? me demande-t-elle avec un regard d'une candeur qui m'achève.

– Suis ton instinct, réponds-je d'une voix haletante. Mais évite les dents, si possible, ajouté-je avec un sourire de sale gosse.

Elle me prend dans sa main, tout doucement, comme si j'étais un oiseau fragile… Puis elle commence à me lécher, comme une glace. Une délicieuse glace en cornet qu'elle lape langoureusement. Je mords ma lèvre pour retenir un gémissement. Je me mets à haleter alors que sa langue parcourt ma verge, et mon gland, s'attarde sur mon frein, m'explore. Puis, après quelques minutes de ce délice, elle me prend dans sa bouche… Et là, je crois mourir de bonheur. Elle se met à me sucer, doucement d'abord. Puis, encouragée par mes grognements satisfaits, avec plus d'intensité, d'assurance. Sans jamais reprendre son souffle. En allant toujours plus loin. En refermant sa bouche charnue autour de moi comme un fourreau chaud et moite. Là, je ne me retiens plus. Je serre les draps dans mes poings et gémis comme jamais je n'avais gémi avant.

Parce que je me fais sucer comme on ne m'avait jamais

sucé avant.

Izzie, encouragée, y va de plus belle. Et moi, je perds pied, je décroche, je…

– Attends, attends, l'arrêté-je, à bout de souffle.

– Ce n'est pas bien ? me demande-t-elle, un peu paniquée, en levant vers moi ses grands yeux bleu foncé.

– Au contraire, fais-je en caressant sa joue tendrement tout en tentant de maîtriser les battements de mon cœur. C'est trop bon. J'allais… jouir.

– Oh, rougit-elle, avec malgré sa gêne un petit sourire satisfait. Ça ne m'aurait pas dérangée, tu sais.

Nouvel élancement de désir, à me lacérer le ventre. Comment est-ce qu'elle fait pour toujours dire des trucs aussi bandants ?

– Je préfère nous mettre à égalité, objecté-je en la relevant.

Alors qu'elle me fait face, je baisse d'un seul tenant son collant et sa culotte et, affamé, me mets à embrasser son sexe. Son odeur me rend fou. C'est une odeur capiteuse, terriblement féminine. Ses lèvres sont douces, lisses, roses, parfaites. Elles abritent un clitoris qui gonfle rapidement quand je tends ma langue pour y accéder. Je la sens se rompre sous mon assaut. Je l'empoigne fermement par les hanches pour la maintenir contre ma bouche, et commence à l'aspirer. À l'explorer. Mon visage pressé contre sa toison blond foncé, je dessine des cercles, des spirales, sinue parmi sa chair, savoure ses gémissements sensuels, sa façon de se cambrer. Ses mains se perdent dans mes cheveux, les tirent, pendant que je m'enivre d'elle. Elle prend une grande inspiration. Je m'arrête, me relève, la pousse sur le lit. Finis de me débarrasser de mon futal, mon boxer, mes chaussettes. Enlève à regret ses escarpins, puis son collant et sa culotte.

– Logan… Logan, viens en moi, je t'en prie…

L'entendre perdre la tête comme ça me fait chavirer. Je tâtonne au pied du lit, trouve une rangée de capotes, en détache une et l'enfile. Puis je m'enfonce, commence à la prendre avec douceur. Je suis si excité que j'ai peur de jouir trop vite. Normalement, je n'ai jamais ce genre de craintes, mais avec elle… Vu la façon incroyable dont sa langue s'est enroulée autour de ma queue pendant de longues minutes déjà…

Ce simple souvenir me fait redoubler d'ardeur, ce qui décuple celle d'Izzie. Ses mains m'agrippent, ses doigts tracent des sillons dans mes muscles, tirent mes cheveux. Ses hanches avancent vers moi, d'un mouvement souple, sensuel. J'ai l'impression d'aller plus profondément en elle qu'avec n'importe quelle femme avant. Et j'hallucine sur la sensation de son sexe, fermé sur moi comme un étau. Elle est incroyablement étroite. Incroyablement habile. Incroyablement chaude. Je grogne de plaisir en l'entendant gémir, et haleter, et acquiescer à tout ce que je fais. Notre rythme devient effréné, incontrôlable. Mes grognements se muent en râles, ses gémissements en cris. L'expression d'Izzie est déchaînée, possédée, et à travers le plastique de la capote, je la sens se serrer encore plus. Elle s'agite, répète mon prénom, se tend, signe que son orgasme approche. Je laisse le mien monter, à une vitesse fulgurante, pour jouir en même temps qu'elle… Et la sens exploser sous un ultime assaut. Le cri qu'elle pousse est déchirant, et la façon dont elle se contracte sur ma queue me fait l'effet d'un détonateur. Je jouis à mon tour, dans un râle puissant, tout en cherchant à aller toujours plus loin, à me fondre en elle, à me perdre… Ma peau brûle, ses yeux chavirés me renversent, ses seins gonflés me subjuguent. Mon orgasme est si puissant que je mets plusieurs secondes à revenir à moi. À revenir à nous, à nos deux corps tremblants, moites, parfaitement emboîtés. J'ai des paroles tendres plein la bouche, que je ravale au prix d'un effort surhumain. Je sais que tout ça n'a aucun sens. Nous deux, c'est aberrant. Et pourtant c'est si bon.

Et pourtant, c'est si vrai.

***

– Logan !

La voix de Karen, derrière la porte, me sort de mon sommeil profond avec la violence d'un coup de massue.

– Logan, désolée de te réveiller, mais… tu n'aurais pas vu ta sœur ?

Izzie et moi nous regardons, paniqués. Nus tous les deux, sous ma couette, nos jambes sont encore enchevêtrées. Ma « sœur » me fait signe de rester calme, s'éclaircit la gorge et répond :

– Je suis là, maman ! J'ai dormi dans la caravane avec Logan. Soirée un peu difficile hier, Erik et tout…

– Oh, répond Karen avec un infini soulagement. En ne te voyant pas dans ta chambre, j'ai commencé à m'inquiéter, rit-elle comme si c'était saugrenu. Bon, dépêchez-vous, le petit déjeuner est servi.

En quelques secondes, on improvise des pyjamas. Un vieux tee-shirt et un de mes caleçons pour Izzie, mon habituel short de sport pour moi. J'hésite à la tirer vers moi, à l'embrasser avant qu'on y aille, mais à son visage fermé, je devine que ce n'est pas l'idée du siècle.

Et voilà. Je l'ai de nouveau perdue.

Sauf que cette fois, je compte me battre. Au moment où elle ouvre la porte de la caravane, je la retiens. Plonge dans ses beaux yeux tourmentés.

– Je ne te laisserai pas faire, cette fois, Izzie… déclaré-je d'une voix sourde, basse. Je ne te laisserai pas annuler la nuit.

– Ce n'est pas ce que je veux, Logan ! me répond-elle, au supplice. Mais c'est ce qu'il faut…

Je l'attire à moi, contre mon corps encore électrisé par une nuit passée à sentir sa chaleur, sa douceur. Quatre rapports. Quatre orgasmes. Et aucun soulagement à l'horizon. Au contraire, l'envie de plus. Encore plus.

L'envie d'elle. De tout, avec elle.

– Laisse-nous une chance, Izz', demandé-je dans un souffle.

– Une chance de quoi ? D'une prochaine nuit dans un mois ?

– Si on te l'offrait, cette nuit, tu la refuserais ?

– Non… m'avoue-t-elle d'une petite voix. Mais en l'attendant, je vais souffrir le martyre.

– Et tu penses moins souffrir si tu renonces à moi ?

– Je souffrirai dans tous les cas, Logan. Mais au moins, je serai la seule.

– C'est là que tu te trompes, fais-je en replaçant une de ses mèches folles avec tendresse. J'y suis, moi aussi, dans cette histoire.

– Les enfants ! crie alors Karen depuis la porte qui donne sur le jardin. C'est servi !

Bien forcé d'interrompre nos négociations, je la laisse quitter mes bras à contrecœur. Mais je ne m'avoue pas battu pour autant. Je reviendrai à la charge, tant qu'il le faut. Je la suis dans la cuisine, en essayant d'afficher un air détaché.

Même si pour ma part, voir Izzie dans mes fringues me donne envie de les lui arracher.

– Ça va mieux qu'hier, ma puce ? demande Karen en posant devant sa fille une assiette de pancakes.

– Ça va, oui, lui sourit faiblement Izzie. Ce n'était… rien. Juste… le lycée.

Karen opine et se tourne vers moi.

– Merci d'avoir été là, Logan, me sourit Karen d'un air reconnaissant. Plus globalement, je voulais vous dire que je suis vraiment contente de la façon dont vous vous comportez depuis Thanksgiving… J'en ai parlé avec Baxter, qui est d'accord avec moi. C'est pour ça qu'on a décidé de vous faire ce cadeau, ajoute-t-elle d'un air énigmatique en tendant à Izzie une enveloppe.

– Qu'est-ce que c'est ? demande-t-elle nerveusement en l'ouvrant.

– Deux billets pour New York ! s'exclame Karen, ravie de son effet, en battant des mains. Jarden et Lake nous invitent à passer les vacances de Noël chez eux. Comme Bax et moi devons travailler encore, vous partez les premiers. On vous rejoindra plus tard. Vous décollez mardi de Houston !

– C'est vrai ? demande Izzie en écarquillant les yeux et en sortant les deux billets de leur étui.

– Tu es contente ? sourit Karen en se mordant la lèvre.

Au lieu de lui répondre, Izzie se tourne vers moi, les billets à la main et semblant ébahie. Son regard brille, d'une lueur que je lui connais trop peu : l'espoir.

– C'est génial, Karen, déclaré-je en opinant. Vraiment, c'est un super cadeau.

– Je suis contente que ça vous plaise. Izzie, ajoute-t-elle en riant, je ne t'avais pas vue aussi heureuse depuis… Eh bien, depuis longtemps !

Et c'est vrai, Izzie resplendit. Parce qu'elle sait comme moi qu'on ne pouvait pas rêver une meilleure opportunité de vivre enfin ce qu'on a à vivre. De voir ce que ça donne, nous deux, sans contraintes, loin de Felt. Et de démêler ce qui se passe entre nous.

Afin de voir si ça vaut le coup de tout foutre en l'air, notre famille, notre réputation, pour être ensemble, elle et moi.

17

Un noël à New York

Izzie

– Tu ne peux pas être sérieux…

Logan me regarde par-dessus le bac à soldes de chez Macy's, un bonnet de Père Noël sur la tête.

– Arrête, c'est le cadeau idéal pour ton frère ! Lui qui incarne si bien la magie de Noël. La légèreté, la naïveté, l'enfance…

Je lui jette un regard mi-amusé, mi-réprobateur.

– C'est toi, le type le plus ombrageux au monde, qui ose dire ça ?

L'insolent me sourit alors que je replace le pompon de son bonnet qui tombe devant ses yeux gris perçant. Il a vraiment le sourire le plus sexy au monde. Et plus une gueule d'ange que de lutin du Père Noël…

– Que veux-tu, Pearson ? Santa Claus a le don de me transformer en sale gosse.

Je n'arrive pas à croire qu'on soit ici, lui et moi.

Loin de nos quotidiens, dans l'anonymat d'une grande ville, là où tout est permis. Là où il n'est plus nécessaire de se cacher. Et je n'arrive pas à croire que cette liberté, Logan ait décidé de l'employer pour être avec moi – *vraiment* avec moi. Et pas pour traîner les salles de concert de Brooklyn et lever des bad girls.

Une parenthèse plus qu'enchantée.

Nous quittons Macy's deux heures plus tard, avec des cadeaux pour toute la famille. Des écharpes en cachemire pour Baxter et Jarden, un bonnet et des moufles pour Lake, un beau bracelet pour ma mère.

En espérant que personne ne trouve étrange que nous ayons décidé de faire uniquement des cadeaux communs...

Après tout, ce ne sera que l'exact reflet de la semaine fusionnelle que nous venons de passer. Les seuls moments où Logan et moi avons été séparés, c'est la nuit. Jarden et Lake, par respect pour le côté sauvage de Logan, lui ont réservé une chambre dans un hôtel chic, mais branché. Quant à moi, j'ai repris mon ancienne chambre chez mon frère. Mais Logan est toujours fourré dans la *townhouse* de Jarden, sur Central Park, quand nous ne nous évadons pas tous les deux comme les tourtereaux que nous sommes devenus ici.

– Alors, qu'est-ce que tu veux faire, maintenant, mon petit lutin de Noël, me taquine Logan en m'embrassant le bout du nez. Patin à glace au Rockefeller Center ?

– Tu n'as vraiment peur d'aucun cliché, Logan Taylor, me moqué-je en retour. Tu veux vraiment me tenir la main pendant que nous glissons tous les deux sur la glace ?

– Étant donné nos caractères de merde, je pensais plutôt t'affronter dans un match de hockey, me rétorque le bad boy avant de m'enlacer tendrement. Mais si vraiment c'est le plan guimauve que tu préfères…

***

Le réveillon de Noël passe, et je dois faire des efforts surhumains pour ne pas entamer le compte à rebours avant notre inéluctable séparation. Logan et moi profitons à fond de nos journées, malgré quelques visites « en famille » avec Baxter et Karen.

Notre nouveau hobby ? Fausser compagnie à nos parents pour aller faire des trucs de « djeun's ». En réalité, il s'agit de balades dans les rues enneigées, de chocolats chauds pris dans des salons de thé, de visites de disquaires indépendants, sans peur de croiser quelqu'un qu'on connaît… Tout ça suivi d'étreintes enfiévrées et urgentes dans sa chambre d'hôtel.

Qu'est-ce qui fait que mon corps réagit autant au sien ?

Que je le désire, tout le temps, moi qui n'avais jamais désiré personne avant ?

Que je ne puisse pas m'empêcher de le toucher, et réciproquement ? Il y a une alchimie entre nous. Une alchimie qui explique que je n'arrive pas à me le sortir de la tête, à arrêter de penser à lui – même quand il est avec moi.

Bien sûr, il n'y a pas que le sexe… Ce serait me leurrer que de réduire ce que je ressens à une simple attirance physique. Tout me fascine et m'attire chez Logan, et ce depuis le premier jour – même si, pendant longtemps, j'ai tenté de le nier. Son audace. Sa liberté. Son franc-parler. Son intensité. Son caractère passionné. J'ai été surprise de découvrir que son intérêt pour la musique est aussi fort que le mien pour les livres. J'admire ses connaissances encyclopédiques, la patience avec laquelle il les partage. Tout comme j'aime aussi voir son émerveillement pour la ville, pour toutes les opportunités culturelles qu'elle offre. Je le traîne dans des musées et il ne proteste pas, bien au contraire. Je joue les guides touristiques et architecturaux. Il m'écoute, avide de découvrir. Il n'a bien entendu pas coupé non plus à l'excursion à Coney Island, mon endroit préféré en hiver. Il n'existe rien de plus poétique que la plage sous la neige. Logan s'est plié de bonne grâce au tour de grande roue obligatoire, à la séance de selfies une fois perchés dans les airs, même si j'ai eu peur qu'il refuse sous prétexte que c'est trop cliché et trop… romantique. Pour aujourd'hui, le sauvage m'a même réservé une surprise, qu'il exhibe sous mon nez dès le petit déjeuner, pendant que les autres vaquent à leurs occupations matinales.

– Voici une liste rédigée avec soin pour visiter New York façon « Izzie Pearson ».

– Qu'est-ce que c'est ? demandé-je en tentant de lui arracher le papier, qu'il me confisque d'un geste vif.

– Le catalogue de toutes tes obsessions. Allez, enfile tes bottes, on n'a pas toute la journée !

Je glousse, ravie, et nous nous esquivons de la *townhouse* comme les deux complices que nous sommes.

– N'oublie pas notre dîner de ce soir ! me lance Jarden au moment où je m'enfuis. J'ai réservé à vingt heures chez Barbetta, comme au bon vieux temps !

– Je ne raterais ça pour rien au monde ! À ce soir, réponds-je avant de claquer la porte d'entrée.

Premier arrêt prévu par Logan, le musée d'histoire naturelle, sur les traces de Holden Caulfield, le héros de *L'Attrape-cœurs* de J.D. Salinger. Puis le sauvage m'emmène voir la statue d'Alice, dans Central Park. Nous allons examiner la vitrine du bijoutier Tiffany, un café à la main, pour imiter Holly Golightly, l'héroïne de *Diamants sur canapé*. Notre marathon se termine par un verre au Plaza Hotel, façon *Gatsby le Magnifique*. Par chance, personne ne nous demande notre carte d'identité. Sûrement parce que Logan a plus l'air d'un étudiant de fac que d'un lycéen.

– Tu as dû lire combien de livres, 13, pour mettre sur pied cette excursion ?

– J'ai surtout consulté Internet, pour être honnête, m'avoue le plus beau mec du monde. Comment est ton Martini ?

– Délicieusement alcoolisé, réponds-je en gloussant. Bon sang, il faut que je file… Ça tombe mal, j'aurais bien conclu cette journée en t'emmenant au Kettle of Fish.

– Qu'est-ce que c'est que ça ? Un club branché ? Un salon de tatouage pour que je grave ton nom sur ma peau ?

– Un bar du Village, fréquenté en son temps par tous les écrivains de la *beat generation*. Ils organisent tous les mercredis soir des soirées *open mic*, tu devrais vraiment aller y faire un tour ce soir ! On trouve de tout : des poètes, des humoristes, des musiciens…

– Tu as déjà participé ?

– Tu veux rire ? Jamais je n'aurais osé !

Il observe un silence, avant de me demander, extrêmement sérieux d'un coup :

– Tu me feras lire, un jour, ce que tu écris ?

Et toi ? voudrais-je lui répondre. Mais Logan ignore encore que j'ai lu un mois plus tôt son texte, « The Bet ». Celui qui a tout déclenché entre nous.

Celui qui a changé ma vie.

– On verra, 13. Si tu te tiens bien, peut-être… répliqué-je en me levant pour enfiler mon manteau.

Le bad boy m'attrape au vol, me pose sur ses genoux et m'embrasse pendant que je proteste en riant, ravie.

– En ce cas, aucune chance. *Jamais* je ne me tiendrai bien avec toi. Tu aurais dû le comprendre, à force.

Je feins de me débattre, me laisse faire avec plaisir, l'embrasse encore, m'arrache à regret à ses bras. On est si libres, ici ! Si libres d'être heureux, si libres de…

…s'aimer ?

La pensée me traverse, fugitive. Mais je la chasse. D'une, je sais que New York n'est qu'une parenthèse enchantée, même si je déploie des capacités psychiques hors du commun pour le nier, la plupart du temps.

Afin de vivre le moment présent, sans penser au fait que dans moins de cinq jours, tout sera fini.

De deux, jamais Logan ne pourrait tenir à moi à ce point. Oui, il a des sentiments, c'est indéniable. Il en avait aussi pour Tanya. Mais Logan est… Logan. L'amour, ce n'est pas pour lui. Je le sais depuis le début, et c'est une des nombreuses choses sur lesquelles je ne dois pas me faire d'illusions. C'est donc ce que je me répète, de façon obsessionnelle, pour l'imprimer dans mon petit crâne, en franchissant, à vingt heures dix, la porte tournante de chez Barbetta. Le plus vieux restaurant italien de New York est une tradition que j'observe scrupuleusement avec mon frère à chacune de mes visites. Jarden m'attend déjà, un verre de rouge à la main.

– Comment tu vas ? fais-je en l'étreignant.

– Et toi ? D'après ce que m'a raconté Lake, on te voit à peine depuis ton arrivée.

– Je profite à fond de la ville, avant de retourner à la campagne pour six mois, me justifié-je en m'installant en face de lui.

– Un shoot de monoxyde de carbone ? Tu étais en manque ?

– Pas vraiment non plus, ris-je en enlevant mon manteau. Je t'avoue que je me suis finalement bien adaptée à la vie de Felt…

Jarden et moi échangeons des nouvelles en buvant un verre, pendant que la cuisine prépare notre commande – des gnocchis à la truffe blanche, notre péché mignon partagé. Je suis heureuse de retrouver Jarden, et en même temps encombrée. Je me suis toujours dit que la première fois que mon cœur battrait pour un garçon, je pourrais m'en ouvrir à mon frère.

Ça me tue que ce ne soit pas le cas.

Alors je me concentre sur le reste. Steff. Mes candidatures à la fac. Cette nouvelle qui m'a valu d'être remarquée par mon prof de littérature. Ma journée extraordinaire avec Logan.

Car malgré tout, je ne peux pas m'empêcher de le mentionner, tout le temps.

Quand on nous apporte notre dessert et des cafés, Jarden se racle la gorge.

– Izzie, si j'ai voulu te voir en tête à tête ce soir, c'est parce qu'il y a une chose dont je voudrais te parler.

– Non, ne dis rien, laisse-moi deviner, m'illuminé-je. Tu vas être papa ! Et moi, je vais être l'heureuse tante d'un adorable petit têtard en grenouillère !

– Non, me répond Jarden en secouant la tête, l'air sombre. Malheureusement, il ne s'agit pas d'une bonne nouvelle. Ni même d'une « nouvelle », en réalité. Ça concerne plutôt le passé. Nous en avons parlé à Thanksgiving avec maman, avant de décider qu'il était temps que tu saches… C'est à propos de Richard – papa – et moi. Et aussi de maman. En vérité, ajoute-t-il, l'air grave, ça la concerne surtout elle…

Je reste muette face à son expression alarmante. Alors il ouvre la bouche et se lance, en pesant soigneusement chaque mot. Qu'est-ce que ça fait, d'être pris dans le souffle d'une explosion ? D'avoir de la nitroglycérine qui explose sous votre nez, quand vous pensiez simplement déguster des profiteroles avec votre grand frère et accessoirement meilleur ami ? Jarden me parle et moi, je tremble. Sans parvenir à comprendre tout à fait ce qu'il me raconte sur notre famille. Sur des secrets dont je n'avais pas idée. Une histoire atroce, qui pendant dix-huit années m'a été cachée.

Ma mère… Violée ?

– Tu le sais depuis combien de temps ? demandé-je en me sentant nauséeuse, avec la tête qui tourne.

Maman… C'est atroce ! Comment tu as trouvé le courage, après ça ? Le courage de continuer à aimer papa, d'élever Jarden, de me donner la vie ?

– Je l'ai découvert quand j'avais 15 ans, m'avoue mon frère.

– Mais comment tu peux être sûr ? éclaté-je. Que c'est bien cet homme ton véritable… ?

– Maman a fait un test ADN, à ma naissance.

– Donc… mon père n'est pas ton père ? demandé-je en sentant mes yeux se remplir de larmes. Ton père est ce…

… monstre ?

Jarden me prend la main et la serre par-dessus la table alors que je fonds en larmes. Sans pudeur, en me foutant du monde autour, en me foutant de tout.

– Comment vous avez pu me cacher ça ? m'emporté-je en toisant Jarden avec fureur.

– Cette histoire, c'était celle de maman et papa. Je ne l'ai appris que tard moi-même, et par accident…

– Elle s'est fait violer ! sifflé-je entre mes dents avant de taper du poing sur la table. Toutes ces années où je ne la comprenais pas, où je ne comprenais pas d'où venaient sa trop grande sensibilité et sa trop grande fragilité… Il y avait une raison à ça !

– Izzie, m'intime mon frère. Je comprends que tu sois bouleversée. Mais si tu continues comme ça, demain, la nouvelle sera en une de toute la presse à scandale. Baisse d'un ton, je t'en supplie.

– Je m'en fous, si tu savais !

Sauf que c'est faux, je ne m'en fous pas. Pas le moins du monde. En réalité, je ne fais que penser à ma mère, là. À la façon dont ça la détruirait si ce secret qu'elle a gardé pendant vingt-neuf ans venait à être révélé.

– Pourquoi est-ce qu'ils ne nous l'ont pas dit ? demandé-je dans un sanglot en veillant à ne pas parler trop fort.

– Pour nous protéger, Izzie, m'explique Jarden avec douceur. Cette décision, papa et elle l'ont prise pour nous. Pour moi…

– Alors toi ! Toi, pourquoi tu as mis toutes ces années à m'en parler ? Quinze ans, Jarden…

– Comment j'aurais pu ? se justifie-t-il en secouant la tête. Tu n'étais qu'une enfant. Tu ne pouvais pas comprendre. Tu ne *devais* pas comprendre ! Il fallait te protéger…

– Mais je n'en suis plus une, d'enfant, depuis longtemps ! Quand c'était toi qui t'occupais de moi, quand tu me voyais grandir et devenir une femme qui ne comprenait pas celle qui lui avait donné la vie, tu ne t'es pas dit que m'expliquer aurait pu me soulager ?

– Je devais digérer, moi aussi, OK ? s'emporte-t-il avant de se passer la main sur la figure. Tu crois quoi ? Que ça a été facile pour moi ? J'ai mis des années à me reconstruire, près de la moitié de ma vie…

– Et maman ? Elle a mis combien de temps à se reconstruire ? contre-attaqué-je d'une voix basse et sifflante. Est-ce qu'elle s'est seulement reconstruite ? Est-ce qu'elle ne va pas s'effondrer de nouveau ? Comme elle l'a fait pendant un peu plus de trois ans ?

Maman, maman. Et moi qui t'ai abandonnée après la mort de papa… Après tout ce que tu as vécu…

Je ne réalise même pas ce qu'elle a traversé. Je le saisis d'autant moins qu'il y a quelques semaines encore, je n'avais du sexe qu'une idée abstraite. Comment certains hommes peuvent-ils transformer un acte si beau, si magique, en une telle violence ? En torture ? Et surtout, *pourquoi* ?

– Je ne peux pas rester là, décrété-je en me levant, en sentant que je suffoque.

– Où est-ce que tu vas, Izzie ? me demande Jarden, inquiet.

– Aux toilettes, réponds-je pour qu'il ne me suive pas.

C'est un mensonge. La vérité, c'est que je ne peux pas supporter de rester une seconde de plus dans ce restaurant, là, à devoir contrôler ce que je ressens, quand je ne le saisis même pas. Ce que je voudrais, c'est parler à ma mère… Mais je ne le peux pas. Pas dans un tel état de confusion, de tristesse, mais aussi de colère à l'idée qu'elle m'ait caché ça pendant dix-huit ans. Je risquerais de lui faire plus de mal que de bien.

Alors à qui parler ?

À Logan ? Je le voudrais tant… Mais cette histoire n'est pas la mienne. Pas totalement. C'est avant tout celle de ma mère. Celle de mon frère. Et, alors que je suis en train de penser à tout ça, ça me frappe, comme une évidence. Jarden, mon fameux grand frère qui m'a servi de pilier, de boussole, d'exemple, qui est mon confident et mon ami, qui m'a fait criser plus d'une fois et m'a consolée tant d'autres…

… ce frère-là est en réalité mon demi-frère. Au même titre que Logan.

18

La ville ne dort jamais

Logan

J'attrape ma veste et quitte immédiatement ma chambre d'hôtel pour commander un taxi à la réception. Dans l'ascenseur, je regarde ma montre : vingt-deux heures.

Ça fait une demi-heure qu'Izzie a disparu.

Pourquoi a-t-il fallu que les parents mettent autant de temps pour venir me demander si je savais où elle était ?

– Où est-ce que je vous conduis, monsieur ?

– East Village. Le Kettle of Fish ?

– Je vois où c'est. On y sera dans un quart d'heure.

Est-ce bien là qu'elle se trouve ? Et pourquoi est-ce qu'elle refuse de me répondre au téléphone ?

Qu'est-ce qui a bien pu se passer entre Jarden et elle pour qu'elle le plante en plein dîner ?

Je suis fou. Fou d'inquiétude. Fou de penser que je peux la trouver dans cette ville immense que je ne connais pas. Je n'étais jamais sorti du Texas avant. Et me voilà à New York, cherchant une fille dont je suis malgré moi en train de tomber fou amoureux.

Heureusement, en poussant la porte du bar bondé, je la repère tout de suite, assise seule dans un box. Comme si j'avais senti sa présence et su immédiatement où regarder. Oui, je sais, j'ai l'air encore plus fou de penser ça. Mais c'est pourtant vrai. Quand elle est quelque part, un morceau de moi le devine.

Je dégaine mon portable, tape rapidement un texto que j'envoie à tout le monde pour expliquer que je l'ai retrouvée, que je ne la lâche pas d'une semelle. Puis j'avance vers ma fugueuse et me glisse sur la banquette, à côté d'elle. Elle a gardé son manteau de laine, malgré la chaleur dans le bar. Ses cheveux tirés accentuent son regard immense, cerné de traces de mascara. Les larmes qu'elle a versées ne font que ressortir plus le bleu de ses yeux. Le bout de son nez est rougi. Et sa bouche un peu plus pâle que d'habitude. Elle me regarde sans un mot, et sans manifester ne serait-ce qu'un peu d'étonnement. Comme si elle aussi m'avait senti arriver. Elle pose sa tête sur mon épaule, je prends son menton pour lever son visage vers moi et pose avec douceur mes lèvres sur les siennes. Ses lèvres restent fermées, mais je sens sa bouche se presser contre la mienne, avec l'ardeur du désespoir.

– Izzie, qu'est-ce qui s'est passé ?

Elle me raconte tout. Son défunt père, qui a reconnu Jarden tout en sachant qu'il n'était pas le géniteur. Le viol que Karen a subi trente ans plus tôt. Ce secret, découvert par son frère il y a quinze ans. Ça me tord le bide, putain. Pour elle… Pour Karen… Pour Jarden aussi.

Qu'est-ce que ça doit faire, de découvrir qu'on est né d'un acte aussi odieux ?

Je la laisse parler, la fais parler, la boucle quand elle pleure. Reste à ses côtés, assume ses larmes, les essuie, les accueille. Je ne lui montre pas, surtout, comme je suis désarmé. Comme je me sens à côté de la plaque. Impuissant.

– Je déteste qu'il y ait eu pendant quasiment ma vie entière ce secret entre nous, Logan ! m'explique Izzie alors que ses sanglots redoublent. Et je déteste encore plus devoir à mon tour avoir des secrets pour lui !

– Je sais, la consolé-je en embrassant sa tempe, je sais…

– Je m'en veux tellement…

Comme un petit animal épuisé, elle love son visage dans mon cou.

– Mais de quoi est-ce que tu t'en veux ? Izzie, tu n'es pas responsable…

– Pas responsable d'avoir disparu ce soir, de laisser ma mère se faire un sang d'encre, quand c'est elle qui a le plus souffert dans l'histoire ? Pas responsable de mentir à tout le monde ? Pas responsable d'être là, avec toi, la seule personne à qui j'ai envie de me confier, par qui j'ai envie d'être soutenue, alors que… Alors que… cette famille, j'y tiens tellement, Logan ! lâche-t-elle alors que ses hoquets redoublent. Et je suis en train de tout détruire !

– Tu ne détruis rien du tout, lui assuré-je.

– Comment tu peux dire ça ? Regarde ce qu'on fait, Logan ! Alors que tu es mon demi-frère ! Tout comme…

Sa voix se brise.

– Tout comme Jarden, ajoute-t-elle avant de détourner les yeux comme si notre situation était insoutenable à regarder en face.

– Tu te trompes ! fais-je en essayant de la forcer à se tourner vers moi, ce qu'elle refuse obstinément.

Alors je me lève pour aller m'asseoir face à elle et attrape son menton, afin qu'elle ne puisse plus m'éviter. Elle se laisse faire, tout en me jetant un regard empli d'une détresse que je ne supporte pas de ne pas savoir éteindre.

– Tu ne peux pas mélanger les deux relations, Izzie, plaidé-je. D'une, on n'a aucun parent en commun toi et moi, aucun lien de sang. De deux, on n'a pas grandi ensemble ! Quoi qu'on nous martèle depuis six mois, on n'est pas frère et sœur !

– Ça, je le sais bien… Mais la tragédie, Logan, c'est que nous sommes sans doute les deux seuls êtres au monde à nous en rendre compte. Alors qu'est-ce qu'on fait ?

Bon sang, ça, je n'en sais rien ! Mais je suis forcé de faire semblant, juste pour elle. Au moins ce soir. Pour qu'elle ne s'effondre pas complètement. Pour que je ne la perde pas.

– On va prendre les choses par étapes. Premièrement, on part d'ici. Je te ramène à la *townhouse*. Deuxièmement, tu parles avec ton frère et ta mère. Occupe-toi de ta famille, Izzie, pas de nous. Pas de moi. Ne mélange pas tout. Tu vas te rendre folle, sinon.

Elle renifle en admettant que j'ai raison.

– C'en est presque inquiétant, tente-t-elle de plaisanter malgré ses yeux gonflés. Normalement, c'est moi qui suis la voix de la sagesse et toi qui te plantes tout le temps…

– Il faut croire que malgré tout ce que tu te reproches, tu exerces une influence positive sur les autres, Izzie Pearson. Ça t'étonne ?

J'arrête un taxi pour qu'il nous raccompagne dans l'Upper East Side, tout en prévenant Jarden qu'on est en route. Puis j'accompagne Izzie sur le perron de la *townhouse* et l'enlace.

– Tu ne veux pas entrer ?

– Non. Je voudrais être là, avec toi, et passer la nuit avec toi, t'aider à parler à Jarden… Mais si je mets les pieds dans cette maison, c'est le demi-frère que tout le monde va voir. Ça ne fera qu'ajouter à la confusion de ce que tu éprouves. Je ne t'abandonne pas, ajouté-je en lui prenant les mains. J'essaye au contraire de trouver la bonne place. Pour pouvoir te protéger.

– Je sais, murmure-t-elle en avançant son beau visage en forme de cœur vers le mien.

Nos lèvres se frôlent, et comme toujours l'ivresse nous frappe. Le baiser chaste se transforme en serment brûlant, en aveu sans parole. Nos corps s'étreignent, nos langues se caressent.

Jusqu'à ce que la porte de la *townhouse* s'ouvre sur Lake.

Izzie et moi nous lâchons, horrifiés.

– Oh, sourit la fiancée de Jarden. Il me semblait bien avoir entendu des voix… Izzie, tu es là ! sourit l'artiste avant d'avancer pour étreindre mon Isobel.

Est-ce qu'elle a vu quelque chose ?

Si c'est le cas, elle n'en laisse rien paraître.

– Tu entres un instant, Logan ? me propose-t-elle.

Izzie se tourne vers moi pour me jeter un regard épouvanté. J'essaye, par mon attitude, de lui communiquer mon calme. Lake n'a probablement rien remarqué. Sinon, elle réagirait autrement.

– Je vais retourner directement à l'hôtel, décliné-je. La soirée a été… éprouvante.

– Très bien, me répond Lake en entraînant avec douceur Izzie à l'intérieur.

Puis, juste avant de refermer la porte, la belle-sœur d'Izzie me dit tout bas :

– Ne t'en fais pas. On va prendre soin d'elle.

La *townhouse* se referme et je pousse un soupir de soulagement. Si elle avait vu quoi que ce soit, son aparté n'aurait sûrement pas ressemblé à ça… Je dégaine mon portable pour rassurer Izzie.

[Ne t'en fais pas, elle ne nous
a pas vus : son attitude vient
de me le confirmer.
Alors ne rajoute pas
ce stress à tout le reste,
OK ? Concentre-toi
sur ta relation avec Jarden.
Je suis avec toi, Isobel
Katharina Pearson.
Je suis avec toi plus
que tu ne peux même
l'imaginer.]

19

Les amants de minuit

Logan

Alors que je finis de rassembler mes dernières affaires, on frappe à la porte. J'imagine que ce doit être Karen et Baxter, en train de s'impatienter. Pourtant je ne suis pas à la bourre ! Enfin, pas vraiment... On a dit qu'on décollait de New York à onze heures, pour être dans les Hamptons à l'heure du déjeuner. Techniquement, il me reste cinq minutes pour rouler mon linge sale en boule, le fourrer dans mon sac et estimer que je suis prêt.

Quand j'ouvre la porte, je suis surpris de constater que c'est Lake qui me fait face, dans une parka d'hiver deux fois trop grande pour sa silhouette menue. Je souris. Pour une New-Yorkaise fiancée à un célèbre milliardaire, cette fille garde une simplicité que je trouve rafraîchissante.

– Qu'est-ce que tu fais là ?

– Je monte en voiture avec vous. Jarden et Izzie partent de leur côté, en hélico.

Je ne peux m'empêcher de rire tellement cette phrase semble surréaliste.

– Et toi, tu préfères t'entasser dans une voiture de location avec nous ?

– Tu veux rire ? On y va en limousine ! De toute façon, je ne suis pas fan des trucs qui pèsent des tonnes, mais volent quand même. Ça me paraît légèrement illogique.

– En limousine ? sifflé-je, impressionné. Ton mec a vu les choses en grand pour ce nouvel an.

– Jarden voit toujours tout en grand, sourit Lake.

– Si tu es là, j'en déduis que tu n'as pas vu mon père et Karen en bas ? On est censés se retrouver dans… trois minutes, fais-je en consultant mon portable.

– À vrai dire, je les ai évités. Je voulais te parler d'abord…

Je me sens devenir tout pâle alors que je me décale pour la laisser passer.

– Oui, bien sûr. À quel propos ?

« Propos »… Super naturel, ça, comme façon de parler !

– Je crois que tu le sais très bien, Logan, me gronde gentiment Lake en posant sur moi ses grands yeux azur. Izzie et toi… Ça a commencé il y a combien de temps ?

Mon cœur cogne comme une porte qu'on essaye d'enfoncer.

– Qu'est-ce que tu racontes ?

– Je ne suis pas là pour juger, me rassure-t-elle. Mais j'ai des yeux pour voir. Et Jarden aussi. D'ailleurs, il se doute de quelque chose depuis Thanksgiving.

– Tu délires, lancé-je en me précipitant vers mon sac pour me donner une contenance, faire quelque chose de ma peau et de mes mains qui tremblent.

– Je ne lui ai pas raconté que je vous ai vus l'autre soir, m'explique Lake en m'emboîtant le pas. Et je n'en ai pas parlé à Izzie, elle était trop bouleversée. Seulement, Logan, je ne vais pas pouvoir garder ce secret éternellement ! Vous non plus, d'ailleurs. Baxter et Karen doivent savoir ! Vous vivez sous leur toit, vous êtes leurs enfants… Ils se marient dans à peine plus de six mois !

Je fais volte-face et la supplie.

– Ne leur dis rien, par pitié ! Je n'avais pas vu mon père aussi heureux depuis des années. Pour tout te dire, c'est même la première fois que je le vois comme ça ! Je ne veux pas tout foutre en l'air…

– Ne prends pas mal ce que je vais te dire, mais il aurait peut-être fallu y penser avant, non ?

– Tu crois qu'on a été capables de réfléchir à ce qui nous arrivait, Izzie et moi ? m'emporté-je. Qu'on l'a vu venir, qu'on aurait pu le contrôler ? En ce cas, c'est que tu n'as jamais été amour…

Je m'arrête juste à temps, ou trop tard, au choix. Même Lake est moins sidérée que moi par ce que j'ai failli dire à l'instant.

– Alors c'est de ça qu'il s'agit ? se radoucit Lake. D'amour ?

– Non, je… Je ne sais pas, bégayé-je. J'ai dit ça comme ça, sans y penser !

– Les hommes… sourit Lake, attendrie. Vous êtes toujours longs à la détente, hein, concernant ce que vous ressentez…

Lake s'approche de moi, toujours souriante, et m'embrasse sur la joue de façon presque maternelle. Je me sens incroyablement soulagé de sentir sa bienveillance. Après tout, si quelqu'un a enfin appris pour nous sans que le monde s'effondre sous nos pieds, peut-être qu'Izzie va enfin comprendre que nous deux, c'est bordélique, c'est compliqué… Mais qu'on a le droit !

– Il n'y a rien de mal à ce qu'Izzie et toi vous aimiez ! m'assure d'ailleurs Lake, comme un écho à mes pensées. Mais vous devez vous montrer honnêtes. Plus tôt vos parents l'apprendront, mieux ce sera. Ça les concerne aussi, que vous le vouliez ou non.

– Je le sais, Lake… réponds-je d'une voix grave. Écoute, est-ce que tu peux me laisser jusqu'à la fin des vacances ?

– Bien sûr, soupire tristement Lake. Je ferai ce qu'il y a de mieux pour Izzie. Et pour toi, ajoute-t-elle.

Sans savoir pourquoi, je sens qu'elle est sincère. Qu'elle ne veut que notre bien, malgré la situation dans laquelle ça la met vis-à-vis de son compagnon et de sa future belle-mère.

Je n'arrive pas à comprendre pourquoi elle nous choisit, Izzie et moi, plutôt qu'eux. La question me hante durant tout le trajet.

J'imagine que je me suis montré injuste, tout à l'heure. Elle sait pertinemment ce que c'est, d'être amoureuse.

C'est sans doute ce qui explique qu'elle n'a pas réagi de façon horrifiée, qu'elle ne m'a pas fait la morale, et qu'elle est d'accord pour garder encore quelques jours le silence.

Seulement voilà, parler à Izzie, dans cette grande maison des Hamptons où nous sommes tous réunis en famille, entourés d'une trentaine d'employés qui vont et viennent pour préparer le réveillon de la Saint-Sylvestre, ce n'est pas facile. D'autant qu'Izzie, loin de se douter de ce qui se trame, est tout à l'excitation de la fête.

– Il y aura des célébrités ?

– Tout dépend du point de vue, la taquine son frère. Tu considères que Larry Fink est une célébrité ?

Je suis heureux de constater qu'ils ont apparemment repris leur mode de communication habituel. Que leur explication leur a fait du bien et que ce qu'il lui a avoué l'autre soir ne s'est pas immiscé entre eux.

– Hein ? Qui ça ? lui demande Izzie tout en cherchant le nom sur Google, avant de grimacer. Quoi ? Un *financier* ?

Jarden rit avant de recommencer à donner des instructions à son personnel.

– Oprah sera là, lui annonce Lake. Est-ce que ça compte ?

Izzie pousse des cris hystériques puis décrète qu'elle va commencer à se préparer dans sa chambre. Karen décide de monter avec elle.

– J'ai besoin d'un brushing et c'est toi, la reine du fer à lisser.

– Je vais te transformer en véritable Miss Univers, maman, rétorque sa fille.

La fille que j'aime.

La fille qui, depuis qu'elle a appris la terrible nouvelle concernant Karen, redouble d'attention et de tendresse vis-à-vis de sa mère.

La fille à qui je vais devoir annoncer la pire nouvelle qu'elle puisse imaginer avant la nouvelle année.

Pendant que les femmes de la maison se pomponnent, Jarden nous offre un whisky, à mon père et moi. Il en profite pour me prendre à part afin de me remercier d'avoir trouvé Izzie l'autre soir et de l'avoir ramenée.

– C'était important que nous parlions. Et c'est aussi important pour moi de savoir qu'elle a quelqu'un sur qui compter. Là-bas, à Felt. Dans la vie en général. Je peux parfois être légèrement… insensible. Ou, disons, maladroit. Je suis parfois plus à l'aise avec les ordinateurs qu'avec les humains.

Je regarde le liquide ambré dans mon verre, tout en me remémorant ce que m'a dit Lake à propos des doutes de Jarden. Essaye-t-il d'en savoir plus ? Ou se montre-t-il simplement amical ?

Dernière option peu probable. Si j'étais à sa place et que j'avais ce type de soupçons, j'aurais envie de démolir le petit con qui a séduit ma sœur.

– Est-ce que mon père est au courant ? m'inquiété-je néanmoins. Ce dont Izzie m'a parlé l'autre soir ?

– Depuis sa rencontre avec ma mère, oui, me confirme Jarden.

– Et est-ce que Karen sait que je sais ?

Car Karen compte plus, en ce moment, que les éventuels calculs du grand frère protecteur, que ma culpabilité. Que tout, en fait. Cette femme, ma future belle-mère, que j'ai pourtant rejetée si fort au début, a réussi à abattre toutes mes résistances. Je la respecte. Je l'aime. Et je suis horrifié que quelqu'un ait pu lui faire ça.

Tout comme je suis horrifié que Jarden ait à vivre avec ce poids.

– Elle sait. Maintenant, on sait tous, conclut-il. Il n'y a plus de secrets.

Je détourne les yeux, toujours sans savoir si Jarden me teste. Ce dont je suis sûr, en revanche, c'est qu'Izzie et moi ne pouvons plus continuer de cette façon.

Tout ça doit prendre fin ce soir.

Je dois lui dire ce que je ressens. Je dois lui dire que je veux tout avouer, tout assumer.

Seulement, avec deux cents invités triés sur le volet, ce n'est pas évident. Surtout quand il y a, parmi les convives, pas mal d'héritières, de veuves désœuvrées, ou tout simplement de femmes qui s'ennuient dans leur mariage et décident d'alpaguer le petit jeune en smoking en espérant flirter. Je passe bien quatre heures à me laisser entraîner dans des conversations dont je ne veux pas, qui m'ennuient, tout en guettant Izzie du coin de l'œil. Elle a retrouvé toute sa joie de vivre et parade, sublime, dans une robe couleur bronze qui la rend encore plus spectaculaire que d'habitude. Elle est plus belle que toutes les femmes réunies ici ce soir, et son dos nu me ferait instantanément tomber amoureux du grain de beauté qu'elle a sur l'épaule si je ne l'étais pas déjà. Minuit arrive, et je suis triste, affreusement triste, de ne pas pouvoir l'embrasser. Une heure passe encore, la fête se délite. Pendant que tout le monde a trop forcé sur le champagne pour se rendre compte de quoi que ce soit, je la rejoins à l'étage, sur l'une des nombreuses terrasses éclairées aux flambeaux et réchauffées par des radiateurs à gaz. Au loin, c'est la nuit d'hiver, sombre, glaciale.

– Tu n'as pas froid ?

– Si, un peu, m'avoue-t-elle en riant puis en se décalant un peu pour que je puisse m'appuyer à côté d'elle sur la rambarde. Tu passes une bonne soirée ?

– Une soirée où je ne peux pas te réchauffer quand tu trembles est toujours une soirée de perdue, Pearson, répliqué-je en regardant droit en direction de l'océan, en espérant le distinguer dans le noir.

Mais je ne vois rien. J'entends seulement les vagues qui se brisent. Toute cette situation est aussi clichée que ma putain de dernière phrase. Et les clichés, c'est désespérant.

– Bonne année, 13, me lance-t-elle d'une voix douce en se tournant vers moi.

Magnifique. Sculpturale. Et heureuse, si heureuse. J'imagine qu'elle aime bien ce genre d'agitation. Le champagne. Les bonnes résolutions. Porter une robe de grand couturier, me voir dans un smoking.

Et moi, c'est elle que j'aime. Ma princesse de l'Upper East Side.

– Izzie… Il faut qu'on parle, lâché-je avec gravité.

Je lui rapporte ma conversation avec Lake, dans les grandes lignes, pendant qu'elle s'affole.

– Ne t'en fais pas, la rassuré-je. Elle n'a encore averti personne. Je lui ai demandé d'attendre qu'on ait décidé.

– Décidé ? s'emporte-t-elle. De quoi ? De la meilleure façon de briser le cœur de nos parents ? De s'attirer le dégoût de tout le monde ? Bon sang… ajoute-t-elle pour elle-même. Après tout ce que ma mère a traversé… Je n'arrive pas à croire que je lui inflige ça en plus !

– Elle te pardonnera, Izzie, dis-je en espérant la rassurer.

– Me pardonnera d'avoir mis en péril son bonheur conjugal pour une amourette d'adolescente ? me rétorque Izzie, ulcérée.

Je suis heureux que les vagues, cette nuit, fassent autant de vacarme. Ça couvre probablement le bruit de tout ce qui s'effondre en moi.

Une amourette.

Évidemment, c'est ce que je suis. Qu'est-ce que je croyais ? À Felt, j'ai l'habitude de passer pour un play-boy. Je suis le mec que les filles s'arrachent, un des rares qui a peut-être un avenir en dehors de cette ville… Mais en voyant Izzie évoluer dans son milieu depuis quinze jours, je ne peux que constater que je ne fais pas le poids. Que je suis une expérimentation, comme les taureaux mécaniques et les bals d'hiver ratés.

– Je vais parler à Lake, Izz'.

Plus comme un amant, non. Mais comme l'« amourette » qui accepte de se faire éjecter.

– Je vais lui dire qu'on arrête ça. Que c'est bel et bien fini. Qu'elle n'a besoin de raconter ce qu'elle a vu à quiconque.

– Pourquoi est-ce qu'elle te croirait, hein ? continue de paniquer la toute première fille à m'avoir brisé le cœur.

Sans réaliser à quel point c'est cruel, pour moi, de constater qu'elle se fiche bien qu'on se sépare. Que ce qui l'intéresse, c'est que notre foutu secret ne soit pas dévoilé.

– Comment tu penses pouvoir gérer ce merdier, Logan ?

– Comme j'ai géré toutes les merdes depuis que ça a commencé ! aboyé-je. Comme je t'ai gérée avant-hier ! Comme j'ai géré mon père toute ma vie !

C'est la douleur qui me fait réagir comme ça, je le sais. Ça ne m'empêche pas de m'en vouloir instantanément de lui avoir crié dessus. Après tout, elle ne fait pas exprès de me blesser, elle.

– Ça va aller, me radoucis-je. Je vais expliquer clairement à Lake que ces vacances, c'était une parenthèse. Elle est perspicace, tu sais. Elle comprendra que je dis la vérité.

Je jette un dernier regard à Izzie. Un dernier où je m'autorise à la contempler comme la fille que j'aime. Comme mon ex. Comme mon premier amour. Un dernier où je m'autorise à fondre devant sa beauté, sa classe, son caractère intrépide, son opiniâtreté.

– Bonne année, Isobel, lui lancé-je avant de faire coulisser la baie vitrée et de rejoindre la fête.

En m'en voulant d'avoir fini une histoire si belle sur une pique aussi nulle, je regagne la salle de réception, en bas, au rez-de-chaussée, et d'un pas résolu, m'approche de Lake et l'entraîne à part.

– C'est fini, lui glissé-je à l'oreille. On a rompu. Pour de bon. Alors j'apprécierais si jamais tu pouvais oublier ce qui a eu lieu.

– Logan, proteste-t-elle à voix basse. Comment est-ce que je peux cacher ça à Jarden ? Et comment est-ce que je peux être sûre que ça ne va pas recommencer dès demain, étant donné ce que vous ressentez l'un pour l'autre…

– Elle ne m'aime pas, Lake, lâché-je d'un ton aussi tranchant qu'un couperet. Je l'aime, et elle, elle ne m'aime pas. Alors oui, il n'y a aucun risque que ça reprenne. C'est fini, tu comprends ? Même sans l'interdit, ce serait fini.

– Oh, Logan… se désole ma confidente involontaire. Est-ce que tu veux… ?

– … savoir s'il reste à boire ? Ouais, plutôt, lancé-je avant de lâcher un rire forcé. J'ai la ferme intention de me mettre aussi minable que je me sens de l'intérieur. Mais ne t'en fais pas, je vais emporter ma cuite dans ma chambre. Pas de scandale devant Larry Fink. Plus de scandale, conclus-je d'un ton acerbe avant de tourner les talons.

20

Le bruit et la fureur

Izzie

– Appelle-moi, OK ? lui lance la pouffe depuis le palier qui sépare nos deux chambres.

– On verra, l'entends-je lui répondre, avec pourtant un sourire dans la voix.

En mesure de rétorsion, je vais fouiller dans mes vieux CD, ceux qui sont planqués tout au fond de mon placard, dans un carton que je n'ai même pas pris la peine de déballer. J'opte pour le disque culte de mon année de CM2, Jessie J et, avec un empressement furieux, le lance sur ma chaîne. À fond. Pour couvrir la voix de Logan et son plan cul du jour.

En espérant que ses foutues oreilles de mélomane saignent. Abondamment.

Depuis qu'on est rentrés des Hamptons, tous les week-ends ressemblent à ça. Dès que les parents ont le dos tourné, Logan convoque une parfaite inconnue et me fait subir leurs ébats. Il a même quitté la caravane, ce qui fait qu'il s'envoie en l'air littéralement *en face* de moi.

Il n'en a vraiment rien à foutre, de ce qu'on a vécu.

La caravane, c'était juste une façon de m'attirer dans son plumard, et maintenant, il reprend ses bonnes vieilles habitudes sans se soucier de ce que je peux ressentir. Heureusement que je n'ai pas foutu en l'air ma relation avec ma mère pour lui ! Heureusement que je n'ai pas ruiné ma vie pour un type qui se fiche éperdument de moi.

Je me réinstalle à mon bureau et me concentre tant bien que mal sur ma dissertation, à intégrer à mes dossiers de candidature en fac. Ça fait trois semaines que je concentre toute mon énergie sur l'avenir, afin de m'occuper l'esprit. Mais j'avoue que Jessie J qui beugle ne m'aide pas à réfléchir. Pas plus que Logan qui tambourine comme un fou à la porte, avant de l'ouvrir avec fracas. En jean, torse nu. Ébouriffé. Puissant. Indomptable. Beau à se taper la tête contre les murs. Avec cet air que je lui connais – son air après le sexe. Cet air que j'ai tellement aimé. Et qui, en cet instant, me fait mal, si mal que c'est intolérable.

– Ça ne t'embêterait pas d'écouter ta soupe au casque ?

– Et toi, ça ne te gênerait pas de bâillonner tes pétasses quand tu les sautes ? Tant qu'à faire ?

– Pas très féministe, Isobel, cette façon de parler des autres femmes. Que penseraient les recteurs libéraux des facs de snobs où tu postules d'un tel discours ?

– Que j'ai des circonstances atténuantes. Après tout, je vis à moins de dix mètres de toi. Ne dit-on pas que la connerie, c'est contagieux ?

Le sourire narquois de Logan s'efface. Il entre dans ma chambre, éteint ma chaîne. Je m'entends protester comme une gamine de 10 ans. Pour ne pas montrer que je suis une jeune femme qui souffre. Parce que ce qu'elle croyait être une histoire tumultueuse, impossible, mais avant tout belle et sincère, n'était en fait rien. Juste une conquête parmi les autres.

– Tu es vraiment obligée d'être une telle garce ? siffle-t-il entre ses dents.

– Moi, une garce ? réponds-je, choquée. C'est l'hôpital qui se fout de la charité ? C'est pas moi qui passe mon temps à provoquer l'autre, depuis trois semaines !

– Tu vois ma vie sexuelle comme une provocation ?

rétorque-t-il, furieux. Dans ce cas, pose-toi des questions, Isobel !

– C'est vrai, j'oubliais… Je parle au roi de l'introspection, au prince de la profondeur, répliqué-je avec fiel.

Logan recule d'un pas, comme si je l'avais frappé en plein estomac.

– Tu es vraiment… une personne infecte, répond-il, le souffle court. Quand je pense à ce que…

Il s'interrompt, secoue la tête.

– Non. Je ne le dirai pas. Tu n'en vaux pas la peine.

Sur ce, il sort en trombe de ma chambre pour aller se réfugier dans la sienne. Ivre de fureur, je lui emboîte le pas.

– Oh que si, tu vas le dire, Logan Taylor ! Tu vas aller au bout de ta pensée et assumer !

– Tu me parles d'assumer ? ricane-t-il alors que je claque la porte de sa chambre.

Nouvelle salle. Même ambiance.

Cataclysmique, brutale, douloureuse.

– Ça te va bien, Izzie, de dire ça ! Tu as tellement assumé ce qu'il y avait entre nous que tu m'as laissé réparer les dégâts tout seul ! Et il faudrait en plus que je m'excuse d'aller mal ? De souffrir ? Je suis désolé, mais tout le monde n'est pas aussi glacial que toi !

– Tu souffres, peut-être ? réponds-je, ulcérée. Et de quoi, hein ? De ne pas avoir eu comme toujours le beurre, l'argent du beurre, et mon cul de crémière ? De ne pas avoir pu conserver ton petit secret honteux ?

– N'inverse pas les rôles ! C'est toi qui avais honte, OK ? Toi qui n'assumais pas cette « amourette », comme tu me l'as si gracieusement fait comprendre dans les Hamptons ! Le tout après avoir passé ce foutu jour de l'an à papillonner sans m'approcher ! Je pensais qu'on était dans cette histoire *ensemble*. Oui, je souffre ! Je souffre parce que je tenais à toi ! Et, OK, j'ai compris, mes sentiments n'étaient pas partagés. Mais est-ce que ce ne serait pas une raison pour écraser un peu ?

Je le regarde, soufflée, sans comprendre.

– Tes… sentiments ?

– Arrête, lance-t-il d'une voix écœurée. Le numéro de la fille aveugle, ça ne te va vraiment pas. Tu es la personne la plus perspicace que j'ai rencontrée de ma vie.

Je fonds sur lui et attrape son bras en suppliant, complètement paniquée.

– Attends, Logan, je ne comprends pas ! Explique-moi s'il te plaît ! Tu es en train de dire que tu avais des sentiments… pour moi ?

– Mais tu crois quoi ? se dégage-t-il, furieux. Bien sûr que j'en avais ! Bien sûr que j'en ai ! Tu t'imagines vraiment que j'étais prêt à tout raconter aux parents pour… quoi ? Le plaisir de faire souffrir ceux que j'aime ? C'est vraiment ça l'image que tu as de moi ?

– Tu étais prêt à tout leur dire ? répété-je, hallucinée.

– Tu le sais bien, putain ! Tu étais sur cette terrasse en même temps que moi !

J'essaye de me souvenir de ses mots, des miens, de la scène. Mais tout est flou. Ne reste que le souvenir de la panique. De la douleur. De la fatigue.

Non, ce n'est pas possible. Par pitié, dites-moi que ce n'est pas moi qui ai tout gâché !

– J'étais bouleversée, Logan, expliqué-je à toute allure en luttant pour que les mots ne s'emmêlent pas. J'étais paumée, affolée, je n'avais pas dormi depuis deux jours et je tenais sur les nerfs. J'avais bu ! Je ne « papillonnais » pas, ce soir-là, je donnais le change, en évitant de parler plus de deux minutes de suite à la même personne de peur qu'on remarque mon état ! Et quand j'ai dit que nous deux, ce n'était qu'une amourette, c'est parce que je croyais que c'était ce que ça représentait pour *toi* ! Je ne voulais pas risquer le bonheur de ma mère pour une histoire qui n'était pas sérieuse à tes yeux, plaidé-je.

Logan me toise avec gravité, et met un temps à répondre

à ce que je viens de dire. Ses yeux gris brillent et sa gorge s'étrangle, comme si les larmes n'étaient pas loin.

– Le souci, Izzie, c'est que nous deux, je n'ai jamais considéré ça comme une amourette. Sinon, ç'aurait été facile. Mais… Merde, lance-t-il en détournant le regard. Je n'ai jamais rencontré une fille comme toi. Et je sais que je n'en rencontrerai probablement pas une autre. Alors tu vois, ajoute-t-il, la voix tremblante, ce n'est pas facile d'y renoncer…

Sans réfléchir, je pose ma main sur sa joue pour qu'il tourne son visage vers moi, me hisse sur la pointe des pieds et l'embrasse. Tout en sachant que ça ne règle rien, que je ne devrais pas, que je nous remets dans les mêmes ornières… Mais en comprenant que quand même, cette fois, c'est différent.

Cette fois, je sais pourquoi je le fais.

Je le fais parce qu'il ressent lui aussi quelque chose pour moi. À ses yeux, je ne suis pas juste un défi, une idée de merde, une nouvelle façon de se détruire. Je suis quelqu'un. Quelqu'un pour qui il a des sentiments. Et ça, c'est incroyablement bouleversant.

– Ne baise plus toutes ces filles, gémis-je tout contre sa bouche. Ne baise plus personne d'autre que moi…

– Qu'est-ce que tu viens de dire ? réplique-t-il d'une voix haletante.

– Tu m'as très bien entendue. Baise-moi. Ne baise que moi.

Notre étreinte brûlante se prolonge alors que nos mains s'aventurent, fiévreuses, sur le corps de l'autre. Je passe sur ses abdominaux, savoure sa peau chaude qui m'avait tellement manqué. Ses mains à lui se perdent dans mes cheveux, caressent mon dos, s'attardent sur mes fesses. Je suis électrisée, plus que je ne l'ai jamais été. L'effet dispute ? L'effet déclaration ? Ou tout simplement le résultat de trois semaines de frustration ? Toujours est-il que je défais son jean avec impatience. Partageant mon urgence, Logan fait passer mon tee-shirt par-dessus ma tête et empoigne violemment ma poitrine par-dessus mon soutien-gorge.

Ça aussi, ça m'avait tellement manqué. Ses mains larges, puissantes, sur moi.

– Oh, Izzie, halète-t-il en plongeant son nez dans mon cou. « Baiser », ce n'est vraiment pas le bon verbe pour ce qu'on fait…

Il passe sa main sous ma jupe et fait glisser ma culotte avant de caresser mon sexe trempé et de m'arracher des râles de plaisir.

– Parce que ce n'est pas assez intense à ton goût ? répliqué-je en écartant les cuisses, complètement foudroyée.

– Non, rétorque-t-il en me soulevant pour aller me poser sur son bureau. Au contraire, ça l'est beaucoup trop…

Je gémis du simple plaisir de l'entendre dire ça et caresse son sexe, lentement, pendant que Logan fouille en quête d'une capote, en trouve une dans une coupelle, l'enfile.

– Prends-moi, le supplié-je, excitée à un point inconcevable. Prends-moi tout de suite.

Il m'attrape par les cuisses et me ramène sur le rebord de la table, avant d'enfoncer en moi son membre gonflé de désir, palpitant. Mes yeux s'écarquillent et je lâche un cri. Plaisir. Soulagement. Quasiment un orgasme, là, déjà, alors qu'il commence seulement à aller et venir, puissamment, intensément. Je savoure absolument chaque détail. Son expression, oscillant entre concentration et extase. Le son de ses gémissements, intenses, virils. Le mouvement souple et rapide de son bassin. Ses mains qui malaxent mes seins. Son sexe, gonflé, dur, qui ne cesse de disparaître en moi. Je pose mes mains en arrière et me cambre, m'offre, alors que Logan me pilonne de plus en plus vite, de plus en plus fort. Ses yeux écarquillés ont une expression presque épouvantée. Et je comprends pourquoi. Je ressens la même chose.

C'est trop grand. Ça fait trop peur.

C'est la première fois que nous nous laissons aller à ce point ensemble. Bruit. Fureur. Passion. La maison vide est devenue une sorte d'organisme vivant dont nous sommes le cœur. Et nos cris ne s'apaisent pas, malgré le risque que quelqu'un rentre, malgré le risque de nous faire surprendre. Plus rien n'a d'importance, à part les paroles de Logan.

– Izzie... Je n'ai jamais vécu ça, avec personne... C'est trop bon, c'est... trop.

– Logan, haleté-je. Logan, je sens que...

Mais je n'ai pas le temps de finir ma phrase. J'explose dans un orgasme dont la brutalité me surprend. Une force me balaye, dont je ne supposais pas l'existence. Je m'arc-boute, crie et me contracte dans une série de spasmes qui me semblent interminables alors que Logan s'enfonce au plus profond de moi, se tend, laisse ses grognements se transformer en râles. Nous jouissons en même temps, éperdus de plaisir, avant que Logan se retire à une vitesse délicieusement frustrante, comme si mon contact le brûlait. Puis il reprend son souffle, sa poitrine affolée se calme, et il me prend dans ses bras avec une rage désespérée qui me bouleverse.

– Je ne te laisserai plus partir, Izz'. Je ne pourrais pas supporter de te perdre encore.

Les larmes me montent aux yeux. Je suis émue, effrayée, mais surtout plus heureuse que je ne l'ai jamais été.

– Je ne vais nulle part, Taylor, le rassuré-je à l'oreille avant d'embrasser sa tempe. Tu vois ? Je suis là, dans la chambre d'en face.

– Tu sais bien ce que je veux dire, me gronde-t-il, un peu affolé, en me repoussant de quelques centimètres pour chercher mes yeux.

– Oui, m'excusé-je. Je sais. Je suis sérieuse moi aussi, fais-je en entremêlant mes doigts aux siens. Je n'irai nulle part Logan, je te le jure.

21

Les réprouvés

Logan

– Alors ? Il en a pensé quoi ?

Izzie bondit sur moi sitôt que je quitte la salle de répétition. Enfin… de façon discrète. On est quand même au lycée ! Je souris, lentement. Avec fierté.

– Il est d'accord pour que je chante une de mes compositions pendant le spectacle de fin d'année.

– C'est vrai ? s'exclame Izz' en me sautant au cou. Oh, Logan… C'est merveilleux !

J'ai envie de lui répondre que c'est elle qui est merveilleuse. C'est elle qui m'a tanné pour que j'intègre le club de musique, dont il y a quelques semaines encore j'ignorais l'existence. Puis, une fois mon audition réussie, c'est également elle qui m'a tanné pour que je fasse écouter au prof les anciennes compositions que je lui avais jouées.

– Comment tu sais que je compose ? lui avais-je demandé.

C'est là qu'elle m'a parlé du texte que j'avais fait tomber, le jour de Thanksgiving, au Ruby's. « The Bet », ma première chanson en quatre ans.

Il faut croire que c'est tout ce qui me manquait : une muse.

J'ai trouvé la mienne et, assoiffé d'inspiration, je ne la lâche plus. Ça fait un mois qu'Izzie et moi, on fait tout ensemble. On traîne ensemble, on vit ensemble, on fait nos devoirs ensemble…

Et on s'échappe de la maison dès qu'on peut.

J'ai acheté un deuxième casque et, avec ma moto, on part dans la campagne, on part dans la forêt, on file à Austin voir des concerts. Je lui apprends des choses sur le rock. Elle m'en apprend sur l'écriture. Mon *songwriting* a déjà progressé en seulement quatre semaines.

À Austin, on retrouve le même rythme qu'à New York ; cette liberté absolue. Cette joie de ne pas se cacher. Bien sûr, ça me fait mal quand je surprends Karen et mon père se jeter des regards entendus, ravis que les vacances de Noël – leur « surprise » – aient permis ce rapprochement, cette intimité entre leurs deux enfants.

Je déteste les tromper sur la nature de nos sentiments.

Mais je ne veux pas brusquer Izzie. Elle a déjà accepté qu'on soit un couple. Monogame, fusionnel, insouciant.

Et séronégatif, comme nous l'a appris le centre de dépistage d'Austin.

Pour l'instant, je me contente de ça. En sachant qu'il faudra bien, un jour, dire la vérité…

Mais pas si je dois la perdre.

Pas si elle doit encore paniquer, me repousser, me quitter. Ou si ça signifie que ma plus grande crainte se réalise, à savoir que Karen, en l'apprenant, l'éloigne…

C'est une possibilité, je le sais. Et je ne veux pas la risquer.

Nous avons déjà si peu de temps devant nous… Dans cinq mois environ, on vivra à des milliers de kilomètres l'un de l'autre. Et, à ce moment-là, je ne sais absolument pas ce que notre relation va devenir.

Il ne faut pas que j'y pense.

C'est la règle qu'Izzie m'a imposée. Ensemble, oui. Mais en y allant pas à pas, un jour à la fois.

– Qu'est-ce qui se passe ? demande Steff en faisant irruption.

– Logan va jouer une de ses compositions pour le spectacle de fin d'année ! répond Izzie, exaltée.

– C'est vrai ? s'enthousiasme Steff. Logan, ça va être génial ! Mais le coach ne va pas trop tirer la gueule ?

– Pas si je continue d'assurer à l'entraînement. Et puis, le championnat est passé, on a gagné… Et moi, je ne serai plus là l'an prochain. Ce n'est pas comme si la prochaine saison était entre mes mains. Ceci dit, il ne faut quand même pas que je néglige le foot. Notre Dame ne m'a pas accordé une bourse pour que je joue les ménestrels…

– Ha, ha, ha ! C'est trop drôle. À force de traîner ensemble, les Taylor-Pearson, vous vous êtes mis à parler pareil !

Ni Izzie ni moi ne laissons transparaître un quelconque malaise. Ce qui, il y a cinq semaines encore, nous aurait fait piquer un fard, ne nous atteint plus. Nous avons enfin compris que nous ne faisions rien de mal. Ça ne peut pas être un crime, de s'aimer, quand ça fait tellement de bien.

– Allez, on va déjeuner, les filles ? Je crève la dalle.

– Tu vois ? lance Izzie à Steff. Je ne l'ai pas dénaturé. Il parle encore comme un charretier…

***

Jeudi matin. Alors que je sors des vestiaires, je tombe nez à nez avec Matt. Je commence à détourner le regard, avant de comprendre qu'il m'attendait.

– J'ai appris, pour le concert de fin d'année, me lance mon ancien meilleur ami.

Celui dont j'ai ruiné la vie.

– Je voulais juste te féliciter. Je trouve ça génial que tu t'y remettes. Tu te rappelles, quand ton père t'a offert ta première guitare à Noël ? À l'époque, tu ne jurais que par les Black Keys ; tu étais surexcité. J'ai vraiment trouvé ça con, quand tu as arrêté de jouer.

– Avec le foot, je n'avais plus vraiment le temps de toute façon, réponds-je, mal à l'aise.

Pourquoi Matt me dit tout ça ? Pourquoi est-ce qu'il m'adresse même la parole ? Il s'était pourtant montré clair, quand il m'a écrit que plus jamais il ne voulait me revoir. Que j'avais foutu sa vie en l'air et qu'il aurait préféré que je crève dans cet accident.

– Ouais… Je m'en suis voulu, tu sais. J'étais conscient que c'était plus mon truc que le tien. J'aurais dû t'encourager, t'empêcher de vendre ton clavier…

OK, je vois où il veut en venir.

Il veut me rappeler à la réalité. Le foot, c'était *son* rêve, et c'est moi aujourd'hui qui le vis.

– Tu m'excuses ? l'interromps-je pour mettre fin à la conversation. J'ai un rendez-vous, là…

– En pleine journée ? me répond-il, sceptique. Alors que tu es censé avoir espagnol dans trente minutes ?

Je hausse les épaules et m'arrache. Littéralement. Tant pis pour l'espagnol, tant pis pour tout le monde. J'ai besoin d'un verre. Mais, alors que je roule sur ma moto en me demandant quel bobard je vais raconter ce soir à Karen pour justifier d'avoir séché toute la journée, je ne prends pas la direction du bar le plus proche. Non, je me dirige vers la maison. J'enlève mon casque, monte dans ma chambre. Attrape ma guitare. Et sans même y penser me mets à chercher un riff. Quand je le tiens, le chant me vient presque tout seul. Les paroles aussi. Le titre s'impose de lui-même, « Living in Someone Else's Dream ». Et quand Izzie arrive à seize heures, suivie de peu par Karen, et que les deux femmes Pearson m'engueulent comme un sale gosse, je m'en fiche presque. J'ai un nouveau morceau.

Le morceau que je portais en moi depuis près d'un an, sans le savoir.

Le morceau qui parle de Matt et moi.

***

– Psssttt… Pearson, l'appelé-je depuis la salle de musique alors qu'elle passe dans le couloir. Ramène-toi.

Je l'attrape au vol et l'attire dans la salle déserte, referme la porte, la plaque au mur pour l'embrasser sauvagement, à l'abri des regards. Au lycée, les occasions sont rares – mais nos baisers n'en sont que meilleurs. Le secret nous offre au moins ça.

Il faut voir le verre à moitié plein.

– Arrête, Logan, glousse-t-elle en m'embrassant pourtant en retour. Et si on nous voyait ?

– Et comment, hein ? Avec des rayons X ?

– Je ne sais pas… N'importe qui pourrait débarquer !

– OK, alors j'arrête de te peloter. De toute façon, ce n'est pas pour ça que je t'ai appâtée ici en usant de mon charme redoutable…

– Ah bon ? Et pour quelle raison m'as-tu kidnappée alors que j'allais rejoindre Steff à la bibliothèque, monsieur le vantard ?

– J'ai quelque chose à te faire écouter. Deux choses, en réalité.

Je lui joue d'abord le morceau à propos de Matt, que j'ai fini d'arranger hier soir. Puis, prenant mon courage à deux mains, je lui avoue :

– J'ai une autre chanson. Qui parle de nous. Tu veux l'entendre ?

Timidement, elle opine, et je me lance. C'est l'autre projet sur lequel j'ai travaillé ces derniers jours. « The Misfits ».[1]

« *How could it be so wrong*
When it feels so right
To catch the sight of you in this perfect light
In this perfect moment
Where my heart could drown
By the lake where our love lays bare.[2] »

---

1. « Les Réprouvés. »
2. « Comment est-ce que ça pourrait être mal / Quand ça semble si bon / De capturer ton image dans la lumière parfaite / De cet instant parfait / Où mon cœur pourrait se noyer / Près de ce lac où notre amour, mis à nu, repose. »

J'ai le cœur qui cogne comme un foutu tambour. Chanter ma musique, c'est une chose… Mais chanter devant Izzie un morceau qui parle d'elle… Heureusement que même avec ma fréquence cardiaque à son max, je ne suis pas du genre à m'essouffler.

Quoique… Ça dépend des fois.

Il y en a plein où ma petite amie me le coupe, mon souffle. Quand elle rit, quand elle me caresse, quand elle pense, quand elle jouit… Quand elle me lit un poème, avec un sérieux de pape. Quand elle danse devant la scène d'un concert où je l'ai amenée, et que toute sa sensualité transparaît. Quand elle me regarde et déclare de sa voix éraillée qu'elle ne s'est jamais sentie aussi proche de quelqu'un que de moi.

Alors, oui, comment est-ce que ça pourrait être mal ?

Pendant que le son de ma guitare s'étire dans le vide de la salle, Izzie, les larmes aux yeux, m'embrasse.

– Oh, Logan, c'était magnifique…

– C'est vrai ? Ça te plaît ? demandé-je en sentant mon cœur continuer de frapper contre ma cage thoracique.

Une section rythmique entière, là, à l'intérieur. Qui bat pour elle, et rien que pour elle.

– Si ça me plaît ? C'est… beau, répond-elle, visiblement émue, un peu maladroite. Ces paroles… Et puis surtout, ta voix, ta musique ! Tu es si talentueux…

– J'ai une bonne muse, lui réponds-je en souriant, rassuré et surtout tellement heureux que ce titre lui plaise.

Reste avec moi et je t'en écrirai tous les jours de ta vie, des chansons.

– Une muse en retard pour voir sa meilleure amie, remarque-t-elle en consultant l'heure sur son téléphone.

– Alors file, jolie muse. Je me faufilerai dans ta chambre cette nuit.

– Pour me jouer un autre morceau, j'imagine ?

– Oui, si ça me vaut un autre baiser, lancé-je en la raccompagnant à la porte de la salle de musique.

Alors que j'entrouvre la porte, Izzie se plante face à moi, plonge dans les miens ses yeux bleus qui valent mille mots ou mille compositions… Et colle ses lèvres aux miennes. Sauvagement, passionnément. Elle m'embrasse comme si le monde n'existait plus, ou comme s'il pouvait aller se faire voir. Elle m'embrasse comme si tout ce qui comptait, c'était elle, moi, nos langues enroulées, nos respirations saccadées. Jamais, il y a quelques semaines, elle n'aurait osé faire ça. Ouvrir la porte, au sens propre comme au figuré – même si c'est d'un centimètre à peine, dans un couloir désert à l'heure du déjeuner. C'est une étape franchie de plus et je prends. Je prends tout ce qu'elle est prête à me donner.

– Merci… susurre-t-elle en éloignant ses lèvres et en posant sa main sur la poignée. On ne m'avait jamais fait un aussi beau cadeau, Logan.

– Ce n'est que le début, Isobel, lancé-je en recoiffant une de ses mèches.

Une de ces frisettes folles qu'elle a enfin arrêté de systématiquement lisser. Tout en la titillant avec ce prénom qu'elle déteste, et que j'en suis venu à adorer.

Et je prie pour que ce que je raconte soit vrai.

Je prie pour que ce soit le début, rien que le début, malgré la fin de l'année scolaire qui approche, nos incertitudes quant aux vacances d'été, quant à la fac où on va aller.

Et pas le début de la fin.

Lorsque Izz' a filé à la bibliothèque, moi je fonce en chimie. Même si la seule formule qui m'intéresse ces derniers temps, c'est celle qui fait que deux personnes que tout oppose peuvent se retrouver à s'aimer si fort.

Quand la cloche sonne la fin des cours, je me précipite sur le parking, sachant que ma muse m'y retrouvera pour qu'on rentre ensemble à moto. Seulement, au lieu d'une muse, c'est Erik qui débarque. Il avance vers moi, l'air déterminé. Surpris, je pose mon casque sur ma selle en me demandant ce qu'il me veut. Depuis cette fameuse soirée de victoire, nous avons des rapports polis, mais distants. On ne s'adresse presque plus la parole en dehors des entraînements et ça me va très bien comme ça.

– Taylor ! beugle-t-il devant tous les étudiants qui se retournent. 13 !

De plus en plus intrigué, j'avance vers lui. Quand j'arrive à son niveau, le *quarterback* me balance un direct du droit en plein dans la mâchoire. Ma tête opère un retournement à cent quatre-vingts degrés et entraîne mon corps dans une chute spectaculaire. Je me retrouve face contre terre, sans comprendre ce qui m'arrive.

– Tu la sautes ! Espèce d'enfoiré, c'était ça, ton problème depuis le début. Tu baises ta propre demi-sœur !

En l'entendant éructer comme ça, à la sortie des cours, je me redresse, terrifié, et commence à avancer vers lui avec des gestes d'apaisement.

– Erik… Qu'est-ce que tu racontes, putain ? Qu'est-ce que…

– Boucle-la, Logan ! hurle-t-il, hors de lui. Espèce de pervers, de malade !

Je regarde autour de moi, affolé. La moitié des élèves de Felt High sont présents, le regard braqué sur nous. Puis soudain, je la vois elle, un peu en retrait, son sac serré contre sa poitrine. J'ouvre la bouche, cherche quoi dire. N'importe quoi qui ne trahirait pas ce que je lis dans le regard d'Izzie, à savoir que notre monde vient de s'effondrer. Erik suit mon regard, l'aperçoit, et éclate d'un rire mauvais.

– Putain, j'y crois pas… Vous me dégoûtez tous les deux ! hurle-t-il, cette fois à l'intention d'Izzie. Tu joues les prudes et tu te fais sauter par ce mec-là ? Il y a un nom pour ça, espèce de salope ! Ça s'appelle de l'inces…

La béquille que j'inflige à Erik l'expédie au sol avant qu'il ait pu prononcer ce mot. Ce mot dégueulasse, ce mot tellement faux. Tellement éloigné de ce qu'on vit, elle et moi.

Je donne un coup de latte dans le ventre du *quarterback* avant de lui gueuler dessus, assez fort pour que tout le monde entende.

– Tu es complètement taré, Erik ! Et complètement parano ! Izzie, l'appelé-je ensuite. Viens, on se casse. On ne va pas rester ici à écouter les délires de ce malade !

Ma réprouvée trotte vers moi, muette et affolée, tout en sortant son casque de son sac. Ça me fait mal, tellement mal, de devoir rabaisser notre relation aux accusations d'Erik ! Si ça ne tenait qu'à moi, je crierais sur tous les toits que oui, on est ensemble. Oui, Izzie Pearson m'a choisi, moi, Logan Taylor. Celui qui, avant elle, n'était qu'un pauvre type rongé par la culpabilité et le souvenir de toutes les choses affreuses qu'il a faites dans sa vie. Si ça ne tenait qu'à moi, je dirais à tout le monde que cette fille-là, je l'aime.

Même si, à elle, je ne l'ai encore jamais dit.

Parce que j'ai peur qu'en entendant ces mots, elle me fuie.

Et que je sais qu'en le proclamant à la terre entière, je la perdrais.

– C'est ça ! Barrez-vous, allez baiser tranquillement entre frère et sœur… grogne Erik, encore plié en deux, par terre.

– Ne l'écoute pas, recommandé-je à Izzie alors qu'elle grimpe sur ma bécane.

En veillant à ne pas se coller à moi. À attraper le porte-bagages au moment où je démarre. Où je quitte le parking de Felt High et roule, concentré sur la route, sans avoir envie de jamais m'arrêter.

Parce que je sais qu'au moment où je couperai le contact, descendrai de moto, devrai faire face à Izzie, notre univers aura changé à jamais.

22

Rien ne reste éternellement caché

Izzie

– Ticket pour le bal de promo ! Demandez vos tickets pour le bal de promo ! scande Brooke dans son mégaphone.

Au détour d'un couloir, Coral et sa clique, assises derrière une table à tréteaux, gèrent les préparatifs de l'événement. Je tourne les talons pour les éviter. Depuis l'esclandre d'Erik la semaine dernière, les rumeurs vont bon train, même si Logan a réussi à les minimiser. Pour ça, sa politique a été claire : ne pas s'acharner à démentir, ne rien changer à nos habitudes.

– Si jamais on s'évite au bahut, ils vont tous penser qu'on a quelque chose à se reprocher.

– Mais c'est le cas, Logan !

– Écoute-moi bien, Izz'. On n'a pas à s'en vouloir, toi et moi, OK ? Tant que Karen et Baxter ne l'apprennent pas, tant qu'on ne leur fait pas de mal, à eux, on n'a pas à s'en vouloir !

Mais combien de temps est-ce que ça va mettre pour qu'un pion, un prof, entende une remarque dans les couloirs et en réfère à l'administration ? Pour que ma mère ait vent de ces bruits – et qu'on comprenne que ce qu'on raconte est vrai ?

Un pas devant l'autre. Un jour à la fois.

C'est ce que je me suis promis, en acceptant de me lancer dans cette histoire à corps perdu après New York. Je me suis promis de ne plus être la jeune fille qui pense toujours au pire, qui anticipe la moindre possibilité du désastre, comme une statisticienne de la catastrophe.

Je me suis promis d'être un peu plus comme Logan. Un peu plus libre.

Seulement, le prix de cette liberté est amer. Une médaille à deux facettes, dont aucune n'est satisfaisante. D'un côté, il y a ceux qui ne nous lâchent pas, Logan et moi. Qui gloussent, se gaussent, observent à la dérobée, pointent du doigt. De l'autre, ceux auprès de qui faire passer notre relation pour un délire d'Erik a été si facile que c'en est presque pire. Ça prouve à quel point ça leur semble inconcevable, Logan et moi. Une aberration, forcément une erreur.

Et Steff est de ceux-là.

À moins que ma meilleure amie refuse de considérer que j'aie pu tout bonnement la trahir ? Que j'aie pu me faire passer avant elle, avant ma mère…

Mais ce n'est pas moi que j'ai fait passer en premier. C'est Logan.

Il est tout ce qui compte pour moi. Mon premier amour, en théorie. Sauf que dès que je suis avec lui, qu'il me touche, me parle, me fait sourire et rire, m'appelle Isobel pour me taquiner juste après m'avoir fait une sublime déclaration, et que je sens mon cœur tellement plein qu'il pourrait éclater, je croirais plutôt qu'il s'agit du dernier.

Alors mentir pour protéger ça ? Oui, je le fais sans plus hésiter.

– Izzie ! m'appelle Brooke dans son mégaphone. Izzie Pearson ! Viens voir un peu par ici !

Je me raidis, fais volte-face et, la peur au ventre, m'avance vers Brooke et sa bande. Mieux vaut encore les affronter que les laisser m'interpeller à voix haute dans le couloir.

– Izzie, on était en train de discuter de l'élection du roi et de la reine de la promo. Vous devriez vous présenter, Logan et toi, me lance Coral avec un sourire fielleux. Vous formez un si joli couple, tellement atypique…

Ne perds pas ton sang-froid, Isobel. Si jamais tu montres la moindre faille, elles vont en déduire ce qui les arrange.

– C'est vrai ? Vous trouvez ? Erik aussi, visiblement. Comme quoi, ce que j'avais lu sur le Texas est vrai. Ici, la consanguinité ne pose problème à personne...

Ma réplique cinglante, lâchée d'une voix doucereuse, me fait mal. Mal au cœur, mal au corps. Mais je sais que c'est en faisant comme si la simple idée de Logan et moi ensemble me paraissait tordue que j'arriverai à ce qu'elles me lâchent.

C'est tellement humiliant. Tellement violent.

Coral se décompose, visiblement convaincue par mon numéro. Et ne trouve pas quoi répondre à part :

– De toute façon, tu n'aurais jamais été élue reine. Ni avec Erik, ni avec Logan ! Tout le monde te déteste, ici !

– Tu ne serais pas en train de parler de toi, Coral ? intervient Steff en surgissant comme un diable de sa boîte. C'est marrant que tu te projettes à ce point...

Je me retourne et constate que ma meilleure amie est avec Matt. Ce dernier me fait un signe de tête, accompagné d'un sourire engageant.

– On t'escorte jusqu'à ta salle de cours, Izzie ? propose-t-il. Pour ne pas te laisser avec ces requins ?

Débordante de reconnaissance, je leur emboîte le pas. En prenant place à notre table de biologie, je me tourne vers Steff.

– Je ne sais vraiment pas ce qui a pu passer par la tête d'Erik, lancé-je d'un ton badin, en me détestant de lui mentir.

Steff a d'ailleurs une réaction gênée, comme si elle sentait que j'étais fausse. Je me demande soudain si tous ces bruits lui paraissent si absurdes que ça... Après tout, elle a beaucoup traîné avec Logan et moi, depuis un mois. Peut-être qu'elle s'est rendu compte de quelque chose ? Pendant une fraction de seconde, j'hésite à tout lui dire. Quitte à affronter ses foudres. Après tout, je les mérite. Mais je sais que si je confirme mon histoire auprès d'une personne, rien qu'une seule, je peux déclencher une réaction en chaîne incontrôlable. Une qui me réexpédiera dans le Vermont avant la fin de l'année scolaire. Une qui fera que ma mère et Baxter n'arriveront plus à être ensemble. Et où est-ce que j'irai, si ma mère atterrit de nouveau dans la chambre d'amis de ma tante ? Ou, pire encore, si par ma faute, elle sombre de nouveau et doit être hospitalisée ?

Je l'ignore. Mais certainement pas à Felt.

Alors je ravale mon aveu, pendant que ma meilleure amie, en évitant mon regard, m'explique à voix basse et à toute allure, tout en sortant ses affaires :

– D'après ce que j'ai compris, c'est Tanya qui aurait vu ou entendu un truc en salle de musique et qui est allée trouver Erik. Mais je n'en sais pas plus…

J'essaye de ne pas blêmir. Tout en me demandant ce que Tanya a effectivement vu, ou entendu. S'agissait-il simplement de la chanson ? Ou nous a-t-elle surpris en train de nous embrasser ? Je passe le cours à me le demander et, à la fin de nos expériences, je demande à Steff de ranger à ma place.

– J'ai un truc urgent à faire…

Je fonce à toute allure vers le stade, où je me doute que la Rally Girl est en train de se livrer à son activité favorite, à savoir fumer une clope à l'intercours, cachée sous les gradins. C'est effectivement là que je la trouve.

– Il faut qu'on parle, Tanya, fais-je en me postant face à elle. Je ne sais pas ce que tu as cru voir ou entendre l'autre jour, mais…

La bad girl tique puis me toise d'un air furieux, mauvais.

– Attends, de quoi tu me parles, là ?

– De ce que tu as raconté à Erik ! m'emporté-je. Tu ne penses pas que tu aurais pu parler à Logan avant d'aller trouver mon ex ? Je sais que je ne suis pas ton amie, mais Logan, lui, l'est depuis que vous êtes gamins !

– Tu as raison, lance-t-elle en élevant le ton. D'une, je ne suis pas ton amie – ce n'est pourtant pas faute d'avoir essayé.

De deux, Logan l'est vraiment, à un point que tu ne pourras jamais comprendre ! Venir me voir pour m'accuser d'avoir lancé les rumeurs à votre sujet en est bien la preuve !

Elle a employé le mot « rumeur ». Est-ce que quelqu'un qui nous aurait surpris en train de nous embrasser, Logan et moi, dirait ça ?

Non. Elle parlerait de « vérité ».

Est-il possible que Tanya n'ait entendu que la chanson et qu'elle ait brodé dessus ? Ou est-ce que Steff s'est trompée en l'incriminant ? Peut-être que ce n'est pas Tanya, la responsable. Pourtant, quelqu'un nous a bien surpris, c'est évident ! Le coup de la « salle de musique » dont m'a parlé Steff, ça s'est vraiment produit. Personne ne l'a inventé.

– Dans ce cas, est-ce que tu sais qui a raconté ça ? l'interrogé-je. Parce que si jamais ça arrivait aux oreilles de ma mère…

– Je n'en ai aucune idée, Izzie, me répond la Rally Girl, encore énervée par mes accusations. Je te le dirais si c'était le cas. Je n'ai aucune envie que Logan souffre, ajoute-t-elle. Ça va peut-être te paraître difficile à comprendre, mais je suis heureuse pour lui. Heureuse de le sentir épanoui, de voir qu'il s'est remis à la musique, qu'il va bien. Jamais je n'irais remettre en cause son équilibre au moment où il sort enfin la tête de l'eau !

– Tu as raison, c'est difficile à comprendre, répliqué-je, suspicieuse. Il a été un petit ami atroce, il a rompu avec toi…

– Quand j'étais petite, que tous les gamins de l'école me traitaient de fille de pute à cause du job de ma mère, qui les faisait taire à ton avis ? Quand je n'avais pas de goûters parce que mes parents avaient encore oublié d'acheter autre chose que de la bière à l'épicerie, qui partageait le sien ? La somme des choses qu'a faites Logan pour moi au cours de sa vie supplante de loin les conneries qui ont pu être les siennes quand on sortait ensemble ! Et puis tu crois quoi ? Que j'ai passé ces derniers mois à me morfondre, à me demander comment le récupérer ? Je sais bien que notre relation me tirait vers le bas ! Depuis qu'on a rompu, je peux enfin me concentrer sur mon futur ! Sur la fac, sur la possibilité de peut-être faire quelque chose de ma vie ! Ça aussi, je le dois à ta famille, plus précisément à ta mère…

Tanya s'interrompt, secoue la tête.

– Jamais je ne ferais quoi que ce soit pour leur nuire, Izzie. Logan compte pour moi, Mme Pearson s'est décarcassée pour m'aider… Pourquoi je ferais un truc pareil ? Je sais ce que c'est que d'être au centre de tous les ragots. Et puis je vais même te dire, tiens ! Quand bien même Logan et toi seriez ensemble, je ne verrais pas le problème ! Vous n'êtes pas liés par le sang, que je sache. OK, ce serait compliqué… Mais merde ! Si ça vous rend heureux, où est le problème ? Quelles que soient les raisons, tu as une influence positive sur Logan. Il n'y a qu'à voir les résultats qu'il a obtenus à sa dernière session de SATs !

Je regarde Tanya, sans comprendre. Les SATs sont l'examen d'entrée à la fac que chaque élève à partir de la première peut passer plusieurs fois dans l'année jusqu'à obtenir les meilleurs résultats possibles. Logan a déjà validé les siens au mois d'octobre. Avec le score relativement bas de 62 %, certes, mais il n'avait pas besoin d'exceller. Notre Dame lui a déjà réservé une place, à condition qu'il obtienne la moyenne.

– Logan a repassé ses SATs ?

– Tu n'es pas au courant ? s'étonne Tanya. Ce n'est pas toi qui l'as fait réviser ? Il a fait ça au mois de février et a obtenu un score de 86 % !

Je ne comprends pas pourquoi est-ce qu'il ne m'en a pas parlé. Pourquoi il l'a dit à elle et pas à moi. Ça me fait mal. Logan est la personne dont je me sens le plus proche… L'homme que j'aime, à qui je confie tout, du plus petit événement au moindre état d'âme. Force est de constater que pour lui, ce n'est pas le cas. Qu'il partage avec son ex des choses qu'il ne partage pas avec moi. Je repense à leur connivence, le soir du *Winter Formal*… À la jalousie que j'ai ressentie, et qui n'avait rien à voir avec celle que j'ai pu éprouver pour ses autres admiratrices. Je sais qu'il adore Tanya – même s'il n'en a jamais été amoureux.

Alors cette façon qu'il a de s'ouvrir avant tout à elle, qu'est-ce que ça dit de ce qu'il éprouve – ou plutôt de ce qu'il n'éprouve pas – pour moi ?

Cette prise de conscience est atrocement douloureuse, comme si on m'enfonçait un poignard dans le cœur. À cet instant, la cloche sonne.

– Izzie, je dois filer… J'ai un examen d'histoire et je ne peux pas me permettre d'être recalée alors que j'attends toujours les réponses pour mes bourses. Mais une dernière fois, je te jure que je n'ai rien à voir avec ça !

– Je te crois, lui réponds-je d'un air las, sans même savoir si c'est vrai.

Sans même plus être capable de faire la différence entre ce que je pense et ce que j'invente, à force de mentir tout le temps. Tout ce que je sais, c'est que je ne veux pas me battre contre Tanya. Pas laisser mon chagrin brûlant se transformer en jalousie hideuse.

Je lui ai volé Logan… Quoi qu'elle ait fait en retour, je l'ai bien cherché.

23

Une toute petite planète

Izzie

De retour à la maison après être allée boire un milk-shake avec Steff pour reculer le moment d'avoir une conversation avec Logan, je trouve une enveloppe qui m'est adressée. Je la fourre rapidement dans mon sac, décidée à m'occuper de ce qu'elle contient plus tard, avant de grimper vers l'antre du musicien.

– Ça va ? me demande-t-il avec inquiétude, comme tous les jours depuis le scandale d'Erik.

– Ça va, oui… J'ai eu une discussion avec Tanya aujourd'hui. Steff a entendu dire qu'elle nous avait vus, ou entendus, et que c'était elle qui avait parlé à Erik.

– Tanya ? Impossible, m'affirme Logan en passant nerveusement la main dans sa tignasse brune. Ce n'est pas son genre. Tu l'as déjà entendue colporter un ragot ?

Sa façon de la défendre m'horripile. Qu'elle soit responsable ou non, ce n'est même plus le problème ! Le problème, c'est cette question qui me serre la gorge : comment se fait-il qu'il ait plus confiance en elle qu'en moi ?

– OK, très bien, ce n'est pas ton ex… réponds-je d'un air irrité. Alors en ce cas, comment est-ce qu'Erik a su ?

– Peut-être que c'est lui qui nous a surpris ? suggère Logan en se levant pour me rejoindre. C'est même sûrement ce qui s'est passé. De toute façon, tu ne devrais pas te rendre malade avec ça. Ça fait moins d'une semaine et la rumeur commence déjà à se tasser…

Il s'assure que sa porte est bien fermée, m'enlace, tente de m'embrasser, mais je me dérobe.

– Qu'est-ce qu'il y a, Izzie ? s'étonne le garçon que j'aime en silence, pour qui je souffre en silence. Il s'est passé quelque chose ?

– Rien de neuf sous le soleil, Logan, réponds-je d'un air pète-sec que je déteste. Juste Coral et sa clique qui me traitent comme une bête de foire. Steff, dont je ne sais pas ce qu'elle pense, mais à qui je dois quand même mentir en plein visage. Et par-dessus le marché, je dois apprendre de la bouche de ton ex que tu as repassé tes SATs ? Que tu les as visiblement bossés comme un dingue, le tout sans m'en parler – mais en te confiant à *elle* ?

– Tanya t'a dit, constate-t-il simplement.

– « Tanya t'a dit »… l'imité-je, en sentant la jalousie m'amputer de toute dignité.

– À quoi tu joues, Izzie ? s'agace le bad boy en me relâchant. À vouloir chercher des problèmes là où il n'y en a pas ?

Son magnifique visage, si viril et normalement si lumineux, est fermé. Ses yeux gris sont durs et froids. OK, j'ai abusé de lui parler comme ça… Mais il pourrait comprendre que je sois furieuse, non ? Et puis, je n'ai pas besoin de les chercher, les problèmes. Je n'ai qu'à regarder notre couple pour qu'ils me sautent aux yeux !

– Il n'y a pas de problème ? Alors s'il n'y a pas de problème, pourquoi tu ne m'as pas parlé du fait que tu repassais l'examen ?

– Parce que ce n'était pas important ! s'emporte-t-il. Je l'ai fait pour moi et uniquement pour moi ! Je voulais réussir quelque chose en dehors du football, me prouver que j'avais plus de valeur que mes simples compétences physiques… Que j'étais digne de toi !

J'ouvre la bouche, mais reste muette. Je me sens complètement stupide, d'un coup. Une idiote touchée. Une idiote triste, également, d'apprendre qu'il a eu besoin de se prouver quoi que ce soit par rapport à moi.

– Tu en doutes encore ? finis-je par lâcher, en me sentant aussi coupable de ma petite crise que de ce que je lui fais visiblement éprouver.

– C'est difficile, Izzie Pearson, de ne pas douter, quand on est amoureux d'une fille aussi exceptionnelle que toi, me lance Logan en détournant les yeux.

Mon cœur n'est plus qu'un misérable yo-yo, qui fait des bonds accrochés à une pauvre ficelle. Est-ce que j'ai bien entendu ?

– Qu'est-ce que tu as dit ? demandé-je, les yeux écarquillés.

– Que je t'aime, Isobel, me rétorque-t-il d'une voix profonde, sombre, en levant vers moi ses deux yeux qui me transpercent comme des flèches. Malgré tout, malgré nos parents, malgré cette foutue ville… Et aussi, parfois, ai-je l'impression, malgré toi. Je n'ai jamais ressenti ça pour personne, je ne pensais même pas que ça pouvait être aussi fort, l'amour… Mais voilà, je suis foutu. Je suis fou de toi. Je ne peux plus vivre sans toi…

Mon cœur continue de s'emballer alors que je fonce sur lui et l'embrasse. Empressée. Maladroite. Bouleversée.

– Je t'aime aussi, Logan Taylor, murmuré-je contre ses lèvres charnues. Et tu as raison sur une chose : oui, je t'aime malgré moi. Malgré ma culpabilité, ma peur, les rumeurs, le poids des mensonges. Il n'y a pas une chose chez toi que je n'aime pas. Tes yeux, ton esprit, ton talent, tes répliques d'enfoiré… Tu n'es pas simplement « digne de moi », Logan, plaidé-je pour qu'il comprenne. Tu es le garçon dont je rêvais et que je ne m'attendais pas à trouver – pas dans la chambre d'à côté en tout cas.

Il me regarde avec intensité, sans sembler réussir à y croire, et pourtant visiblement infiniment soulagé.

– Est-ce qu'on est dingues, Izzie ? Dingues de braver tout ça, tous ces interdits, de s'aimer autant en dépit de tout ? Ou est-ce que c'est tous les autres qui se trompent, qui ne voient pas à quel point on est faits l'un pour l'autre ?

– Je crois qu'on est dingues, réponds-je dans un murmure, en me noyant dans ses yeux. Et que les autres sont juste… les autres. Personne ne peut savoir ce qu'on s'apporte, toi et moi. Même si on clamait qu'on s'aime au grand jour, la profondeur de ce qu'on partage resterait invisible aux autres.

– Mais si on clamait qu'on s'aime au grand jour, rétorque-t-il en empoignant ma nuque d'une façon terriblement virile, je pourrais t'embrasser à en perdre le souffle sans craindre que les parents rentrent et nous surprennent. Puis je pourrais t'emmener dîner dans un endroit romantique, t'offrir une rose si un vendeur ambulant passe, et être content de faire tous ces trucs-là. Tous ces trucs que je pensais ringards, mais dont pourtant, je donnerais tout aujourd'hui pour pouvoir te les offrir…

– Si on clamait qu'on s'aime au grand jour, je ne voudrais pas de rose et pas de restaurant, réponds-je en entendant dans mes tempes les battements de mon cœur. Je ne voudrais pas des règles des autres, tous ces schémas imposés. Je voudrais juste nous. Toi, moi, comme on est, depuis qu'on a appris à s'aimer. Une gargote avec de la viande grillée et quelques bières, un groupe de rock, ta moto, la nuit…

– Le taureau mécanique, me répond l'insolent avec un demi-sourire qui me donne envie de lui arracher les yeux – puis de l'embrasser encore. Tu oublies le taureau mécanique, ta passion secrète.

– Tu es vraiment un sale con de te moquer de ce qui restera sans doute mon plus grand exploit de mon année texane, rétorqué-je en le pinçant.

– Et toi, tu es vraiment une sale peste, à refuser les roses imaginaires que je t'offre, réplique-t-il avant de mordre doucement ma lèvre inférieure. Mais je t'aime. Qu'on soit libres ou aliénés, dans cette chambre ou au grand air, ce que je ressens pour toi, c'est ma grande certitude.

Qu'est-ce que je pourrais répondre à ça qui lui prouve à quel point moi aussi, je suis certaine ?

Certaine que je le veux. Que, quelle que soit l'issue de notre histoire, je ne regretterai rien. Que la seule chose dont j'ai peur, ce n'est plus le jugement des autres, c'est la façon dont notre histoire pourrait blesser ceux à qui on la cache.

– Les enfants ? crie soudain Baxter depuis le hall d'entrée. Les enfants, venez voir ! On rentre d'une dégustation de gâteaux de mariage...

– Et qui dit « dégustation » dit « échantillons gratuits », ajoute ma mère.

Je quitte les bras de Logan, sans empressement et sans panique. En sachant en un instant ce que je dois lui donner en retour. Ce que je dois donner à notre histoire.

– Viens, proposé-je. Descendons.

Nous arrivons au rez-de-chaussée et entrons dans la cuisine alors que nos parents sortent d'une boîte divers petits fours sucrés qu'ils posent sur de belles assiettes. Sur le comptoir trônent des pizzas géantes.

– Vous m'en gardez ? lancé-je avec désinvolture. Je dois aller chez Steff.

– Maintenant ? Mais c'est quasiment l'heure du dîner, s'attriste ma mère. Regarde, j'avais prévu un festin 100 % glucides ! Le dernier avant de m'affamer pour entrer dans ma robe de mariée cet été...

– Je te laisse en bonne compagnie, réponds-je en jetant un coup d'œil à Logan, qui me répond par un regard interrogatif. Des glucides, deux hommes forts pour faire du cardio à ta place...

– Ah... Si seulement la combustion calorique pouvait effectivement se faire par procuration...

– Je ne sais pas à quelle heure je rentre, ajouté-je en l'embrassant sur la joue avant de filer. Oh, et je prends la voiture !

Baxter me lance les clefs du pick-up et salue ma réception. Juste avant de franchir la porte, je me retourne et fais un sourire à Logan. Un sourire qui se veut rassurant, aimant. Une fois le contact mis, le lecteur CD se met en route et lance la BO de *A Star is Born*. Avec ma voix fausse, mais de tout mon cœur, je m'époumone sur « Shallow ». Amoureuse. Aimée. Mais aussi terriblement anxieuse de ce que je m'apprête à faire. Tout en sachant que c'est le bon choix…

Oui, je ne suis pas prête à détruire le bonheur de Baxter et Karen pour autoriser le mien. Pas prête à aimer Logan sans avoir peur de ce que ça implique. Mais il y a une chose que je peux faire…

… c'est arrêter de culpabiliser. Arrêter de laisser ma peur tout aggraver. Et cela passe par avouer la vérité à une personne, la seule que ce secret blesse plus qu'il ne la protège. La seule que ça torture sûrement, depuis que les bruits courent, de s'interroger. Oui, pour notre famille, la vérité serait dévastatrice…

… mais pour Steff comme pour ma conscience, elle est salutaire.

J'ai le droit d'aimer Logan, de le laisser m'aimer. Mais pas de le cacher à Steff, pas de lui mentir. Pas de conserver son amitié au détriment de la vérité. Après tout, il n'existe qu'une chose plus douloureuse qu'un cœur brisé : c'est la trahison d'un ami.

– Oh, bonsoir Izzie, me lance Mme Sheldon en ouvrant la porte. Monte, Steffany est dans sa chambre avec son amie.

Merde, elle n'est pas seule…

Je tente de bafouiller que si Steff est occupée, je passerai plus tard, mais c'est peine perdue.

– Qu'est-ce que tu racontes ? me répond Mme Sheldon. Votre camarade ne va pas tarder à partir, de toute façon. C'est presque l'heure du dîner. J'ai fait des lasagnes pour un régiment, tu manges avec nous ? Je te préviens, si tu dis non, moi et ma cuisine, on le prendra mal !

Prise au piège, je grimpe à l'étage en me demandant quel « camarade » est en visite et ce que je vais interrompre en débarquant comme ça. Est-ce quelqu'un du STIM ? Ou alors… un garçon qui aurait des vues sur mon amie ?

Ça m'arrangerait, c'est sûr, que Steff ait un flirt, ou au moins un prétendant déclaré. Ça adoucirait le choc.

Seulement, ce n'est pas un garçon, dans sa chambre. Et c'est moi qui ai un choc, en reconnaissant la voix. Un choc tel que je me fige dans le couloir.

Coral.

Au meilleur d'elle-même, à savoir vociférante et énervée.

– C'est trop facile de balancer ça à Erik et d'ensuite jouer la faux-cul ! Si vraiment c'est ce que tu as vu, assume !

– Et comment tu veux que je fasse ça, hein ? Izzie est ma meilleure amie…

– Une meilleure amie qui couche dans ton dos avec le mec pour qui tout le monde sait que tu as un béguin depuis mille ans ! Son propre demi-frère ! Qu'est-ce que tu lui dois, après un coup comme celui-là ?

– Je n'aurais jamais dû tout raconter à Erik… gémit Steff.

– Pourquoi ? Si c'est la vérité, tu n'as pas à t'en vouloir. Tu les as bien vus s'embrasser, non ? Donc, c'est eux qui ont un problème. C'est eux qui devraient se sentir mal, pas toi. Mais pendant que tu es là à te flageller, Izzie parade avec ses airs innocents comme si c'était nous qui étions tous tar…

– Tu as entendu ? la coupe Steff d'une voix affolée.

Le dos collé au mur, je sens mon sang pulser. Ma tête bourdonne, je ne comprends rien. Rien, à part que j'ai fait grincer une latte. Rien, à part que je ne peux plus empêcher ce qui va suivre…

– Izzie, qu'est-ce que… ? demande Steff en ouvrant sa porte, abasourdie de me découvrir sur son palier.

Mais je ne la laisse pas finir, incapable de l'affronter. Je fais volte-face et remonte le couloir en courant, dévale les escaliers, fonce vers la porte d'entrée.

– Tu t'en vas déjà ? me demande Mme Sheldon en me voyant passer comme une furie.

Oui, il n'existe qu'une chose plus douloureuse qu'un cœur brisé.

Je ne réponds rien, je ne m'arrête pas. J'ouvre la porte, la franchis sans même prendre la peine de la claquer derrière moi, cours jusqu'à la voiture, démarre. Je mets plusieurs mètres à me rendre compte que je pleure. Que Lady Gaga s'est remise à vocaliser. Dans un geste d'une rage désespérée, j'éjecte le CD du lecteur et le balance par la fenêtre ouverte. Je roule vite, trop vite, à travers mes larmes, en me demandant pourquoi Steff a fait ça. Et en la comprenant malgré tout. Coral a raison : je lui ai menti, je l'ai trahie. Elle n'a fait que me rendre la monnaie de ma pièce.

On récolte ce que l'on sème.

À un feu rouge, je pile. Je ne suis plus qu'à deux rues de chez moi. Je ne veux pas rentrer tout de suite, surtout pas dans cet état. Pas affronter les questions de Baxter et de ma mère, et mentir, une fois de plus. Semer plus de dissimulation, d'hypocrisie, de chaos, qu'il faudra bien que je finisse par récolter. J'essaye d'appeler Logan… Mais il doit être en plein dîner, à mille lieues de son portable et de se douter à quel point j'ai besoin de lui. En essayant de retrouver mon calme, je me gare sur un trottoir. J'ouvre mon sac à main, décide de lire cette fameuse lettre, seule. Après tout, quoi qu'elle contienne, ça ne pourra pas me bouleverser plus que je ne le suis déjà. Je sors l'enveloppe, la déchire, déplie le papier plié en trois.

Chère mademoiselle Pearson,
Nous vous remercions de l'attention portée à notre établissement…

Et en lisant la réponse de NYU à ma candidature, je me remets à pleurer, sans possibilité de m'arrêter cette fois.

24

Qui de nous deux ?

Izzie

– Izzie, Izzie, attends-moi !

Ignorant Steff, j'accélère le pas.

– Izzie, s'il te plaît…

Je me retourne et constate que Steff me court après, bouscule les autres étudiants. Je pousse la porte des toilettes des filles et m'engouffre à l'intérieur. Je vais m'enfermer dans une des cabines, comme une furie, sous les regards curieux. Steff ne tarde pas à faire irruption.

– Izzie, tu es où ? Arrête, il faut qu'on parle. Que je t'explique.

Ici ? Devant tout le monde ?

Ce serait pire que tout. J'ouvre la porte des W-C où je me cache et crie, à l'attention des autres filles, en train de se maquiller :

– Vous pouvez nous laisser ? On privatise l'espace, là.

Surprises, les autres lycéennes décampent en grommelant. Une fois qu'on est seules, je toise Steff avec un regard qui tue. Et qui pourtant se mouille de larmes de détresse. Parce que je ne sais pas laquelle de nous deux a le plus tort. Mon amie me jette un regard désemparé. Mon sosie destroy de Hermione Granger. Vêtue d'un short bouffant et d'un tee-shirt Batman.

– Izzie, je suis désolée… Je ne sais pas ce que tu as entendu hier, mais…

– J'ai entendu le principal, répliqué-je, la gorge nouée. Que c'est toi qui as tout raconté à Erik…

– Et je m'en veux ! m'assure Steff en faisant un pas vers moi. Crois-moi, je me déteste d'avoir eu une réaction si minable, mais… Izzie… J'étais tellement choquée ! Imagine ce que ça m'a fait de découvrir que ma *meilleure amie* m'avait menti tout ce temps ! Bon sang, lance-t-elle avec la voix qui se brise, ce n'est pas comme si tu ne savais pas ce que j'éprouve pour Logan…

– Tu crois quoi ? lancé-je alors que mes larmes retenues débordent. Que je ne me déteste pas de t'avoir menti ? Vraiment, Steff, si ça avait été n'importe qui d'autre que Logan qui s'était immiscé entre nous, un autre garçon avec lequel il n'aurait pas fallu garder à tout prix le secret, je t'en aurais parlé. J'aurais préféré être honnête et risquer ta colère, notre amitié, plutôt que de te mentir ! Mais si on t'a caché la vérité, ce n'était pas *contre* toi ! C'était pour préserver notre famille !

Steff secoue la tête, comme si mon argument était irrecevable, avant de prendre appui sur l'un des lavabos.

– Je ne comprends tout bonnement pas pourquoi vous faites ça. Comment est-ce que vous pouvez… Avec vos parents, et tout…

– Parce qu'on s'aime, Steff, lui avoué-je, désemparée. On est amoureux l'un de l'autre. Ce n'est pas quelque chose qu'on a choisi. Et crois-moi, on a lutté. Mais on s'aime !

– Logan n'aime personne, Izzie… C'est quelque chose que tu as toi-même passé des mois à me répéter…

– Logan m'aime moi, tenté-je de lui expliquer en ne sachant pas quoi répondre d'autre.

Je prends moi aussi appui sur le mur, face à elle.

– Sauf que votre histoire est impossible, Izzie, me répond mon amie sans colère. Tu le comprends, ça, au moins ?

– Oui, je le sais. Mais ne pas être ensemble, Steff, c'est tout aussi impossible…

On reste là, chacune d'un côté de la pièce, sans parler, sans se regarder. Une frontière invisible existe à présent entre nous. J'en ai cruellement conscience.

– Ça a commencé quand ?

– Au mois d'octobre, lui avoué-je.

– Au mois d'octobre ? répète Steff, hallucinée.

Une nouvelle fois, elle secoue la tête.

– Je ne sais pas si je pourrai te pardonner, déclare-t-elle.

C'est un constat, pas une attaque. Je le sens. C'est d'ailleurs de la même façon que je lui réponds.

– Je sais. Je crois que moi non plus, je ne pourrai pas.

– Alors c'est fini, hein ? lance-t-elle, les larmes aux yeux. On ne peut plus être amies ?

– Tu seras toujours mon amie à mes yeux. Je n'aurais jamais tenu le coup cette année sans toi. Mais je ne pense pas pouvoir continuer à traîner avec toi, comme si tout ça n'avait pas eu lieu. Ce n'est pas ta faute, ajouté-je. Je ne te reproche rien. Tu étais furieuse, tu étais blessée, choquée, et je l'entends complètement. Mais...

– Je sais, me coupe-t-elle. Si je suis triste, c'est que je comprends. Pas l'inverse.

Steff réajuste son sac sur son épaule, se décale du lavabo.

– Je vais y aller, Izzie.

J'opine, tristement. N'ajoute rien. Steff semble hésiter un instant... Puis elle se dirige vers la sortie des toilettes. Jusqu'à la dernière seconde, je cherche quelque chose à ajouter. Mais il n'y a rien à dire. L'affection entre nous a beau être encore présente, il est évident que nous ne pouvons plus nous faire confiance. Alors je laisse Steff quitter les toilettes des filles. S'élancer dans les couloirs du lycée, dans ce microcosme auquel se réduit pour encore quelques semaines notre univers, sans moi. En découvrant, pour la première fois de ma vie, que malheureusement, l'amour n'est parfois pas suffisant pour qu'une relation fonctionne.

***

– Je t'en prie, Izzie, me supplie Logan. Ne fais pas ça. Ne gâche pas tout.

Assis à la place passager, dans la voiture de ma mère, il me fixe de son regard trop intense pour que j'arrive à le soutenir. Et moi, je contemple le volant, les clefs sur le contact, le champ qui part de ce bas-côté où je me suis garée pour qu'on puisse parler en tête à tête, n'importe quoi sauf son beau visage malheureux.

– Le gâchis, ce serait de continuer, Logan, déclaré-je dans une voix qui n'est plus qu'un murmure enroué. À quoi ça sert de se battre contre la ville entière, de détruire nos familles, pour une relation qui n'ira de toute façon nulle part ?

– Ça, tu n'en sais rien !

– Si, je le sais, réponds-je tristement.

Alors que ma respiration est encore heurtée par toutes les larmes versées, je fouille dans mon sac et lui tends la lettre de NYU. Il la prend, commence à la parcourir en silence.

– Je pars, Logan.

– À la rentrée ! proteste-t-il. Ça nous laisse encore…

– Six mois, maximum. Six mois pour nous attacher encore, pour souffrir encore plus quand tu seras dans l'Indiana et moi à New York.

– Les relations à distance peuvent fonctionner…

– Quand les gens se voient ! Thanksgiving, Noël… On sera avec les parents. Qu'est-ce qu'on va faire ? Se contenter des dix minutes où on pourra se cacher derrière une porte close, dans une voiture, dans la caravane ?

– Ça me va, si ça veut dire que je peux être avec toi ! s'emporte-t-il avec un tel désarroi que ça me brise le cœur.

Le pire, dans tout ça, pour moi, c'est le mal que je lui fais.

– Ça ne veut pas dire être ensemble, ça, Logan, déclaré-je d'une voix étranglée en n'arrivant pas à tourner mon visage vers le sien. Ça veut dire se cacher.

– Très bien, décrète-t-il après un silence. Très bien. Je leur dis tout, alors. Ce soir.

Sa voix est absolument résolue. Mais ma réaction, à moi, est épouvantée.

– Ne fais pas ça ! Je ne te pardonnerai jamais, si tu fais ça !

– Et moi, je ne me pardonnerai jamais si je ne fais pas tout ce qui est en mon pouvoir pour continuer à t'aimer ! Parce que je ne pourrai jamais être heureux sans toi !

– Sauf que je ne veux pas d'un bonheur volé, Logan ! m'emporté-je. D'un bonheur dérobé à ton père, à ma mère… La vérité, c'est que tu n'as jamais cru à leur relation ! Tu n'as jamais cru à ce mariage, à ce couple. Mais ma mère est enfin heureuse ! Et je refuse de gâcher sa vie.

– Donc son bonheur prévaut sur le tien ? objecte-t-il.

– Après tout ce qu'elle a vécu ? Un viol, se retrouver veuve à 40 et quelques années ? Bien sûr qu'elle mérite sa part de bonheur ! Notre relation, face à ça, Logan, ce n'est rien, OK ? Tu peux peut-être te montrer égoïste à ce point, mais moi pas. Je ne suis pas comme ça !

Il me regarde, choqué, furieux. Puis esquisse un rictus amer, celui que je connais bien. Celui qui est le sien quand il s'apprête à me blesser.

– Non, bien sûr, tu n'es pas comme ça… Tu es la gentille petite Isobel, et moi, le méchant salaud. Tu es généreuse et moi égocentrique. Tu penses aux autres et moi je les détruis. Et puis tu as raison. Nous deux, ce n'est rien. Tu sais quoi, Izzie ?

Il marque une pause, ouvre la portière.

– Va te faire foutre, conclut-il en descendant du véhicule.

25

Une histoire de fantôme

Logan

Pas chassé en arrière... Équilibre sur le pied d'appel... Le poids déporté sur le pied gauche... Go !

La cannette vide part comme une fusée à travers le terrain désert et franchit la ligne de but.

Touchdown !

Ivre, seul au milieu du stade éteint, j'esquisse un geste de victoire. Puis je ricane, dégaine une nouvelle cannette de mon pack de vingt-quatre déjà bien entamé.

– Beau lancer, me lance une voix familière derrière moi. Un peu pathétique, mais efficace.

Je me retourne alors que Matt pousse son fauteuil à travers le gazon.

– Qu'est-ce que tu fous ici, Garrison ?

L'ancien *quarterback* a lui-même un pack de bières coincé sur ses genoux.

– Comme toi, j'imagine.

Il arrive vers mon niveau, se sort une cannette, l'ouvre, lève le nez au ciel.

– C'est vraiment bizarre, déclare-t-il. On pourrait croire qu'après tout ce qui s'est passé, je détesterais remettre les pieds sur ce stade... Enfin... les pieds...

Je me raidis à cette blague, qui est vraiment tout sauf drôle.

– Mais ce n'est pas le cas, poursuit Matt sans se soucier de ma réaction. J'aime encore venir ici, le soir. Boire un coup, regarder les étoiles, réfléchir.

– À la vie que je t'ai volée ? lancé-je, sur la défensive.

– Au passé, en tout cas.

Je tourne sur moi-même, comme une bête en cage. J'étais venu ici pour être tranquille, pas pour que Garrison débarque comme un foutu fantôme ! Qu'est-ce que je suis censé faire, maintenant ? Dégager, lui laisser le terrain ?

Lui laisser au moins ça ?

Matt continue à regarder vers le ciel, en silence. Si j'étais moins bourré, je prendrais sûrement la pleine mesure de l'absurdité de la situation. Heureusement, l'alcool anesthésie tout, même la raison.

– Alors comme ça, lance soudain Matt, Logan Taylor est amoureux.

Ce n'est pas une question, plutôt un constat. Je me fige, avant de me tourner vers lui, furieux.

– Qu'est-ce que tu racontes ?

– Les rumeurs, insiste Matt sans se démonter. Sur Izzie et toi. Elles sont vraies.

– Putain, mais qu'est-ce que tu racontes ? m'énervé-je en avançant vers lui.

– Pas à moi, 13, lance mon ex-ami. Fais-moi au moins la grâce de ne pas me prendre pour un con. Que ça te plaise ou non, je te connais par cœur.

– Tu ne sais rien de moi, Garrison, rétorqué-je avant de liquider ma cannette cul sec, de la froisser, de la lancer. Rien de la personne que je suis maintenant.

– Je sais que tu as changé. Mais je sais aussi que tu n'as pas tant changé que ça. Je sais que tu souffres, là. Et je sais que c'est à cause d'elle. Parce que je ne t'avais jamais vu regarder personne comme tu la regardes.

– J'imagine que ça te fait plaisir de me voir souffrir, marmonné-je en me ressortant une bière.

– Alors tu imagines mal, rétorque sèchement Matt. Ce qui est bien la preuve de ta connerie illimitée.

– Qu'est-ce que tu me veux, Garrison ? demandé-je entre mes dents en faisant volte-face pour le regarder dans les yeux. Tu veux m'en mettre plein la gueule ? M'achever pendant que je suis plus bas que terre ? OK, vas-y, balance. Je suis prêt.

– Prêt à ce que je t'en mette plein la gueule ? Enfin ? répond mon ancien coéquipier en manipulant son fauteuil pour se poster face à moi. OK, dans ce cas, on y va, Taylor. D'une, arrête de t'apitoyer sur ton sort. Tu as la belle vie, Logan. Tu es amoureux d'une fille qui t'aime, visiblement. Tu vas aller à la fac. Et il n'y a aucune raison que tu sois là à geindre, d'accord ?

– Parce que j'ai mes jambes et toi pas ? Tu as le monopole du malheur, c'est ça ?

– Putain, mais c'est tout l'inverse que j'essaye de te dire ! Sors-toi la tête du cul, un peu ! Tu crois vraiment que je suis malheureux ? Je le suis bien moins que toi ! Tu le saurais, si tu t'étais renseigné un peu sur moi cette dernière année !

– Me renseigner ? Et comment, hein ? En débarquant à l'hôpital où tu m'as formellement interdit de mettre les pieds ? En venant te harceler chez toi plutôt que d'avoir la décence de te foutre la paix ?

Je ris nerveusement.

– Tu crois quoi, Matt ? J'aurais préféré crever dans cet accident plutôt que de vivre en sachant ce que je t'avais fait ! J'ai passé des mois à penser à en finir…

– Et c'est toujours le cas ? me demande l'ancien *quarterback*. Non, je ne crois pas. Tu t'en es finalement remis. Eh bien, figure-toi que c'est pareil pour moi, Taylor. Oui, je t'ai haï et oui, j'ai souhaité que tu disparaisses… Pendant quelques semaines. Quand je pensais que ma vie était finie. Mais j'ai avancé, j'ai appris à accepter ma situation et le fait que ce n'était pas réellement ta faute. Ce qui est arrivé ce soir-là est injuste, tordu, mais c'est la vie !

Matt pousse son fauteuil, furieux, comme s'il hésitait lui aussi entre décamper ou rester et finir ce qu'on vient de commencer.

– Je t'ai pardonné pour mes jambes, Logan, m'avoue-t-il soudain. Il y a longtemps. Tu sais ce que je n'ai pas digéré, par contre ? Le fait que tu ne te battes même pas pour notre amitié. Le fait que tu acceptes que je t'accuse, t'éjecte, tire un trait sur notre relation. J'étais malheureux, Logan. J'étais en colère… Et toi, tu m'as laissé mariner là-dedans ! Oui, j'aurais préféré que tu débarques chez moi, mec. Que tu t'excuses. Que tu m'engueules. Que tu me dises que je suis ton putain de meilleur pote ! Ton frère ! Parce que c'est ce que je croyais être pour toi ! J'ai perdu l'usage de mes jambes, tous mes projets d'avenir sont partis en fumée et toi, tu n'as même pas pu encaisser ça ? Que je sois désespéré au point de t'en vouloir ?

Je reste sans voix. Est-ce que c'est vraiment ce que j'ai fait ? Planter Matt quand il avait le plus besoin de moi ? Déserter quand il aurait fallu que j'assume ?

Est-ce que je suis vraiment en train de devenir l'adulte qu'il décrit ? Un lâche, un égoïste, un planqué… qui fuit ? Comme ma mère avant moi ?

– Matt, je suis désolé, réponds-je, penaud. Je n'avais jamais envisagé les choses sous cet angle, je…

– Demande-moi, Logan, me coupe Matt. Vas-y, demande-moi.

– Te demander quoi ? réponds-je, perdu.

– Demande-moi si je suis heureux. Si je me suis reconstruit. Comment je vais !

Je reste un instant silencieux, incapable de poser ces questions, effrayé par les réponses. Puis, en prenant une grande inspiration, je lui donne ce qu'il attend de moi. Pour la première fois peut-être depuis un an.

– Comment ça va, Matt ?

L'ancien joueur me scrute, toujours avec colère. Mais, peu à peu, son expression se radoucit.

– Je vais bien. J'ai été approché par un recruteur, il y a environ quatre mois. De hand-fauteuil, précise-t-il. Il est en train de former les nouvelles recrues pour les prochains Jeux paralympiques. Il pense que je peux être prêt à temps.

– C'est vrai ? demandé-je, halluciné. C'est sérieux ? Ça veut dire…

– … que je pourrais avoir la carrière de sportif dont j'ai toujours rêvé, oui. À condition de travailler dur, de me donner à fond. Et ça, ça ne dépend pas de mes jambes, de l'accident, du destin. Ça dépend de moi et uniquement de moi. Donc pour répondre à ta question, j'ai traversé l'enfer, j'ai voulu crever, mais aujourd'hui je suis heureux. Parce que j'ai réussi à me construire un avenir. Alors maintenant, je vais te retourner la question, Logan. Est-ce que tu es heureux, bourré, dans ce stade vide, à fuir une fois de plus tes problèmes au lieu de les affronter ? Au lieu d'inventer, toi aussi, le futur qui te convient ?

Je ne prends même pas la peine de dire quoi que ce soit, tant la réponse est évidente. Non, je ne suis pas heureux. Je suis même carrément triste. Pathétique jusqu'à la moelle. J'ai le cœur crevé, un dégoût de moi-même qui va jusqu'à la nausée et je ne me suis jamais senti aussi seul.

Et je ne veux plus de cette vie-là.

Matt a raison. Il faut que je change, radicalement. Si je veux pouvoir un jour être aussi serein que lui, apaisé, satisfait de mes choix, il faut que je change de vie.

26

Ceux qui désertent, ceux qui restent

Izzie

– Ce n'est pas possible, gémit Baxter. Jamais il ne ferait ça, il n'y a aucune raison… S'il ne valide pas son année, s'il ne reçoit pas son diplôme, ça signifie qu'il peut faire une croix sur sa bourse ! C'est son rêve, ça l'a été depuis son entrée au lycée. Pourquoi est-ce qu'il saboterait tout à moins de trois mois de la ligne d'arrivée ?

Mon beau-père tourne dans la cuisine comme un lion en cage. J'observe ma mère, impuissante, le regarder, sans savoir quoi dire, quoi faire. Je me sens vide. Le vrai vide, qui n'est même pas celui de la tristesse, de la peur ; qui n'est que le néant. Un néant que je dois porter en moi, et depuis longtemps, pour détruire ainsi tous ceux que j'approche et aime.

– Izzie, me redemande-t-elle, tu es certaine qu'il ne t'a rien dit ? Vous êtes devenus si proches… Si jamais Logan s'est confié à toi, il faut que l'on sache !

Sauf que non, Logan ne s'est pas confié à moi.

Et ça me tue, bien que je ne puisse pas le montrer.

Bien que je doive cacher à quel point son départ m'affecte. À quel point il m'atteint, moi encore plus que quiconque.

À quel point il me vise.

Ses derniers mots auront été ceux prononcés dans la voiture de ma mère, avant de quitter le véhicule et de se mettre à courir sur la route déserte.

« Va te faire foutre. »

Dans la lettre qu'il a laissée, il n'a même pas fait mention de moi. Il s'est simplement adressé à son père.

Papa,
Je m'en vais parce qu'il le faut. Ne t'en fais pas, tout ira bien pour moi et je te donnerai bientôt des nouvelles. Mais j'ai des choses à régler, trop compliquées et trop douloureuses pour te les expliquer en quelques lignes. Nous parlerons bientôt, je te le jure.
Je t'en prie, ne me cherche pas. N'essaye pas de me ramener de force. Si je prends cette décision, c'est pour mon propre bien. Une question de survie. Tu peux me faire confiance, tu sais que je resterais si j'avais le choix.
Ton fils qui t'aime et qui te contactera bientôt,
Logan

– Je ne comprends pas, répète obstinément Baxter. S'il avait des problèmes, on aurait pu en discuter ! Comment se fait-il que personne ne sache ce qui lui a pris ?

Je ferme les yeux, en sachant, moi, ce qui lui a pris. En le fuyant une fois de plus, une énième, je l'ai conduit à cette extrémité. Voilà, j'ai gagné. À présent, c'est lui qui fuit. Quitte à compromettre son avenir entier.

Pourquoi est-ce qu'il ne décroche pas au téléphone ? Au moins ça, juste ça ?

– Je ne comprends pas plus que toi, mais tant que nous n'en savons pas plus, il faut lui faire confiance, tente de le rassurer ma mère. Il le dit lui-même dans sa lettre !

– Lui faire confiance, quand il se comporte de manière aussi irresponsable et incompréhensible ? explose Baxter. Garde tes conseils pour toi, Karen ! Et au passage, tu peux m'expliquer comment ça se fait que tu ne sois au courant de rien ? Tu es conseillère d'éducation dans ce foutu lycée ! Tu ne sais donc pas ce qui se passe dans les couloirs de l'établissement ?

Ma mère encaisse le coup, courageusement, pendant que la culpabilité me tord les boyaux. Comment leur dire que personne n'est responsable de ce qui se passe, sinon moi ? Comment leur avouer ?

Le téléphone sonne, permettant à Baxter de faire quelque chose, d'être dans l'action. Et mon cœur se serre, dans l'espoir démesuré que ce soit Logan... Quitte à ce qu'il balance tout, qu'il leur explique... Bax décroche à toute allure, mais mon espoir s'envole. Ce n'est que le shérif. Je vois mon beau-père acquiescer à ce qu'il lui raconte. Puis il raccroche pour faire le point avec nous.

– Il me suggère de fouiller dans ses affaires avant de lancer un avis de recherche. Il dit que c'est peut-être mieux de ne pas mêler tout de suite les enquêteurs à cette histoire. Que parfois, être recherché braque encore plus les fugueurs. Par ailleurs, Logan aura 18 ans dans une dizaine de jours seulement...

– Alors il faut faire vite, tranche ma mère. On aurait dû s'y mettre dès ce matin, quand on a trouvé sa lettre.

– Qu'est-ce que je peux faire pour aider, Baxter ?

Pour qu'on le retrouve, qu'on vérifie qu'il va bien. Pour que je lui propose, moi, de partir à sa place. Pour que j'essaye de réparer les dégâts que j'ai causés.

Baxter semble réfléchir intensément, avant d'avouer, d'une voix qui n'est plus qu'un murmure :

– Je ne sais pas, Izz'. Je ne sais pas quoi faire... Logan n'a que quelques centaines de dollars sur son compte. Il a tout laissé derrière lui, même sa moto... Qui sait où il dormira ce soir ? Qui sait s'il sera en sécurité ? Je veux juste savoir mon fils en sécurité...

– Je peux trouver ses mots de passe, proposé-je en repoussant la panique que me provoque l'idée de Logan dormant dans la rue ou dans un foyer. Il s'est connecté plusieurs fois à ses e-mails et à son Facebook depuis mon ordinateur...

– Très bien, lance ma mère, soulagée d'avoir enfin du concret. Je vais examiner tout ça avec toi. Baxter, passe en revue sa chambre.

Une demi-heure plus tard, j'entends mon beau-père appeler ma mère. Cette dernière se précipite à l'étage, dans l'espoir probable qu'il ait trouvé quelque chose. Tout en continuant frénétiquement à éplucher ses e-mails depuis mon *laptop*, je les entends parler à voix basse, vivement. Ont-ils une piste ? Logan a-t-il laissé derrière lui de quoi le retrouver ? Un ticket de car, un plan, une destination ? Je me précipite vers les escaliers au moment où ils redescendent, l'iPhone de Logan à la main.

– Voilà pourquoi il ne répondait pas… Il a laissé son téléphone dans son bureau, en mode silencieux. Heureusement, son code de sécurité est sa date de naissance…

Baxter déverrouille l'appareil en tremblant légèrement et se met à en parcourir le contenu, en avançant vers la cuisine. Les derniers textos à Tanya, Avery, qui ne donnent rien… Son historique de navigation…

– Tu trouves quelque chose ? me demande-t-il au bout d'une dizaine de minutes.

Je referme le *laptop*, passe mes mains sur mon visage. Je suis malade d'angoisse. Et tout ce que je fais ne sert à rien. *Je* ne sers à rien !

– Je devrais peut-être regarder l'historique de son ordinateur ? suggéré-je en désespoir de cause. Là, on aura plus de chances.

– Oui, vas-y, me rétorque-t-il distraitement.

Quand je redescends avec l'ordinateur portable de Logan, je dois me retenir de ne pas fondre en larmes en découvrant qu'il a nettoyé son *browser*.

– Qu'est-ce que c'est que ça ? demande soudain Baxter.

Je lève les yeux vers lui, pleine d'espoir, pendant que ma mère se précipite à ses côtés pour regarder l'appareil. Je la vois qui se décompose.

– Izzie… me demande-t-elle d'une voix blanche. Tu veux nous expliquer ?

Elle me tend l'appareil, dont je me saisis, prise d'un atroce pressentiment… Alors que des taches noires se mettent à danser devant mes yeux, je fais défiler avec mon doigt les images à l'écran.

Les photos de notre séjour à New York.

Des portraits de moi, où je regarde l'objectif, tellement radieuse qu'on ne peut pas se méprendre sur ce que je ressens pour le photographe – ni même sur ce que ce dernier éprouve pour moi. Des souvenirs de Coney Island. Nos selfies dans la grande roue. Ma tête, reposant amoureusement sur l'épaule de Logan. Ses lèvres, effleurant les miennes tendrement.

Il m'avait juré les avoir effacées en rentrant à Felt.

Mais tout ça n'a plus d'importance, à présent. Ce secret, que j'ai lutté si dur pour qu'on le garde, ce secret qui nous a valu notre relation…

… il a déjà détruit notre famille.

Maintenant, c'est l'heure de constater les dégâts que ces mois de clandestinité ont occasionnés – dont, en premier lieu, la disparition de Logan.

– Izzie, il faut que tu nous expliques, m'intime Baxter en essayant de rester calme, de ne pas crier, de ne pas m'effrayer.

– Nous pouvons tout entendre, ma puce, renchérit ma mère. Ces photos parlent d'elles-mêmes… Mais si elles ont le moindre rapport avec la disparition de ton fr… de Logan, se reprend-elle, nous devons le savoir. C'est important, tu comprends ?

Étonnamment, au moment où se produit tout ce que j'avais appréhendé si fort, où la bombe explose, je ne me sens pas affolée. Au contraire, retentit en moi un calme immense, une onde de silence qui se propage. Je sais qu'il n'y a plus de marche arrière possible. Plus de dissimulations. Et, au stade où on est arrivés, c'est presque un soulagement. J'avoue la vérité aux parents, d'une voix assourdie et absente.

Je réponds à leurs questions qui se bousculent, sous leurs regards incrédules. Logan et moi, oui. Depuis octobre. Et oui, c'est ma faute s'il est parti.

– Comment est-ce que vous avez pu faire ça ? explose Baxter, aussi choqué que révolté. Et nous le cacher ! Tout ce temps !

– Baxter, murmuré-je en baissant la tête. Je suis tellement désolée si tu savais… On n'a jamais voulu vous faire de mal…

– Vraiment ? s'emporte-t-il. Eh bien, c'est raté ! Regarde jusqu'où cette histoire vous a menés ! Regarde ce que tu as fait à notre famille !

– Baxter, le coupe sèchement ma mère.

Mon beau-père se tait instantanément, comme s'il réalisait ce qu'il était en train de faire.

– Pardon, Izzie, s'excuse-t-il immédiatement. Je ne voulais pas te blâmer. Tu n'es probablement pas responsable. Je suis certain que Logan…

– Logan n'a rien fait ! ne puis-je m'empêcher de le défendre, le visage convulsé. Il n'a cessé de vouloir vous le dire, de vouloir vous expliquer ! C'est moi qui… C'est moi qui…

Je me mets à pleurer si fort que je ne peux pas finir ma phrase. Parce que ce que je dis là est vrai. Depuis des semaines, Logan veut assumer et moi, je l'en empêche. Je romps. Je me promets que cette fois c'est fini. Puis je reviens et fais encore plus de dégâts.

– C'est ma faute si tout ça est arrivé. Son départ. La façon dont vous avez appris pour nous. Tout est ma faute, mais il y a une chose contre laquelle je n'aurais rien pu faire, plaidé-je. C'est de l'aimer…

Ce dernier aveu les fait repartir de plus belle.

– Izzie, je t'en prie, déclare ma mère en secouant la tête. Tu as seulement 18 ans. Tu ne sais rien de l'amour.

– Quant à Logan, je sais comment il est dans ses relations, renchérit Baxter. Si tu ouvrais les yeux, tu le verrais toi aussi ! J'ai essayé de faire au mieux avec ce garçon, mais il a toujours traité les filles comme des objets, à mon grand désarroi. Et il me semble clair que dans cette histoire, tu n'as été qu'un instrument, Izzie. Une façon de me punir d'avoir emménagé avec ta mère…

– C'est faux ! riposté-je. Je veux bien prendre la responsabilité de ce qui s'est passé, entièrement, mais il faut que vous m'entendiez. On s'aime ! Ce n'est pas une vengeance, ou un caprice, ou une simple attraction…

– Je sais que tu le penses, tente de m'apaiser ma mère. Mais, chérie… Il n'y a qu'au lycée qu'on croit encore que l'amour, c'est ce qui est impossible. Plus tard, on comprend.

– Que quoi ? Que l'amour se construit ? Que c'est avant tout de la patience, du compromis ? Que l'amour, c'est changer pour quelqu'un ? Vous ne réalisez pas ! C'est ce qu'on a, Logan et moi ! Qu'on avait, me reprends-je d'une voix basse, sourde, étranglée. Et que mes mensonges et ce foutu interdit ont détruit.

Ma mère jette à Baxter un regard rempli de sous-entendus que je n'arrive pas à décoder. Mais il y a un sentiment que je sais reconnaître, dans ses yeux aussi bleus que les miens. Le scepticisme. Comme si tout ce que je disais n'avait aucun sens. Je suis anéantie. Jamais je ne me suis attendue à ce qu'elle accepte.

Mais je pensais au moins qu'elle comprendrait que ce que j'éprouve est vrai.

– Monte dans ta chambre, me lance-t-elle finalement. Il faut qu'on parle, ton beau-père et moi.

Épuisée, les muscles aussi douloureux que si on m'avait rouée de coups, je cède et, lourdement, rejoins ma chambre. Je les entends se disputer, en bas, à voix basse. Leurs murmures violents m'obsèdent alors que je tends l'oreille, allongée sur mon lit. Je ne sais même pas à quel moment le sommeil m'emporte. Je sais juste que quand je me réveille, il fait nuit et j'ai la bouche sèche. Je suis groggy, assommée, et mes yeux sont encroûtés de larmes. Ma mère m'appelle doucement de l'autre côté de la porte.

– Ouvre-moi, ma chérie. Il faut que je te parle…

En tanguant, j'avance jusqu'à l'interrupteur, puis lui ouvre la porte.

– Tout va bien ? me demande-t-elle, anxieuse, en regardant mon visage que je devine défait.

J'opine, sans oser lui dire que je dormais. Elle et son futur mari s'entre-déchiraient et moi, je dormais. Je me décale pour la laisser entrer. Elle s'assied à mon bureau. Je vais m'installer en face, sur le rebord du lit.

– On a retrouvé Logan, m'annonce-t-elle calmement. Il va bien. Il est à New York, chez ton frère. En sécurité.

– Chez Jarden ? m'exclamé-je sans comprendre.

– Oui, confirme ma mère, gênée. Il a débarqué dans l'après-midi. Nous avons discuté, Jarden et moi, et convenu qu'il serait bon qu'il reste là-bas quelque temps…

– Qu'est-ce que tu veux dire ? demandé-je sans comprendre. Combien de temps ? Baxter disait ce matin qu'il ne pouvait pas rater la fin de l'année scolaire, la remise des diplômes…

– Il validera cet été les crédits qui lui manquent pour compléter son année, me rassure ma mère. Je ferai en sorte qu'il obtienne son diplôme avant la rentrée de septembre.

– Cet été ? Ça veut dire qu'il reviendra bientôt ? demandé-je, pleine d'espoir.

– Izzie… soupire ma mère. Je crois que tu ne réalises pas la gravité de ce qui s'est passé entre Logan et toi. Tu ne vois pas que cette histoire n'est pas viable ? Qu'elle a déjà fait assez de mal ? Autour de vous, mais à vous deux également ?

– Non, je t'assure que…

– Il reviendra quand tu seras partie pour NYU, m'interrompt ma mère en détournant la tête. Il n'y a pas de manière facile de t'annoncer ça, mais dès la remise des diplômes, tu pars pour New York. Il est hors de question qu'on vous laisse revivre sous le même toit. Vous deux, c'est fini, tu comprends ?

Je ne comprends pas, au contraire. Muette de stupeur, sous le choc, j'ouvre la bouche, et me contente de secouer obstinément la tête.

– Non. Non, non, non, gémis-je. Qu'est-ce que tu racontes ? Vous ne pouvez pas faire ça. Vous ne pouvez pas…

Je me lève et hurle des protestations sans aucun sens. Des reproches décousus. Des interdictions. Des injonctions.

– On ne vous laissera pas nous séparer ! On ne…

– C'est déjà fait ! crie ma mère en tentant de me maîtriser alors que mes nerfs lâchent. Izzie, écoute-moi. C'est fait. C'est fait…

Je m'effondre dans ses bras et m'abandonne à son étreinte, en pleurant à chaudes larmes. Désarmée. Brisée.

– Dans une semaine, un mois, un an, tu seras passée à autre chose, chérie, me berce ma mère d'une voix douce. Je sais que tu n'arrives pas à t'en rendre compte pour le moment, mais tu vas t'en remettre. Et Logan aussi. Je te le jure, ma puce. Mon bébé… Ça va aller. À partir de maintenant, tout va bien aller.

27

Lumière de juin

Izzie

– Ton sac est prêt ? me demande Baxter en passant la tête par l'embrasure de la porte.

Je contemple ma chambre, complètement vidée. Une année de vie mise dans des cartons, et des vêtements d'été devenus trop grands dans ma valise.

– Je récupère le camion à huit heures demain, me précise mon beau-père. Je pense qu'on pourra prendre la route vers midi. On marquera une première étape à Colombus pour la nuit, chez des amis à moi, puis une deuxième à Greensboro, où j'ai réservé un motel. On devrait être à New York dans trois jours.

Baxter me sourit, avec un semblant d'enthousiasme qui ne trompe personne, pas même lui.

– Ça te va bien, cette tunique, lance-t-il pour essayer de dire quelque chose de gentil. Tu risques de crever de chaud dessous, vu le soleil dehors, mais ça te va bien.

Ma robe académique me va en effet mieux que n'importe quelle fringue que je possède. En trois mois, j'ai fondu. D'abord, parce que pendant quatre semaines, j'ai été incapable d'avaler quoi que ce soit. Puis parce que j'ai découvert le *running* – la seule chose qui m'a aidée à tenir le coup. À trouver le sommeil la nuit. À transformer ma rage et mon cœur brisé en quelque chose de vaguement supportable.

Courir, tracer la route, filer à travers les paysages. Une heure, deux heures par jour, parfois plus. Mon corps de citadine habituée aux taxis et aux métros est devenu sec. Ma silhouette, affûtée. Mes cheveux ont radicalement blondi sous le soleil, mon teint s'est buriné. C'est une autre personne qui s'apprête à quitter Felt, bien différente de la jeune fille qui est arrivée il y a un an. Une personne cassée par la vie et qui a dû survivre. Une personne dont le cœur a été brisé, et qui l'a rafistolé comme elle a pu.

Une jeune femme qui tient avec du Scotch et des bouts de ficelles.

Mais qui tient. Et qui demain partira sans se retourner.

J'ai tout affronté seule. La réprobation parentale. Les mensonges à la ville entière pour sauver les apparences. Les rumeurs persistantes au lycée. Les moqueries. Les réseaux sociaux et le téléphone portable étroitement surveillés. L'accès Internet limité. Le silence de Logan. Son silence qui m'a assassinée.

J'ai tout déjoué patiemment pour lui parler, mais n'ai jamais eu de nouvelles, de réponses, excepté celles que me donnait Lake. Ma belle-sœur m'a affirmé qu'il allait mal, qu'il souffrait aussi… Mais s'il avait ressenti ne serait-ce qu'un centième de ma peine, il aurait tout fait pour me contacter ! Il aurait déployé les mêmes efforts que moi !

Ma mère avait raison. Baxter aussi.

Logan ne m'a jamais aimée. Il l'a peut-être cru, mais je n'étais qu'un de ses projets destructeurs de plus. Demain, je partirai pour New York. Avant la tombée du jour, il sera rentré à Felt. On ne se reverra jamais, plus jamais. C'est le serment que je me suis fait, il y a des semaines déjà, quand j'ai compris que cette histoire s'était déroulée en grande partie dans ma tête.

Ne plus le revoir. Condition numéro un à ma survie. Parce que même aujourd'hui, s'il apparaissait devant moi, je ne crois pas que je pourrais résister à mes sentiments. Après tout, n'est-ce pas comme ça que tout a commencé ? Parce que je n'ai pas su résister ?

La cérémonie de remise des diplômes est interminable sous ce soleil de plomb. Quand on appelle mon nom, j'avance sous les « hourras » faux culs de mes camarades et fais ce que j'ai appris ici : sourire hypocritement. Je serre la main du recteur, de ma mère. J'attrape le diplôme. J'applaudis mollement à l'appel du nom des autres. Les Coral, les Brooke, tous ceux qui m'ont craché dessus et m'ont traitée de « baiseuse de frère ». Quand Steff grimpe sur scène, mon cœur se serre. Elle a tenté, ces trois derniers mois, de me parler, qu'on se rapproche. Mais notre amitié était brisée. Même si elle n'est pas réellement fautive, ce qu'elle a raconté à Erik a été un tel détonateur dans ma vie, avec des conséquences si catastrophiques, que je suis incapable de lui pardonner.

Par contre, quand on annonce que Matt intégrera dès septembre le centre d'entraînement paralympique, mes mains battent de bon cœur. Pareil quand on annonce le diplôme de Tanya et sa bourse obtenue à l'université de Houston. Contre toute attente, ces deux-là ont été les meilleurs amis possible, ces trois derniers mois – du moins, quand je n'étais pas calfeutrée dans ma chambre ou en train de sprinter à travers champs. Ils m'ont proposé de déjeuner avec eux chaque midi, m'ont contactée pour la moindre sortie… Sûrement qu'ils s'identifiaient. Eux aussi n'ont-ils pas été dévastés, à divers moments de leur vie, par l'ouragan Logan ? La première fois que je les ai rejoints en ville, pour manger un burger, sur la énième invitation de Tanya, j'ai passé la soirée à sourire d'un air absent, à les écouter d'une oreille, à me taire. J'étais partie, emmurée dans ma détresse.

Puis j'ai commencé à ressentir de nouveau des sentiments.

De la gratitude, envers eux. De la tendresse. De la colère envers Logan. De l'amertume. De la rage contre le reste du monde.

Mais j'ai tenu le coup.

Le calvaire est enfin fini. Je vais pouvoir recommencer à zéro.

Oublier.

La fête qui suit la remise des diplômes a lieu dans le gymnase du lycée, en présence de tous les parents extatiques. Je triture mollement ma salade de pâtes pendant que Coral achève au micro son émouvant discours sur notre promotion si soudée.

– Elle a l'air bien confiante en l'avenir, pour une nana qui finira mariée à un gros con d'avocat qui la trompera avec toutes ses secrétaires, me glisse Tanya dans l'espoir de m'arracher un rire.

Elle réussit à peine à faire bouger la commissure de mes lèvres. La musique guimauve qui passe dans les amplificateurs me donne la nausée. La seule chose que Logan m'a laissée, c'est son amour pour la musique. Les premières semaines, j'ai usé sa collection de disques jusqu'à la corde en attendant le jour où il reviendrait, où il arrangerait tout, où il affronterait le monde entier avec moi, maintenant que nos parents savaient.

J'ai au moins gagné des goûts pointus en rock.

J'imagine que ça m'aidera à frimer, à NYU...

– Danse un slow avec moi, me lance Matt pour me dérider. Tu es obligée d'accepter. On n'a pas le droit de rejeter les handicapés.

– Tu joues encore la carte du mec en fauteuil ? le taquiné-je.

– Il faut bien qu'il y ait des avantages, sourit mon ami. Allez, grimpe sur mes genoux. Tu connais le film *Après toi* ? On rejoue la scène.

– Au moins, ils étaient bourrés, dans le film, soupiré-je rêveusement.

– Si tu passes ta main sous ma veste, tu y trouveras une flasque de bourbon, me répond le sportif. Mais je te préviens, si on te voit me peloter, ça risque de jaser.

Pour la première fois de la journée, je ris sincèrement, et le laisse m'emporter sur ce fauteuil qu'il manie à la perfection.

Ce que j'aime le plus chez Matt ? Il ne me demande jamais comment je vais. Il sait. Il n'est pas dupe de ma nouvelle fixette pour le marathon, de mes grandes balades en solitaire, de mes heures de lecture et des pages que je noircis de poèmes. Il a été brisé, lui aussi, à une époque. Et les discours optimistes qu'il a pu recevoir lui restent encore sur l'estomac.

– Tu as beau avoir perdu dix kilos, tu pèses lourd en muscles, Isobel Pearson.

– Tu peux le sentir ?

– J'ai encore une vague sensibilité dans la cuisse droite. Et franchement, en cet instant, j'y renoncerais volontiers pour que tu arrêtes de m'écraser.

– Encaisse, Garrison. Tu n'as plus à me supporter bien longtemps.

– Je sais. Et aussi difficile à croire que ça puisse paraître, ta masse d'éléphanteau va me manquer.

– On se verra pendant les vacances, le consolé-je.

– Ne me mens pas. Pas à moi. Tu vas te casser de ce trou et ne jamais revenir. Je ferais pareil, à ta place.

– Mais toi, tu reviendras ? demandé-je, les bras passés autour de son cou, étonnée.

– J'ai fait la paix, me rétorque-t-il. Avec le passé. Avec…

Il se ravise, juste avant de prononcer le nom défendu. Je lui donne quand même un petit coup dans les côtes, en représailles. Il me pince. Notre slow vire au combat de chatouilles. Les Bangles peuvent bien aller se faire foutre, avec leur mélopée romantique.

Occupée que je suis à essayer de faire suffoquer Matt de rire tout en tentant moi-même de trouver de l'air, je ne tilte même pas quand la musique se coupe. Un raclement de gorge se fait entendre, suivi d'un larsen de micro. C'est là que, étonnée, je me retourne. Et manque de m'écrouler par terre. Heureusement, Matt me tient fermement contre lui.

– Bonsoir à tous… Désolé de vous interrompre en pleines festivités, mais je n'ai pas réussi à arriver à l'heure pour la cérémonie. Après tout, rit-il nerveusement, je ne serai diplômé qu'en septembre…

Logan.

Qu'est-ce qu'il fiche ici ?

Je suis sous le choc. Probablement que beaucoup de gens le sont aussi. Mais pour eux, le voir apparaître est une surprise, pas une torture. Moi, je ne supporte pas de constater qu'il est plus beau qu'au premier jour. Plus mûr physiquement. Plus grave. Plus fatigué. Plus torturé.

Pourquoi faut-il que le regard creusé lui aille aussi bien ?

Que les cernes fassent ressortir le gris de ses yeux ? Que son visage, plus marqué que la dernière fois que je l'ai vu, fasse à ce point ressortir la virilité et l'intensité de ses traits ? Bien que tous les regards soient braqués sur lui, il ne perd rien de sa stature. Il est immense, impressionnant – absolument magnifique. Il a posé un sac de voyage à ses pieds, mais porte encore, sur son épaule gauche, son étui à guitare. Ses yeux se tournent vers le côté de la scène, où ma mère se précipite, affolée. Sans doute pour éviter qu'il en cause une, de scène. Si je le pouvais, je ferais d'ailleurs probablement comme elle, mais mes jambes ne me portent plus. Je savoure l'ironie d'être en fauteuil, pile à ce moment. C'est le genre de remarque qui ferait rire Matt en temps normal. Sauf qu'il n'est pas en état de l'entendre, là. Ça tombe bien, il ne me reste plus un souffle d'air pour parler.

Contrairement à Logan. Qui, lui, n'a jamais manqué d'air.

– J'ai moi aussi reçu la confirmation de l'endroit où j'étudierai l'année prochaine, et je voulais partager la nouvelle avec vous, reprend-il. J'ai été accepté à la Juilliard School of Arts, à New York, annonce-t-il, ce qui a pour effet de figer ma mère sur place. En section composition…

Alors que l'univers entier se resserre autour de moi comme un étau, que mon champ de vision se réduit à un trou de serrure, le micro se coupe. Et Baxter grimpe sur scène, prêt à en découdre avec son fils.

– Qu'est-ce que tu fous là ? Tu ne devais pas arriver avant demain soir !

Je n'entends pas ce que Logan lui répond, mais constate que ça fait perdre son sang-froid à Baxter.

– Tu n'as pas assez fait de mal autour de toi comme ça ? éructe mon beau-père. Tu es vraiment obligé de débarquer ici pour te donner en spectacle ?

Chancelante, je parviens à me lever, malgré les protestations de Matt, pendant que Baxter sort Logan de scène.

– Tu ne devrais pas y aller…

– Il le faut, rétorqué-je. Je veux qu'il sache ce qu'il m'a fait !

– Izzie…

Trop tard, je pars, alors que les deux hommes quittent le gymnase, suivis de près par ma mère. Baxter entraîne son fils en le tenant fermement par la nuque. Lorsque j'atteins la sortie à mon tour, je vois le père balancer son rejeton sur l'une des pelouses. Logan se relève, ne réplique pas, mais je constate qu'il serre les poings pour se contrôler.

Baxter a raison. Pourquoi a-t-il fallu qu'il revienne un jour plus tôt ?

Tout ça pour annoncer fièrement qu'il s'installe à New York, *ma* ville, en plus ? Une ville où je ne l'aurais peut-être jamais croisé ?

Une ville où, maintenant, je vais le guetter à chaque coin de rue.

– Tu m'as demandé trois mois ! crie Logan, révolté. Et je te les ai accordés ! Malgré tout ce que ça m'a coûté, malgré le fait que j'ai failli en crever, je t'ai donné ça ! Alors tu n'as pas le droit de m'empêcher de parler, maintenant !

– Izzie, rentre à l'intérieur, m'ordonne mon beau-père, conscient de ma présence alors que Logan me dévisage.

– Non, Izzie, reste ! proteste Logan.

Il suffit qu'il m'intime ça pour que je tourne les talons. Après tout, je lui dois bien un abandon.

– Ne t'en va pas ! hurle-t-il. S'il te plaît… Je t'aime, Pearson. Isobel Katharina Pearson, putain, je suis fou de toi !

Je me fige sur le seuil du gymnase, la porte grande ouverte. À temps pour entendre Baxter gronder.

– Si tu crois que je te laisserai une nouvelle fois tenter de détruire cette famille…

– C'est toi qui l'as détruite ! contre-attaque Logan. En refusant d'entendre, depuis douze semaines ! Tu m'as promis, papa ! Promis que si je ressentais encore la même chose une fois ces trois mois de séparation passés, tu m'écouterais !

Cette fois, je lâche la porte et me retourne en tremblant. De quoi est-ce qu'il parle ?

– Izzie, me supplie Logan qui s'est relevé en cherchant mon regard. Dis-lui, toi. Dis-lui que j'ai respecté ma part du contrat, qu'on n'a eu aucun contact toi et moi… Je vous ai obéi ! crie Logan à destination de nos parents. Vous aviez parié que ça passerait, mais manque de pot, ce n'est pas le cas ! Ça ne passe pas ! Alors maintenant, je m'en fous. Je vais à New York. Je vais étudier ma vraie passion, la musique ! Et je vais être avec Isobel, que ça vous plaise ou non !

– Qu'est-ce que tu racontes ? lui demandé-je, sans comprendre.

Logan tente de se précipiter vers moi, mais Baxter s'interpose. Géant contre géant. Seulement, Baxter a gagné d'avance. Jamais Logan ne lèverait la main sur lui.

– Il m'a juré, Izzie, commence à m'expliquer celui qui m'a brisé le cœur, par-dessus l'épaule de son père. Mon père m'a juré que si j'acceptais de couper tout contact avec toi jusqu'à la remise des diplômes, il accepterait d'entendre ce que j'ai à dire – ce qu'*on* a à dire. Qu'on s'aime. Que rien ne pourra changer ça. C'est pour ça que je n'ai répondu à aucun de tes appels, à aucune de tes lettres, tu comprends ? Il fallait que je remplisse ma part du marché pour qu'on ait une chance qu'ils nous écoutent !

– Est-ce que c'est vrai ? demandé-je en me retournant vers ma mère, choquée.

– Izzie…

– EST-CE QUE C'EST VRAI ?

– On l'a fait pour votre bien…

– Pour notre bien ? répété-je, incrédule, avant de partir d'un grand rire nerveux. Alors que je dépérissais à vue d'œil ? Que je passais mes nuits à hurler de douleur ? Que Logan était en train de rater son dernier trimestre de lycée ? De se déscolariser, au moment même où ses résultats avaient enfin commencé à remonter ?

– Izzie…

Ma mère fait un pas vers moi, les bras ouverts et semblant désemparée, mais j'ai un mouvement de recul. Mon regard se pose sur le dos de Baxter, sur son échine courbée. Sur son regard incapable d'affronter celui de son fils, à qui il fait pourtant face, ou de se tourner vers moi pour répondre. Bouleversée, révoltée, je me retourne vers ma mère.

– Dis-moi que ce n'est pas vrai… Dis-moi que vous n'avez pas fait ça…

– Ils m'ont juré, Izzie, insiste Logan. Sans ça, jamais je n'aurais été capable de passer toutes ces semaines sans te parler.

Il tente de nouveau d'avancer vers moi et cette fois, quand Baxter s'interpose, il le repousse, montrant qu'il serait capable de l'affronter physiquement si nécessaire. Ce brusque accès de violence, ainsi que le silence des parents, en dit plus long que tout. Logan ne me ment pas.

Logan ne me ment pas…

Je n'arrive pas à savoir ce que je ressens, à part de la confusion, alors qu'il se précipite vers moi. Il prend mes mains glacées malgré la chaleur dans les siennes, sa chaleur qui m'a tant manqué, sa chaleur qui n'arrive pas encore à me réchauffer tant son absence m'a fait froid. Mais pour la première fois en trois mois, un rayon m'atteint enfin, une lumière. Celle de ces yeux gris clair, ces yeux qui ont changé le cours de ma vie. Qui m'ont transformée.

Et que, même avec tous les efforts du monde, je n'aurais jamais pu cesser d'aimer.

– Je n'ai tenu qu'en pensant au moment où je reviendrais, Izz'. Je n'ai tenu qu'en préparant notre avenir. J'ai pris contact avec tous les profs pour qu'ils me transmettent les devoirs au fur et à mesure. Je me suis inscrit aux cours de rattrapage cet été pour valider mon année. J'ai harcelé le secrétariat de Juilliard pour qu'ils m'accordent une audition même si les inscriptions étaient closes. J'ai bossé sur des chantiers. J'ai bossé dans des bars. J'ai mis de l'argent de côté et trouvé un appartement. J'ai tenu *uniquement* en préparant la suite. En préparant notre vie ensemble…

Je n'arrive tout bonnement pas à y croire… Il est là, face à moi, celui que j'ai tellement haï de m'avoir fait souffrir, celui que j'ai tellement haï de m'avoir fait l'aimer. Mon cœur ne va pas assez vite, n'a pas fini de dégorger sa colère, de rendre sa souffrance. Mais ma tête, elle, me crie : « Tu entends ? Rien de tout ça n'était sa faute ! Il t'a toujours aimée ! »

– Ils me l'ont juré, Izzie, continue Logan en constatant que je ne réponds rien. Ils ont promis que si on s'aimait encore, alors ils…

– Izzie, m'interpelle Baxter. Ne l'écoute pas. Tu sais bien que ta mère et moi avons raison. Après tout, tu as survécu, non ? Tu t'es relevée, tu es passée à autre chose. Ne retombe pas dans ce vieux travers juste parce que…

– Travers ? répété-je, choquée. C'est vraiment ce que tu penses de ton propre fils, Baxter ? Qu'il n'est qu'une mauvaise habitude, comme la nicotine ou la *junk food* ?

– C'est ce qu'est votre histoire ! plaide le père de Logan. OK, trois mois ne vous ont peut-être pas suffi. Mais quatre mois, cinq mois… Combien de temps pouvez-vous jurer que ça va durer ? Si vous vivez réellement ensemble, à New York, combien de temps tu donnes à cette relation ?

– Tu n'as pas à lui répondre, m'affirme Logan. C'est *notre* vie, ça *nous* regarde…

– Tu crois vraiment ça ? s'emporte Baxter. J'épouse Karen dans un mois, je te rappelle ! Alors il me semble que ça nous regarde aussi, elle et mo…

– Non, lance soudain ma mère, d'une voix inflexible.

– Non, ça ne nous regarde pas ? l'interroge Baxter, stupéfait.

– Non, répète-t-elle. Je ne t'épouse pas.

Baxter blêmit, recule sous le choc. Ma mère avance vers lui et prend son visage entre ses mains pour le regarder droit dans les yeux.

– Je t'aime. Et je veux passer ma vie avec toi, Baxter. Mais si nous en avons le droit, pourquoi pas eux ? Qui sommes-nous pour décider de leur bonheur à leur place ? Tu as demandé trois mois à ton fils. Il te les a accordés. À nous maintenant de tenir notre promesse.

– Donc tu veux… rompre ? Pour qu'ils puissent vivre ensemble à New York ?

Ma mère laisse échapper un rire incrédule.

– Qui te parle de rompre ? Je refuse simplement, catégoriquement, de t'épouser. Je refuse qu'un bout de papier fasse d'Izzie et Logan des demi-frère et demi-sœur. Je refuse d'être l'unique obstacle entre eux, si leur futur est ensemble. Je n'ai pas besoin d'un contrat pour être avec toi, mon chéri, plaide-t-elle avec tendresse. Et puis, à mon âge, la robe blanche, c'est un peu ridicule, tu ne penses pas ?

– Mais… Mon amour, on…

– Ne proteste pas, réplique-t-elle avant de l'embrasser brièvement, tout en tenant toujours fermement son visage dans ses mains. Je ne t'épouse pas, un point c'est tout. Mets-toi seulement une seconde à leur place ! poursuit-elle.

Imagine que la situation soit inversée. Imagine ce qui se serait passé si c'était grâce à eux que nous nous étions rencontrés. S'ils avaient été ensemble avant nous, est-ce qu'à ton avis, ils nous auraient interdit d'être en couple ? Ou est-ce qu'ils se seraient simplement réjouis de savoir leurs vieux parents heureux ?

– Ça n'a rien à voir ! proteste Bax.

– Ça a tout à voir, au contraire ! On aurait pu se rencontrer à *leur* mariage. Tu m'aurais plu tout autant que cette fois où je t'ai vu dans ce bar à Houston, il y a un an et demi. Est-ce que tu penses que ma fille m'aurait demandé de renoncer à toi ? Je ne le crois pas. Je t'aime, Baxter, mais je refuse de t'épouser. De favoriser une cérémonie et un document officiel au détriment du bonheur de ma fille. Est-ce que je me fais bien comprendre ?

Sa réaction me coupe le souffle. Jamais, je crois, je ne l'ai autant aimée qu'en cet instant. Je manque de courir vers elle pour la prendre dans mes bras… Mais quand je sens les doigts de Logan se glisser entre les miens, sa paume chercher ma paume, je ne veux plus bouger, plus jamais. Je lève les yeux vers lui et vois qu'il fixe la scène, un sourire heureux flottant sur son visage, malgré son regard que la tristesse a creusé en trois mois… Moi qui, il y a une demi-heure à peine, aurais tout donné pour qu'il souffre le martyre, ça me fait mal à présent de penser à ce qu'il a lui aussi traversé.

Mais il l'a fait pour rendre l'impossible possible.

L'homme de ma vie a ce pouvoir.

Le regard que je lui jette, en cet instant, déborde d'amour, de gratitude, d'admiration. Baxter se tourne vers nous et contemple, lui aussi, l'expression de son fils. Une expression qui vaut toutes les déclarations, toutes les scènes, tous les grands gestes du monde. Puis ses yeux se posent sur moi.

– Est-ce que c'est ce que tu veux, Izzie ? Après toutes ces semaines ? Est-ce que tu veux encore être avec Logan ?

– Oui, soufflé-je. Oui, oui, oui !

En m'exclamant, je me tourne vers le bad boy – *mon* bad boy – et me jette à son cou. Il me réceptionne dans ses bras et me fait tournoyer dans les airs, alors que nos lèvres se joignent. Nos lèvres faites pour s'embrasser. Pour se susurrer des serments. Pour se parler, chaque jour.

Pour ne plus ô grand jamais se quitter.

– Tu nous as vraiment pris un appartement ?

– Un clapier à lapin qui m'a coûté un bras en caution et travaux, opine-t-il. Où on se marchera sur les pieds constamment. Où il ne te faudra pas deux secondes pour avoir envie de m'étrangler…

– Rien de neuf sous le soleil, alors, souris-je amoureusement. Et tu as vraiment renoncé à Notre Dame ?

– Je n'ai renoncé à rien, j'ai accepté de changer. D'avoir été changé. Par toi. Pour toi.

– Tu te sens prêt à vivre dans une ville où il n'y a que cent ou deux cents arbres maximum ?

– J'en planterai sur le toit, en douce. Je trouverai des solutions. Je serai heureux, Izzie. Et toi aussi, j'espère. C'est tout ce qui compte.

– Et le foot ? Ta carrière de sportif ?

– Ça n'a jamais été mon rêve. C'était celui de Matt. Je ne pouvais simplement pas y renoncer tant que je croyais le lui avoir enlevé.

– Alors si tu m'as laissée pendant trois mois sans nouvelles, c'est parce que tu pensais que c'était la seule manière de pouvoir être avec moi dans le futur ?

– Tout ce que j'ai vécu, traversé, fait, durant ces trois mois, Izzie, je l'ai fait pour toi.

– Pas de *cheerleaders* ? demandé-je, faussement suspicieuse. Pas de Rally Girls ? Ni de serveuse de *diner*.

Il rit et secoue négativement la tête.

– À New York, on ne trouve que des New-Yorkaises. Et aucune ne t'arrive à la cheville, Isobel Katharina Pearson.

Je ris, un peu grisée, toujours sous le choc. Je me retourne fugitivement pour chercher, étourdie, le regard de ma mère. Elle me donne sa bénédiction d'un signe de tête. Avec le regard que j'ai tant attendu d'elle, celui qui me jure que tout ira bien. Qu'on a le droit.

– Beau parleur… taquiné-je alors Logan juste avant que nos bouches se touchent.

– Espèce de teigne, réplique-t-il en me mordant la lèvre.

– Enfoiré.

– Femme de ma vie…

28
Épilogue

Izzie

– Logan ! Logan, viens vite ! Ça y est, la cérémonie commence !

Mon amoureux me rejoint précipitamment dans son studio, deux bières à la main. Nous avons suivi les jeux paralympiques dans cette pièce où il compose sur le grand moniteur dont il se sert pour mixer ses morceaux, n'ayant pas la place d'installer une télé dans notre minuscule salon-cuisine-salle-à-manger.

– C'est lui ! C'est Matt ! m'écrié-je alors que notre ami reçoit la médaille d'or en direct à la télé.

Il est dix heures du matin à Pretoria, où se trouve Matt. Quatre heures ici, à New York, mais nous n'aurions raté ça pour rien au monde.

Quelle heure peut-il bien être à Los Angeles ?

– Une heure, me répond Tanya un peu pompette quand je décroche le téléphone. Vous êtes devant ?

– Bien sûr, qu'est-ce que tu crois ? Attends, je te mets sur haut-parleur…

– Salut, Logan Taylor, lance notre amie d'une voix canaille.

– Salut, la Californienne. Comment ça se passe pour toi ?

– La vie d'assistante de l'assistant du costumier ? Ce n'est pas celle d'un champion olympique, tu peux me croire… Oh, au fait, Logan, on parle de toi à la Paramount. Visiblement, la BO que tu as pondue pour ce documentaire Netflix t'a valu d'être remarqué…

– C'est vrai ? m'exclamé-je. Oh, Logan, tu entends ça ?

– On se calme, Pearson. Je sais que tu me vois déjà en haut de l'affiche, mais tu pondras probablement un best-seller avant que je devienne riche…

Je ris bêtement. J'adore la façon dont Logan croit en moi. Mais franchement, avec les huit mille exemplaires vendus de mon premier roman, je suis encore loin du jour où on me retrouvera en haut de la liste du *New York Times* des auteurs les plus populaires ! Qu'importe ? Je me fiche de vivre de ma passion. Je préfère la vivre, tout bonnement. Mes cours à Columbia me permettent de payer mon loyer et mes factures. J'habite avec l'homme que j'aime, à Brooklyn, dans un appartement lumineux où il a son studio et où j'écris. Je ne vois pas ce que je pourrais demander de plus à la vie, du haut de mes 26 ans.

Enfin… jusqu'à hier, je ne le voyais pas.

– Tu ne bois pas ta bière ? me demande Logan une fois qu'on a raccroché le téléphone. Tu sais bien que c'est un affront, là d'où on vient, d'être sobre devant un événement sportif.

– Je sais, répliqué-je énigmatiquement, mais il y a des dérogations.

– Lesquelles ? Le décalage horaire, peut-être ? Le houblon vaut bien la caféine, comme excitant.

– À te voir aussi survolté, je n'ai aucun doute sur la question, taquiné-je l'homme de ma vie. Mais la caféine aussi, je crois que je vais devoir éviter, pendant un certain temps…

Je sais, écrire sans caféine, sans doute l'un des plus gros challenges que je vais devoir affronter de ma vie d'auteure.

Ça ne m'empêche pas de sourire, de plus en plus bêtement à mesure que Logan cherche à comprendre ce que je raconte. Je peux presque voir les petits rouages de son cerveau se mettre en route. Passer par toutes les étapes. Le doute, le déni, puis la révélation…

– Isobel Katharina Pearson, ne me dis pas que…

– Si, réponds-je, le souffle court. Enfin… je veux dire… je ne sais pas ce que tu t'imagines, mais si c'est ce que je crois, alors tu as raison !

Logan bondit sur ses deux pieds et pousse un cri de joie. La voisine du sixième donne un coup de balai sur le plafond.

– Merde ! Tu as un petit Junior planqué là-dedans ? me demande-t-il en posant délicatement sa main sur mon ventre encore tout plat.

– Tranquillement en train de grandir pendant encore quasiment neuf mois, répliqué-je en haussant les sourcils.

Logan, avec un sourire béat, tombe à genoux, et commence frénétiquement à m'embrasser de partout.

– J'y crois pas, putain… J'y crois pas… Je vais être papa ?

– Tu peux toujours t'enfuir pour le Mexique, tu as encore le temps, le taquiné-je en caressant ses doux cheveux.

– Pourquoi les artistes new-yorkais sont-ils toujours aussi *caustiques* ? me rabroue le musicien. Putain, Izzie, merde… Je suis tellement heureux, si tu savais !

Je sais.

Pas uniquement parce que moi aussi, je flotte sur un nuage. Également parce que je vois bien que les grands yeux gris de Logan, ces yeux acérés et parfois ombrageux, ont en cet instant l'éclat d'un regard d'enfant.

Et ça, c'est le plus bel aveu du monde.

– Épouse-moi, me demande mon rocker, encore à genoux devant moi.

J'éclate de rire.

– Ça ne te fatigue pas de te prendre le même vent deux fois par an, Taylor ?

– Je ne plaisante pas, Isobel. Je t'adore, je vénère chaque jour le sol que tu foules et je le ferai jusqu'à ma mort. Tu vas être la mère de mon enfant. Je veux t'épouser.

– Pas question, Taylor. Une promesse est une promesse. Je m'y tiens.

– Mais tu mélanges tout ! proteste-t-il. C'est ta mère qui a juré de ne jamais épouser mon père !

Et c'est à ce prix que, Logan et moi, avons obtenu le droit d'être heureux. Que nous avons pu apprendre à former une famille, tous les quatre. Une famille à part, qui a traversé des épreuves, qui s'est pardonné beaucoup, qui a appris à assumer les regards – étonnés toujours, plus ou moins bienveillants – et qui n'en est sortie que renforcée.

– Solidarité féminine, répliqué-je en secouant mon annulaire gauche exempt de bague sous son nez. Vous, les mecs, vous ne pouvez pas comprendre…

– On pourrait le faire juste pour nous ? tente-t-il de m'amadouer. Rouler au lever du soleil vers Atlantic City, se dire oui devant un officier de loi fatigué ? Et ce serait notre petit secret ?

– Les secrets, ça nous a si bien réussi par le passé… ironisé-je avec tendresse.

– Tu me tues, rétorque-t-il en se levant.

– Mais tu m'aimes.

– Oh… Plus que ça encore, ma jolie.

– Eh bien ça tombe à pic, parce que le mariage ne va pas être notre seul débat, pendant les neuf prochains mois, rétorqué-je en me levant de ma chaise.

– Ah ouais ? me demande-t-il avec son demi-sourire craquant tout en se passant la main dans les cheveux. C'est étonnant, ça, venant de notre part. Vas-y, laisse-moi entrevoir la liste des réjouissances.

– Il va d'abord y avoir… les prénoms. Je te préviens, pour les filles, j'ai des goûts assez spécifiques…

– Balance. Je suis prêt.

– Les prénoms mythiques, comme Carmen, Hermione, Léda… Ou ceux de vieilles stars du cinéma, comme Rita, Gloria, Paulette…

– Donc en gros, tu veux que notre future fille porte un prénom d'entraîneuse de bar OU d'héroïne tragique ? Parfait, vraiment ! me charrie-t-il en m'enlaçant tendrement. Je ne vois pas comment est-ce qu'elle pourrait mal tourner…

Je ris en lui donnant une tape et continue.

– Il y a aussi la chambre du bébé. Lequel de nous deux va sacrifier son espace de travail pour qu'on y installe une pouponnière ?

– Pourquoi ai-je l'impression que tu as déjà trouvé la réponse à cette question ? réplique-t-il en levant les yeux au ciel.

– Quoi ? Pas de protestations, Taylor ? Pas de cris ? Pas de grands monologues définitifs sur ton génie artistique assassiné ?

– La voisine est déjà assez énervée comme ça, réplique-t-il avec flegme. Je ne veux pas en remettre une couche.

– Ça y est ! Tu bats en retraite et refuses les engueulades ! Tu me traites déjà comme une femme enceinte ! m'offusqué-je.

– Parce que tu *es* enceinte, mon amour.

– « Enceinte » ! Pas « fragile » !

– Oui, oui… se moque ouvertement l'insolent.

– Mais alors il n'y a absolument aucun point sur lequel tu veuilles te battre ? M'offrir une petite dispute, là, avant d'aller dormir ? demandé-je, ébahie.

– Tout me va, Isobel, sourit Logan en se penchant vers moi pour m'embrasser. Tant que ce bébé hérite de tes frisettes… et d'aucun de nos deux caractères, par pitié !

Extrait

Can you keep a secret ?

Lou Garance

1

QUI DIT PREMIER WEEK-END DE MAI DIT SOIRÉE

Ambre

– Faites attention à vous, surtout !

Après un dernier signe de main dans notre direction, ma belle-mère démarre en trombe et disparaît sous un nuage de fumée.

– Toujours aussi bavarde, à ce que je vois, se moque mon amie Holly, près de moi.

Je secoue la tête doucement, amusée par le moment que nous venons de passer dans la voiture. Mia, la nouvelle compagne de mon père, a peu de temps libre à accorder à sa famille, toujours fourrée dans son bureau d'éditrice en centre-ville de San Francisco. Nous ne la voyons pas souvent, mais lorsqu'elle se libère enfin, nous ne pouvons plus l'arrêter de parler.

– Pour une fois qu'elle sort la tête de ses livres, réponds-je en rigolant, je ne vais pas m'en plaindre.

C'est vrai que les moments passés avec elle se comptent sur les doigts de la main. Elle a emménagé avec mon père il y a un plus de trois ans. Au départ, j'étais un peu réticente à la faire entrer dans notre vie, mais elle y a trouvé une place très rapidement. Déjà, parce que le besoin d'une présence maternelle commençait à se faire sentir chez ma petite sœur, mais aussi parce qu'il s'agit d'une femme adorable – malgré son goût prononcé pour sa vie professionnelle. Quoi qu'il en soit, elle a pris la place que ma mère a abandonnée il y a plusieurs années et rien que pour ça, je l'en remercie.

J'attrape le bras de ma copine et l'attire vers l'entrée de l'Écho, le bar où nous travaillons les vendredis et samedis. C'est de loin le boulot qui nous rapporte le plus depuis que nous avons l'âge légal d'avoir un job. Les pourboires lors des week-ends sont tous plus exorbitants les uns que les autres, et avec l'arrivée prochaine des grandes vacances, les soirées et privatisations du bar se multiplient.

– Salut, les filles.

Une caisse dans les mains, Austin, notre patron, nous fait un sourire en passant près de nous. Après avoir salué toute l'équipe, nous nous faufilons dans les vestiaires.

– Esther passe nous prendre vers une heure.

Le nez plongé dans son téléphone, Holly pianote énergiquement dessus, levant à peine les yeux dans ma direction tandis que je me change.

– Elle nous ramènera chez nous après la boîte ? demandé-je, tout en enfilant mon tee-shirt sur lequel est inscrit en lettres capitales mon prénom ainsi que le logo de l'établissement.

– Oui, elle a un repas de famille demain et veut éviter de picoler, me répond-elle en fourrant son téléphone dans son sac à main et en mettant comme moi sa jupe noire cintrée.

– Et grâce à elle, nous rentrerons saines et sauves !

Je mets le reste de mes affaires dans mon grand casier métallique attitré et le ferme à clé.

– Allons-y !

En deux enjambées, elle me pousse vers la sortie et nous retrouvons le reste des employés dans la grande salle.

***

Il est plus d'une heure lorsque nous rejoignons enfin Esther sur le parking. Adossé à sa Ford Focus rouge, le troisième membre de notre trio nous attend patiemment.

– Rappelle-nous déjà pourquoi tu es la seule à avoir tes soirées de libres ? lui demande Holly tandis qu'elle souffle bruyamment.

Ses talons claquent contre le béton et, à chaque mouvement de jambe, elle laisse échapper de ses cheveux un agréable parfum fleuri.

– Parce que je voulais profiter du début de l'été et ne pas être obligée de travailler aussi pendant les vacances ! se moque Esther en venant nous prendre dans ses bras. C'était si horrible que ça, ce soir ?

– Enterrement de vie de garçon, lui dis-je, lessivée. Ils n'ont pas arrêté de hurler dans le bar, de chanter et de boire.

Je pose mon sac à dos dans le coffre de la voiture et m'installe sur la banquette arrière.

– J'ai les pieds en compote, me plains-je en massant mes chevilles.

– D'où les baskets ? raille la conductrice qui semble, tout comme Holly, avoir mis des talons de dix centimètres.

– Non. Ça, c'est pour ne pas finir avec un orteil en moins.

Dans le rétroviseur, je la vois lever les yeux au ciel et esquisser un sourire.

– Tu me laisseras un jour m'occuper de ta tenue ? me demande Holly par-dessus le siège avant.

– Pour quoi faire ? Je suis très bien comme ça, réponds-je, un peu blasée.

Chaque fois, c'est le même cinéma. Je suis le genre de fille à ne vraiment pas me prendre la tête lorsque je sors. Je n'arrive pas à comprendre celles qui ont besoin d'être montées sur des échasses. En boîte de nuit, tu dois pouvoir tenir debout toute la soirée. Avec des talons de vingt centimètres aux pieds, c'est loin d'être une tâche facile.

– Tu es très belle, me rassure Esther, mais tu le serais encore plus avec de jolies chaussures.

– Comment comptes-tu te trouver un mec si tu es habillée comme pour aller au lycée ? critique la brune à sa droite.

– Je n'ai pas besoin de me trouver un mec, la coupé-je avant de marmonner dans ma barbe : « Le dernier m'a suffi. »

C'était il y a à peine six mois et son souvenir est encore très frais dans ma mémoire. Le fait que nous fréquentions le même cercle d'amis n'aide pas non plus à l'effacer.

– Et alors, toi et Tyler ? reprend la conductrice d'un air espiègle.

– Quoi, Tyler ? répond Holly à ma place. Ambre, je t'interdis de retourner avec cet abruti.

– Calme-toi ! dis-je en me moquant un peu de sa réaction. Ce n'est pas prévu au programme.

– Tu dis ça maintenant, et puis quand tu auras bu quelques verres, vous allez encore vous chercher et on sait tous comment ça va finir !

– Arrête de lui donner des idées, râle Holly.

– Je l'aime bien, me défends-je. Mais je ne suis pas

stupide, je l'ai quitté ce n'est pas pour revenir dans ses bras en courant.

Ou alors il va en baver un peu avant. Par principe.

Après une vingtaine de minutes de trajet, nous nous garons rapidement et rejoignons le reste de la bande devant l'entrée du Jerry. C'est une boîte de nuit fréquentée par les jeunes et nous y allons pratiquement une fois par mois. Nous avons la chance d'avoir des parents plus ou moins laxistes, ce qui nous permet de profiter de quelques soirées entre potes. Même si mon père aime bien, parfois, que je reste en famille le samedi soir. « Ça soude », comme il aime si bien dire. Enfin, ça lui permet surtout de passer du temps avec sa femme, alors je joue le jeu.

Les yeux rivés sur la longue file d'attente, je guette la présence de Cameron, mon demi-frère. Alors que mon regard se pose sur une touffe brune, je remarque instantanément la chevelure blonde impeccablement bien coiffée qui se trouve à côté. Un léger sourire vient fendre mon visage tandis que je le reconnais :

– Tiens, tiens, regarde qui est là… chuchote Esther à mon oreille, m'indiquant d'un mouvement de menton la direction dans laquelle je regardais quelques secondes plus tôt.

Je lui adresse un clin d'œil aguicheur avant d'exploser de rire avec elle – laissant Holly lever les yeux au ciel et me lancer un regard désapprobateur.

– Nous n'attendions plus que vous, nous accueille Cameron avec le sourire.

Ses deux meilleurs potes qui l'accompagnent se tournent vers nous et semblent tout aussi éméchés que mon demi-frère. Je ne peux empêcher mon regard de s'attarder sur Tyler. Le tee-shirt noir qu'il porte fait ressortir la blondeur de ses cheveux coiffés comme je les aime. Il m'adresse un sourire en coin, de ceux dont lui seul a le secret, et vient se placer près de moi.

– Ça a été, votre service ? nous demande poliment Garret, le troisième de la bande, beaucoup plus discret que les autres.

– Interminable, se plaint Holly dans un gémissement.

– Place à la détente alors, ajoute Tyler près de moi, les vibrations de sa voix se répercutant sur ma peau.

Le laisser galérer… Plus facile à dire qu'à faire, mais il mérite bien ça. Cameron avance dans ma direction et place un bras autour de mes épaules. Des effluves d'alcool se dégagent de son haleine tandis qu'il approche son visage du mien.

– Alors, sœurette, j'espère que t'es prête parce que ce soir je te fais picoler.

Depuis que nous habitons sous le même toit, c'est le seul surnom qu'il utilise pour m'appeler et je l'apprécie beaucoup. J'ai toujours rêvé d'avoir un frère et avec Cameron je ne pouvais pas mieux tomber. Il est réellement gentil, ouvert d'esprit et je sais que, quoi qu'il arrive, il sera toujours là pour moi. Nous étions déjà amis avant de nous retrouver propulsés dans la même famille. Le fait que nous ayons le même âge nous permet vraiment d'avoir une relation de frère et sœur. À l'opposé de celle que j'entretiens avec ce qui lui sert d'aîné… Je fronce instinctivement les sourcils au moment où cette idée me traverse l'esprit. Ce n'est clairement pas le moment de penser à *lui* ; plus il est loin de moi, mieux je me porte.

Après de longues minutes d'attente, nous finissons par passer les portes d'entrée du Jerry. L'odeur de transpiration mélangée à celle, étouffante, de la fumée se fait déjà sentir alors même que nous pénétrons dans l'enceinte de l'établissement. Nous déposons chacun nos affaires au vestiaire en essayant de tout faire rentrer dans le moins de sacs possibles. Une fois débarrassés, nous nous dirigeons directement vers le bar, faisant plusieurs pas au rythme de la musique tout en tentant d'éviter les danseurs sur notre passage. Les quelques tables présentes dans la salle sont déjà toutes occupées. Certaines filles dansent même dessus, se trémoussant avec fougue tandis que le DJ mixe un titre de Kiiara.

– Vous avez du retard à rattraper, les filles ! La première tournée est pour moi.

En vrai gentleman, Tyler sort sa carte bleue de la poche de son jean et commande à la serveuse un mètre de shots. La soirée commence à merveille, de l'alcool, de la musique et des potes : *let's have fun* !

2
JAYDEN EST DE RETOUR

Ambre

Ce matin, j'ouvre les yeux avec difficulté et plaque instinctivement une main sur mon visage. Des flashs de la veille et une vilaine migraine me rappellent à quel point j'ai bu. Ma bouche est pâteuse et j'ai soif: classique d'un lendemain de soirée. Je n'ai pas le temps de m'apitoyer sur mon sort que je comprends la raison pour laquelle je me suis réveillée. Je perçois de l'autre côté de la porte les bribes d'une conversation mouvementée, qui se déroule à l'étage du dessous. Dans un premier temps, j'ai la désagréable sensation que Mia se dispute avec mon père. Chose qui arrive un peu trop souvent ces derniers temps et rend l'atmosphère familiale plutôt tendue. Sans vraiment en connaître tous les détails, j'ai cru comprendre que ma belle-mère cherchait à ouvrir une nouvelle agence d'édition en Europe, en plus de celle qu'elle a ici à San Francisco. Visiblement, ça a toujours été son rêve de s'exporter mais mon père, et j'imagine très bien pourquoi, n'a pas l'air emballé par l'idée. Ce qui a provoqué un froid entre eux quelques jours. Je me retourne pour regarder l'heure sur mon réveil et remarque qu'il est midi. J'ai dormi seulement six heures. Nous avons fait la fermeture hier avec Esther,

Cameron et Holly. Je savais que le réveil allait être difficile, mais sûrement pas si tôt. J'entends toujours Mia s'époumoner dans le salon et, vu l'heure qu'il est, mon père est au boulot donc ça ne peut pas être avec lui qu'elle se dispute.

– J'espère que tu plaisantes !... Oui, j'espère pour toi que ce n'est pas définitif... Je ne veux pas savoir qui a commencé... C'est n'importe quoi... Je te pensais plus responsable.

Soulagée de la savoir au téléphone et non face à mon père, je décide de me lever tout en écoutant le cirque qu'elle fait en bas. Debout sur mes pieds, je mets quelques secondes à me stabiliser. Je ferais bien d'aller boire un verre d'eau et de manger quelque chose parce que j'ai réellement la gueule de bois. J'ouvre les rideaux et ferme aussitôt les yeux au moment où la lumière du jour se propage dans la pièce.

– Merde.

J'ai été trop rapide. La tête me tourne et me fait un mal de chien. Il va vraiment falloir que je me calme sur l'alcool la prochaine fois. Je contourne mon lit pour aller prendre mes affaires de sport, bien décidée à aller courir pour éliminer toutes les mauvaises toxines. J'espère juste que ça va me permettre de me sentir mieux. Fichue gueule de bois. Je descends les escaliers, un peu bancale, et me dirige vers la cuisine. Mia s'est réfugiée dans son bureau. Elle semble s'être calmée mais continue de parler avec son interlocuteur. Je n'écoute plus un mot de ce qu'elle raconte, bois un grand verre d'eau puis prends une banane avant de sortir par le jardin. En quelques pas, je me retrouve sur le sable et commence à partir en petites foulées le long de la mer, la musique dans les oreilles.

L'après-midi est déjà bien entamé lorsque je rentre et le soleil tape sur mes épaules. Je me sens beaucoup mieux. Je suis en sueur et je n'ai qu'une envie, c'est de prendre une douche afin de faire disparaître cette odeur désagréable. Je retire mes écouteurs au moment où je passe le portail qui donne sur le jardin. Je monte dans ma chambre récupérer des vêtements et file sous l'eau tiède, histoire de me rafraîchir un peu. Après avoir enfilé une robe fleurie et des sandales, je descends pour me faire à manger. J'ai tout juste posé la casserole sur le feu que Cameron débarque dans la cuisine. Vêtu d'un short de sport gris et d'un débardeur blanc qui fait ressortir les muscles de ses bras, il passe une main molle dans ses cheveux bruns en bataille. J'ai toujours trouvé Cameron très séduisant, son mètre quatre-vingts lui donne une vraie prestance quand il entre dans une pièce. Il ne se coiffe jamais et entretient une petite barbe de trois jours qui lui donne un effet négligé. Ce qui rend de nombreuses filles du lycée folles de lui. Moi par contre, je ne l'imagine pas autrement qu'en tant que membre de ma famille, même recomposée.

– Déjà debout ? lui demandé-je. Je pensais que tu allais traîner dans ton lit plus longtemps.

Il vient m'embrasser sur le front, regarde l'eau que j'ai mise à bouillir puis s'assied sur une chaise haute face à la table.

– Je voulais, mais j'ai été réveillé par ma mère.

– Pareil, c'est pour ça que je suis allée courir.

– T'es déterminée, toi, le matin, dit-il, un brin moqueur.

– Je me fais des pâtes, tu en veux ?

– Grave ! J'ai une de ces gueules de bois, c'est puissant !

Je rigole tout en sortant deux verres que je remplis d'eau et dans lesquels je plonge un cachet pour le mal de crâne. Il prend celui que je lui tends et le cogne contre le mien.

– Santé, sœurette !

– Cul-sec, réponds-je du tac au tac.

Une fois mon breuvage avalé, je me concentre sur les pâtes tandis que Cameron sort des assiettes et des couverts pour mettre la table dans le salon. Il allume la télé et nous regardons un épisode de *Dexter*, le temps d'avaler notre repas.

– Au fait, Jayden rentre.

Cameron m'annonce la nouvelle entre deux bouchées. Je reste muette, essayant difficilement d'avaler la cuillerée de pâtes que j'ai dans la bouche – ou peut-être est-ce la nouvelle qui est compliquée à assimiler.

Il ne manquait plus que ça.

– Si tôt ? réponds-je en geignant presque.

– Oui, apparemment il a été viré de la fac. Ma mère était hors d'elle ce matin, c'était avec lui qu'elle était au téléphone. Il rentre ce soir.

Je repousse l'assiette qui se trouve sous mes yeux, mon appétit a disparu. C'est le retour des emmerdes.

***

Malgré le monde fou qui se promène dans les rues de San Francisco, les filles et moi réussissons à nous installer en terrasse. Le soleil et la bonne humeur sont au rendez-vous ! Après avoir commandé trois boissons fraîches, nous commençons rapidement un briefing de la soirée de la veille.

addictives

Ana K. Anderson
Indompté
Scottish Bastard

Sophie Auger
Be with Me

Louve Baxter
Challenge the Boss

Rose Becker
Le Bébé, mon milliardaire et moi (aussi en poche)
Dangerous
Désirs & Désastres (en poche)
Torride, sexy & dangereux

Aimée Bianca
B.O.S.S. Beau, Odieux, Sexy, Snob

Sonia Birdy
California High School
L'Initiation
Touchdown. Campus Star

Laura Black
Dark Initiation
Games of Desire
H.A.R.D. Hot, Arrogant, Rebelle, Déterminé
Italian Boss
Sulfurous Bad Boy

Margot D. Bortoli
Too Young

Marjorie Burbaud
The Campus Teacher (en poche)
Foutu Highlander… (en poche)

Phoebe Campbell
Lui résister… ou pas

Anne Cantore
Promets-moi. Louise et Marco

Mia Carre
Bad for You
Charmant connard!
Teach Me Everything

Sarina Cassint
Avec toi… peut-être
Insolent Boss

Mélodie Chavin
Campus Rules
Coloc avec mon ennemi
Fake Lovers (coécrit avec Camilla Simon)
Fucking Wedding
Stepbro' Next Door

Alexia Clemens
Red Python. Save Me

Romy Cole
Never Kiss a Soldier

Mary Ann Davis
Coach Me Love

Olivia Dean
À lui, corps et âme – volumes 1 et 2 (en poche)

Gwen Delmas
Noël, toi & moi
Sex Friends. Pas de contraintes, que du plaisir!

Sarah Dheilm
Elite Fighter
Hot Reward

Eugénie Dielens
Imprévisible Boss
The Boss Next Door

Cléa Dorian & Ninon Vars
Dark Love

Juliette Duval
Falling for my Stepbrother

Laurie Eschard
Love Naked

Sonia Eska
My Last Chance (en poche)
Ne me tente pas

Lil Evans
Boss Affair

Lou Everly
Bad Boy Crush (en poche)

Anne Ferra
One More Time

Lou Garance
Can You Keep a Secret? (aussi en poche)
Foutu coloc!
L'Infiltrée

Alexandra Gonzalez
Shades of You

Erin Graham
Back to Campus (en poche)
Coloc avec mon boss
Nos amours contraires (en poche)
Secret Stepbrother
Strong Addiction
Teach Me Love
The Boss
The Initiation
Un boss dans mon chalet

Emma Green
(Im)parfait (aussi en poche sous le titre *Fais-moi une place*)
10 bonnes raisons de te détester!
Âmes indociles (aussi en poche)
Bien plus forte que toi!
Bliss. Le faux journal d'une vraie romantique
Call Me Baby (aussi en poche sous le titre *Oh My Lord!*)
Call Me Bitch
Cent facettes de Mr Diamonds
Cœurs insoumis (aussi en poche)
Corps impatients (aussi en poche)
Fallait pas me chercher!
If You Wanna Be My Lover…
It's Raining Love!
Jeux imprudents
Jeux insolents
Jeux interdits
Just 17
Kiss Me if You Can
La Vie en vrai
Le Goût de nos rêves
Love & Lies on Campus
Love Me if You Can
PS: Oublie-moi!
Recherche coloc : emmerdeurs, râleurs, lovers... s'abstenir !
The Boy Next Room
The Boy on Fire
Toi + Moi: Envers et contre tout (aussi en poche sous le titre *Envers et contre tout*)
Toi + Moi: L'un contre l'autre (aussi en poche sous le titre *L'un contre l'autre*)
Toi + Moi: Seuls contre tous (aussi en poche sous le titre *Seuls contre tous*)
Une toute dernière fois

Kim Grey
Fausse fiancée & vrais ennuis (en poche)

Megan Harold
Breaking the Rules
Initiation with My Boss

Joh Harper
Broken but Alive
Crazy Love

Ludivine Hart
Arrogant & Tattooed

Marie Hayle
Lover Next Door
Under Control

Missy Heart
Dark Domination

Amy Hopper
Le Coloc
Gone Boy

Ellie Jade
About Last Night
More Than Anything

Emma S. James
Under the Rain

Sara June
Rider in the Dark
Sexy Wild Rider

Emily Jurius
Love to Hate You

Antinea Kane
In Love with My Enemy

Allie Krown
High School Challenge

Marion Laurent
I Want You in My Bed!
Mr Alpha
My Fake Boyfriend

Charlie Lazlo
Kiss Me I'm Famous (en poche)
Mon insupportable boss
The Duke (en poche)

Pauline Libersart
Tiger. Entre ses griffes

Sienna Lloyd
Mords-moi !

Nina Loren
Breaking the Ice
Teach Me Again. Impossible Desire

Ella Lores
Fucking King
Mariée par accident à un connard arrogant rencontré la veille…
My Best Enemy

Aimée Lou
Royal Bodyguard (en poche)

Jessica Lumbroso
Emma X. Secrète et insoumise

Émilie Maes
7 Days to Resist

Lili Malone
Coloc avec un inconnu

Mila Marelli
Crazy Wedding
Dark Man in Love

Mag Maury
My Hipster Christmas

Sianna Milano
High School Initiation

Caroline Mongas
Mariage forcé. Un contrat indécent

Billie Morgan
Free Fighter

Zoé Murat
Boss Me Around (aussi en poche sous le titre *The New York Office*)

Clara Nové
Offside

Aurore Nox
Foutu menteur !

Lina Parker
Campus at Sea

Alix Parks
Never Kiss the Boss

Jeanne Pears
Colocs & Sex Friends
H.O.T. Hypnotique, Obstiné, Ténébreux
Insupportable coloc
Jamais avec mon coloc ! (en poche)
The Most Insolent Man

Alexia Perkins
Arrogant Fake Lover

Sophie S. Pierucci
Deep & Dark (en poche)
L'Inconnu de l'ascenseur & Moi (aussi en poche)
My Stepbrother. L'initiation

Silvia Reed
Darkest. La dernière heure
Too Close

Anita Rigins
J'aime pas Noël ni les voleurs de taxis !
My Rules
No Rules
Toxic Hell

Lise Robin
Forbidden Stepbrother (en poche)

Jana Rouze
Effet de vague – saisons 1, 2 et 3

Isla A. Rowley
Le Coloc de mon frère
Toxic Games

Gaëlle Sage
Arrogant Rider
Kiss, Kill & Ride
Lost Rider

Carole Sauvage
I Hate my Boss!

Ana Scott
À corps brisés (aussi en poche)
Dark Ride
Entre nous le chaos
Evil Ride
Last Ride
Le Meilleur Ami de mon frère
Say Yes to the Boss
Sensual Stepbrother
The Dominant
Un enfoiré mais un coup d'enfer !
Vicious Ride

Camilla Simon
Fake Lovers (coécrit avec Mélodie Chavin)
Initiation with My Enemy
Le voisin parfait est un enfoiré
Le mec parfait est un inconnu… ou presque !
Le rockeur parfait est insolent et tatoué

Adora Sky
Decadent Lover

Léana Soal
Fight & Hope

Cara Solak
Perfect Obsession

Izia Soley
Fauve
Initiation. On Your Skin

Liv Stone
Initie-moi. Mes jours contre tes nuits
Love Lessons (aussi en poche)

Lena K. Summers
Donovan, roi des connards
Perfect Bad Boy

Kaly Swann
Austin. Breathe with Me

Lisa Swann
Adore-moi !

Oly TL
Jardin Secret

Alexane Tolley
The Boss Rules (en poche)

Fanny Twice
Burning First Love

Louise Valmont
Campus Initiation
Mon insupportable voisin !

Anna Wendell
Apprends-moi le désir
Arrogant Bad Boy
Break Your Chains
Colosse. Le maître du jeu

Chloe Wilkox
Dominant Boss. Apprends-moi
Immoral (aussi en poche sous le titre *Demi-frère*)
The Virgin's Price
Your Game, My Rules (en poche)

Mina Zadig
Arrogant Highlander
Be My Teacher
Just Sex & Tattoos

Il est riche, dominateur, arrogant… insupportable ! Saura-t-elle l'apprivoiser ?

Le cœur en miettes, Jeanne se noie dans le travail pour oublier que son fiancé vient de la quitter. Au château, où elle officie comme kiné, elle doit s'occuper d'un nouveau patient, Adam Champdor. Le corps brisé par un grave accident de moto, il est persuadé de ne plus jamais remarcher. Le jeune homme est riche et arrogant, et son caractère dominateur ne l'a pas préparé à vivre une telle épreuve. Entre Jeanne et Adam naît une passion torride et tourmentée, où chacun essaie de se reconstruire.

Autrice : Chloe Wilkox

Edisource – Éditions Addictives
100, rue Petit, 75019 Paris
Imprimé par FINIDR – Lipova cp. 1965 – 73 701 Cesky Tesin,
République tchèque
Dépôt légal : avril 2023 – Achevé d'imprimer : février 2023
ISBN : 978-2-37126-559-2
Réf. contrat : ZZIE_001